HET MEDICI-GEHEIM

Van Michael White verscheen eerder:

Equinox

Michael White

Het Medici-geheim

H&W
VAN HOLKEMA & WARENDORF
Unieboek BV, Houten/Antwerpen

Voor Carole

Oorspronkelijke titel: *The Medici*
Vertaling: Rogier van Kappel
Omslagontwerp: Wil Immink
Opmaak: ZetSpiegel, Best

www.unieboek.nl
www.michaelwhite.com.au
ISBN 978 90 475 0399 6 / NUR 332

1

Florence, 4 november 1966

Toen Mario Sporani, de beheerder van de grafkapel van de familie De' Medici, om kwart voor zes 's ochtends zijn ogen opende, hoorde hij de luiken voor het slaapkamerraam tegen de muur van het huis klapperen. Hij dacht dat het eind van de wereld nabij was. Onmiddellijk kwamen de woorden uit het boek Openbaring bij hem op: 'En de slang wierp uit haar mond achter de vrouw water als een rivier, opdat hij haar door de rivier zou doen wegvoeren.'

Een ogenblik dacht hij dat hij opgesloten zat in een bijzonder overtuigende boze droom, maar toen sloegen de houten luiken met zo'n klap dicht dat het glas van het slaapkamerraam in een regen van glinsterende scherven de kamer binnenspatte. De regen beukte nu met zoveel kracht tegen de muren dat hij dacht dat de oude steen zou verkruimelen en het hele bouwwerk elk ogenblik kon instorten. Dit was beslist geen droom.

Een ogenblik later stond hij naast het bed en trok hij zijn vrouw Sophia met zich mee naar de babykamer. Zelfs boven het lawaai van de storm uit kon hij hun zoontje nog horen huilen. Snel tilde Sophia het kindje uit zijn wieg en probeerde het te sussen.

'Sophia, neem Leo mee naar de achterkamer, doe de luiken voor de ramen en maak ze stevig vast. Ik breng je een deken en een zaklantaarn en dan moet ik naar de kapel.'

'Maar Mario, je weet toch dat je met dit weer niet naar buiten kunt.'

'Ik moet wel,' zei hij. 'God mag weten hoeveel schade er al is aangericht. De graftombe kan onder water zijn komen te staan; en de stoffelijke overschotten...'

Hij liep naar de deur toe. Een paar seconden later was hij al weer terug met een flesje voor de baby, een zaklantaarn, wat brood en het dekbed waaronder ze daarnet nog hadden liggen slapen. Mario kuste zijn vrouw en kind, holde de kamer uit en deed de deur achter zich op slot voordat hij haastig de smalle trap af liep – het was zo donker dat hij nauwelijks de treden kon zien – en naar de voordeur holde.

Toen hij de deurklink optilde, sloeg de deur met zo'n geweld open dat hij bijna omver werd geslagen. Brullend stroomde de wind de gang binnen, zodat het hem niet lukte om de deur weer dicht te trekken. Met gebogen hoofd deed hij voorzichtig twee stappen naar buiten. Het was pikdonker. De maan ging volledig schuil achter dichte onweerswolken en het was duidelijk dat de stroom was uitgevallen.

Toen Mario om de hoek van het portiek keek, deed een enorme bliksemschicht de hemel fel oplichten. Het modderige rioolwater dat nu met hoge snelheid door de straat stroomde, zou zo te zien al tot zijn knieën komen. Een fietswiel werd door de Via Ginori naar de Piazza San Lorenzo gespoeld. Hij haalde eens diep adem en dwong zich het water in te stappen.

Het was zo koud dat hij naar adem hapte. Hij kon niet zien waar hij zijn voeten neerzette en de steen onder zijn voeten voelde spekglad aan. Behalve de vochtige stenen muren was er niets wat hem ook maar enig houvast bood. De hemel werd iets lichter toen er even wat maanlicht door de wolken drong, en het zwakke en iele licht was net voldoende om ervoor te zorgen dat hij recht voor zich de contouren van de Via Ginori en de muren van de Basilica di San Lorenzo wist te onderscheiden.

Mario probeerde sneller te lopen, maar het was hopeloos. Centimeter voor centimeter werkte hij zich tegen de stroom in. Hij moest zich plat tegen de muur drukken terwijl er achtereenvolgens een grote tak, een autoband, een lege krat en een vuilnisbak langs kwamen waaien, om even later hard tegen een van de muren te slaan of lukraak ergens in het langsstromende modderwater te plonzen.

Tegen de tijd dat hij de kruising van de Via Ginori en de Via dei Pucci had bereikt, was hij volkomen uitgeput en zat hij onder de modder. Zijn wangen prikten van de felle kou en zijn tenen waren gevoelloos. De anders zo drukke hoofdstraat was verlaten. Ook hier in deze brede straat klotste de bruine drab tegen de oude stenen muren. In de verte hoorde Mario een harde klap, het geluid van schurend metaal en even later een luide schreeuw. Terwijl hij met stomheid geslagen naar de ravage stond te kijken, schoot een nieuwe bliksemschicht door de hemel. De regendruppels gingen over in hagelstenen die schuin afketsten op de daken en hem daarna recht in zijn gezicht sloegen.

Hij waadde verder de hoofdstraat in. In de luwte van de basiliek wist hij enige bescherming te vinden tegen de hagel. De stroming hier was sterker, en het kostte hem alle kracht waarover hij maar beschikte om ervoor te zorgen dat hij niet werd meegesleurd. Maar net toen hij bijna de deuren van de kapel had bereikt, kwam er weer een grote tak door de lucht aanzeilen. Hij bukte, maar het was al te laat. Het zware stuk hout sloeg hem in zijn gezicht en hij viel languit achterover, het snelstromende water in.

Het vuile rioolwater stroomde over hem heen en deed hem rondtollen onder de oppervlakte. Iets hards prikte hem in zijn ribben, en terwijl hij uit alle macht houvast probeerde te vinden, krabbelde hij moeizaam overeind. Het lukte hem bijna, maar toen gleden zijn voeten onder hem weg en lag hij opnieuw in het water, ditmaal met zijn mond vol drab. Hij spuwde het spul vol weerzin uit en maaide wild met zijn armen. Plotseling was hij doodsbenauwd. Met zijn rechterhand wist hij zich vast te klampen aan een metalen ring in de muur van de basiliek. Terwijl hij die vasthield alsof zijn leven ervan afhing, wist hij zich hoestend en naar adem happend overeind te trekken. Hij had een afschuwelijke smaak in zijn mond en keel.

Hij had nu bijna de ingang van de kapel bereikt. Hoewel het hem veel moeite kostte, lukte het hem nog net om zich langs de muur voort te trekken. Terwijl hij zichzelf voorzichtig om een grote steunbeer heen werkte, ving hij een eerste glimp op van de kapeldeuren. Ze waren uit hun scharnieren gerukt en het water stroomde naar binnen.

Met hernieuwde vastberadenheid ploegde Mario door het kolkende water naar de zes traptreden voor de hoofdverdieping toe. Hier spoelde het water om zijn kuiten; het werd echter snel dieper en het bruingrijze water dat door de deuropening naar binnen werd gespoeld en de trap af stroomde, voerde allerlei puin en afval met zich mee. Vlak naast de deuropening bevond zich een wandkast met een bijl en een zaklantaarn. Hij sloeg het glas kapot en rukte de lantaarn uit zijn houder.

Hij ging bijna onderuit op de glibberige stenen, maar wist toch de vloer van de hoofdverdieping te bereiken. Het geluid van het binnenstromende water weergalmde tegen de lage koepel. Aan weerszijden van het vertrek stonden monumenten voor meer dan vijftig leden van de lang geleden al uitgestorven familie De' Medici, die hier in eenvoudige stenen kisten onder de vloer begraven lagen. De gedenkstenen bevonden zich een eindje boven de vloer, maar het water steeg nu snel en het zou niet lang meer duren voordat het de standbeelden en rijkversierde sarcofagen had bereikt. Maar zelfs dat was voor Mario Sporani niet het belangrijkste. Wat hem veel meer zorgen baarde, was de mogelijkheid dat het water een van de grafkisten onder de vloer zou bereiken. Hij moest alles doen wat hij maar kon om dat te voorkomen.

Met veel geplons en gespetter liep Mario naar het altaar toe, een verhoogd gedeelte achter in de crypte. Aan weerszijden van een marmeren platform stonden twee reusachtige engelen. Daarachter bevond zich de ingang van het familiegraf van de familie De' Medici.

Zo snel als hij maar kon, waadde Mario door het ijskoude water naar het altaar toe. Het luik dat toegang bood tot de grafkamers was verrassend licht en liet zich zonder veel moeite omhoog trekken. Daaronder zag hij een ladder. Toen hij met zijn zaklantaarn in de opening scheen, gleed de lichtbundel over een lange reeks sporten die geleidelijk aan in het duister verdween. Hij zag het water de opening in stromen en hoorde het een eind onder zich op de stenen vloer kletteren. Zo snel hij maar kon, liet hij zich in de opening zakken en trok het luik boven zich dicht. Het sloot niet helemaal, zodat er nog steeds water langs de ladder droop en de grafkamer binnenstroomde.

Een paar seconden later stond Mario op de vloer van de onderaardse ruimte. Hij liet de lichtbundel van zijn zaklantaarn over de oeroude muren en de lange rijen stenen alkoven glijden. Het was er bedompt en stonk er naar schimmel, oude aarde en verrotting, maar die geuren waren hem vertrouwd en hij had er geen last meer van. Toen hoorde hij een onheilspellend gekraak. Hij draaide zich razendsnel om en zag een blok steen dat uit de muur werd geperst en met een klap op de grond neerkwam. Het water gutste naar binnen.

Mario werd er bijna door omvergeworpen. Pure doodsangst leek hem vleugels te geven. Hij klauterde op een stenen richel vlak achter hem. Niet ver daarvandaan zag hij in een van de alkoven die als grafruimten fungeerden, de rand van een grauwe, gerafelde lijkwade. Er klonk opnieuw een harde klap en er tuimelde een tweede steen uit de wand, zodat het water hoog opspatte tegen de muren van het grafgewelf. Mario's zaklantaarn gleed uit zijn hand en plonsde in het water. Hij zag het ding onder water verdwijnen en toen plotseling uitgaan. Het was nu volkomen donker. Een inwendige stem schreeuwde hem toe dat hij een idioot was. Waarom was hij hierheen gegaan? Wat wilde hij hier uitrichten? Nu, zei de stem indringend, zou hij hier aan zijn einde komen en zich bij de doden voegen door wie hij hier aan alle kanten werd omgeven.

Maar zijn paniek ging voorbij en werd vervangen door een staalharde vastberadenheid. Hij kon geen hand voor ogen zien, maar hij wist hoe hij hieruit moest komen. Hij liet zich van de richel glijden, het ijskoude water in. Het stond nu tot aan zijn liezen en klotste al tegen de richels waar de oude lijken lagen. Zonder acht te slaan op zijn gevoelloze benen en zijn toenemende duizeligheid, waadde hij naar de ladder toe. Tastend zocht hij in het duister naar de veiligheid van de metalen ladder, maar die was nog niet binnen handbereik. Met uitgestrekte handen dwong hij zich om blindelings tegen het water in te lopen dat nog steeds met hoge snelheid door het gat in de muur de onderaardse ruimte binnenstroomde.

Net toen hij wanhopig begon te worden, raakten zijn vingers het metaal. Hij klemde zijn handen om de ladder en stapte op de eerste sport. Toen hij zijn voet omhoog bracht om die op de tweede sport te zetten, kreeg de ladder een schok en scheurde langzaam los van de muur. Mario liet zichzelf naar voren vallen; zijn gewicht duwde de ladder weer tegen de stenen wand. Boven zich zag hij nu wat licht door een kier schijnen op een plek waar het luik niet helemaal sloot. Smerig water spoelde over zijn hoofd en over zijn rug. Hij voelde zijn hart in zijn keel kloppen terwijl hij zich moeizaam weer een sport omhoog werkte. Opnieuw ging er een hevige trilling door de ladder. Nog zes sporten tot aan het luik.

Toen zag hij nog geen halve meter van zich vandaan iets in het water drijven. Het was een donkere koker van ongeveer dertig centimeter lang.

Zo voorzichtig als hij maar kon, draaide Mario zich om en stak zijn arm uit. Zijn vingertoppen streken over het voorwerp en toen lukte het hem om het vast te pakken. Hij schoof het in zijn broeksband en terwijl de bouten waarmee de ladder aan de muur verankerd was uit de muren gleden, klauterde hij zo snel hij maar kon omhoog. Met een bijna bovenmenselijke inspanning greep hij de rand van het luik vast. Zijn vingers vonden de metalen rand van de opening. Het water spoelde over zijn gezicht en hij kon nauwelijks lucht meer krijgen. Gedreven door pure doodsangst slaagde hij erin om zichzelf omhoog te trekken. Terwijl zijn voeten over de ruwe stenen muur schraapten, duwde hij het luik open en liet zichzelf naar adem happend op de vloer van het altaar zakken.

2

Florence, heden

Edie Granger liet haar rode Fiat achter op het particuliere parkeerterrein naast de Medici-kapel en liep met lange passen over de kasseien naar de voordeur. Zonder schoenen was ze nog net geen een meter tachtig lang, en dankzij haar dagelijkse uurtje fitness was ze buitengewoon fit. Hoewel dat voor een Engelse academica hoogst ongebruikelijk was, was stijlvolle, elegante kleding voor haar erg belangrijk. Haar Italiaanse vrienden vonden dat een zeer innemende eigenschap en zeiden soms halfgemeend dat ze een sprekende gelijkenis vertoonde met de actrice Liv Tyler.

Ze besteedde zeer nadrukkelijk geen aandacht aan de in bruine versleten stof gehulde gedaanten die, zoals de afgelopen maanden elke dag weer het geval was geweest, ook vandaag weer met grote borden heen en weer paradeerden voor de kapel. De demonstranten droegen lange gewaden met grote monnikskappen. Ze waren lid van een merkwaardige groepering die Arbeiders voor God heette. De leiding was in handen van een fanatieke dominicaan, een zekere Fra Baggio. Ze waren fel gekant tegen elke vorm van wetenschappelijk onderzoek in de Medici-kapel. Wat Edie betrof, waren ze allang deel gaan uitmaken van het landschap.

Ze zwaaide met haar pasje naar de man die in het hokje voorbij de toegangsdeuren de entreekaartjes verkocht, huppelde met twee treden tegelijk de trap op en liep snel naar het deel van de crypte waar zich elke dag weer grote aantallen toeristen verdrongen om de inscripties op de graftomben van de Medici's te lezen.

Aan het andere uiteinde van de kapel was een deel van de ruimte afgezet en de toegang tot de smalle trap naar de grafkamer werd door een crèmekleurige tent aan het oog onttrokken. Diepe alkoven aan weerszijden van de smalle grafkamer bevatten de sarcofagen. In het deel van de ruimte waar het wetenschappelijk onderzoek werd verricht, stapte Edie om een paar onderzoekstafels heen en liep daarna door een deur de eerste van de twee laboratoria aan de linkerzijde van de ruimte binnen.

De grafkamer onder de crypte van de Medici-kapel was een lage ruimte van ongeveer tien bij zes meter. Het was er warm, maar de lucht werd fris gehouden door een krachtige draagbare airconditioninginstallatie. Langs de wanden stonden röntgenapparaten, spectrometers en machines voor DNA-analyse. Aan de overkant van de hoofdruimte bevond zich het kantoor van Carlin Mackenzie, waar afgesloten kisten met botten een merkwaardig contrast vormden met een paar opgevoerde Macs.

Edie was net op haar plek gaan zitten, en zat de resultaten van een spectrometing door te lezen, toen Mackenzie met twee mannen in pakken naar binnen kwam lopen. Ze had beiden al eens eerder ontmoet: de kortste was Umberto Nero, de adjunct van de rector magnificus van de Universiteit van Pisa; de andere man, de jongste van de twee, was Francesco della Pinoro, een bekende plaatselijke politicus die op dit moment de gedoodverfde winnaar was van de aanstaande burgemeestersverkiezingen.

'Ha, Edie,' zei Mackenzie. De professor was een korte, wat dikkige man van achter in de zestig. Hij droeg een John Lennonbrilletje, en had een bos fraai wit haar en een zacht en welgevormd gezicht dat hem zeer geliefd had gemaakt bij makers van tv-documentaires. 'Heren, dit is mijn nichtje, doctor Edie Granger.'

Della Pinoro stak haar zijn hand toe en Nero gaf een knikje. Edie en hij hadden elkaar al vaker ontmoet en konden niet goed met elkaar overweg.

'Edie, zou je misschien een paar minuutjes vrij kunnen maken voor onze gasten hier? Hun auto komt zo, maar kun je ze in de tussentijd even een korte rondleiding geven?'

'Natuurlijk.' Edie slaagde erin om iets van enthousiasme in haar stem te leggen.

'Uitstekend. Heren, bedankt voor uw waardevolle op- en aanmerkingen. U hoort snel weer van mij.' Mackenzie gaf hun allebei een hand en draaide zich abrupt om.

'Deze kant uit.' Edie liep met Della Pinoro en Nero naar een lange metalen tafel in de centrale ruimte. Terwijl ze over de stenen vloer liepen, beschreef ze hoe de lijken in de alkoven waren gebalsemd en in dit grafgewelf bewaard waren gebleven. Ze liep om de tafel heen en keek naar de bezoekers. Tussen hen in lag een vierhonderdzeventig jaar oud lijk.

Ze veegde een lok zwart haar weg die voor haar gezicht was gevallen en terwijl ze de twee mannen met haar donkere ogen strak aankeek, sloeg ze haar armen over elkaar en rekte zich in haar volle lengte uit zodat ze met haar bijna een meter tachtig hoog boven de twee Italianen uittorende.

'Dit is Ippolito de' Medici, de onwettige zoon van Giuliano de' Medici, de hertog van Nemours,' legde ze uit. 'Bijna een half millennium lang is zijn dood in raadselen gehuld geweest. Sommige mensen hebben geopperd dat deze jongeman – toen hij stierf was hij nog maar vierentwintig – werd vermoord door zijn neef Alessandrio, die op zijn beurt weer naar de andere wereld is geholpen door een volgend welwillend familielid, Lorenzo de' Medici. Tot nu toe was daar echter geen bewijs voor. We zijn net klaar met dit stoffelijk overschot en het onderzoek heeft uitgewezen dat Ippolito inderdaad is vergiftigd.'

Nero keek op van de mummie die voor hem op tafel lag, en Edie merkte dat hij een beetje pips zag. Snel liep ze met de twee mannen naar een kleiner vertrek naast de hoofdruimte. Hier was de lucht van oude aarde en oude stoffen wat minder sterk. Een man zat aan een onderzoekstafel en tuurde in een grote microscoop.

'Dit is het hart van de hele operatie,' zei Edie. 'Deze ruimte hier en het laboratorium hiernaast, hebben ooit wel twaalf grafkisten bevat, maar het grootste deel daarvan is tijdens de overstroming van 1966 zwaar beschadigd geraakt. De mummies, die afkomstig waren van minder belangrijke leden van de familie De' Medici, zijn opnieuw begraven in een ander deel van de kapel. Dit is nu het belangrijkste laboratorium, waar we materialen analyseren die afkomstig zijn van de mummies in de crypte.'

'Hoe kunt u er zo zeker van zijn dat die man daar is vermoord?' vroeg Della Pinoro. De afgelopen paar minuten had hij bijzonder veel belangstelling getoond voor de V-vormige opening boven in haar witte jas. 'Elk bewijsmateriaal zou toch zeker al eeuwen geleden verdwenen zijn?'

'Dat is een goede vraag,' zei Edie opgelucht. Ze was blij dat ze haar vakkennis kon tonen. 'Het belangrijkste deel van ons werk hier bestaat uit het vaststellen van de doodsoorzaak van vooraanstaande leden van de familie De' Medici. Deze lijken mogen dan misschien levenloze omhulsels lijken,' voegde ze daaraan toe, en ze gebaarde naar de kamer die ze zojuist hadden verlaten, 'maar ze onthullen ons ongelooflijk veel wat tot nu toe verborgen is gebleven.'

'Zoals?'

'Vaak moeten we uitsluitend op basis van het skelet een scenario reconstrueren. Na vijfhonderd jaar is er over het algemeen niet veel meer van een lijk over. Maar zelfs halfverkruimelde botten kunnen heel veel informatie opleveren. Ziekten die in die tijd veel voorkwamen, zoals syfilis en pokken, laten veelzeggende sporen na in de fijnere structuren van de botten van hun slachtoffers. En daar kunnen we dan een immunochemische en ultrastructurele analyse op loslaten.'

Er verscheen een wat verwarde uitdrukking op Della Pinoro's gezicht. 'In het geval van Ippolito,' ging Edie verder, 'zijn we erin geslaagd om een gedetailleerde analyse te maken van zijn skelet, en daaruit is gebleken dat zijn gebeente ongebruikelijk veel salicylaten bevat.'

'En dat bewijst...'

'Nou, Allessandro is niet gepakt voor de moord omdat Ippolito op zijn sterfbed alle normale symptomen van malaria vertoonde: koorts, krampen, zeer zware hoofdpijnen en hevige pijn in zijn onderbuik. Maar een vergiftiging met wintergroenolie zorgt voor vrijwel dezelfde symptomen, en wintergroenolie bevat methylsalicylaat.'

Della Pinoro wilde net iets zeggen toen Edies aandacht werd getrokken door een beweging achter hen. 'Ah, ze brengen de meest recente twistappel naar buiten.'

'Twistappel?' vroeg Nero terwijl ze naar de deur liep.

'Kennelijk is dit Cosimo de' Medici,' zei Edie. 'Cosimo de Oude.' Ze liep voor de twee mannen uit naar een andere snijtafel, die met zijn hoofdeinde tegen het voeteneinde van de tafel met het stoffelijk overschot van Ippolito was gezet. Hier stond Mackenzie samen met zijn stiefzoon, Jack Cartwright, de DNA-expert van het team.

'Kennelijk?' Mackenzie keek Edie vragend aan.

'Er bestaat verschil van mening over de identiteit van dit lijk,' legde Edie uit. 'Mijn oom is er zeker van dat het Cosimo is, maar ik ben wat minder overtuigd.'

Jack Cartwright, de lange, breedgeschouderde man naast Mackenzie, stapte naar voren en stelde zich voor aan de bezoekers. Hij was zojuist teruggekeerd van een ochtend aan de Universiteit van Florence.

'En hoe denkt u over deze kwestie, dokter Cartwright?' zei de adjunct-rector magnificus, terwijl hij zijn ogen van het lijk afwendde.

Cartwright wilde net antwoord geven toen een jonge vrouw naar hen toe kwam lopen die een gehaaste en wat nerveuze indruk maakte. 'Neem me niet kwalijk dat ik u stoor,' zei ze. 'De auto van onze gasten staat gereed.'

De universiteitsbestuurder wist zijn opluchting niet verborgen te houden, en voordat Della Pinoro ook maar iets kon zeggen, was hij al naar Mackenzie toe gestapt. 'Heel vriendelijk van u dat u wat tijd voor ons vrij hebt kunnen maken,' zei hij. 'Ik ben u zeer erkentelijk, en, doctor Granger, hartelijk bedankt voor de rondleiding.'

Edie bracht de bezoekers naar hun auto en kwam even later

terug. Mackenzie en Cartwright onderzochten het lijk op de onderzoekstafel. Mackenzie hield een loep in zijn oogkas geklemd en trok met een pincet behoedzaam een flap van een opmerkelijk goed bewaard gebleven zijden tuniek omhoog. Twee weken lang waren ze nu al bezig met materiaal dat uit het lijk afkomstig was. Ze hadden weefselkweekjes onderzocht en met behulp van een draagbare röntgeninstallatie de botstructuur bekeken. Maar pas vanochtend waren ze het er met elkaar over eens geworden dat het lijk voor nader onderzoek uit zijn alkoof gehaald diende te worden. Het lijk deelde die met een ander stoffelijk overschot. Mackenzie was van mening dat het hier om *contessina* De' Medici ging, de echtgenote van de in 1473 overleden Cosimo I.

'Ik zou het wel op prijs stellen als je onze vuile was niet buiten hangt,' zei Mackenzie zonder op te kijken.

'Volgens mij kan het geen kwaad om toe te geven dat academici onderling ook wel eens van mening verschillen,' antwoordde Edie terwijl ze een pincet uit een bak viste.

'Nou, volgens mij wel. Ik vertrouw die lui niet. Ze zijn altijd op zoek naar een voorwendsel om onze subsidie te stoppen.'

'Volgens mij wilden ze hier vooral zo snel mogelijk weg.'

'Dat lijkt me heel goed mogelijk, maar volgens mij zijn die lui door en door onbetrouwbaar.'

'Is dat de reden waarom je mij met ze hebt opgescheept?' zei Edie scherp.

Mackenzie keek haar woedend aan. Edie sloeg haar ogen neer en veranderde snel van onderwerp.

'De stof van dit jasje is echt bijzonder fraai.'

'Inderdaad. Kijk hier maar eens naar.' Mackenzie bood Cartwright zijn loep aan. Het lijk was gekleed in een crèmekleurig zijden hemd en een fluwelen jasje dat ooit een bijzonder levendige en fraaie kleur paars gehad moest hebben. De knopen van het jasje waren van massief goud. 'Dat pleit wel vóór mijn theorie, of niet soms?' mompelde Mackenzie.

Edie haalde haar schouders op. 'Het lijkt me nogal vanzelfsprekend dat Cosimo met zijn beste kleren aan begraven is, maar dat kunnen we bij alle andere vooraanstaande familieleden ook verwachten.'

'Wie weet? Hebben die DNA-monsters nog iets opgeleverd, Jack?'

'Daar zijn we nog mee bezig.' Cartwright gaf Mackenzie de loep terug. 'Het blijkt lastiger dan verwacht.'

Mackenzie zuchtte en trok voorzichtig het verkruimelende jasje weg, zodat de broze bruine huid van de mummie zichtbaar werd. Het leek wel een lichaam van papier-maché. 'Nou, daarom hebben we die arme donder per slot van rekening uit zijn kist gehaald,' zei hij.

Cosimo de' Medici, ofwel Cosimo de Oudere, zoals hij soms ook wel genoemd werd, was een van de belangrijkste leden van de familie De' Medici geweest, iemand die meer had gedaan dan wie dan ook om de familie De' Medici haar illustere plek in de geschiedenis te verschaffen. Geboren in Florence, in het jaar 1389, was hij een generatie lang de feitelijke heerser over de stad geweest. Hij had de aanzet gegeven tot de Italiaanse Renaissance en voor zijn familie het hedendaagse equivalent van miljarden dollars verdiend. Bij zijn dood in 1464 was hij geëerd met de officiële titel van *pater patriae*, ofwel 'de vader des vaderlands'.

Mackenzie haalde een scalpel over de volkomen uitgedroogde en verschrompelde romp van het lijk, en bewoog die vervolgens dwars over het lijk om een Y-vormige incisie te maken. Het lemmet gleed moeiteloos door de huid.

Degenen die het gebalsemd hadden, hadden opmerkelijk goed werk geleverd. Dit oeroude lijk was er heel anders aan toe dan dat van Ippolito, die weliswaar korter geleden was begraven, maar van wie inmiddels toch weinig meer restte dan een skelet waar stukjes van afbraken zodra je het aanraakte. Onder de broze huid bevond zich echter een droge holte. De organen waren verschrompeld tot een fractie van hun oorspronkelijke omvang en al net zo droog als de huid.

Mackenzie verwijderde een stukje van verschillende organen en stopte die in afzonderlijk gelabelde reageerbuisjes, die hij afsloot met een kurk en daarna voorzichtig in een rekje op de zijkant van de tafel zette. Vervolgens stak Mackenzie de scalpel wat dieper in het lijk, schraapte wat bot van het borstbeen en van een rib, en stopte de kleine botsplintertjes elk in een eigen reageerbuisje.

Hij boog zich over het lijk en keek aandachtig naar de holte in de borstkas. 'Merkwaardig,' zei hij even later. 'Zo te zien ligt er een niet lichaamseigen voorwerp tegen de ruggengraat. Ik kan het niet goed zien. Kijk jij eens, Edie.'

Edie trok een aan een metalen arm bevestigd vergrootglas naar het lijk toe, en tuurde aandachtig naar het gebied rondom het verschrompelde hart. 'Ik zie iets, een zwart oppervlak. Het zit vast in de onderste huidlagen op de rug, denk ik. Het ziet er zeker niet uit als iets natuurlijks.'

'Help me even, dan leggen we hem op zijn zij,' zei Mackenzie tegen hen allebei.

Voorzichtig draaiden Edie en Jack Cartwright het lijk op zijn zij, zodat de andere zij zich nu ongeveer een halve meter boven het tafelblad bevond. Het lijk woog bijna niets.

'Nog wat meer,' zei Mackenzie, terwijl hij zijn hoofd en schouders onder het oeroude lijk schoof. Met chirurgische precisie haalde hij zijn scalpel over de ruggengraat, waarbij hij er goed op lette dat hij het mes maar een paar millimeter diep in de huid stak, zodat de wervels niet werden beschadigd. Daarna ging hij weer rechtop staan en hield een pincet omhoog. Tussen de twee bladen daarvan bevond zich een dun, zwart rechthoekje, waaraan verder niets te zien viel.

Carlin Mackenzie bevond zich als enige in de grafkamer van de Medici-kapel. Het digitale klokje op zijn bureau liet zien dat het al bijna negen uur 's avonds was, maar hij was nog niet moe, en had ook helemaal geen zin om de computers af te sluiten en naar zijn niet ver van de kapel gelegen appartement aan de Via Cavour te wandelen.

Het was een bijzondere dag geweest, misschien wel de meest bijzondere van zijn hele leven, en in elk geval de opmerkelijkste in zijn veertig jaar als paleopatholoog. De aard van het voorwerp dat ze hadden aangetroffen in het stoffelijk overschot van Cosimo de' Medici bleef een volstrekt raadsel; maar alleen al het feit van het bestaan daarvan, plaatste hem voor een lastig dilemma. Op de overstroming van 1966 na, die een natuurlijke gebeurtenis was geweest, waren deze lijken sinds hun begrafenis door niemand meer aangeraakt. Maar toch had er een vreemd, rechthoekig voorwerp verborgen gezeten in het uitgedroogde huidweefsel van een man die meer dan vijfhonderd jaar geleden gestorven was.

Het voorwerp lag nu op een petrischaaltje naast Mackenzies computer. Samen met Edie en Jack Cartwright had hij het zo grondig bestudeerd als ze maar hadden aangedurfd zonder onnodige risico's te nemen. Het was diep zwart, een stukje granietachtige steen van precies 3,9 bij 1,9 centimeter, en niet meer dan een paar millimeter dik. Een enkele röntgenfoto had uitgewezen dat het solide was, zonder bijzondere kenmerken, en dat de materiaaldichtheid overal hetzelfde was. Ze hadden een chemisch onderzoek uitgesteld totdat ze er zeker van konden zijn dat ze het steentje niet zouden beschadigen. Met de hulp van een krachtige microscoop was gebleken dat de kristalstructuur was opgebouwd uit een mengsel van veldspaat, kwarts en wolfraam. Dat wilde zeggen dat het een buitengewoon zuivere vorm van graniet was, die werd aangeduid als amanorthosiet.

Mackenzie begon wat opmerkingen in een notitieboekje te schrijven. Hij somde op wat ze al wisten: de chemische structuur, massa, dichtheid en afmetingen van het voorwerp. Daarna legt hij zijn pen neer, pakte het stenen rechthoekje op en hield het tussen zijn in een rubberhandschoen gehulde wijsvinger en duim tegen het licht. Met een schok drong het tot hem door dat er iets aan was veranderd. Op het oppervlak dat daarnet nog volkomen zwart was geweest, verschenen nu zwakke groene lijnen die onder zijn ogen langzaam van vorm veranderden en samenvloeiden. Hij pakte zijn loep en keek wat aandachtiger. Dit was hoogst opmerkelijk. Niet ver van een van de zijranden vormden zich enkele groene contouren. Daaronder verschenen nu letters, zodat op de onderste helft van het stukje steen een aantal regels verscheen.

'Verbazingwekkend,' hoorde hij zichzelf zeggen. Een paar seconden lang wist hij niet goed wat hem te doen stond, maar toen pakte hij de telefoon en toetste snel een nummer in. Een antwoordapparaat klikte aan. Uit zijn hoofd toetste hij een ander telefoonnummer in. Hij kreeg opnieuw een antwoordapparaat en zonder aarzelen begon hij te beschrijven wat hij op het stenen tablet kon zien.

Twee minuten later, net toen hij een paar afsluitende opmerkingen wilde maken, hoorde hij een pieptoon; hij begreep dat het geheugen van het antwoordapparaat vol was. Hij legde de hoorn neer en tuurde naar de muur. Wat hij zojuist had gezien, was niet alleen zeer opwindend maar ook angstaanjagend. Hij was nooit bijgelovig geweest. Hij had een wetenschappelijke opleiding gehad, maar over zijn diepste angsten kon hij zich niet heen zetten. Dit was niet meer dan de meest recente merkwaardige en onheilspellende gebeurtenis in een lange reeks merkwaardige en onheilspellende gebeurtenissen en toevalligheden waarover hij niemand had verteld. Had hij door dit bericht in te spreken voldoende gedaan? Of juist te veel? Had hij anderen in gevaar gebracht?

In de ruimte naast die waarin hij zich bevond, hoorde hij een zwak geluid. Hij tuurde naar het plastic scherm waardoor zijn kantoor werd afgescheiden van de grafkamer. Stilte.

Hij legde het stukje steen weer op het petrischaaltje en trok de loep uit zijn oogkas. En precies op dat ogenblik voelde hij plotseling een hevige pijn in zijn nek. Zonder het daadwerkelijk te zien werd hij zich ervan bewust dat iemand zich naar hem toe boog. Zijn handen vlogen naar zijn nek en voelden het koude staal van een *garotte*. Met ongelofelijke kracht draaide zijn belager het ijzerdraad strak aan.

De ogen van de wetenschapper puilden uit hun kassen. Naar adem happend probeerde hij zich los te rukken en tegelijkertijd zijn vingers onder het metaal te werken. Maar het had geen enkele zin. Een verschrikkelijke pijn brulde door zijn hoofd en hij begon verward te raken. Zijn aanvaller trok hem steeds verder en verder naar achteren, zodat het staal in zijn nek sneed. Een kort, voorbijgaand ogenblik dacht Mackenzie nog dat hij zich los kon rukken, maar degene die achter hem stond was veel te sterk. Mackenzies sluitspier verslapte en van zijn stoel steeg een smerige stank op. Er klonk een zacht, vrijwel onhoorbaar gekraak toen het staal door zijn luchtpijp sneed en toen werd alles donker.

3

Venetië, heden

Jeff Martin trok de wol van zijn coltrui weg van zijn nek en streek met zijn hand over de lichte stoppelbaard op zijn kin. Het was al te laat geweest om zich nog even te scheren voordat hij eerder die avond zijn flat verliet, en toen hij op weg naar de voordeur in de gang even in de spiegel had gekeken, was hem opgevallen dat hij er moe uitzag: zijn huid was een beetje vlekkerig en zijn tamelijk lange, lichtbruine haar hing er nogal sluik en levenloos bij. Hij had zichzelf geruststellend voorgehouden dat zijn felle blauwe ogen nog steeds iets van hun oude schittering hadden, maar hij had er beslist wel eens beter uitgezien. Dat viel niet te ontkennen.

Terwijl hij zijn blik door Harry's Bar liet dwalen, kwam het weer eens bij hem op wat er door Ernest Hemingway heen gegaan moest zijn toen hij meer dan een halve eeuw geleden hetzelfde tafereel in zich opnam: 'In Harry's bar is alles op aarde te vinden... behalve misschien het geluk.'

Hier veranderde nooit iets, en dat gold ook voor de gevoelens die de bar opriep. De van een houten lambrisering voorziene muren waren nog steeds hetzelfde gebroken wit als bij de opening in 1931. De knappe en elegante obers droegen nog dezelfde zwarte pantalons, witte vlinderstrikjes en strak gesteven witte jasjes. Het menu was wel wat aangepast, maar leek toch nog heel sterk op dat van vroeger. De indeling van de bar was niet veranderd en de tafels en stoelen stonden nog precies zoals ze destijds waren neergezet door de oprichter, Giuseppe Cipriani. Cipriani had de bar vernoemd naar Harry Pickering, een vriend van hem die de tweehonderd pond op tafel had gelegd die nodig waren om deze bar te kunnen beginnen. En Harry's Bar beschikte nog steeds over hetzelfde aura van vriendelijke melancholie als in die inmiddels al zo lang vervlogen tijd.

'Nog eentje?

Jeff schrok op uit zijn gemijmer. Hij keek naar zijn vriend, *visconte* Roberto Armatovani, en knikte. 'Waarom niet?' Ze hadden elkaar al een tijd niet gezien. Roberto, een wereldberoemde musicoloog, had een reeks lezingen gehouden in Amerika. Ze hadden elkaar eerder die avond ontmoet en genoten van een afschuwelijk duur etentje in het restaurant hierboven. Nu hadden ze allebei een beetje te veel gegeten, maar voelden ze zich wel ontspannen. De ober stond bij een tafeltje en vrijwel onmiddellijk werden er nog twee Bellini's besteld. 'Zo,' zei Roberto. 'En hoe bevalt het Rose in Venetië?'

'O, uitstekend. Ze is nu op een moeilijke leeftijd, maar ze is zeer gehecht geraakt aan die lieve oude Maria, dat is een hele opluchting.'

Rose, het enige kind uit zijn rampzalig mislukte huwelijk, was het beste wat hij in zijn hele leven had voortgebracht. Jeff zou graag willen dat hij haar wat vaker kon zien, maar haar moeder, Imogen, de vrouw met wie hij dertien jaar lang getrouwd was geweest en van wie hij twee jaar geleden was gescheiden, leek erop gebeten te zijn om hem zoveel mogelijk moeite en verdriet te bezorgen. Dit was de eerste keer dat Rose hem kwam opzoeken in wat hij als zijn nieuwe woonplaats had gekozen; sinds zijn huwelijk spaak was gelopen had hij haar niet meer dan een keer of vijf gezien. Rose woonde met haar moeder in Hogsdown, een enorm groot en kil landhuis in Gloucestershire dat Imogen van haar ouders had geërfd. Met een scheut van verdriet drong het tot Jeff door dat zijn veertien jaar oude dochter bijna een jonge vrouw was, en dat het niet lang meer zou duren voordat hij zijn kleine meid voor altijd kwijt zou zijn.

Hij nam een slokje van zijn Bellini. Toen hij zijn glas op tafel zette keek hij snel even naar Roberto, die er net zo ontspannen bij zat als altijd. Roberto was iemand die zich altijd volkomen thuis leek te voelen, waar hij zich ook bevond. Hij ging gekleed in zijn vaste combinatie: zwarte jeans, zwarte coltrui en zwart leren jack. Hij was vierenveertig, maar met zijn korte peper- en zoutkleurige haar, zijn magere gezicht, hoge jukbeenderen en bijna pikzwarte ogen zag hij er heel wat jonger uit.

De twee mannen hadden elkaar vijf jaar geleden ontmoet. Roberto was een autoriteit op het gebied van oude muziek, en gespecialiseerd in de composities van Palestrina, de zestiende-eeuwse componist die een van de gunstelingen van paus Julius III was geweest. Maar Roberto had nog veel meer pijlen op zijn boog. Hij was een opmerkelijk veelzijdig man: niet alleen eminent musicoloog, maar ook een uitstekend violist en auteur van een aantal populaire boeken over een breed scala aan esoterische onderwerpen. En wat Jeff het meest tot hem had aangetrokken: hij was een deskundige op het gebied van de Venetiaanse geschiedenis. Jeff had twee keer met hem samengewerkt bij een archeologische opgraving en hem geholpen met wat onderzoek voor zijn meest recente boek, een beschrijving van de stichting van Venetië in de vierde eeuw na Christus.

Voor Roberto waren dat allemaal niet meer dan zeer uitgebreide hobby's, want hij was erfgenaam van een van de grootste en oudste fortuinen van Italië. De stamboom van de familie Armatovani reikte tot in de dertiende eeuw en omvatte dogen, kardinalen en krijgsheren, plus allerlei plattelandsadel. Roberto was de jongste van vier broers en de enige die na de dood van zijn ouders in Venetië was gebleven. Hij woonde in een van de weinige palazzi die niet waren omgebouwd tot luxeappartementen of hotels.

'Ga je me nog over je reis vertellen, Roberto? Ik zit daar nu al de hele avond op te wachten.'

'O god. Eerlijk gezegd ben ik zo blij dat ik weer thuis ben, dat ik daar nu liever even niet aan terugdenk.' Hij sprak onberispelijk

Oxford-en-Cambridge-Engels. 'Maar het was... nou... hoe zal ik het zeggen? Een hele ervaring. Ik denk niet dat ze goed wisten wat ze met me aanmoesten. Ze denken dat het voor Europese hoogleraren verplicht is om tweedjasjes te dragen en pijp te roken.'

Ze moesten allebei lachen. 'Maar hoe ging het met de lezingen? Ik durf te wedden dat ze allemaal diep onder de indruk waren.'

'Natuurlijk,' antwoordde Roberto. 'Ze hebben een aantal uitstekende jonge musicologen. Maar hoe zit het met jou, Jeff? Je ziet er afgepeigerd uit.'

'Flauwekul.'

'Is er iets mis?'

'Roberto, het gaat allemaal prima. Zo tevreden als nu ben ik een hele tijd niet geweest.'

'Tevreden? Wat een afschuwelijk woord! Dat zegt helemaal niets. Het houdt precies het midden tussen kwelling en extase. Wat burgerlijk van je, beste vriend.'

Jeff haalde zijn schouders op en dronk zijn glas in één teug leeg. 'Nou, "voldaan" dan. Ik voel me "voldaan". Kan dat ermee door?'

'Het is iets beter.'

'Jij weet beter dan wie dan ook hoe gedeprimeerd ik was toen ik hiernaartoe kwam. Maar daar ben ik nu overheen.'

'En je mist je oude leventje niet?'

'Imogen?'

'Nee, dat nare mens bedoel ik niet, maar je illustere carrière. Per slot van rekening was je een jong genie, een buitengewoon begaafd historicus.'

'Nee, dat mis ik niet.'

'Hoe zou het nou komen dat ik je niet geloof?'

'Nou goed, ja. Soms betrap ik mezelf erop dat ik me zit af te vragen wat ik nu zou doen als het allemaal anders was gelopen. Ik probeer mijn vak wel bij te houden, zelfs al ben ik inmiddels in Cambridge niet meer welkom. En dan is er nog wat ik samen met jou doe.'

Jeff wenkte de ober en bestelde nog een rondje. Hij was niet helemaal eerlijk tegenover zijn vriend. Hij hield van Venetië en zijn samenwerking met Roberto leverde hem veel arbeidsvreugde op, maar het probleem was dat dit onderzoek voor Roberto maar een van de vele dingen was waarmee hij zich bezighield. Het leek wel of de man over een magisch vermogen beschikte om tien verschillende projecten tegelijk in de lucht te houden. Vanwege dat recente reisje naar Amerika van hem hadden ze hun gemeenschappelijke onderzoek moeten onderbreken, en Jeff besefte dat Roberto zich nu hij terug was onmiddellijk op minstens een stuk of vijf nieuwe projecten zou storten. Bovendien moest hij toegeven dat hij het grote aanzien begon te missen dat hij had ontleend aan zijn positie als wetenschappelijk medewerker van Trinity College, Cambridge.

De manier waarop hij zich had opgewerkt tot wereldvermaard autoriteit op het gebied van de geschiedenis van de vroege Middeleeuwen was legendarisch, en op de universiteit was hij destijds als een authentiek wonderkind beschouwd. Zelfs nog vóór zijn afstuderen had hij in het toonaangevende wetenschappelijke tijdschrift *Journal of European History* al een baanbrekend artikel gepubliceerd over antisemitisme in het tiende-eeuwse Frankrijk.

Na zijn verhuizing naar Cambridge was hij een protégé geworden van de befaamde hoogleraar Norman Honeywell-Scott, die over uitstekende connecties beschikte. Jeff schaamde zich er niet voor dat hij Honeywell-Scott als kruiwagen had gebruikt, maar binnen drie jaar nadat hij zich in Cambridge bij hem had gevoegd, hadden ze zo'n ruzie gekregen dat ze elkaar sindsdien nooit meer hadden gesproken. Honeywell-Scott was naar de Sorbonne verhuisd, waar hij zich tot een nóg grotere ster aan het academische firmament had ontwikkeld. Diezelfde zomer had Jeff Imogen Parkhurst leren kennen en was verliefd op haar geworden. Parkhurst was het enige kind van sir Maxwell Parkhurst, een minister in het conservatieve kabinet, wiens voorouders hun fortuin hadden gemaakt met de financiering van de napoleontische oorlogen.

Imogens vader had hem nooit gemogen (haar moeder was negen jaar eerder gestorven) en Jeff had terdege beseft dat Imogen altijd te hoog gegrepen voor hem zou blijven, hoe briljant hij ook mocht zijn en hoeveel succes hij in zijn academische loopbaan mocht hebben. Hij was geboren in een driekamerwoninkje boven een winkel in Wickford, Essex, en zijn vader was elektromonteur geweest. Intellectuele slagkracht zou nooit meer dan een gedeeltelijke compensatie kunnen vormen voor een zo'n nederige afkomst. Imogen had hevig ontkend dat haar gevoelens voor hem voortkwamen uit een verlate rebellie tegen haar ouders, maar dat was natuurlijk grote onzin geweest. En toen, volkomen onverwacht, was Jeff te weten gekomen dat Imogen hem bedroog met een vriend van de familie, Caspian Knightley, een verre verwant van wijlen lady Diana Spencer.

Sindsdien waren Imogen en hij steeds meer van elkaar vervreemd geraakt. Twee maanden na de scheiding was sir Maxwell om het leven gekomen bij een helikopterongeluk; Imogen had het familiekapitaal geërfd. Jeff had zich op zijn werk gestort en alles ingezet op het schrijven van een tv-serie over Karel de Grote waarvoor hij door een productiebedrijf was aangezocht. De pilot was geflopt en vrijwel van de ene dag op de andere was zijn prille mediacarrière al weer voorbij geweest. Die mislukking, de eerste in zijn hele carrière, had hem zwaar geraakt. Hij was gaan drinken en onder invloed van zijn nieuwe vriendjes bij de media had hij ook korte tijd met cocaïne geëxperimenteerd. Het had niet lang geduurd voordat zijn academische loopbaan in het slop begon te raken. Een paar maanden later, nadat de scheiding was uitgesproken, had hij het advies van de rector magnificus van Trinity College opgevolgd en was voor een langdurige 'vakantie' naar Italië gegaan.

In sommige opzichten had hij veel geluk gehad. In de tijd dat hij met Imogen getrouwd was geweest, had hij een paar werkelijk nuttige mensen leren kennen, die echte vrienden waren geworden. Een van hen was Mark Thornton, een van de beste advocaten van Engeland en gespecialiseerd in echtscheidingszaken. Thornton was nooit erg dik geweest met de familie Parkhurst en Imogen had hij al helemaal niet zien zitten. Hij had dan ook zijn uiterste best gedaan om voor Jeff een uitzonderlijk goede regeling te treffen, die inhield dat de zoon van de elektricien uit Wickford de rest van zijn leven niet meer zou hoeven werken en kon beschikken over een flat in Mayfair, een vijfkamerappartement aan het Piazza San Marco in Venetië en een paar miljoen op de bank. Maar Jeff besefte maar al te goed dat hij met alle genoegen van dat alles afstand gedaan zou hebben als hij opnieuw had kunnen beginnen en dan wat meer tijd samen met Rose had kunnen doorbrengen.

'Zit er een leuke meid aan de bar?' vroeg Roberto plotseling.

'Wat?'

'Je lijkt buitengewoon veel belang te stellen in iets of iemand daar.'

'Sorry, ik zat aan Rose te denken,' loog hij.

'Nou, die staat inmiddels in bloei. Dat is wel zeker. Ik kon mijn ogen nauwelijks geloven toen ik je vanavond kwam ophalen. En ze kan goed overweg met de onhandelbare Maria? Dat is werkelijk heel bijzonder.'

Jeff lachte. 'Je hebt nooit kunnen wennen aan mijn huishoudster, hè Roberto?'

'Nee,' antwoordde zijn vriend. 'Die vrouw kan me niet uitstaan.'

'Onzin.' Jeff keek op zijn horloge. Het was al elf uur geweest. 'Hoor eens, ik wil niet vervelend doen maar ik moet weer eens op huis aan. Ik reken wel af.'

Buiten was het ijskoud en hun adem bleef als witte damp in de lucht hangen. Het was de avond voor carnaval, een frisse en koude avond in februari. Wat Jeff betrof, was Venetië 's winters op zijn best. Ze sloegen hun kraag op en liepen over de Calle Valaresso, langs de winkels met dure designerartikelen, naar de Salizada San Moisè. Op de kruising namen ze afscheid en spraken af om zondag te lunchen in het Palazzo Gritti. Jeff stak zijn handen diep in zijn overjas en liep naar het Piazza San Marco.

Het was stil op straat. De meeste toeristen lagen al onder de wol en de Afrikaanse straathandelaren waren hun valse Louis Vuittontasjes en Rolexen van vijf dollar aan het opbergen. Niet ver van de westelijke rand stak hij het *piazza* over. Snel liep hij een korte passage door. Zijn appartement bevond zich op de bovenste verdieping van een gebouw aan de noordzijde van het plein. Hij sloeg rechtsaf en liep door een smal steegje achter het gebouw. Het enige wat de stilte verbrak, was het zacht kabbelende water in het kanaal aan zijn linkerhand. Toen hij de deur van de hal had bereikt, voelde hij in zijn zak naar de sleutel. Net toen hij die in het slot wilde duwen, hoorde hij achter zich een kuchje. Snel draaide hij zich om. In de schaduw stond een man met een lange, zwarte jas aan en een hoed op. In het licht uit een vensterraam boven hen zag hij heel even dat de man iets blinkends in zijn hand hield.

'Neemt u me niet kwalijk. Ik wilde u niet laten schrikken,' zei de man terwijl hij uit de schaduw tevoorschijn kwam. Hij was niet meer dan één meter vijftig lang en zijn gerimpelde gezicht zag grauw. Zijn overjas zat vol rafels; het witte haar onder zijn slappe vilthoed was zo lang dat het tot op zijn schouders hing. Toen hij een stap naar Jeff toe zette, leunde hij zwaar op een houten wandelstok met een blinkend gepoetst metalen handvat.

'Mijn naam is Mario Sporani,' zei hij. 'U kent mij niet, maar ik beschik over informatie die u misschien wel interessant zult vinden. Zou ik misschien aanspraak kunnen maken op uw gastvrijheid? Het is een beetje kil.'

'Wat voor informatie?' vroeg Jeff terwijl hij de man argwanend aankeek.

'Een kwestie van geschiedenis.'

'Geschiedenis?'

'Mijn excuses. Ik ben vanavond hiernaartoe gekomen vanuit mijn huis in Florence. Ik was ooit de bewaarder van de Medicikapel. Ik heb iets met u te bespreken. Het gaat om een kwestie van groot belang.' En na die woorden overhandigde hij Jeff een nogal gekreukte zwart-witfoto waarop een veel jongere Mario Sporani te zien was die een zwarte cilinder van ongeveer dertig centimeter lang in zijn handen hield. Aan het ene uiteinde van de koker wist Jeff nog net een familiewapen te onderscheiden, een arrangement van vijf ballen en een paar gekruiste sleutels: het wapen van de familie De' Medici. 'Ik ben een van de zeer weinigen die dit voorwerp de afgelopen vijfhonderd jaar hebben gezien,' ging Sporani verder. 'En nu is het van de aardbodem verdwenen.'

Jeffs woonkamer was spectaculair, een enorme open ruimte, modern ingericht met veel matglanzend staal, donkere houtsoorten en zachte witte en crèmekleurige stoffen. Tegenover de voordeur bevonden zich enkele grote vensters die uitzicht boden op het Piazza San Marco, de Campanile en de kerk van San Giorgio Maggiore. Rechts van het vertrek bevond zich de keuken en links leidde een donker gangetje naar de slaapkamers.

Mario Sporani stond in de deuropening en nam het allemaal zwijgend in zich op, maar aan zijn glimmende ogen was te zien dat hij onder de indruk was. 'Mooi,' zei hij eenvoudigweg, en Jeff gaf met een handgebaar te kennen dat hij kon gaan zitten. Het was stil in huis. Rose en Maria lagen kennelijk al in bed.

Jeff liep naar de keuken om koffie te zetten terwijl hij intussen Sporani met een half oog in de gaten hield. Zijn bezoeker drentelde wat door de woonkamer, en bleef toen voor het raam naar buiten staan kijken met een uitdrukking op zijn gezicht die leek aan te geven dat hij zich in een toestand van de hoogste verrukking bevond. Nadat hij zo een tijdje had staan kijken liep de man naar de schilderijen en nadat hij die had bekeken, liep hij verder naar een reeks glazen planken met een verzameling kunstvoorwerpen erop.

Een minuut later stond Jeff naast hem met een dienblad in zijn handen. Sporani bekeek een schilderij. 'Aanvankelijk zou ik gezworen hebben dat dit Modigliani's *Liggend naakt* was, maar er klopt iets niet.'

Jeff keek de oude man onderzoekend aan. 'Het is een heel vroeg werk uit zijn tijd hier aan het Instituut voor de Schone Kunsten in Venetië. Het dateert uit de tijd dat hij voor het eerst hasjiesj begon te roken. Het jaar daarop is Modigliani naar Parijs verhuisd en daar heeft hij een nieuwe versie van dit schilderij gemaakt.'

'Fascinerend,' zei Sporani terwijl hij langzaam zijn hoofd schudde.

Jeff zette het dienblad op een roestvrijstalen tafeltje tussen de twee banken die het dichtst bij de ramen stonden.

'Goed,' zei hij terwijl hij Sporani een kopje aanreikte. 'Wat heeft dit allemaal te betekenen?'

'Natuurlijk bent u sceptisch, meneer Martin. Zo zou ik veertig jaar geleden ook gereageerd hebben.'

Hij nam een slokje koffie. 'Zoals ik al zei, was ik totdat ik een paar jaar geleden met pensioen ging, beheerder van de Medici-kapel. Ik had het beheer over de kapel toen Florence werd getroffen door de verschrikkelijke overstroming van november 1966, die zoveel prachtige kunstwerken heeft vernietigd.'

Jeff keek zwijgend toe. Hij vermoedde dat Sporani ouder leek dan hij werkelijk was en waarschijnlijk pas een jaar of zeventig was.

'Die ochtend trad de Arno buiten zijn oevers en stroomde onze wijk binnen. Het lukte me om tegen de stroom in te waden en de kapel te bereiken. Toen ik daar aankwam, zag ik mijn ergste angsten bewaarheid: de crypte was overstroomd geraakt en de Medici's die daar begraven lagen, dreigden door het water weggespoeld te worden. Ik was jong en impulsief. Zonder aan mijn eigen veiligheid te denken, klom ik haastig de grafruimten in en daar ben ik toen bijna verdronken. Het heeft echt maar een haartje gescheeld. Ik kon weinig uitrichten om de crypte te beschermen, maar hoewel er immense schade was aangericht, bleef het allerergste ons gelukkig bespaard. Die avond begon het peil alweer te dalen. Terwijl ik me daar in de grafkamer bevond en mijn uiterste best deed om te ontsnappen aan het stijgende water, stuitte ik op een merkwaardig voorwerp, een koker van ebbenhout. Aan het wapen dat erop was aangebracht, zag ik onmiddellijk dat die ooit van de Medici's was geweest, maar ik had geen idee wat het was. Zoals ik al zei, ik was nog jong. Ik had het ding moeten overdragen aan de autoriteiten, maar dat kon ik niet opbrengen, in elk geval niet meteen.'

Hij liet een korte stilte vallen en nam nog een slokje koffie. 'Ik heb het zegel verbroken. In de koker vond ik een paar vellen papier die helemaal waren volgekrabbeld in een onbekende taal. Later kwam ik tot de conclusie dat het waarschijnlijk Grieks was, en dat kon ik natuurlijk niet lezen.'

'Hebt u er dan niet aan gedacht om het te laten vertalen?' vroeg Jeff.

'Tja, daar heb ik wel aan gedacht. Ik heb een paar vrienden zelfs over mijn ontdekking verteld. Dat is waarschijnlijk een vergissing geweest. Ik had beter mijn mond kunnen houden.'

Jeff keek hem verbaasd aan.

'Ze konden me toch niet helpen, ziet u. Zelfs degenen onder hen die over enige talenkennis beschikten, konden niet meer dan hier en daar woordje voor me vertalen. Eén uiterst belangwekkend feit heb ik echter wel kunnen vaststellen. Op de laatste bladzijde stond een handtekening, de handtekening van Cosimo de' Medici, de grote beschermheer en leider van Florence. En hoewel ik geen woord van de tekst kon lezen, was het duidelijk een of andere agenda of dagboek, want de tekst was opgedeeld in verschillende blokken, en boven elk tekstblok stond een datum genoteerd. Die data heb ik me goed ingeprent. Naderhand ben ik erachter gekomen dat het data waren uit het jaar 1410.'

'En dat heeft u ertoe aangezet om uw vondst alsnog over te dragen?'

'Dat had wel gemoeten.' Sporani zette zijn lege kopje op tafel. 'En ik zou het ook gedaan hebben. Ik ben geen dief.'

'U zou het ook gedaan hebben?'

'Twee dagen na mijn ontdekking werd er 's avonds laat hard op de voordeur gebonsd. Mijn vrouw en mijn zoontje lagen te slapen in de achterkamer. Ik deed open en werd onmiddellijk de gang ingeduwd, terwijl iemand een pistool tegen mijn hoofd zette. Ze waren met zijn tweeën. Een van hen was volgens mij een Engelsman, en de ander een Italiaan. De Italiaan was degene die het meeste zei, al waren ze eigenlijk allebei nogal zwijgzaam. Ze wilden het Medici-document.'

'Hoe wisten ze van het bestaan daarvan?'

'Dat weet ik niet zeker. Maar ik had niemand iets over mijn ontdekking moeten zeggen. Natuurlijk heb ik het hun gegeven. Toen de Italiaan opmerkte dat het zegel was verbroken, was ik er zeker van dat hij me zou vermoorden. Ik moest snel denken. Ik zei hem dat het al verbroken was toen ik het vond.'

'En dat geloofden ze?'

'Ik weet het niet. Volgens mij had de man met het pistool maar al te graag de trekker willen overhalen, maar de Engelsman hield hem tegen. Hij zei iets wat ik nooit zal vergeten: "Als je hier ooit iemand iets over vertelt, schiet ik dat kindje van jou zijn kop van zijn romp."'

Buiten klonk het zwakke geluid van een scheepstoeter.

'Maar wat komt u hier dan doen?'

Sporani zat uit het raam te kijken alsof hij zich in een droom bevond. Hij schrok op en richtte zijn vermoeide ogen op Jeff. 'O, ze hebben geen greep meer op me, meneer Martin. Mijn lieve kindje is opgegroeid tot een flinke man, maar vijf jaar geleden is hij in Bologna bij een motorongeluk om het leven gekomen. En mijn vrouw Sofia is vorige maand overleden aan borstkanker.'

'Dat spijt me voor u.'

'O, dat hoeft u niet spijten, hoor. We zijn met z'n drieën heel gelukkig geweest.'

Jeff schonk nog wat meer koffie in. 'Maar waarom bent u nu naar mij toe gekomen?'

'Ik heb uw hulp nodig. U weet natuurlijk van het Medici-project, het team dat in de kapel onderzoek doet naar de stoffelijke overschotten?'

'Ja.'

'Nou, ik geloof dat die mensen in groot gevaar verkeren.'

'Waarom denkt u dat?'

'Vanwege datgene wat ik u zojuist heb verteld.'

'Maar dat was meer dan veertig jaar geleden...'

'Toen ik voor het eerst van het Medici-project hoorde, heb ik laten weten dat ik ertegen was. Ik heb de autoriteiten van de Universiteit van Pisa, die het team financiert, gemeld dat ik geloof dat iemand of een bepaald groepje mensen niet wil dat er met de lijken wordt geknoeid. Maar niemand wilde naar me luisteren.'

'Ik kan me wel voorstellen dat ze een beetje sceptisch waren,' gaf Jeff toe.

'Inderdaad. En destijds kon ik ze niets vertellen dat hun reden zou geven om mij niet als gewoon de zoveelste halvegare te beschouwen.'

'Maar u hebt het team gesproken?'

'Dat is de reden waarom ik naar u toe ben gekomen, meneer

Martin. Professor Mackenzie wilde me niet eens ontvangen. Ze hebben elke dag al genoeg te stellen met mensen die tegen hun onderzoek gekant zijn... mensen zoals Fra Baggio. Hebt u wel eens van hem gehoord?'

Jeff knikte.

Sporani keek hem met zijn felle ogen strak aan. 'Edie Granger is een oude vriendin van u. U zult van haar wel gehoord hebben dat professor Mackenzie een arrogante man is, maar toch moet u hem zover zien te krijgen dat hij zijn werk in de kapel staakt.'

Jeff en Edie kenden elkaar al een hele tijd. Ze was zijn oudste en beste vriendin. Ze hadden elkaar ontmoet op de universiteit, en hoewel ze sindsdien heel verschillende levens hadden geleid, waren ze altijd nauw bevriend gebleven. Toen ze elkaar voor het eerst hadden ontmoet, was zij een achttien jaar oude barbaar geweest, maar een paar jaar later was ze cum laude geslaagd voor de vakken chemie en pathologie en daarna gepromoveerd met een proefschrift over paleopathologie. Haar vrienden grapten wel eens dat zij het familiebedrijf voortzette, want haar ouders waren allebei archeoloog geweest.

'Ik heb professor Mackenzie maar een paar keer ontmoet. Ik ken hem eigenlijk vooral van reputatie.'

'Ja, natuurlijk, de wereldberoemde paleopatholoog. Hij is tegenwoordig algemeen bekend. In de *Times* werd hij zelfs de "mummiedetective" genoemd. Misschien is hij ook wel te belangrijk om mij te woord staan. En dat is de reden waarom ik naar u toe ben gestapt. U bent de enige die hem kan overtuigen van het gevaar waarin zijn team en hij nu verkeren.'

Jeff keek Sporani strak aan en schudde langzaam zijn hoofd. 'Ik vind het vervelend om u te moeten teleurstellen, meneer Sporani, maar u hebt het heel erg mis. Ik kan helemaal niets voor u doen. En bovendien ben ik er niet van overtuigd dat uw angsten gerechtvaardigd zijn.'

'Dat bent u niet?'

'Nou, nee. Ik geloof uw verhaal wel, maar het is een hele tijd geleden. Misschien waren de twee mannen die destijds uw huis zijn binnengedrongen, gewoon dieven, en wisten ze hoe ze ervoor moesten zorgen dat u uw mond zou houden.'

'Het zou kunnen,' antwoordde Sporani en hij keek Jeff strak aan. 'Maar een jaar geleden, voordat mijn Sophia stierf en kort nadat de opgravingen werden aangekondigd, kreeg ik dít toegestuurd.'

Sporani overhandigde Jeff een envelop. Hij trok er een vel papier uit en las het korte berichtje door: HOUD JE VRIENDEN TEGEN. LAAT DE GRAFTOMBE VAN DE MEDICI'S ONAANGEROERD. JE ZOON MAG DAN DOOD ZIJN, MAAR JE VROUW LEEFT NOG.

* * *

Het grootste deel van de nacht kon Jeff niet slapen. Nog vóór zonsopgang stond hij al op en kleedde zich aan. Hij was net een pot sterke koffie aan het zetten toen Rose geeuwend de keuken binnen kwam lopen. Haar blonde haar piekte alle kanten uit.

'Hé, het leeft!' zei hij met een brede grijns.

Ze trok een lelijk gezicht en wreef over haar ogen. 'Sta je altijd zo vroeg op, papa?'

'Alleen als ik de hele nacht heb doorgehaald.'

Heel even keek het meisje hem stomverbaasd aan, maar toen drong het tot haar door dat haar vader een geintje maakte. Als ze glimlachte, leek ze ontwapenend veel op haar moeder, dacht Jeff. Haastig zette hij alle pijnlijke herinneringen die die gedachte bij hem opriep van zich af. Van uit de gang konden ze horen hoe Maria de stekker van de stofzuiger in het stopcontact duwde. Ze stak haar hoofd even om de deur om goedemorgen te zeggen voordat ze met haar werk begon.

'Ik kan deze stad altijd het beste waarderen als er niemand op straat is, Rose,' zei Jeff, en hij nam een grote slok koffie. 'Een psychiater zou daar misschien onheilspellende conclusies uit kunnen trekken, maar het is nou eenmaal zo.' Hij trok een bruin leren jack aan. 'Schenk jezelf maar wat koffie in. Ik heb een paar croissants in de oven gelegd.'

'Waar ga jij dan naartoe?'

'Ik heb nog een hoop te doen.'

Jeff stapte de lift uit en terwijl hij over de marmeren vloer van de hal liep, zwaaide hij naar de slaperige conciërge. Even later liep hij het smalle steegje achter het gebouw in. Toen hij de hoek om liep, struikelde hij bijna over het lichaam van een man, dat in een donkere schaduw lag en daarom vrijwel niet te zien viel. De man kreunde en ging verrassend snel rechtop zitten.

'Ach, Jeffrey, mijn vriend.' Zijn stem was hees en hij had een zwaar accent.

'Ha, Dino, meestal ben je er op een andere dag.'

Dino wreef over zijn ogen. 'Ik verander mijn vaste routine. Zo houd ik de toeristen alert,' zei hij met een scheve grijns.

Dino leefde al op straat sinds Jeff in San Marco was komen wonen. In die duistere tijd vlak nadat hij zijn oude bestaan in Engeland achter zich had gelaten en naar Venetië was getrokken, was Jeff met de man bevriend geraakt en had hij hem regelmatig getrakteerd op een kop koffie en een sandwich. Tijdens de gesprekken die ze daarbij voerden, had Dino hem het een en ander over zijn leven verteld. Hij was Kosovo ontvlucht nadat zijn vrouw en dochtertje daar waren afgeslacht. Hij had ze met zijn blote handen begraven en was naar het westen getrokken met niet meer dan de kleren die hij aan zijn lijf had. Vóór de oorlog was hij wiskundeleraar geweest in Pristina. Nu leefde hij van de paar euro's die hem zo nu en dan werden toegeworpen door rijke Amerikaanse toeristen.

Dino had een vaste routine, die inhield dat hij één keer per week in San Marco verscheen en zijn aandacht de rest van de tijd op andere toeristische trekpleisters richtte. Jeff gaf hem altijd een paar dollar of ging koffie met hem drinken. Op een wat eigenaardige manier hadden de twee mannen een bepaalde band ontwikkeld. Ze waren allebei bannelingen, mannen die uit het normale leven waren gevallen. Dino was diepgelovig. Tot in het diepst van zijn ziel was hij ervan overtuigd dat zijn leven hier op aarde alleen maar een opmaat was voor een beter leven na de dood, waarin hij herenigd zou worden met zijn vrouw en kind. Jeff was overtuigd atheïst en had zo zijn eigen gedachten, maar hij begreep dat alleen het bestaan van zijn vriend al een grote steun voor hem vormde.

Dino zorgde ervoor dat hij telkens weer besefte dat zijn eigen dochter Rose nog in leven was en blaakte van gezondheid.

'Hier, Dino.' Jeff overhandigde de man een paar knisperende nieuwe bankbiljetten. 'Haal maar wat te eten. Ik moet weg. We spreken elkaar volgende week wel, hè?'

Dino nam het geld aan en gaf Jeff een hand. 'God zal het je lonen,' zei hij met een glimlach.

Een rossige gloed verspreidde zich over de oostelijke hemel; lange schaduwen strekten zich uit over het plein toen Jeff met lange passen het Piazza San Marco op liep. Bij de Torre dell' Orologio liep hij de kronkelige Calle Larga in. Even later sloeg hij linksaf bij de Calle dei Specchieri. De straten waren leeg en verlaten, de winkels nog niet open. Jeff kreeg het gevoel dat iedereen van de aardbodem verdwenen was en dat hij als enige was overgebleven en nu gedoemd was de rest van zijn dagen door deze stille straten te dolen. Maar niet lang daarna kwam hij op de Rio di San Zulian langs een vrouw met een klein hondje aan de lijn. Ze hield een sigarettenpijpje tussen haar felrode lippen geklemd. Zonder het uit haar mond te halen gaf ze de hond een standje omdat hij bleef treuzelen bij een lantaarnpaal. Er dwarrelde wat sigarettenas op de kasseien. Achter haar liepen twee vrouwen van middelbare leeftijd. Hun huid zag grauw en er lag een vermoeide blik in hun ogen. Alles aan hen was even grauw, met uitzondering van de veelkleurige hoofddoeken die ze laag over hun voorhoofd hadden getrokken.

Tegen de tijd dat hij het Rialto bereikte, rees de zon langzaam boven de horizon en hulde het water van het Canal Grande in een hele reeks pasteltinten. Een *vaporetto* vol met vroege forensen voer onder de brug door. De brug zelf was vrijwel verlaten. Achter de van tralies voorziene etalageruiten waren goedkope carnavalsmaskers en T-shirts met gondels erop te zien. Jeff bleef even staan en nam het tafereeltje in zich op. Hij had het nu al duizend keer gezien, maar toch kon het hem nog steeds diep ontroeren. Venetië, zo had hij lang geleden besloten, was wat hij een 'emotieversterker' noemde. Als je je gelukkig voelde, werd je hier nog gelukkiger; en als je somber was, werd je hier nog somberder. Op de een of andere manier was Venetië voor zijn vrouw en hem altijd een speciale plek geweest. Ze waren hier op hun huwelijksreis naartoe gegaan. De aandelenkoersen stonden hoog en vol zelfvertrouwen hadden ze een appartement aan het Piazza San Marco gekocht. Maar Venetië was ook de plek waar hij had gemerkt dat Imogen hem ontrouw was.

Ze hadden Rose in Londen achtergelaten bij het kindermeisje en waren voor twee overnachtingen naar Venetië gevlogen. Op de avond van hun aankomst waren ze meteen uit eten gegaan bij Danieli. Het was zoals altijd weer een buitensporige verkwisting geweest, maar in die tijd genoot Jeff nog met volle teugen van het grote leven waaraan hij zo gewend was geraakt. Toen ze terugliepen over de Riva Degli waren ze de pianobar in het Monaco binnengelopen en daar had Imogen hem verteld dat er iemand anders was. De volgende ochtend was ze teruggegaan naar Engeland, maar hij had ervoor gekozen om nog een tijdje te blijven. Hij had tijd nodig om na te denken, en alles tot zich door te laten dringen.

Toen hij alleen was, vol verdriet over het verlies van zijn vrouw, was Venetië plotseling omgeslagen in een stad vol geestverschijningen, en hij merkte dat hij het contact met de werkelijkheid begon kwijt te raken. Hij had alleen maar in bed gelegen en zich afgemat met pogingen om te bedenken wat er nou toch mis was gegaan.

Natuurlijk had hij erg met zichzelf te doen gehad, maar hij had zich toch vooral zorgen gemaakt om Rose. Hij was woedend geweest op Imogen omdat ze hun gezin zo ruw aan stukken had gescheurd. Zijn woede maakte hem stoïcijns en hij verbaasde zichzelf over de nietsontziende wijze waarop hij vervolgens reageerde. Hij was teruggegaan naar Engeland, had onmiddellijk een scheiding aangevraagd en alle gevoelens onderdrukt die hij ooit voor zijn doortrapte ex had gekoesterd.

Soms vroeg hij zich af of het wel zo'n goed idee was geweest om terug te keren naar de stad waar zijn leven in elkaar was gestort. Maar hij hield te veel van Venetië om de stad los te kunnen laten. Hij kon Venetië niet de schuld geven van wat zijn vrouw hem had aangedaan. Kort na de scheiding, toen hij zich hier net gevestigd had, had hij soms hele nachten door de verlaten doolhoven van Venetië gelopen terwijl hij op zijn iPod naar Samuel Barber en Tom Waits luisterde en zich afvroeg of hij ooit weer gelukkig zou kunnen zijn.

Zijn oudste vriendin, Edie, had hem geholpen om daardoorheen te komen. Ze had een tijdje vrijaf genomen van haar werk om bij hem in Venetië te komen logeren. Ze had hem gedwongen om mee uit eten te gaan en met haar te praten, en wat de drank betrof, die hij destijds met veel te groot gemak naar binnen goot, had ze hem op rantsoen gezet. De band tussen hen was sterker geworden dan ooit tevoren. Jeff wist dat Edie Imogen nooit gemogen had. Niet dat ze ooit ook maar een woord ten nadele van zijn ex had gezegd, maar hij kende Edie zo goed dat het soms leek alsof ze elkaars gedachten konden lezen. Imogen was ongetwijfeld jaloers geweest op hun relatie, maar die jaloezie was misplaatst. Edie was zijn liefste vriendin, maar de band tussen hen was als die van broer en zus. Imogen was zijn vrouw geweest, en hij had van haar gehouden... voor een tijdje althans.

Toen hij aan Edie liep te denken, kwam ook de herinnering aan de vorige avond en het merkwaardige bezoek van Mario Sporani weer bij hem op. De man was ervan overtuigd geweest dat Edie Carlin Mackenzie op de een of andere manier zou kunnen overhalen om zijn onderzoek te staken, en Sporani was er duidelijk van overtuigd dat de mensen die bezig waren met het onderzoek in de Medici-kapel in groot gevaar verkeerden. Niet lang nadat hij Jeff dat merkwaardige briefje had laten zien, had de oude man afscheid genomen. Jeff had hem uitgenodigd om te blijven slapen, maar op dat aanbod was Sporani niet ingegaan. Jeff had hem de nauwelijks gemeende belofte gedaan dat hij Edie zou bellen. Sporani zou nog een paar dagen in Venetië blijven en ze hadden afgesproken om binnenkort nog een keer koffie te gaan drinken. Nu wist hij niet goed wat hij van de hele zaak moest denken. Onwillekeurig maakte hij zich toch zorgen om Edie. Maar dit was toch zeker allemaal flauwekul? Alleen godsdienstwaanzinnigen geloofden dat er iets mis was met het opgraven van de Medici's. Sporani was gewoon wat in de war, een fantast. Misschien was hij geestelijk ontwricht geraakt door het verlies van zijn gezin.

Hij liep langs de noordzijde van het Rialto naar beneden, en sloeg meteen rechtsaf, de vismarkt op. Hij hield van deze markt, en genoot zelfs van de sterke vislucht om de kraampjes waar mannen in witte overalls en rubberlaarzen vis stonden te fileren. Overal waar hij keek, zag hij vis en andere zeedieren: grote bakken vol met inktvissen, die eruitzagen als uitgezakte en opgezwollen hersenen; kreeften die met hun scharen wanhopig door de lucht zwaaiden in een poging om een plek te bereiken die ze nooit meer terug zouden zien; een hele tonijn met in blokletters de naam van de visboer erop die het beest in stukken zou snijden om er dertig gezinnen mee te voeden. Voorbij de viskraampjes stonden lange rijen fruit- en groentekraampjes, met hier en daar een bloemenstalletje. Overal waar je keek, zag je kleuren.

Jeff hield van koken. Dit was de plek waar hij het liefste naartoe ging om verse ingrediënten te kopen. De marktkooplui noemden hem allemaal bij zijn voornaam. Ze maakten grapjes met hem en het afgelopen jaar hadden ze hem een schat aan slang en schunnigheden geleerd.

Hij liep langzaam over de markt en kocht de beste vis die hij maar kon vinden: gefileerde forel, dat zou Rose heerlijk vinden. Daarna zocht hij courgettes, aubergines, champignons en wat stevige nieuwe aardappeltjes uit. Een kwartier nadat hij de markt op was gelopen, was hij al weer klaar. Hij had twee grote plastic tassen bij zich met alles erin wat hij nodig zou hebben om vanavond te koken.

Toen hij de markt verliet, was de dag opgebloeid. Overal liepen mensen en het licht was niet langer somber en grauw, maar helder en een beetje schel, zoals het een echte Venetiaanse ochtend betaamde. Het was tijd voor een kopje koffie, met misschien wel een aperitiefje erbij.

Hij zette de plastic tassen naast een tafeltje, riep de ober en bestelde. Daarna viel zijn oog op de tv op een plank hoog in de hoek tegenover hem. Het nieuws stond op en het geluid was zacht gezet. Hij zag een tank ontploffen, en er werden foto's in beeld gebracht van de militairen die daarbij om het leven waren gekomen. De nieuwslezer sprak een paar nauwelijks hoorbare woorden en er verscheen een nieuw beeld op het scherm. De ober kwam de koffie brengen, met een koekje op het schoteltje. Jeff richtte zijn aandacht weer op het beeldscherm. Het onderste deel daarvan werd in beslag genomen door een gekleurde balk met daarop de woorden MEDICI-KAPEL, FLORENCE. Daarboven zag hij een schemerig vertrek. Vrijwel onmiddellijk drong het tot hem door dat dit de grafkelder was. Toen vloeide het beeld over in een portretfoto van professor Carlin Mackenzie.

Jeff voelde zich plotseling misselijk worden. Hij stond op het punt om de ober te roepen dat hij het geluid wat harder moest zetten, maar het beeld op het scherm maakte al plaats voor een opname van Downing Street. Hij stak zijn hand in zijn zak en haalde zijn mobieltje tevoorschijn. Volkomen op de automatische piloot drukte hij een paar toetsen in en vond de internetnieuwsdienst van de BBC. Hij klikte nogmaals en de rubriek BREAKING NEWS verscheen in beeld. Haastig las hij het korte berichtje door. Pas toen hij daarmee klaar was, drong het tot hem door dat zijn handen trilden.

4

Florence, 4 mei 1410

Cosimo de' Medici tuurde aandachtig in de kleine spiegel in zijn slaapkamer. Hij was een lelijke jongeman, en dat wist hij best. De blonde lokken van zijn beste vriend, Ambrogio Tommassini, waren voor hem niet weggelegd; en dat gold al evenmin voor iets wat zelfs maar in de verste verte enige gelijkenis vertoonde met Ambrogio's welgevormde neus, zijn lange wimpers en zijn grote, bruine ogen met de soms peilloos diepe blik daarin. Cosimo's gezicht was een vreemd mengelmoesje van niet bij elkaar passende gelaatstrekken; een vooruitstekende kin, smalle lippen en een zeer onappetijtelijke neus. Toegegeven, zijn ogen waren groot en fraai van vorm, maar ze waren net niet helemaal van hetzelfde formaat, en heel onnauwkeurig aan weerszijden van zijn neus geplant. Hoewel hij nog maar net aan zijn tweeëntwintigste jaar was begonnen, was zijn haar al dun en plukkerig, en zijn huid had een vale teint. Maar toen verscheen er een klein glimlachje op zijn gezicht en onmiddellijk zag hij er heel anders uit. Hij was nog steeds lelijk, maar er blonk een nieuw licht in zijn ogen en de plotselinge rimpeltjes rondom de oogkassen maakten hem niet alleen tien jaar ouder, maar zorgden er ook voor dat hij warmte uitstraalde. Hij voelde zich op zijn gemak met het gezicht dat hem aankeek vanuit de spiegel. Op dat moment zou hij zijn eigenaardige tronie niet hebben willen ruilen voor Ambrogio's formidabele schoonheid. Hij liep naar het bed en pakte zijn *lucco*, de dikke, karmozijnrode jas tot op zijn enkels die hij elke dag aan had, schoot zijn armen in de mouwen en liet de zware stof genietend om zijn polsen zakken. Een ogenblik later liep hij naar de deur toe.

Terwijl hij de stenen gang door en de brede, gewelfde trap af liep, was nergens in huis iets te horen, maar toen hij eenmaal in de hal stond, hoorde hij buiten mensen voorbij lopen; wat verder weg de ratelende hoefslag van een paard dat over de keien liep.

Cosimo trof zijn moeder, Piccardia, in haar handwerkkamer aan de voorkant van het huis. De gordijnen waren wijd opengetrokken, zodat het zonlicht in brede, citroenkleurige banen door de ruimte viel. Zijn zes jaar oude broertje Lorenzo was met een van de katten aan het spelen. Olomo, het zwarte slavenjongetje dat kortgeleden uit Lissabon was gekomen, was de haard aan het schoonmaken. Hij veegde de as in een brede houten emmer die hij op zijn kant had gelegd. Tussen twee vegen in haalde hij zo nu en dan met de borstel uit naar een jong lapjeskatje, dat vastbesloten was om de hoop grijs poeder die hij zo zorgvuldig uit de haard had geveegd binnen de kortste keren weer over de grond te verspreiden.

'Ik heb een afspraak met vader op het achtste uur,' zei Cosimo tegen zijn moeder.

'Maar je ontbijt dan, Cosi?'

'Ik koop onderweg wel wat brood. Ik ben al laat.' Hij gaf zijn moeder een kus op de wang.

Nu merkte Lorenzo zijn broer op en kwam snel naar hem toe gehold. Cosimo woelde met zijn hand door het haar van het jongetje, tilde hem toen hoog op en draaide snel met hem in de rondte.

'Denk eraan dat we straks gaan ballen, Cosi. Je hebt het beloofd,' wist Lorenzo tussen zijn verrukte gepiep door nog uit te brengen.

'Hoe zou ik zo'n belangrijke afspraak nou kunnen vergeten?' Hij zette zijn broertje weer op het tapijt, gaf de jongen een kus op zijn hoofd, zwaaide even naar zijn moeder en verdween uit het zicht.

De Medici's woonden in een groot maar verder nogal onopvallend huis aan de Piazza del Duomo, en de ramen op de bovenverdieping boden een spectaculair uitzicht over de stad in de richting van de Ponte Vecchio: de voorgrond werd overheerst door de nog niet voltooide kolos van de Duomo, en in de verte zag je de kathedraal van Santa Maria del Fiore in de steigers staan.

In de omgeving van de Duomo was het al druk op straat. Cosimo stapte het piazza op, en moest snel opzij springen voor een man die een volgeladen kar met groente voortzeulde. Daarna liep hij in zuidelijke richting langs de Via del Calzaliuoli naar de rivier toe, naar de wijk bij de Via Porta Rossa, waar de banken gevestigd waren. Dat was de plek waar zijn vader, Giovanni di Bicci, dertien jaar geleden de Medici-bank had opgericht. Er hing een merkwaardig mengelmoesje van geuren: de zurige stank van de looierijen en de ammoniaklucht van rottend visafval viel scherp uit de toon met het heerlijke aroma van vers brood. Maar Cosimo besteedde nauwelijks aandacht aan al die geuren. Hij was slechts enkele meters hiervandaan geboren, op een dag waarop diezelfde geuren net zo sterk te ruiken waren geweest als nu. Voor hem waren ze even vanzelfsprekend als de smetteloos blauwe hemel boven de torens, de rode pannendaken en de met keien geplaveide straat onder zijn voeten.

Toen hij opkeek, zag hij een moederlijke gedaante die een laken uitschudde en het toen met knijpers aan een dun stukje touw dwars over haar balkon hing. Vanuit het huis achter haar klonk het gekrijs van kinderen, een harde klap en toen het boze geschreeuw van een volwassene. Cosimo glimlachte en versnelde zijn pas. Per slot van rekening was hij al te laat.

Een paar meter verderop kon hij plotseling de rivier zien glinsteren in de ochtendzon. Recht voor hem was de Ponte Vecchio met zijn dicht tegen elkaar aan gekropen huizen en winkels: de looiers, de beurzenmakers en een heel stel slagers bij elkaar. Het was al druk op de brug. Overal waren mensen aan het sjacheren over de prijs van een fraaie leren beurs of een stuk kalfsvlees. Op de rivier zag hij een klein bootje naar de kade toe varen. Een jonge jongen met een pet van zwart vilt op zijn hoofd en een grote scheur in zijn strakke broek stond voorovergebogen in de boeg. Met grote behendigheid wierp hij een tros om een meerpaal. Het lukte hem al bij de eerste worp. De jongen riep iets onverstaanbaars naar de man aan het roer, voordat hij naar achteren rende om de boot daar ook aan te meren.

Cosimo sloeg rechtsaf, de Via Porta Rossa in, en zag daar de imponerende voorgevel van het bankgebouw. Zoals meestal stond er ook vandaag weer een groot aantal mensen. Mannen in keurige zwarte jasjes die tot aan hun nek waren dichtgeknoopt, zaten aan houten tafeltjes waarvan het blad was bekleed met groen laken. Voor elk tafeltje stond een klein groepje mensen te dringen, zodat het voor degenen die vooraan stonden lastig was om een behoorlijk gesprek te voeren met de functionaris aan het tafeltje. Op de tafels zelf lagen ganzenveren, flesjes inkt, stapels promessen en stapeltjes munten. Naast elke tafel stond een gewapende bewaker met een piek, die de gretige gezichten voor hen goed in de gaten hield en die duidelijk stond te springen om in actie te komen.

Cosimo liep met lange passen langs de tafels en de daar verzamelde klanten, rende de zes treden van de stenen trap naar de bank op, gaf de bewakers aan weerszijden van de deuren een knikje en werd vervolgens met veel egards de grote hal daarachter binnengelaten.

Het was koel in de hal. Zijn voetstappen weergalmden op de gladde stenen vloer. Aan weerszijden van de hal stonden nog meer tafels, maar deze waren groter. De fraai geklede gedaanten die erover presideerden, zagen er belangrijker uit dan de mannen die buiten min of meer hetzelfde deden. Zonder de klanten ook maar een blik waardig te keuren, beende Cosimo tussen de tafels door en ging daarna met lange passen een korte trap op naar een tussenverdieping. Boven aan de trap liep hij door de gang rechts naar een paar zware houten deuren toe. Hij klopte en toen hij geen antwoord kreeg, klopte hij nogmaals.

'Wie is daar?'

'Uw zoon, vader.'

'Binnen.'

Cosimo duwde de deur open en stapte een grote, lage kamer in, die op een zwaar houten bureau en twee stoelen na volkomen leeg was. Achter het bureau stond een grote stoel en ervoor stond een kleinere. Cosimo's vader, Giovanni di Bicci, kwam met zijn armen uitgestrekt naar hem toe gelopen. Hij was gekleed in de formele rode mantel van zijn gilde en had het bijbehorende kapje op zijn hoofd.

'Kom binnen, jongen,' zei hij vriendelijk. 'Heb je al gegeten? Zal ik iets voor je laten halen?'

Cosimo keek zijn vader aan. Hij was niet lang geleden vijftig geworden, maar hij zag er ouder uit, verweerder vooral. Zijn gezicht was schots en scheef, net als dat van zijn oudste zoon; alles viel net een beetje uit de toon, en dat zorgde voor een onprettig aandoend gebrek aan symmetrie. Maar zijn felle, zwarte ogen, zijn gefronste wenkbrauwen en zijn strakke kaak gaven elk op hun eigen manier met ongebruikelijke duidelijkheid uiting aan de verschillende aspecten van zijn karakter.

'Nee, dank u, vader,' antwoordde Cosimo. Toen Giovanni zich weer terugtrok achter zijn bureau, ging zijn zoon in de stoel tegenover hem zitten. Hij liet zijn handen in zijn schoot rusten, keek zijn vader aandachtig aan en wachtte tot die iets zou zeggen.

Giovanni had een halfleeg gegeten kom met fruit op het bureau voor hem staan. Hij had de kom op een stapel documenten gezet en wat vruchtensap gemorst op een stapel papieren die voorzover Cosimo kon zien, officiële documenten waren. De man prikte een partje sinaasappel aan een zilveren vork en nadat hij het lekkende stukje fruit naar zijn mond had gebracht, veegde hij met de rug van zijn hand zijn kin droog.

'Ik neem aan dat je je afvraagt waarom ik je hier vandaag heb laten komen, Cosimo,' zei hij langzaam terwijl hij zijn zoon met zijn zwarte ogen strak aankeek. Hij boog zich voorover en prikte met zijn vork in een lichtgroen stukje peer.

'Nou, aangezien ik twee weken geleden mijn studie heb afgerond, vader, neem ik aan dat u wilt dat ik hier op de bank een bijdrage kom leveren.'

Giovanni lachte hem vriendelijk toe. 'Zoals je het nu zegt, klinkt het net alsof ik een of ander monster bent. Twee weken vrij en daarna slavernij!'

Cosimo lachte vriendelijk terug, maar in werkelijkheid was hij nogal geschrokken. Zijn vader mocht er dan een grapje van maken, maar hij wist dat het einde van zijn vrijheid nabij was en dat het leven van studie en contemplatie waarvan hij zo had genoten, dan voor altijd achter hem zou liggen.

'Maar in werkelijkheid heb ik nieuws waarvan ik denk dat je het wel eens heel interessant zou kunnen vinden. Ik heb voor je geregeld dat je een rondreis gaat maken langs de verschillende vestigingen van onze bank.'

'Een rondreis?'

'Ja, het zal duidelijk zijn dat je niet alle negenendertig banken kunt bezoeken, maar het wordt wel een reis die je in staat zal stellen om bij alle vestigingen in Italië langs te gaan. Je zult Genua, Venetië en Rome bezoeken. Dat is een prachtige manier voor je om meer te weten te komen over de zaken van de familie De' Medici.'

Giovanni legde zijn vork in de kom en leunde achterover. Ook nu weer keek hij zijn zoon met die felle zwarte ogen van hem indringend aan. Cosimo wist dat zijn vader een liefhebbende man was, die over een warm hart beschikte. Hij wist dat iedereen die zaken met hem deed respect en bewondering koesterde voor deze man van nederige komaf die zich had weten op te werken tot een van de meest succesvolle bankiers van heel Italië. Maar Cosimo besefte ook dat zijn vader over een ijzeren wil beschikte, en dat zijn woord wet was. Hij geloofde dat hij wist wat het beste was voor zijn familie en voor de toekomst van de door hem gegrondveste dynastie. Cosimo had genoten van zijn vrijheid en van de uitbundigheid van de jeugd, en nu was het tijd voor hem om de zware last van de volwassenheid en de verantwoordelijkheden die die met zich meebracht, op zich te nemen. Zijn vader was niet onverdeeld gelukkig met het groepje vrienden dat Cosimo de afgelopen jaren om zich heen had verzameld. Voor hem hadden zulke figuren als Ambrogio Tommassini, en die andere jongen met wie zijn zoon zo nauw bevriend was, Niccolò Niccoli, iets heel subversiefs. Giovanni had maar weinig op met de humanistische ideeën van de jongere generatie.

'Volgens mij is het nu wel tijd, Cosimo. Het is hoog tijd dat je de rol op je neemt waarvoor je bestemd bent. Jij bent een De' Medici, jij bent mijn oudste zoon. Je hebt jezelf bewezen als geleerde, maar nu moet je de wereld jouw vele andere kwaliteiten gaan bewijzen.'

'Maar vader, ik had gehoopt...'

'Je had de zomer liever wat willen rondhangen in tuinen en lustoorden, of samen met je vrienden de tijd willen doden?'

'Niet de tijd doden, vader. Ik had willen discussiëren en debatteren. Dat is toch zeker...'

'Beste jongen,' antwoordde Giovanni, die zijn zelfbeheersing wist te bewaren, al scheelde het duidelijk niet veel. 'Ik begrijp die neigingen maar al te goed. Ooit dorstte ik net zo naar de wereld van het intellect als jij nu, maar al snel had ik vele verantwoordelijkheden, en ik kan nu wel zeggen, dertig jaar later, dat ik geen spijt heb van het pad dat ik ben ingeslagen. Wil je dan geen vrouw en gezin? Wil je dan niet onafhankelijk zijn en deel hebben aan de groei van het familiebedrijf... deze grote bank? Ik dacht dat je dat wel zou willen.'

Cosimo wist dat zijn vader hem aan het manipuleren was, en hij maakte zich geen illusies over wie bij deze confrontatie de sterkste zou blijken. Als het nou een gesprek met een goed glas wijn erbij was geweest, over het literaire belang van Dante bijvoorbeeld, dan had hij een kans gehad, maar met dit onderwerp, en geconfronteerd met de ijzeren wil van zijn vader, verwelkte hij als een bloem die plotseling aan de vrieskou wordt blootgesteld.

'Natuurlijk, vader. Ik dacht alleen maar...'

'Uitstekend. Ik zal het allemaal regelen.' Giovanni sprong op en begon nadrukkelijk door de documenten op zijn bureau te bladeren. 'Ik denk dat je dit een zeer verrijkende ervaring zult vinden, jongen.'

5

Londen, juni 2003

Sean Clifton, de specialist vroeg-Italiaanse Renaissance van Sotheby's, stond in de beveiligde lift naar de onderaardse gewelven onder het gebouw in Mayfair waar het bekende veilinghuis gevestigd was. Nadat hij zwijgend achter de beveiligingsmedewerker aan de te fel verlichte, galmende betonnen gang door was gelopen, bereikte hij de deur van de van airconditioning voorziene documentenruimte. Hij bleef staan wachten terwijl zijn beveiligingsnummer in het elektronische slot werd ingevoerd. Daarna gaf de beveiligingsmedewerker hem opdracht om zijn computer in een koffertje door de scanner te halen voordat hij de zware metalen deur openmaakte, zodat Clifton met zijn werk kon beginnen.

Eenmaal binnen ontspande Clifton zich en begon hij zich voor te bereiden op de klus die hij voor de boeg had. In het kader van zijn werk werd hem vaak gevraagd om een breed scala aan oude manuscripten op authenticiteit te controleren en op waarde te taxeren. Voor hem op tafel lag een unieke vondst, een niet lang geleden ontdekte verzameling zeldzame boekrollen die eigendom waren geweest van de grote renaissancistische humanist Niccolò Niccoli.

Voordat hij met zijn werk begon, haalde Clifton een paar witte linnen handschoenen tevoorschijn. Hij hoestte zachtjes en liet zich in zijn stoel zakken. Daarna onderzocht hij de collectie. Die bestond uit twee verschillende stapeltjes. Links lag een aantal ongebonden losse vellen en rechts lag een aantal opgerolde boekrollen die met smal rood lint waren dichtgebonden. Hij boog zich over de tafel, schoof de stapel ongebonden vellen opzij en begon heel voorzichtig de eerste van de keurig dichtgebonden boekrollen open te maken.

Hij zei geen woord. Er klonk alleen wat geluid in het vertrek als hij in- of uitademde, een document verlegde, even wat ging verzitten in zijn stoel of zo nu en dan op zijn laptop een paar aantekeningen maakte voor zijn taxatieverslag over het Niccoli-archief.

Hij moest langzaam lezen. Het handschrift was nogal apart en hier en daar moeilijk leesbaar. Hij had inmiddels zes volgekrabbelde vellen doorgewerkt en terwijl hij zich langzaam begon te verplaatsen in de wereld van zeshonderd jaar geleden en zich deelgenoot voelde worden van de gedachten van een van de avontuurlijkste reizigers van de vijftiende eeuw, werd hij plotseling getroffen door een verbijsterend inzicht. Naderhand zou hij het zich herinneren als een in slowmotion afgespeelde scène uit een belangrijke sportwedstrijd. De kern van de verzameling bestond uit drie gebonden delen met handgeschreven dagboeken en agenda's uit het jaar 1410, waarin Niccolò Niccoli gedetailleerd verslag deed van een reis van Florence naar Macedonië. Het was een levendig avontuur, vol kleur en afwisseling, maar de reis leek nauwelijks een doel te hebben. Maar toen hij een bladzijde omsloeg, voelde Clifton zijn hart plotseling sneller kloppen. Verward keek hij even voor zich uit, en las toen zo snel als hij kon verder.

Het was net alsof de auteur van het ene moment op het andere genoeg had gekregen van zijn eigen verhaal, en daarom plotseling naar een andere versnelling was overgeschakeld. Of misschien was hij weggezakt in een delier en was alles wat hij beschreef niet meer dan fantasie. Het was werkelijk buitengewoon. Niccolò Niccoli was befaamd om zijn rationaliteit en zijn toewijding aan de wetenschap en de schone kunsten. Dus wat had dit allemaal te betekenen? Was de grote geleerde tijdelijk krankzinnig geworden? Want wat hij zo plotseling begon te beschrijven, vertoonde geen enkele overeenkomst met de vijftiende-eeuwse werkelijkheid.

Enkele ogenblikken later werd Cliftons verbazing echter volkomen weggevaagd door een veel sterkere emotie, een emotie waarvan hij zich nog nooit eerder zelfs maar een voorstelling had gemaakt. Al vijftien jaar werkte hij nu al met documenten van onschatbare waarde, maar hij was nooit eerder in de verleiding gekomen om van het rechte pad af te wijken. Maar nu, terwijl hij naar deze werkelijk buitengewone vellen perkament zat te kijken, merkte hij dat hij volkomen overweldigd raakte.

Haastig pakte hij de aan zijn laptop bevestigde documentenscanner en haalde die over de bladzijden voor hem, zodat ze werden opgeslagen op de harde schijf. Zonder ook maar even na te denken over wat hij zojuist had gedaan, legde hij de documenten weer op de plek waar ze voor zijn komst hadden gelegen, zette zijn computer uit en verliet het vertrek. Nadat hij de kluis had verlaten liep Clifton door de metaaldetector, en werd vervolgens door de beveiligingsmedewerker naar boven gebracht. Toen hij het gebouw uit liep, voelde hij zich helemaal buiten zichzelf van opwinding.

6

Venetië, heden

De middagtrein naar Florence was helemaal afgeladen. Zelfs in de eerste klas mocht Jeff van geluk spreken dat hij nog een plekje wist te vinden. Dicht tegen het raam aan geperst door een vrouw van reusachtige afmetingen op de stoel naast hem, tuurde hij peinzend naar het langs hem flitsende landschap. Maria was met alle genoegen bereid gebleken om op Rose te passen en Jeff had beloofd dat hij het goed zou maken met zijn dochter als hij weer thuis was; hij verwachtte de volgende dag in Venetië terug te zijn.

Hoewel hij Mackenzie maar twee of drie keer had ontmoet, vond hij het nog steeds moeilijk te geloven dat de man dood was. Hij had Edie al bijna drie maanden niet gezien. Ze had beloofd dat ze bij hem langs zou komen in Venetië terwijl ze in Florence aan het werk was, maar ze had het altijd veel te druk gehad, en hij had zich niet willen opdringen. Maar dit nieuws, in combinatie met wat hij van de geheimzinnige Mario Sporani te horen had gekregen, had hem er toch toe aangezet om zelf het initiatief te nemen. Hij had haar gebeld en nu zat hij in de eerste trein naar Florence.

Hij wist dat Mackenzie een lastige man was geweest, met een heleboel vijanden en maar weinig echte vrienden. De man werd gerespecteerd om zijn kennis en zijn enorme ervaring, maar veel van zijn collega's beschouwden hem als een hooghartige egoïst, die een beetje te veel in zijn eigen publiciteitsmateriaal was gaan geloven. Mackenzie was zeker niet geliefd bij andere academici. Toch kon Jeff moeilijk geloven dat hij vermoord zou zijn vanwege zijn karakterfouten.

Hij sloeg de *Corrière Della Sera* op die hij op het station had gekocht, en op bladzijde drie zag hij een uitgebreid verslag van de moord. Mackenzie was om het leven gebracht met een garotte. Gisterenochtend om een uur of acht had een van de teamleden zijn lijk gevonden. Zoals te verwachten viel, was de Florentijnse politie terughoudend over de details. Naast het artikel over de moord stond iets over de fanatieke organisatie Arbeiders voor God, die sinds de komst van Mackenzies team voor de Medici-kapel tegen het onderzoek had gedemonstreerd. Terwijl hij het artikel doorlas, raakte Jeff steeds geïnteresseerder.

FLORENCE, 17 FEBRUARI – *Na het schokkende nieuws over de moord op professor Carlin Mackenzie, een van de meest vooraanstaande populair-wetenschappelijke auteurs ter wereld, is de Florentijnse politie hard opgetreden tegen de Arbeiders voor God. De afgelopen drie maanden is deze groepering, die onder leiding staat van de charismatische maar tamelijk ongrijpbare pater dominicaan Baggio, elke dag weer voor de Medici-kapel aanwezig geweest om te protesteren tegen professor Mackenzies onderzoek, maar gisterochtend kregen de betogers opdracht van de politie om zich onmiddellijk te verspreiden. Volgens de politiewoordvoerder gaf Fra Baggio zijn aanhangers opdracht om dat bevel te negeren. Daarop besloten de autoriteiten onmiddellijk in te grijpen. Gelukkig hebben de demonstranten verder geen verzet geboden en terwijl zijn aanhangers onder politiebegeleiding de omgeving van de Medici-kapel verlieten, werd Fra Baggio vastgehouden voor nader verhoor. De geestelijke heeft het politiebureau aan het begin van de middag weer verlaten, maar weigerde de journalisten die zich voor het bureau hadden verzameld te woord te staan en verklaarde dat hij uitsluitend bereid was om een verklaring af te leggen tegenover* De stem, *een plaatselijk katholiek blad.*

Fra Baggio en zijn aanhangers hebben zeer nadrukkelijk laten weten dat ze van mening zijn dat de stoffelijke overschotten van de familie De' Medici niet geschonden mogen worden. Zoals Fra Baggio niet lang geleden tegenover De Stem *heeft verklaard: 'Ik ben van mening dat professor Mackenzie en zijn team hun zielenheil in de waagschaal stellen met dit goddeloze werk. Ze werken voor de duivel en ze zullen moeten boeten voor hun zonden.'*
Fra Baggio staat bekend om zijn fundamentalistische preken, en er gaan geruchten dat zijn extremistische opmerkingen tot een berisping van zijn superieuren hebben geleid. De geestelijke heeft tegenover iedereen die het maar wilde horen duidelijk te kennen gegeven dat hij zichzelf beschouwt als een hedendaagse Savonarola, de fanatieke dominicaner geestelijke die aan het eind van de vijftiende eeuw korte tijd over Florence heeft geheerst voordat hij in 1498 op de Piazza Della Signoria op de brandstapel ter dood werd gebracht. Baggio maakt geen geheim van zijn ambitie om, zoals hij het zelf formuleert: 'alle demonische krachten in het moderne Italië uit te bannen'. De afgelopen jaren uitte hij luidkeels kritiek tegen het bestaan van organisaties van homoseksuelen en uitte hij scherpe aanvallen tegen plaatselijke televisiezenders die programma's uitzenden die door hem als 'pornografie' worden beschouwd. De meeste opschudding werd echter veroorzaakt door een mislukte poging van de pater en zijn volgelingen om tijdens een overzichtstentoonstelling van het werk van Robert Mapplethorpe verschillende kunstwerken te vernielen. Nu de man van wie Baggio beweert dat hij 'voor de duivel werkt' in zijn eigen laboratorium vermoord blijkt te zijn, op slechts enkele meters van de plek waar de Arbeiders voor God zo uitgebreid hebben gedemonstreerd, wordt hier en daar het vermoeden geuit dat Baggio's organisatie bij deze moord betrokken is.

Toen hij te midden van een drukke menigte het Stazione di Santa Maria Novella uit liep, bleef Jeff even staan om de stationshal rond te kijken. Het was een nogal aftands station met een paar smoezelige loketten aan de ene kant en een paar tijdschriftenstalletjes aan de andere kant. Iemand die alleen dit station zag, zou geen enkel vermoeden krijgen van de schitterende, met kunstschatten gevulde stad waarin hij zich bevond.

Edie en hij merkten elkaar op hetzelfde ogenblik op. Ze omhelsden elkaar en Jeff kreeg de indruk dat ze hem eigenlijk niet wilde loslaten. Toen ze zich uiteindelijk toch wisten los te maken, kon hij wel zien dat het haar moeite kostte om zich groot te houden. 'We hebben elkaar veel te lang niet gezien,' zei ze eenvoudigweg.

Jeff liep achter haar aan naar het parkeerterrein. Hij legde zijn tas in de kofferbak van Edies kleine Fiatje en wist zich met moeite op de passagiersstoel te wringen.

'Goh, wat is het fijn om je weer eens te zien.' Jeff lachte haar vriendelijk toe terwijl ze de lange helling vanaf het station naar de weg af reed en invoegde.

Het was druk in de stad, overal opstoppingen. Edie reed over de Via Sant' Antonino. Jeff keek naar de oeroude gebouwen, de kantoormedewerkers, de toeristen, de straatverkopers, de winkeliers… een wirwar van menselijke bezigheden die hier in Florence al meer dan duizend jaar zo had bestaan, zonder dat er in die tijd veel aan veranderd was.

'Je zult het wel zwaar gehad hebben,' zei Jeff.

'Een heleboel mensen konden mijn oom niet luchten of zien, en eerlijk gezegd was hij soms ook werkelijk een vervelend stuk verdriet, maar toch heeft dit me echt hard geraakt.'

'Waarom heb je me niet gebeld?'

'Ik heb er een paar keer over gedacht, maar… ik weet het niet. Ik had niet het gevoel dat je hier veel zou kunnen uitrichten en ik wilde niet dat je je ongerust zou gaan maken als dat helemaal niet nodig was. Bovendien heb ik tot gisteravond laat samen met mijn advocaat vastgezeten op het politiebureau. De politie heeft het hele team verhoord en geen van ons mag Italië verlaten voordat het onderzoek is afgerond.'

Met een wijde bocht draaide ze de auto een parkeervak achter de Medici-kapel in. Met Jeff in haar kielzog liep ze door een zijdeur het gebouw binnen en de trap naar de crypte af. Beneden waren de lampen laag gezet en hing er een onheilspellende stilte. In een vertrek naast de hoofdruimte zagen ze een man langzaam zijn laboratoriumjas uittrekken.

'Heb je Jack Cartwright wel eens ontmoet?' vroeg Edie.

Cartwright gaf Jeff een hand. 'Leuk je weer eens te zien,' zei hij nogal stijfjes.

Jeff keek hem wat verbaasd aan.

'We hebben elkaar ontmoet op Edies dertigste verjaardag... in Londen.'

'Ja, ja, dat is ook zo,' zei Jeff. 'Het is al zo lang geleden.' Hij grinnikte naar Edie. Zij wierp hem een niet-gemeende glimlach toe.

'Mijn oprechte deelneming met je verlies,' voegde Jeff daar ernstig aan toe. Jack Cartwright, een man van begin veertig, was een alom hooggewaardeerd specialist op het gebied van oud DNA. Hoewel hij in academische kringen zeer gerespecteerd werd, had hij jarenlang in de schaduw van zijn stiefvader gestaan.

'Dank u wel. Het heeft ons allemaal hard getroffen.' Cartwright had een diepe, dreunende stem en een zacht, vriendelijk gezicht. Hij plukte zijn jas van een haakje en trok die aan. 'Ik moet er helaas snel vandoor. Ik heb een bespreking op de universiteit. Ik zie je nog wel, Jeff.'

Edie draaide zich naar Jeff toe en legde een hand op zijn arm. 'Kom mee naar het laboratorium, dan gaan we even zitten.'

Ze trok een stoel bij voor Jeff en ging zelf op een andere zitten. 'Over de telefoon zei je dat je me iets belangrijks te vertellen had.'

'Gisteravond heb ik bezoek gehad van een oude man die me vertelde dat hij had geprobeerd Mackenzie te waarschuwen dat hij in gevaar verkeerde.'

Edie zuchtte en schudde langzaam haar hoofd. 'Ik neem aan dat je meneer Sporani bedoelt?'

Jeff knikte.

'Hij is hier een paar keer gewest. Hij is ervan overtuigd dat hij in de jaren zestig een voorwerp heeft gevonden dat aan de Medici's heeft toebehoord, maar hij heeft daar geen enkel bewijs voor.'

'Hij heeft me verteld dat hij bezoek heeft gehad van een paar mensen die hem hebben bedreigd. En hij is hier toch ook werkelijk beheerder geweest?'

'Ja, tot een jaar of vijf geleden. Eerlijk gezegd denk ik dat hij wat in de war is, Jeff.'

Plotseling voelde Jeff zich een beetje dom. 'Ik moet zeggen dat Sporani op mij een heel overtuigende indruk maakte.'

Edie nam zijn hand in de hare. 'Ik stel je zorg echt zeer op prijs.' Toen stond ze op en zei: 'Nu je hier toch bent, zal ik je dan ook maar even een rondleiding geven?'

'Ja, graag.'

Edie liep voor hem uit de crypte in. 'Er liggen hier vierenvijftig leden van de familie De' Medici begraven,' zei ze. 'Vlak voordat Carlin overleed... werd vermoord moet ik zeggen, waren we begonnen met het onderzoek naar een lijk waarvan mijn oom geloofde dat het Cosimo de Oudere was.' Ze wees op een tafel met een onregelmatig gevormd voorwerp erop, waar een wit vel plastic overheen was gelegd.

'Geloofde?'

'Het is een lang verhaal.'

'Werk je hier nog steeds?'

'Jack en ik zijn vanochtend vroeg weer begonnen. Ik heb gemerkt dat het allemaal wat gemakkelijker te verwerken valt als je zorgt dat je bezig blijft. De anderen hebben vrijaf gekregen.'

Jeff keek snel even in de andere kamer, waar Mackenzie zijn kantoor had gehad.

'De politie heeft het bijna helemaal leeggehaald,' zei Edie.

De computers waren verdwenen, en dat gold ook voor een groot deel van de mappen die ooit op de planken aan de muur boven het bureau hadden gestaan. De resterende paperassen op het bureau van de overleden professor waren keurig op stapeltjes gelegd.

'Heb je enig idee waar dit allemaal om gaat?' vroeg Jeff terwijl hij op de rand van een lege onderzoekstafel ging zitten, die vlak naast de ingang van het kantoor stond. Hij vond de uitdrukking op haar gezicht iets merkwaardigs hebben. 'Jij weet iets.'

'Mijn oom heeft minstens één doodsbedreiging ontvangen,' zei ze eenvoudigweg.

'Wanneer?'

'De eerste was een paar weken geleden. Hij wist niet dat ik het wist, maar er ontgaat me hier niet veel. Ik was in zijn kantoor aan het zoeken naar een laboratoriumverslag en terwijl ik daarmee bezig was, zag ik een briefje liggen. Het was een van die belachelijke briefjes die zijn samengesteld uit uitgeknipte krantenletters. Dat vind ik toch zo'n dom cliché! Er stond iets in van: Hou op met je werk hier of... of bereid je voor op de gevolgen.'

'En toen Sporani langskwam?

'Nou, ik kon moeilijk tegen hem zeggen dat ik dat briefje had gelezen.'

'Nee, dat snap ik. Je zult wel doodsbang zijn.'

'Inderdaad.'

'Weet Jack hiervan?'

'Hij en ik zijn nooit close geweest, en ik had hem echt niet over dat briefje kunnen vertellen. Hij zou gedacht hebben dat ik in de papieren van zijn oom had zitten snuffelen.'

'Wat vindt de politie ervan?'

'Niet veel eigenlijk. Een van de laboratoriumassistenten heeft een broer bij de politie, en via hem zijn we het een en ander te weten gekomen. Ze gaan ervan uit dat het een doodgewone roofmoord is geweest, gepleegd door iemand die zijn kans schoon zag. Zoals je ziet, hebben we hier weinig beveiliging.'

Hij keek haar recht in de ogen. 'Maar er zit meer aan vast, hè?'

'Ja,' zei ze zachtjes. Ze vertelde hem over het voorwerp dat ze maar een paar uur voordat Mackenzie was vermoord in het stoffelijk overschot hadden aangetroffen. En ze vertelde hem dat het sindsdien onvindbaar was.

'Heb je dat aan de politie gemeld?'

'Natuurlijk. Maar dat zegt ze weinig. We hebben niet de tijd gehad om het voorwerp op een behoorlijke manier te analyseren, en het leek geen enkel bijzonder kenmerk te hebben.'

'Het léék geen enkel bijzonder kenmerk te hebben?'

Ze zuchtte. 'Kort voor zijn dood heeft mijn oom nog gebeld. Het was al laat op de avond, ik was bij een officiële receptie in Pisa.

Hij heeft een bericht ingesproken op mijn mobieltje, maar dat heb ik pas de volgende ochtend afgeluisterd, vlak nadat Jack belde om te vertellen dat Carlin dood was.'

'De laatste keer dat ik mijn oom in leven heb gezien, zat hij in die stoel daar om het voorwerp te bestuderen onder een sterke bureaulamp. Hij was nog steeds geërgerd over een domme ruzie die we een paar uur daarvoor hadden gehad, en toen ik hem goedenacht wenste, reageerde hij nauwelijks. Dat was om een uur of zeven. De politie denkt dat hij niet lang daarna gestorven is, niet later dan een uur of tien. Zijn bericht is vlak voor negen uur ingesproken.'

'Wat zei hij?'

'Dit.' Edie haalde haar mobieltje tevoorschijn, toetste het voicemail-nummer in en zette de speaker aan.

De stem van de overleden onderzoeker klonk uit het mobieltje. 'Edie, ik heb niet lang de tijd. Ik...' Mackenzie was zo te horen zowel opgewonden als nerveus; zijn stem klonk hoger dan Jeff zich die herinnerde. 'Ik zit naar het voorwerp te kijken en er verschijnen nu allerlei strepen op het oppervlak. Het is echt buitengewoon. Ik kan alleen maar concluderen dat de chemische structuur van het materiaal verandert als het vocht opneemt. Toen het nog in het stoffelijk overschot zat, is het voorwerp waarschijnlijk overdekt geweest met een dunne laag formaldehyde of iets dergelijks, waardoor het hermetisch van de atmosfeer was afgesloten. Maar nadat het eruit was gehaald en schoongemaakt, begon het materiaal weer vocht op te nemen. De strepen verschijnen nu echt met verbazingwekkende snelheid, fluorescerend groen op een zwarte achtergrond. Waarschijnlijk is het een merkwaardig soort chemische verbinding met een hoop zwavel erin.

Ik zie nu een of ander soort dier en daaronder een paar regels tekst. Laat me eens kijken.' Ze konden zijn stoel over de vloer horen schrapen terwijl hij nog wat dichter bij de lamp ging zitten. 'Het dier is een leeuw. Maar er is iets raars mee... Wacht eens even, het is een gevleugelde leeuw. Ja, ik zie het nu. En daaronder... geschreven tekst. Italiaans. Een vers zo te zien. "*Sull'isola dei morti /*

i seguici di 'geographus incomparabilis' / progettato qualcosa nessuno ha desiderato / Sarà ancora là / Al centro del mondo."

Geen idee wat dat betekent...' En toen: 'Wacht even... paar centimeter van onderaf zie ik nu twee... nee, drie evenwijdige, golvende lijntjes. Edie, luister goed...'

Er klonk een pieptoon die aangaf dat het geheugen van de voicemail vol zat.

Edie sloot het laboratorium af. Via de bovenste verdieping verlieten ze de crypte. Door de drukke Via dei Pucci baanden ze zich een weg naar een klein cafeetje tegenover de kapel. Het had rode luifels en plastic windschermen die de klanten beschermden tegen de winterse wind. Binnen waren maar een paar tafeltjes bezet. Een ober die Edie herkende, wees hun een tafeltje niet ver van een open haard waarin een paar houtblokken lagen te branden, en ze bestelden koffie.

Jeff pakte een servetje, viste een pen uit de binnenzak van zijn jasje en tekende een gevleugelde leeuw. 'Hoe luidden die versregels ook weer?'

Ze speelde het ingesproken bericht nog een keer af.

'Het klinkt nogal archaïsch en mijn Italiaans is bepaald niet perfect,' zei Jeff. 'Maar volgens mij valt dit zo ongeveer te vertalen als: "Op het Dodeneiland, maakten, nee, ontwierpen de volgelingen van de geographus incomparabilis iets wat niemand wilde." Een "geographus incomparabilis", wat is dat in vredesnaam?'

Edie haalde haar schouders op. 'Een "geograaf die zijn gelijke niet kent", denk ik.'

'Kun je het nog een keer afspelen?'

Terwijl hij zat te luisteren schreef hij het vers uit op het servetje:

Op het Dodeneiland,
Hebben de volgelingen van de grote geograaf
Iets ontworpen wat niemand wilde.
En daar zal het nog steeds zijn,
Op het middelpunt van de wereld.

Edie tuurde naar het servetje. 'Wat betekent dat nou?'

'De gevleugelde leeuw is het symbool van Venetië, dat ligt voor de hand.'

'Het Dodeneiland? Het middelpunt van de wereld?'

'Ik zou het niet weten.'

De koffie werd gebracht en Edie begon verstrooid te roeren.

'Je oom klonk bang.'

'Dat gevoel had ik ook meteen.'

'Daaruit valt af te leiden dat hij die doodsbedreigingen misschien ernstiger heeft genomen dan hij liet merken.'

'Hij had bepaald geen tekort aan vijanden en dat wist hij best.'

'Maar denk je niet dat dit verder gaat? Dat het voorwerp dat jullie hebben ontdekt rechtstreeks verband houdt met de moord? Hoe zit het met die Fra Baggio?'

Edie keek boos. 'Denk maar niet dat ik hem niet als verdachte beschouw,' zei ze. 'Maar de politie heeft niets kunnen vinden. De goede pater beschikt over een perfect alibi. Op het moment waarop Carlin waarschijnlijk is vermoord droeg hij een late nachtmis op voor een stuk of zeventig kerkgangers. En daarna heeft hij tot middernacht een gebedsgroep geleid. Hij is precies wat hij lijkt te zijn: een gek, maar geen moordenaar. Toch ben ik er volkomen zeker van dat mijn oom is vermoord vanwege dat voorwerp dat we hebben gevonden. Dit is gewoon te toevallig.'

'Maar waarom heb je de politie dan niet verteld over dit bericht op je mobieltje?'

'Omdat ik niet denk dat ze daar iets mee opschieten, en...'

'En wat?'

'Ik weet het niet, een soort instinct. Het is misschien raar...'

Hij keek haar onderzoekend aan.

'... ik heb het gevoel dat ik niemand kan vertrouwen.'

De zon hing al laag aan de hemel toen ze het café verlieten en terugliepen naar Edies auto. Ze draaide de Via del Giglio op en reed in zuidwestelijke richting naar de Ponte alla Carrara en haar appartement aan de overkant van de rivier. De Arno was één felle razende oranje schittering. De steen van de brug had inmiddels een grauwzwarte kleur aangenomen en was bezaaid met de rode achterlichten van honderden auto's. Edie reed de brug op en ze kwamen meteen vast te zitten in het verkeer.

Ze drukte op de claxon in een zinloze poging om de auto's voor hen in beweging te brengen. Er verscheen een kleine opening in de massa auto's. Snel dook ze in het gat en draaide even later met een scherpe bocht naar links de brug weer af. Langs de rivier reden ze naar het Piazza Frescobaldi. Daar sloeg ze rechtsaf, voordat ze terugreden en nog een keer rechtsaf sloegen, een smalle zijstraat in, waar betrekkelijk weinig verkeer was.

Jeff tuurde in de zijspiegel en keek toen snel even achterom. 'Dit klinkt misschien belachelijk,' zei hij. 'Maar volgens mij worden we gevolgd.' Edie keek in de achteruitkijkspiegel. 'Een grijze Mercedes met donker getinte ruiten, twee auto's achter ons. Toen we de brug af reden, kwam hij achter ons aan.'

Edie nam de volgende straat links en maakte vrijwel onmiddellijk daarna, zonder haar richtingaanwijzer uit te zetten een scherpe bocht naar rechts, een zijstraat in. Een paar seconden later kwam de grijze Mercedes weer tevoorschijn. Hij schoot met hoge snelheid achter hen aan.

'Shit,' riep Edie uit en ze gaf plankgas.

Aan het eind van de straat sloegen ze linksaf een brede straat in, de Via Romana, en reden in zuidelijke richting naar een breed plein toe. Daar kwamen ze opnieuw vast te zitten in het verkeer, waardoor ze even een ogenblik de tijd hadden om na te denken. Zodra de auto's weer in beweging kwamen, reed Edie de eerstvolgende zijstraat in. Ze reed met hoge snelheid de straat door en maakte toen een scherpe bocht naar links, zodat ze langs de rand van het Piazzale di Porta Romana reden.

Jeff keek achterom en zag met een scheut van angst hoe hun achtervolger niet meer dan twintig meter achter hen dezelfde straat indraaide.

'We kunnen niet naar mijn huis,' zei Edie. 'Ik moet ze af zien te schudden.'

Ze wilde net opnieuw gas geven toen een vrouw met een kinderwagen de straat overstak. Edie ging op de rem staan. De vrouw trok de kinderwagen met fenomenale snelheid weer van de straat en schold hen uit terwijl Edie terugschakelde naar de tweede versnelling en wegschoot.

'Naar de snelweg,' zei Jeff.

De A1 lag niet meer dan een paar kilometer van een brede weg. Na het invoegen in het drukke verkeer verloren ze de grijze Mercedes even uit het oog. Edie reed snel en Jeff betrapte zich erop dat hij om de paar seconden het plastic dashboard vastgreep. 'Zou je willen proberen hier iets minder plezier in te hebben?'

'Neem maar van mij aan dat dit niet mijn idee van een pleziertochtje is,' snauwde ze terug.

Toen ze de snelweg naderden, zagen ze de auto met de donkere ruiten weer. Hij zigzagde heen en weer tussen een stel minder snelle auto's en was hen langzaam maar zeker aan het inhalen.

Ze namen de afslag naar Rome en reden naar het oosten.

'Misschien was dit geen goed idee. Dat ding is sneller dan wij,' zei Jeff.

Edie negeerde hem en gaf plankgas, zodat ze een hele reeks auto's rechts inhaalde. De donkere akkers en weilanden schoten langs hen heen. Aan hun linkerhand, een heel eind weg inmiddels, zagen ze de lichtjes van Florence. 'Als je nog suggesties hebt, dan zijn die nu welkom,' zei ze.

Jeff zag een bordje dat aangaf dat er over tweehonderd meter een benzinestation kwam.

'Sla daar maar af.'

Ze minderde een klein beetje vaart en wachtte tot op de laatste seconde voordat ze een ruk aan het stuur gaf. Met piepende banden schoten ze de snelweg af.

Het was hier een stuk donkerder. Links zagen ze een veelkleurige gloed: een benzinestation en een traverse over de snelweg met een café-restaurant.

Edie zette de koplampen uit; toen werd het benzinestation plotseling aan het oog onttrokken door een rij bomen en bevonden ze zich in een tunnel van duisternis. Vrijwel zonder vaart te minderen maakte ze een scherpe bocht naar links en reed tussen twee rijen geparkeerde auto's door. Jeff keek achterom. De andere auto was niet meer te zien. Edie rukte aan het stuurwiel, zodat ze slippend een scherpe bocht maakten. Aan hun rechterhand een verscheen lange rij vrachtauto's. Ze bracht de auto tot stilstand. Tussen de vrachtwagens door zagen ze de Mercedes met hoge snelheid over de snelweg schieten waar ze zojuist vanaf waren gekomen. Hij reed de smalle afrit voorbij.

'Wat nu?' Edies gezicht was in diepe schaduwen gehuld. Er viel niet meer dan een klein beetje licht door de voorruit.

'Laat de auto hier maar achter. We kunnen niet het risico lopen om weer opgemerkt te worden. Rij naar het benzinestation. Waarschijnlijk hebben we niet meer dan een paar minuten tijd gewonnen.'

De overdekte trap naar de traverse was slechts tien meter van hen vandaan. Het was druk en ze mengden zich tussen de reizigers die in het begin van de avond nog bij de weg waren, voornamelijk gezinnen en forensen die snel even een kop koffie dronken op weg naar huis.

Op de traverse zagen ze een drogisterij, een café-restaurant en een openbaar toilet. Het stonk er naar sigaretten en fastfood. Ze keken voortdurend achterom, maar ze hadden geen idee wie hun achtervolger was of hoe hij eruitzag. Snel staken ze de traverse over. Aan de andere kant liepen ze weer naar beneden en kwamen op een parkeerterrein vol vrachtwagens terecht. Er hing een zware dieselwalm; recht voor hen maakte een truck met oplegger langzaam een bocht, zodat ze naar achteren moesten stappen.

Een eindje verderop zagen ze een witte bestelwagen. De bestuurder, een man in een spijkerbroek en een nappaleren jas, had een sigaret tussen zijn lippen bungelen. Hij trok juist het achterluik van de laadruimte dicht, zodat ze nog net een glimp opvingen van lange rijen hoog opgestapelde kartonnen dozen. Jeff rende naar de man toe en Edie bleef op het trottoir staan en trok haar jas strakker om zich heen. Er lag een ongeruste blik in haar ogen. Het was opeens een stuk kouder geworden, en ze kon haar adem in waterdamp zien veranderen. Ze keek toe hoe Jeff zijn portefeuille tevoorschijn haalde en er een paar bankbiljetten uit viste. Een ogenblik later gebaarde hij naar Edie dat ze naar hem toe moest komen terwijl de bestuurder het achterluik weer opentrok. Ze klommen naar binnen; de chauffeur trok het luik dicht. Even later reed de witte bestelwagen weg.

* * *

De man was op weg naar Bologna en had beloofd hen naar het maar een paar kilometer ten zuiden van Florence gelegen Galluzzo te brengen. Van daaruit namen ze een taxi terug naar de stad. Edies appartement bevond zich aan de Via Sant' Agostino. Ze gaven de taxichauffeur opdracht om hen af te zetten op het niet ver daarvandaan gelegen Piazza S. Spirito. Het was inmiddels zeven uur 's avonds en de bars begonnen zich te vullen. Het piazza werd verlicht door een regenboog in de kleuren van de etalages en de restaurantjes.

In de buurt van Edies huis begonnen ze wat minder snel te lopen. Het was druk op straat, er reden veel auto's en op de trottoirs liepen mensen naar de etalages te kijken. Edies appartement bevond zich boven een chique winkel waarin exclusieve schrijfwaren en briefpapier werd verkocht en was bereikbaar door een deur in een koepelvormig portiek. Het was een oud gebouw met twee verdiepingen, dat grauw zag van de uitlaatgassen uit de drukke straat.

Toen ze de hal binnenliepen, floepte er automatisch een licht aan en Edie duwde snel de deur achter zich in het slot. Beide verdiepingen waren te bereiken over een brede stenen trap en bevatten twee appartementen. Dat van Edie bevond zich op de eerste.

Pas toen ze de voordeur hadden bereikt, drong het tot hen door dat er iets mis was. De voordeur stond op een kier. 'Wacht hier,' zei Jeff en langzaam duwde hij de deur open. Overdreven voorzichtig deed hij een stap naar voren en bleef toen staan luisteren. Het enige wat er te horen viel, was het verkeer in de onder hen gelegen straat. Er lag een angstige uitdrukking op Edies gezicht en

Jeff hield zijn vinger voor zijn lippen voordat hij met twee voorzichtige passen de gang van het appartement in liep. Aan het eind van de gang bleef hij opnieuw staan, ging tegen de andere muur aan staan en stapte toen snel de woonkamer in. Edie liep achter hem aan; even later stonden ze allebei vol ongeloof naar de ravage te kijken.

De vloer was bezaaid met papier. Edies computer was aan stukken geslagen, die her en der over het kleed verspreid lagen. Het beeldscherm was ingeslagen. Cd's, boeken, vellen papier en dossiermappen waren wild in het rond gesmeten en de boekenkasten waren omver getrokken.

Zonder ook maar iets te zeggen, tilde Edie de bureaustoel op. Ze ging zitten en sloeg haar handen voor haar gezicht. Een ogenblik later keek ze op. Haar ogen waren vochtig, en ze zag heel bleek.

'Wie doet nou zoiets?' vroeg ze dringend.

Jeff legde zachtjes een hand op haar schouder en draaide zich toen naar het keukentje toe, dat vrijwel onaangeroerd was. Een ogenblik later had hij een fles cognac gevonden. Hij pakte twee theekopjes, schonk een flinke scheut cognac in en gaf een ervan aan Edie.

'Hier. Volgens mij kun je dat wel gebruiken.'

Edie keek er even lusteloos naar en sloeg alles in één teug achterover. 'Dank je wel.'

'Ik wil niet gevoelloos klinken,' zei Jeff even later, 'maar volgens mij kun je hier beter niet te lang blijven hangen.'

Edie zei niets.

'De mensen die ons gevolgd zijn, weten duidelijk waar je woont. Het zal niet lang duren voordat ze hier nog eens komen kijken.'

'Wat wil je dan dat ik doe?' snauwde Edie.

Jeff wendde zijn blik af. 'Ik denk gewoon...'

'Ik ga helemaal nergens heen, Jeff.'

Edies gezicht was vertrokken van woede. Alle verdriet en boosheid kwamen nu naar boven. Ze liet zich op haar hurken zakken en raapte een foto van haar overleden ouders op. Het glas van het zilveren lijstje was kapotgeslagen. Voorzichtig trok ze de resterende scherven eruit, streek met een vingertop zachtjes over de foto en zette die op het aanrecht.

'Wat heeft dit allemaal te betekenen, verdomme?'

Haar gezicht zag rood. Jeff kon zien dat ze zichzelf nauwelijks meer in de hand had. Ze liet zich weer op de stoel ploffen en barstte in tranen uit.

Hij wist niet goed wat hem nu te doen stond, maar toen, al net zo snel als de tranen waren gekomen, hield ze weer op met huilen.

Ze keek naar hem op met rode ogen en natte wangen, veegde haar gezicht droog met de rug van haar hand en snoof. 'Waar moet ik dan naartoe? Moet ik de politie bellen?'

Jeff trok een stoel bij, ging naast haar zitten en sloeg een arm om haar schouders. 'Ik denk niet dat de politie in staat is om je te beschermen... en je hebt ze niet verteld over dat bericht dat Mackenzie heeft ingesproken op je mobieltje. Op zijn best zullen ze denken dat je hen om de tuin hebt willen leiden. In het ergste geval zouden ze je zelfs kunnen gaan verdenken van betrokkenheid bij de moord op je oom.'

'Zoiets als dit overkomt mensen zoals wij gewoon niet,' zei ze na een korte stilte. 'Over het algemeen krijgen wij de kans om gewoon verder te gaan met onze rustige leventjes. Wilde achtervolgingen en moord komen daar gewoon niet in voor.'

Jeff trok zijn wenkbrauwen op.

'Nou, wat is je voorstel?' Ze keek om zich heen naar de rotzooi en voelde zich hopeloos verloren.

'Als je wilt weten wie je oom heeft vermoord, dan biedt dat voorwerp dat jullie hebben gevonden het beste aanknopingspunt, en dat geeft duidelijk aan dat we naar Venetië moeten.'

7

Florence, 4 mei 1410

Het was een heldere nacht met een wolkeloze, met sterren bezaaide hemel; uitstekend geschikt voor een wandeling, en al even geschikt voor overpeinzingen over de plaats die je eigen leven innam in het grote geheel der dingen. Het was al laat toen Cosimo het huis van zijn vriend bereikte, de voormalige *condottierre* Niccolò Niccoli. Het fraaie oude huis, al in de dertiende eeuw gebouwd, stond niet ver van de kerk van Santa Croce in het zuidoosten van Florence, dicht bij de plek waar de stadsmuren heuvelafwaarts naar de Arno toe liepen. Achter het huis, in de richting van het centrum van Florence, lag een uitgestrekte en weelderige tuin. Dit was de plek waar Cosimo en zijn vrienden meestal bij elkaar kwamen. Niet lang geleden hadden ze zichzelf de Humanistische Liga gedoopt, maar al te ernstig was dat niet bedoeld.

Er werd opengedaan door een bediende die Cosimo zwijgend door het huis begeleidde. Ze staken een grote en hoge hal met een marmeren vloer over, en doorkruisten een reeks op elkaar aansluitende vertrekken naar de tuin. Toen Cosimo door een grote en hoge deuropening het huis uit liep, hoorde hij druk pratende en lachende mensen. Zijn metgezellen hadden zich verzameld op een plek dicht bij een fontein met een standbeeld van Icarus die de zon tegemoet vloog. Alle aanwezigen waren vaste gasten bij deze bijeenkomsten van de Florentijnse humanisten, en ook allemaal goede bekenden van Cosimo. Toen hij naar hem toe kwam, zag hij Ambrogio. Hij wilde zijn vriend spreken voor het eind van de avond, want de volgende ochtend zou Ambrogio de stad verlaten om in dienst te treden van de doge van Venetië. Maar toen werd zijn aandacht getrokken door een oudere man die hij niet eerder had gezien, en die de kleine groep toesprak. Hij was broodmager en uitzonderlijk lang, en hij ging gekleed in een nogal ouderwetse zwarte lucco. Zijn grijze baard was kortgeknipt, hij had scherpe jukbeenderen en grote, donkere, levendige ogen.

Cosimo legde de laatste paar meters af die hem scheiden van het geplaveide gedeelte van de tuin. Net toen hij zijn vrienden had bereikt, beëindigde de spreker zijn relaas en een paar van de aanwezige mannen begonnen welwillend te lachen.

'Ach, daar is hij,' zei Niccoli toen hij Cosimo opmerkte. Niccoli ging gekleed in de rode toga die bij gelegenheden zoals deze zijn vaste tenue vormde. Niccoli liep een eindje weg van de groep en omhelsde de jonge De' Medici. Met een arm om zijn schouders trok zijn gastheer hem naar de anderen toe.

'Cosimo, ik wil je graag voorstellen aan Francesco Valiani, onze eregast van vanavond, die nog maar vier dagen geleden in Florence is aangekomen na lange reizen in verre landen.'

'Aangenaam kennis te maken, meneer,' verklaarde Valiani. 'Ik heb bijzonder veel over u gehoord... en alles daarvan was gunstig.'

'Nou, dat is een hele opluchting,' zei Cosimo na een kort lachje. Hij richtte zijn aandacht weer op Niccoli. 'Het spijt me dat ik zo laat ben, maar dit was een nogal verbijsterende dag.'

Niccoli stond op het punt om te vragen wat er dan zo verbijsterend aan was geweest, toen hij werd afgeleid door een bediende die plotseling naast hem opdook. Hij draaide zich naar de groep toe en zei: 'Ik heb uit betrouwbare bron vernomen dat onze aanwezigheid vereist is aan tafel. Als u zo vriendelijk wilt zijn, heren?' En hij gebaarde dat ze met hem mee het huis binnen dienden te gaan.

De eetkamer was van enorme afmetingen, en zoals te verwachten viel was de maaltijd die Niccoli zijn gasten voorzette nogal overdreven, zelfs naar de smaak van de leden van Cosimo's vriendenkring, die allemaal hun uiterste best deden om elkaar te overtreffen als het hun beurt was om als gastheer te fungeren. Het vertrek werd uitsluitend verlicht door de kaarsen in de reusachtige zilveren kandelaar boven de eettafel. In een hoek stond een klein groepje muzikanten te spelen: een luitspeler, een prachtige jonge harpiste en een al wat oudere fluitist.

Nadat de gasten hun plaats was gewezen, werd een reusachtige vergulde pastei op een zilveren schaal de eetkamer binnengebracht. Er waren vier slaven voor nodig om het gevaarte te dragen en op het midden van de tafel te zetten. Een dienaar in een groen uniform, een man van middelbare leeftijd met kortgeknipt wit haar, boog zich voorover en sneed met zwierige en ceremoniële gebaren het baksel aan. Toen er een opening in de korst verscheen, leek de korst op te bubbelen en het duurde niet lang voordat een fel gekleurde vogel zich erdoorheen duwde en angstig door de kamer begon te fladderen. Hij werd gevolgd door nog een stuk of tien vogels, die allemaal de kamer rondfladderden maar al binnen enkele ogenblikken de open deuren hadden gevonden die toegang boden tot de tuin.

De gasten begonnen spontaan te applaudisseren. De pastei was gevuld met dadels en noten (en wat vogelpoep). Twee slaven deelden het gevaarte op in porties die snel op zilveren borden werden geschept.

Zodra de eerste gang op was, werd het zilver weggehaald en kwamen er schone borden op tafel, waar even later kapoenenborst in gelei op werd geserveerd. De tweede gang werd gevolgd door nog twaalf gangen, waaronder duif, kalfsvlees, zwaan en speciaal geïmporteerde vijgen die in fantastisch dun bladgoud waren gewikkeld.

De mannen aten lawaaiig, praatten met volle mond, en zaten zo nu en dan te brullen van het lachen om anderen die woest aan het ruziën waren, voordat ze het weer met elkaar eens werden en elkaar hartelijk op de rug klopten – om zich vervolgens weer op de overvloedige maaltijd te storten en een nieuwe gang naar binnen te werken. Terwijl ze daarmee bezig waren, lesten ze hun dorst niet alleen met uitstekende plaatselijke wijnen, maar ook met uitgelezen Franse.

Het was een gedenkwaardige maaltijd. Cosimo genoot er nog eens extra van omdat hij wist dat dit de laatste van deze bijeenkomsten zou zijn die hij voorlopig zou bijwonen. Misschien, zo dacht hij, zou dit zelfs wel eens de allerlaatste van dergelijke avonden vol uitgelaten pret met deze groep vrienden kunnen zijn. Hij zou deze mannen nog steeds zo nu en dan wel tegenkomen, en dan zou hij genieten van hun gezelschap, maar het zou niet lang meer duren voordat zulke levendige en jeugdige bijeenkomsten als deze zouden plaatsmaken voor banketten die waren georganiseerd door en voor nieuwe vrienden en zakenrelaties uit de wereld van het grote geld, de vrienden van zijn vader en de mannen die Giovanni had uitgekozen als passende zakenrelaties voor zijn zoon.

De gasten bleven nog lang napraten met een verzameling zoetigheden en pudding, die vergezeld ging van sterkedrank en een suikerzoete dessertwijn uit Normandië. Cosimo wilde net om de tafel heen lopen om Ambrogio aan te spreken, toen Niccoli opstond en de aanwezigen verzocht om zich naar een ander vertrek te begeven, waar Francesco Valiani hun zou toespreken.

De edellieden lieten zich op zachte banken zakken; Valiani ging tegenover hen op een stoel zitten. Bedienden kwamen de mannen nog meer drank brengen, en daarna viel er een ademloze stilte.

'Ik ben twee jaar in Turkije blijven hangen,' begon de oude man. 'Een groot deel van die tijd was ik te gast bij Mehmet, de charismatische zoon van de voormalige sultan, Bajazet I, die zoals u wellicht bekend is, ook wel "de Donderslag" werd genoemd. Bajazet was niet alleen een vervaarlijk krijgsheer, maar ook een zeer geleerd man, en zijn zoon, die gedurende mijn hele verblijf druk in de weer was om te voorkomen dat zijn land zou vervallen tot burgeroorlog, volgde in zijn voetsporen. De bibliotheek van de sultan is een oord vol wonderen van onschatbare waarde. Ik had daar een heel leven kunnen doorbrengen in plaats van niet meer dan twee jaar.

De bibliotheek van de sultan is een wonder, niet alleen vanwege de ongelooflijke collectie boeken, maar ook vanwege alle verwijzingen die ik daar heb kunnen vinden, verwijzingen naar nog veel esoterischer bronnen, die ver uit het zicht van gewone mensen worden gehouden. De sultan had van mijn bescheiden werken gehoord en bewees me zeer veel eer. Ik kreeg toestemming om op mijn gemak te studeren in zijn bibliotheek. Tijdens mijn studie daar vond ik handschriften van Griekse toneelschrijvers, een oorspronkelijk handschrift van een volgeling van Plato, plus tientallen boekdelen in vreemde talen, die ik nooit eerder onder ogen had gehad. De bibliothecaris vertelde me dat sommige van deze boeken hun oorsprong vonden in het grote rijk van de Egyptenaren, en al vele duizenden jaren oud zijn. Ze zijn geschreven in hiërogliefen waarvan de betekenis allang voor de levenden verloren is gegaan.'

Valiani liet zijn blik over de verrukte gezichten van zijn toehoorders gaan. 'Maar, zoals ik al zei, hoe fantastisch deze ontdekkingen ook mogen zijn, wat nog veel opwindender is, is de belofte dat er in afgelegen delen van het land van de Turk nog veel grotere schatten te vinden zijn. Ik vind het dan ook enorm jammer dat ik niet de gelegenheid heb gekregen om met deze informatie mijn voordeel te doen, want binnen enkele dagen nadat ik in de bibliotheek van de sultan deze ontdekkingen had gedaan, werd mijn leven bedreigd.

Uiteindelijk verloor Mehmet de macht over zijn land. Hij wist te ontsnappen uit Constantinopel en wacht nu af totdat hij de kans zal krijgen om zijn land te heroveren. Hij beschikt over vele middelen, en het grootste deel van zijn volk staat aan zijn kant. Omdat ik een buitenlander was, en bovendien onder speciale bescherming van de sultan had gestaan, die nu voor zijn eigen leven moest vrezen, werd de toestand voor mij echter zeer gevaarlijk. Daarom trof ik snel voorbereidingen om de stad te verlaten. En op dat moment, zo geloof ik, greep het noodlot in.

Twee van mijn metgezellen, Michelangelo Gabatini en Piero de Marco, werden vermoord op weg naar de haven, waar ze passage hadden geboekt over de Egeïsche Zee. Een van hun slaven wist te ontsnappen en zag kans om mij te waarschuwen. De haven was me te gevaarlijk. Ik had geen andere keus dan naar het noorden te reizen en te proberen via Adrianopel de grens met noordelijk Griekenland over te steken.

Ik zal u niet vermoeien met de details van mijn reis. Laat ik het er maar op houden dat de vier weken die het me heeft gekost om Adrianopel te bereiken de langste van mijn leven waren. Onderweg stierf een van mijn slaven door de koorts, een andere slaaf vluchtte op een avond weg uit ons kamp en werd de volgende ochtend dood aangetroffen op de bodem van een ravijn.

Nu we hier bij elkaar zitten in dit prachtige palazzo, kan ik zeggen dat het allemaal de moeite waard is geweest, destijds dacht ik daar anders over. Maar wat het belangrijkste is, mijn grootste ontdekking lag me op te wachten in Adrianopel. Ik vond onderdak in een klooster vlak buiten de stadsmuren. De vriendelijke monniken gaven ons te eten en te drinken. Ze wisten zelfs een ruimte te vinden die de slaven met elkaar konden delen. Die moedige zielen, die samen met mij uit Constantinopel hadden weten te ontsnappen, werden door deze heilige mannen als gelijken behandeld. Ik moet opbiechten dat ik onderweg erg ziek was geworden. Zodra ik het klooster had bereikt, zakte ik weg in een duistere koorts, en ik verwachtte niet daarvan nog te herstellen. De monniken verzorgden me echter goed, en geleidelijk aan kwam ik weer op krachten. Het gerucht ging dat de onrust in de hoofdstad zich uitbreidde over het land, en dat zelfs achter deze geheiligde muren het leven niet altijd veilig zou zijn. De monniken toonden echter geen angst: ze legden hun lot in Gods handen.

Toen ik weer beter was, vertelde ik de monniken het een en ander over mijn missie in dit land, en over de wonderen die ik had aangetroffen in de bibliotheek van de sultan in Constantinopel. Eén monnik in het bijzonder, broeder Aliye, werd gefascineerd door wat ik vertelde; er ontstond een bijzonder sterke band tussen ons. Hij was jong en dorstte naar kennis. Hij had sinds zijn tiende jaar in het klooster geleefd, maar was geboren in het nabije dorp. Zijn ouders waren overleden. De monniken hadden hem verzorgd en uiteindelijk in de orde opgenomen.

Op een avond, kort voordat ik van plan was om te vertrekken en mijn vlucht naar Griekenland voort te zetten, kwam Aliye me na de vespers opzoeken. Hij leek opgewonden. Ik vroeg wat hem dwarszat. Aanvankelijk wilde hij het niet zeggen, maar ik wist hem te overreden en toen vertelde hij me een zeer eigenaardig verhaal. Hij zei dat toen hij nog een jongetje was, er 's avonds laat een vreemdeling op bezoek was gekomen bij zijn ouders, in hun hut in het dorpje. Aliye had gedaan alsof hij sliep, maar door zijn nauwelijks geopende oogleden had hij zijn ouders met de vreemdeling zien praten. De man had hun een klein pakketje overhandigd en was daarna vertrokken zonder nog maar één woord te zeggen. Broeder Aliye had gezien hoe zijn vader het pakketje onder de vloer van de hut verborg. De volgende dag werden zijn beide ouders vermoord. Niemand wilde hem vertellen hoe ze aan hun einde waren gekomen, want hij was te jong om te horen te krijgen hoe hun verminkte lijken waren gevonden in een greppel, niet ver van de akkers waar ze de hele dag gewerkt hadden. Vlak voordat de monniken hem waren komen halen om hem naar het klooster te brengen, zo vertelde Aliye, had hij het pakketje opgegraven dat zijn ouders van de vreemdeling hadden gekregen. Zelfs als jonge jongen had hij beseft dat er een of ander verband bestond tussen het bezoek van de vreemdeling en de dood van zijn ouders, en dat het pakketje dat de man bij hen had achtergelaten daarom een speciale betekenis moest hebben. Kort nadat hij zijn intrek had genomen in het klooster, had Aliye het pakketje geopend. Er had een kaart in gezeten. Die avond, een paar uur voordat ik op het punt stond om uit Adrianopel te vertrekken, liet hij me die zien.

Hij vertelde me dat hij dit geheim zijn hele leven lang goed had bewaard. Het was het enige wat hem nog aan zijn ouders bond. Hij kon er geen afstand van doen, maar hij vertelde me ook dat hij er geen bezwaar tegen had als ik het in de weinige tijd die me hier in het gezelschap van de monniken nog restte, zou willen kopiëren, en hij hoopte dat die kopie me van nut zou zijn bij mijn verdere reizen en ondernemingen.'

Valiani stopte even om op adem te komen en een slokje wijn te nemen. 'Ik was danig van mijn stuk door wat ik nu ontdekte.

Aliyes kaart beschreef een route naar een ander klooster, hoog op de berg Golem Korab in het noordwesten van Macedonië. Het klooster is voor de buitenwereld verborgen. Het is ontstaan als geheim onderduikadres voor monniken die honderden jaren geleden op de vlucht waren voor de legers van de islam. Aan één kant van de kaart stond een blok tekst waarin werd beschreven dat in het klooster grote literaire en hermetische wonderen te vinden waren. Volgens de tekst zou de bibliothecaris van het klooster daar onvervangbare boekdelen bewaren, waarvan algemeen werd aangenomen dat die verloren waren gegaan tijdens de vernietiging van de bibliotheek van Alexandrië: oorspronkelijke Griekse werken, en de teksten van Egyptische en Helleense wijsgeren... een hele wereld van wetenschap, magie en verloren kennis.'

Valiani stond op en een slaaf liep naar hem toe. De man hield een rijkelijk versierde doos in zijn handen en maakte die open, zodat zijn meester er een voorwerp uit kon halen. De oude man deed een stap in de richting van zijn publiek.

'En nu zie ik mij genoodzaakt om af te wijken van de algemeen aanvaarde gewoontes.' In zijn handen hield hij een boekrol die was dichtgebonden met een zwart zijden lint. Hij trok de strik los en liet het lint op de vloer vallen. Met een plechtig gebaar trok hij de boekrol open. 'Waarde vrienden, hier is het afschrift dat ik heb gemaakt. Ik wist toen ik het klooster en de vriendelijkheid van Aliye en zijn kloostergenoten achter me liet al dat ik de reis naar Macedonië niet zelf zou kunnen maken. Daarvoor ben ik te oud, en de vlucht uit Constantinopel heeft mijn krachten onherstelbaar doen verminderen. Ik verwacht niet nog lang te leven, en ik weet dat mijn reizen me nooit meer buiten dit land zullen voeren. Ik heb geen familie, geen erfgenamen, geen leerlingen. In plaats daarvan heb ik besloten om dit document naar Italië te brengen en het na te laten aan hen die het verdienen, en wier denkbeelden ik respecteer en bewonder. In mijn eerdere correspondentie met heer Niccoli, en uit het vele dat ik heb vernomen over allen die hier tezamen zijn, ben ik ervan overtuigd geraakt dat ik deze schat in uw handen dien achter te laten, zodat u er naar eigen inzicht over kunt beschikken. Ik weet dat u wijs en eerzaam zult handelen.'

Er viel een verblufte stilte. Niccoli stond op en liep naar de oude man toe. 'Bent u daar zeker van, meester Valiani?'

'Ja,' antwoordde de geleerde. 'Daar ben ik zeker van. Maar geheimhouding is van groot belang. Er zijn velen die deze schat in handen zouden willen krijgen. En daarom heb ik enige veiligheidsvoorzieningen in mijn aanbod ingebouwd.' Hij nam al zijn toehoorders aandachtig op.

'Veiligheidsvoorzieningen?' vroeg Cosimo.

'Deze kaart is niet compleet,' zei Valiani. 'Dat zal u ongetwijfeld al zijn opgevallen.' Hij wees op een ronde, witte plek met een diameter van ongeveer acht centimeter in het midden van de kaart. 'Uit het middelpunt hier is een deel van de kaart weggesneden. Dat bevindt zich in Venetië. Als u de geheimen van Golem Korab wilt terugvinden, zult u eerst naar de Serene Republiek moeten reizen en daar een kort bericht moeten laten overbrengen aan een zekere Luigi in een herberg die I Cinque Canali wordt genoemd. Luigi is een hoogst merkwaardige figuur, maar ik zou hem mijn leven toevertrouwen. Hij zal u naar het ontbrekende deel van de kaart brengen.'

Hij trok een ring van zijn vinger en gaf die aan Cosimo. Het was een zilveren band waar een grote rechthoekige granaat was ingezet. 'Geef dit aan Luigi als bewijs van uw identiteit. Zodra u over het ontbrekende deel beschikt, dient u de kaart te beschermen met alles wat u maar hebt, en dan zonder dralen uit Venetië te vertrekken. Als u hulp nodig hebt, zijn er slechts zeer weinigen die u kunt vertrouwen. De granaat is mijn familiesteen en een geheim teken voor mijn vrienden. Het laatste wat u nodig zult hebben...' zo besloot hij zijn verhaal, '... is dit.' Hij overhandigde Cosimo een gouden sleuteltje. 'De rest is aan u.'

Kort nadat hij zijn onverwachte aanbod had gedaan, nam Valiani afscheid, maar enkele van Niccoli's gasten bleven nog hangen om het aanbod te bespreken. Cosimo stond in vuur en vlam en kon de gedachte aan Valiani maar niet van zich afzetten. In de kleine uurtjes zat hij nog steeds over de man te praten met zijn naaste vriend Ambrogio Tommassini en hun gastheer Niccolò Niccoli.

'Kunnen we hem vertrouwen?' vroeg Cosimo terwijl hij de gouden sleutel die Valiani hem had gegeven, in zijn handen rond liet draaien.

'Het is een eerlijk man,' verzekerde Niccoli hem. 'Hij heeft geen reden om te liegen over wat hij toevallig gevonden heeft. Ik heb het je niet eerder gezegd, maar toen ik jong was, was Francesco Valiani mijn leraar. Ik ben hem veel verschuldigd. Hij was altijd trouw en nobel en zijn hart is zuiver. Ik zal met alle genoegen voor hem instaan.'

Cosimo keek zijn vriend recht in de ogen. 'Voor mij is dat voldoende,' zei hij. 'Laten we dan nu eens naar deze kaart kijken.'

Niccoli vouwde de kaart open op de tafel tussen hen in. Het was een goed getekende kopie, vol met vlekken en kreuken van de lange reis die hij achter de rug had. Er stond een bergketen op, die diagonaal over het papier liep, en daaromheen een heel web van plaatsnamen. Door de bergen kronkelde zich een met rode inkt getekend pad: het begin van de weg naar Golem Korab en het afgelegen klooster dat Valiani had beschreven. In het midden van de kaart, waar het klooster en de omringende bergen zich moesten bevinden, zat een gat dat de kaart vrijwel nutteloos maakte.

'Het is ruig terrein,' zei Niccoli. 'Ik ben nooit zo ver naar het oosten gereisd, maar zo te zien is dit een gevaarlijk bergpad, en dan vooral hier.' Hij wees op de rand van het gat in de kaart. 'God mag weten hoe het terrein eruitziet in de buurt van het klooster.'

'Grote beloningen zijn niet bestemd voor de lafhartigen,' antwoordde Cosimo.

'Nee, daar heb je gelijk in, waarde vriend. Maar als je van plan bent Golem Korab te bezoeken vrees ik dat je over een zeer moedig hart zult moeten beschikken.'

Toen de fel oranje zon oprees van achter de verre heuvels liepen Cosimo en Ambrogio zwijgend door de poort rondom het landgoed van hun vriend en wandelden over de ongeplaveide weg terug naar de stad. Cosimo was in gedachten verzonken. Hij probeerde de tegenstrijdige emoties die Niccoli's vreemde bezoeker bij hem had opgeroepen, met elkaar te verzoenen.

'Ik ken die stilte,' zei Ambrogio.

'Is dat zo?'

'Het is jouw afwezige stilte, de stilte die over je komt als je probeert de oplossing te vinden voor een schijnbaar onoplosbaar probleem.'

Cosimo lachte. 'Goed gezegd, beste vriend. Want ik ben inderdaad diep in gedachten verzonken.'

'Valiani's uitdaging is verleidelijk, dat kan ik niet ontkennen.'

'Bijna te mooi om waar te zijn, zo zou je het ook kunnen stellen.'

'Het is bijna een droom die werkelijkheid wordt, of niet soms, Ambrogio?'

Terwijl ze een bosschage in liepen, keek Cosimo hem zijdelings aan. 'Vertrouw je die man niet?'

'O, dat heb ik niet gezegd. Het is gewoon dat...'

'Dat?'

'Ik denk dat niemand van ons, met uitzondering van Niccolò natuurlijk, ook maar enig benul heeft van de gevaren waarin we ons begeven als we op Valiani's aanbod ingaan.'

'O, schiet op, Ambrogio, we voeden ons ego met de studie van esoterische ideeën en we voelen ons ontspannen in de aanwezigheid van verheven gedachten, maar volgens mij zitten we allemaal een stuk steviger in elkaar dan velen misschien denken.'

Ambrogio glimlachte. 'Ik wilde je niet beledigen, beste Cosi. Misschien dacht ik alleen maar aan mezelf.'

'Dan beledigde je jezelf, Ambrogio. Als ík een groot avontuur overweeg, kun jij dat ook overwegen.' Hij gaf zijn vriend een flinke klap op zijn rug, wat voor Ambrogio aanleiding vormde om overdreven te reageren en diep gebogen verder te strompelen, alsof hij dodelijk gewond was. Ze moesten allebei lachen.

'Misschien zou dat inderdaad wel kunnen,' zei Ambrogio. 'Maar ben je het dan vergeten? Ik vertrek vandaag naar Venetië.'

'Nee, dat ben ik niet vergeten, beste vriend, en eerlijk gezegd vind ik dat heel treurig. We zouden goede reisgenoten kunnen zijn.'

'We zouden inderdaad goede reisgenoten kunnen zijn, maar ik vrees dat het er niet van zal komen.' En na die woorden sloeg hij zijn arm om Cosimo's schouder.

Toen hij zijn huis aan het Piazza del Duomo had bereikt, was Cosimo uitgeput. Toch kon hij de slaap niet vatten. Zijn geest draaide nog steeds op volle toeren. Hij wist wat hem te doen stond. Snel waste hij zich; daarna liet hij zich door zijn lijfknecht scheren en kleden. Toen hij weer alleen op zijn kamer was en de vroege straatgeluiden zijn raam bereikten, ging hij aan zijn bureau zitten. Hij deed zijn best om zoveel concentratie op te brengen dat hij zijn gedachten op papier kon zetten.

Het was een eenvoudig briefje, een bericht aan zijn geliefde, Contessina de Bardi, waarin hij haar vroeg om hem vanavond te ontmoeten. Hij wilde met haar praten. Hij vouwde het briefje dubbel en verzegelde het met wat zegellak waar hij het wapen van de Medici's in stampte, riep Olomo, en gaf hem zijn instructies.

De dag ging langzaam voorbij. Hij speelde met zijn kleine broertje Lorenzo, schreef in zijn dagboek en zwierf door de straten van Florence.

Hij was al vroeg op het punt waar hij had voorgesteld om elkaar te ontmoeten. Hij had de tuin van Niccoli's huis gekozen omdat hij wist dat niemand hem daar zou bespieden. Cosimo zat op een stenen bankje onder een met bloemen overladen boog. Voordat zij hem opmerkte, zag hij Contessina een klein trapje af komen, waarbij de zoom van haar lange jurk van groen fluweel over de steen veegde. Ze was lang en slank, met gitzwart haar. Door haar hoge jukbeenderen en volle lippen vormde ze de belichaming van Atheense perfectie.

'Cosi, wat kijk je gekweld,' zei ze. Ze nam zijn beide handen in de hare en ging naast hem op de bank zitten.

Hij keek in haar donkere ogen. 'Voor jou kan ik niets verborgen houden, Contessina.'

Ze viel hem niet in de rede toen hij vertelde wat hij van Valiani had gehoord. 'Dus je hebt het gevoel dat je daar moet gaan kijken om die geheimen zelf te ontraadselen?' zei ze toen hij klaar was. 'Maar Cosimo, hoe moet het dan met ons?'

'Voor ons verandert er niets, Contessina. Over een paar maanden kom ik terug, en dan gaan we verder met onze huwelijksplannen.'

'En je vader dan, Cosi? Hij weet hier niets van, neem ik aan?'

'Niets.'

Ze keek hem strak in de ogen. 'Ik wil met je mee.'

Cosimo glimlachte. 'Dat is een gedachte waar ik nog intens van zal genieten, mijn lief, maar we weten allebei dat dat niet zal gaan.'

'Waarom niet?' vroeg Contessina. 'Ik heb de oude meesters net zo grondig bestudeerd als jij. Ook ik koester een brandend verlangen om meer te weten.'

'Maar je familie zou je nooit...'

'En die van jou wel zeker?'

Cosimo gaf toe. 'Het wordt enorm gevaarlijk.'

'Dat weet ik.'

'En ik zou ervan beschuldigd worden dat ik je had ontvoerd. Dat zou de relaties tussen onze twee families volkomen vernietigen.'

'Is dat nou niet een beetje melodramatisch, Cosimo?'

'Nee, volgens mij is het dat niet, Contessina,' zei Cosimo vriendelijk. En toen, met een stalen klank in zijn stem: 'Contessina, dit ga ik doen zonder jou.'

Ze keek naar de donker wordende hemel voorbij de boog, en naar het silhouet van de rozen in het amberkleurige licht van de zonsondergang. 'Je hebt duidelijk al besloten. Kan ik nu verder helemaal niets meer zeggen?'

'Je kunt me geluk wensen.'

Hij keek naar haar handen, die ze nu in elkaar geklemd op haar schoot had liggen, en merkte op hoe wit haar knokkels waren. Toen richtte ze haar zwarte ogen strak op hem en zei: 'Cosimo, mijn lief, de gedachte dat jij aan deze reis begint vervult me met angst, maar ik weet dat jij als je eenmaal hebt besloten iets te doen, niet meer op je schreden kunt terugkeren. Dat is een van de vele dingen die ik zo aan jou bewonder. Ik wens je natuurlijk geluk, natuurlijk wens ik je dat, maar meer dan dat alles – ik bied je mijn eeuwigdurende liefde.' En ze kuste hem zachtjes op zijn wang.

8

Florence, 6 mei 1410

Aan zijne heiligheid paus Johannes XIII, Pisa

Heilige vader, zoals altijd had u volkomen gelijk: mijn jaren hier zijn geen verspilling gebleken, zoals ik had gevreesd. Vanavond heb ik werkelijk buitengewoon nieuws ontvangen. Een boodschapper uit het oosten heeft verteld over een ontdekking die naar mijn mening belangwekkende vruchten zou kunnen afwerpen. Er bestaat een landkaart waarop de weg naar een afgelegen klooster in de bergen van Macedonië wordt beschreven. Ik geloof dat dit de plek zou kunnen zijn waarover wij hebben gehoord, want het nieuws over deze kaart werd overgebracht door een welbekende geleerde, Francesco Valiani genaamd. De man is zelf niet in de gelegenheid geweest om naar het klooster te reizen, maar hij gelooft dat daar een grote schat te vinden valt. Er is niets gezegd over het specifieke voorwerp waarnaar uwe heiligheid op zoek is, maar ik ben hoopvol gestemd.

Heilige vader, ik wacht op de instructies die het u moge believen te geven aan uw meest liefhebbende en nederige dienaar...

9

Londen, juni 2003

Verschillende locaties waren al geboekt en vervolgens toch afgewezen voordat de ontmoeting uiteindelijk plaatsvond in een hotelletje in Bayswater. Er waren drie mannen aanwezig in het vertrek: Sean Clifton; professor Harold Rossiter, een hoogleraar in Oxford die tevens actief was als consultant; en Patrick McNeill, Senior Vice-President van Fournier Industries Inc, een reusachtig bedrijf dat het eigendom was van een Frans-Canadese miljardair en kunstverzamelaar die Luc Fournier heette. McNeill was ook Luc Fourniers persoonlijke assistent. Rossiter, een freelance consultant, was door Fournier persoonlijk voor deze job geselecteerd omdat de zakenman zoveel wist over het duistere privéleven van de professor dat hij hem vrijwel blindelings kon vertrouwen.

Het was heet en het hotel beschikte niet over airconditioning. Clifton was nerveus; hij zat zo hevig te zweten dat er donkere kringen onder zijn oksels waren verschenen. Hij veegde zijn voorhoofd droog met een witte katoenen zakdoek, keek de twee anderen zwijgend aan en haalde een rechthoekige map van doorzichtig plastic uit zijn koffertje. Hij had Rossiter niet eerder ontmoet, maar kende hem van reputatie. De geleerde was een man van achter in de zestig, zijn gezicht zat vol donkere vlekken. Onder de bleke huid van zijn kale hoofd waren de aderen duidelijk zichtbaar. Hij was iets meer dan een meter zeventig lang en zijn vormloze linnen pak voltooide het beeld van de slordige, wat verkreukelde intellectueel.

Clifton overhandigde McNeill de map. 'Dit zijn natuurlijk kopieën.' Zijn nervositeit vormde een schril contrast met de koelbloedigheid die hij twee weken geleden nodig had gehad om langs de beveiligingsmedewerker heen de kluis van Sotheby's uit te lopen.

McNeill trok een stapel fotokopieën uit de map. Het waren kopieën van een handgeschreven tekst, een stuk of veertig pagina's, aan beide zijden geprint. In gefascineerde stilte las hij de eerste pagina's door.

'En uw familie heeft deze kortgeleden geërfd?'

Clifton knikte, liep naar het raam en keek vol argwaan naar de straat onder hen. Toen hij zich weer omdraaide, stak hij een sigaret op.

'Ik zal duidelijk enige tijd nodig hebben om dit door te lezen...' zei Rossiter.

'Tien minuten,' antwoordde Clifton terwijl hij met half dichtgeknepen ogen door de rook tuurde.

McNeill wierp Rossiter een geamuseerde blik toe. 'Dan kunnen we beter opschieten,' zei hij, en hij liet zich op een zitbank zakken.

Rossiter ging aan een tafel niet ver van de deur zitten en begon te lezen.

'Ik stel voor dat u zich concentreert op de gemarkeerde pagina's,' zei Clifton.

Terwijl Rossiter langzaam de pagina's omsloeg, voelde hij zijn enthousiasme steeds groter worden. Hij had dit document nooit eerder gezien, al werd in academische kringen al jaren gesproken over de mogelijkheid van het bestaan ervan. Hij wist dat algemeen werd aangenomen dat de oorspronkelijke versie lang geleden verloren was gegaan, maar er gingen geruchten over afschriften van fragmenten die misschien nog steeds ergens te vinden waren: op zolder bij mensen die daar geen enkel vermoeden van hadden, of ergens achter in een oude kast of een stoffige opslagruimte. Om die reden hadden slechts zeer weinigen dit zes eeuwen oude document ooit onder ogen gekregen. En terwijl hij zat te lezen drong het tot

Rossiter door waarom Sean Clifton zo graag een deal wilde sluiten met Fournier. Een van de weinige dingen die bij de media bekend waren over de eigenaar van Fournier Holdings, was dat hij de rijkste en meest enthousiaste verzamelaar van vroeg-renaissancistische documenten en objecten ter wereld was. En dit was een zeer opmerkelijke vondst.

Clifton liep naar de tafel en zocht de gefotokopieerde bladzijden bij elkaar. 'De tijd is om.'

Rossiter wilde protesteren, maar McNeill bracht hem met een wuivend handgebaar tot zwijgen. 'Hebben we onze tijd verspild, professor?'

'Nee, dit zijn kopieën van een authentiek manuscript, in het handschrift van Niccolò Niccoli.'

'Dank u wel. Meer hoef ik niet te weten. Zou u ons misschien even alleen willen laten?'

Even stond Rossiter hem verbaasd aan te kijken, maar toen draaide de man zich om en liep de kamer uit.

'Zo,' zei McNeill toen de deur werd dichtgetrokken. 'U wilt tien miljoen pond, is dat correct?'

'Inderdaad.'

'Volkomen uitgesloten.'

Heel even verscheen er een verslagen uitdrukking op Cliftons gezicht. 'Hoezo?'

'Omdat mijn chef vier miljoen biedt. Honderdduizend nu, en de rest in twee termijnen nadat aan onze andere eisen is voldaan.'

'Belachelijk!'

'In dat geval ben ik bang dat we niet tot zaken zullen komen.'

Hij draaide zich om en maakte aanstalten om de kamer uit te lopen.

McNeill had nog maar twee stappen gezet en bracht zijn hand al naar de deurkruk toen Clifton zei: 'Oké, oké, acht miljoen, waarvan één vooruit.'

McNeill liep gewoon door en trok de deur open.

Clifton zuchtte en deed een paar stappen naar hem toe. 'Goed dan... zes.'

McNeill bleef even staan en liep toen de kamer weer in. Hij kwam nu zo dicht bij Clifton staan dat hij er zeker van was dat de man zijn adem op diens gezicht kon voelen, en zei langzaam en weloverwogen: 'Vierenhalf met twee-vijftig vooruit, dat is ons laatste bod.'

Clifton deed een stap naar achteren en stak opnieuw een sigaret op. 'Vijf miljoen en het is van u.'

McNeill staarde uit het raam aan de andere kant van het vertrek. Het enige geluid was afkomstig van het verkeer onder hen. 'Uitstekend. Vijf miljoen, maar dit zijn onze voorwaarden.'

Clifton nam een lange trek van zijn sigaret.

'Voor die tweehonderdvijftigduizend pond van ons mogen we de kopieën twee weken houden. Als ze mijn chef bevallen, komt een van onze mensen de originelen ophalen uit de kluis van Sotheby. Pas daarna ontvangt u de rest van het geld.'

'Nee!'

'Dan gaat u maar ergens anders naartoe.'

Clifton beet op zijn lippen. 'En het geld?'

'Tweehonderdvijftigduizend pond zal maandagmiddag om twaalf uur worden overgeboekt naar een Zwitserse bankrekening. U dient de documenten om tien uur 's ochtends op diezelfde dag in een kluis te deponeren die behoort bij een andere rekening, waarvan het nummer u nog bekend zal worden gemaakt. Bij overboeking van het geld naar uw rekening zal automatisch een zestiencijferige, door uzelf te bepalen code worden gegenereerd, die vervolgens via internet aan mijn vertegenwoordiger wordt toegestuurd. Deze code zal ons in staat stellen om toegang te krijgen tot het document. Geen geld, geen code en vice versa. Mijn mensen mailen u de details nog wel.'

10

Venetië, heden

'Hoe vaak ik dit uitzicht ook zie, ik vind het nog steeds adembenemend,' zei Edie terwijl ze uit het raam van de zitkamer keek. Hij stond naast haar, met een hand op haar schouder. Ze waren pas een uur geleden in Venetië aangekomen. Het was bijna lunchtijd en op het Piazza San Marco vormde zich een drukke menigte toeristen. Aan de overkant van het plein speelde een klein ensemble op een podium werken van Vivaldi en Mozart. Dichter bij het Dogenpaleis liepen clowns op stelten wankelend rond over de oneffen keien. Ze reikten ballons uit aan kinderen, terwijl grote aantallen gemaskerde voetgangers, van wie sommigen ingewikkelde carnavalskostuums droegen, in lange stoeten rondliepen. Carnaval was in volle gang.

Er klonk een geluid bij de deur van het appartement. Toen ze zich omdraaiden, zagen ze Rose en Maria binnenkomen, beladen met tassen en zakken.

Edie trok haar wenkbrauwen op.

'Ik heb haar mijn creditcard gegeven,' legde Jeff uit. 'Ik voelde me schuldig omdat ik haar gisteren zo in de steek heb gelaten.'

Edie wierp hem een sceptische blik toe. 'Sla je nou niet een beetje te ver door naar de andere kant?' Ze keek Rose vriendelijk aan. 'Hé, hallo, jongedame, ik heb jou al een hele tijd niet gezien. God, hoe lang is het nou al geleden...'

Rose was druk in de weer geweest met haar tassen, maar keek nu op. Er lag een kille blik in haar ogen. Jeff wilde verbaasd iets zeggen, toen ze een kuchje hoorden en een lange, geheel in het zwart geklede man tegen de deurpost geleund zagen staan. Zijn lippen waren geplooid in een flauwe glimlach.

'We kwamen *signor* Roberto tegen bij de voordeur,' vertelde Maria in haar gebroken Engels en ze liep haastig langs Roberto heen de kamer uit, zodat die snel rechtop moest gaan staan. Ze schudde haar hoofd en maakte tuttut-geluidjes toen ze met haar brede heupen schommelend door de gang naar de slaapkamers liep.

Roberto stapte de kamer binnen, pakte Edies hand vast en gaf haar een theatrale handkus. Ze bloosde.

Achter Roberto zag Jeff dat Rose nu werkelijk heel boos keek.

'Maken jullie maar even kennis,' zei Jeff en hij liep met lange passen naar Rose toe.

Hij trok haar met zich mee de gang in. 'Wat had dát nou te betekenen?'

Ze tuurde naar de vloer.

'Nou?'

'Je hebt echt geen idee, hè?' zei Rose. Haar ogen stonden vol tranen. Jeff wilde zijn armen om haar heen slaan, maar ze draaide zich om en rende de gang in.

'Rose...' zei hij, maar de slaapkamerdeur werd al dichtgeslagen. Hij moest zich hier straks maar mee bezighouden. Met een vreselijk rotgevoel liep hij terug naar de zitkamer.

Zonder zijn ogen van Edie af te wenden zei Roberto tegen Jeff: 'Hoe ben je erin geslaagd om ervoor te zorgen dat wij elkaar niet eerder hebben ontmoet?'

'O, dat was echt geen opzet hoor.' Jeff deed zijn uiterste best om opgewekt en hartelijk te klinken. Edie leek zich volkomen op haar gemak te voelen met al die belangstelling en stond met al even onverhulde aandacht naar Roberto te kijken. 'Wat brengt jou hier trouwens?' zei Jeff.

'We hebben een lunchafspraak in het Gritti. Of was je dat vergeten?'

'Dat is ook zo, en dat was ik volkomen vergeten.'

'Maar als je...'

'Roberto, kom even.' Rose stond met roodomrande ogen in deur naar de gang. Ze hield een tas voor zich omhoog. 'Ik wil je eerlijke mening over dit jasje.' Ze liep naar hem toe en pakte hem bij de hand, terwijl ze Edie woedend aankeek.

Toen Roberto en Rose de kamer uit waren, slaakte Jeff een diepe zucht. 'Het spijt me,' zei hij.

Edie haalde haar schouders op. 'Het zal de leeftijd wel zijn, maar ik heb haar duidelijk tegen de haren ingestreken, zelfs al heb ik haar al meer dan een jaar niet gezien.'

'En Roberto heeft het zojuist nog erger gemaakt. Rose is smoorverliefd op hem.'

'Wie is hij eigenlijk?' Edie straalde helemaal.

'Roberto? Gewoon zo'n beetje de beste vriend die ik hier heb. Echt een fantastische vent. Ik denk zelfs dat hij ons misschien zou kunnen helpen. Zou je het erg vinden als ik hem vertel wat er is gebeurd?'

'Waarom denk je dat hij ons daarbij kan helpen?'

'Als Roberto geen genie is, dan heb ik nog nooit een genie ontmoet. En ik vertrouw hem honderd procent.'

Edie haalde haar schouders op. 'Nou, goed dan.'

Ze draaiden zich om en zagen Rose met haar nieuwe jasje aan terwijl ze Roberto's hand vasthield.

'Prachtig,' zei Jeff.

'Nee,' zei Rose met een duistere blik. Ze ging op de bank zitten, zover mogelijk van hen vandaan, om de rest van haar aankopen te bekijken.

'Eigenlijk ben jij precies degene die ik nu nodig heb.' Jeff liep naar de tafel en speelde een bandopname van Mackenzies telefoonbericht af. Terwijl hij stond te luisteren, vertelde Edie hoe ze het voorwerp hadden gevonden en dat haar oom haar kort voordat hij was vermoord nog had gebeld.

'Dus jij denkt dat hij is vermoord vanwege die vondst?'

'Daar ziet het wel naar uit, ja,' zei Edie.

'Nou, het is duidelijk waarom je naar Venetië bent gekomen,' zei

Roberto. 'Maar die drie kronkellijntjes maken het een stuk interessanter. Samen met de leeuw vormden die het symbool van I Seguicamme.'

'En dat is...'

'Letterlijk vertaald betekent dat "de Volgelingen". Dat was een groepering die zich heeft afgescheiden van de Rozenkruisers. Ze kwamen regelmatig bij elkaar hier in Venetië; hun aanhangers kwamen vanuit heel Europa hiernaartoe. Ze doken voor het eerst op in het midden van de vijftiende eeuw. Na het eind van de achttiende eeuw is er nooit meer iets van hen vernomen.'

'Wat deden ze precies, die Volgelingen?'

'Niemand weet het precies. Marsilio Ficino noemt hen in zijn *De vita libri tres*, en Giordano Bruno verwijst naar hen in zijn boek *La Cena delle Ceneri*, maar die verwijzingen zijn voornamelijk mystiek van aard, en vrijwel onbegrijpelijk.'

'Ficino?' zei Jeff. 'De mysticus? Die werkte toch voor Cosimo de' Medici?'

'Hij heeft vlak voor Cosimo's dood een handschrift voor hem vertaald. Het *Corpus Hermeticum*, een roemrucht verzamelwerk waarin de antieke bronnen van de magie worden beschreven.'

'Maar wat heeft dat met dat vers te maken?' vroeg Edie.

'Nou, dat is inderdaad de grote vraag, hè? Jeff, die vertaling? Is die nauwkeurig?'

Edie speelde het bericht terug, zodat Roberto nog eens goed kon luisteren.

'Maar wat zou dat "geographus incomparabilis" kunnen betekenen?' vroeg hij met opgetrokken wenkbrauwen.

Rose liep naar de tafel toe en kwam naast Roberto staan. 'Wat zijn jullie aan het doen?' vroeg ze. 'Hoorde ik jullie het nou over de geographus incomparabilis hebben?'

'Inderdaad,' zei Roberto.

'Zo werd Fra Mauro genoemd. Je weet wel, de grote kaartenmaker. We hebben net een klassenproject over hem gedaan.'

'Nou, dank je wel, Rose,' zei Roberto. 'Je hebt niet alleen een perfecte smaak, maar je bent ook nog een ijverige leerling.'

Rose straalde.

'Fra Mauro was een Venetiaan, of liever gezegd, hij kwam uit Murano en hij werkte in het klooster van San Michele...' zei Roberto.

'Op het Dodeneiland,' riep Jeff uit. 'Maar natuurlijk.' Ze konden allebei zien dat Edie niet wist hoe ze het had.

'San Michele is het kerkhof van Venetië.'

'En in het vers staat dat datgene wat Mauro heeft ontworpen, daar nog steeds te vinden is.'

'Ik weet niet veel over Fra Mauro, maar hij is volgens mij vooral bekend geworden om zijn *mappa mundi*, zijn kaart van de wereld. Die was vlak voor zijn dood pas voltooid, in wanneer was het ook weer, 1465... 1470?'

'1459,' verbeterde Roberto hem.

'Maar die kaart bevindt zich in de Biblioteca Marciana,' zei Jeff. 'Dáár,' en hij wees naar het Piazetta.

'Nou, waar dit verzoek ook over gaat, het heeft geen betrekking op de kaart in het museum,' merkte Edie op.

'Misschien niet, maar we weten niet wanneer de inscriptie op dat voorwerp is gemaakt. Dus die zou kunnen verwijzen naar iets wat zich een eeuw of vijf geleden wél op het Dodeneiland bevond, maar daar sindsdien is weggehaald.'

'Daar heb je gelijk in. Is er op welke wijze dan ook met het lijk in de crypte geknoeid?' vroeg Roberto.

'Als je bedoelt of het al een keer ontleed was voordat wij het uit de crypte hebben gehaald, dan is het antwoord nee,' zei Edie.

'Dus het voorwerp dat jullie hebben gevonden, moet in het lijk zijn aangebracht toen het werd begraven, of vlak daarvoor.'

'Dat staat wel vast.'

'In dat geval heeft Jeff gelijk. Als degene die dit heeft geschreven, verwijst naar Mauro's beroemde kaart, dan zou die in de Biblioteca Marciana kunnen liggen, en dan zou het vrijwel onmogelijk zijn om die eens goed te bekijken.'

'Is het makkelijk om San Michele te bereiken?' vroeg Edie. 'Kunnen we ernaartoe met de vaporetto?'

Roberto's geüniformeerde chauffeur, Antonio, een opmerkelijk knappe man met gitzwart haar en gelaatstrekken die uit steen gehouwen leken, stond op hen te wachten op de kade, niet ver van de koninklijke tuinen, en liep met hen naar Roberto's motorboot, een prachtige speedboot van staal en teakhout, met hier en daar wat blauwgeverfde delen, die rond 1930 was gebouwd. Jeff en Edie werden aan boord geholpen terwijl Roberto nog even voor in de boot bleef staan om Antonio te vertellen waar hij hen naartoe moest brengen. Toen hij terugliep naar het achterschip, had hij een kleine picknickmand bij zich.

'Antonio heeft kans gezien om de kok nog even iets klaar te laten maken.'

Jeff liet zijn ogen rollen. 'Ouwe gladjakker dat je bent.'

Edie wierp Roberto haar stralendste glimlach toe.

Een ogenblik later schonk hij drie prachtige champagneglazen vol met Dom Perignon '96 terwijl de motorboot met een wijde boog het Canal Grande op voer. Met hoge snelheid passeerden ze de weelderige paleizen op beide oevers, scheerden onder de Ponte del' Academia door en volgden toen de kromming van het kanaal. Vlak voordat ze aan hun rechterhand San Samuele zagen verschijnen wees Jeff op een prachtig, roodbruin gekleurd palazzo niet ver voor hen, aan dezelfde kant van het kanaal.

'Daar woont Roberto,' zei hij voordat hij een hap van een pasteitje nam.

'Wat een aftandse bedoening,' grinnikte Edie.

Op de plek waar het kanaal onder het Rialto door leidde, voeren overal vaporetti. Op de oevers zaten de restaurants vol met buitenlandse bezoekers die naar Venetië waren gekomen ter gelegenheid van het carnaval.

Een eindje verder, vlak voorbij de prachtige façade van de Casa d'Oro, kwamen ze bij een grote waterweg die naar de noordzijde van Venetië leidde, en naar het Canale dello Fondamento Nova. Deze waterweg versmalde zich tot hij niet veel breder was dan een vrachtboot: de speedboot moest vaart minderen, totdat hij niet meer dan stapvoets voer. Nadat ze onder een hele reeks langzaam afbrokkelende bruggen door waren gevaren, werd het kanaal weer wat breder en begonnen ze harder te varen. Een paar minuten later voeren ze langs de Saca della Misericordia, de particuliere haven waar honderden boten aan steigers lagen aangemeerd. Zonder te stoppen koersten ze met een grote boog naar het oosten, het open water tegemoet.

Recht voor hen zagen ze het ommuurde eiland San Michele. Antonio draaide de gashendel ver open, zodat ze met hoge snelheid over het ijskoude grijze water scheerden, langs de Fondamentale, de noordoostelijke rand van de stad, en om de zuidelijke punt van het Dodeneiland. Er stond een felle wind en het was heel koud. Edie trok haar jas om zich heen en sloeg haar kraag op om haar oren te beschermen. De straffe zeewind voelde bijtend koud aan op haar wangen; ze verlangde naar het einde van deze boottocht.

De chauffeur minderde vaart toen ze een hoek van het bijna vierkante eiland bereikten. Ze vingen een eerste glimp op van de indrukwekkende noordzijde, met zijn geelbruine muren van wel tien meter hoog. Een eindje voor hen zagen ze nu ook de kerk van San Michele, en de van een koepel voorziene klokkentoren.

Een vaporetto kwam langzaam naar het eiland toe gevaren en legde aan. Even later zagen ze een groot aantal gedaanten op de kade verschijnen. Het waren weduwen die de graven kwamen bezoeken. De zwarte stof waarmee ze vrijwel van top tot teen bedekt waren, vormde een fel contrast met de felle kleuren rood en geel van de bloemen die ze bij zich hadden.

'We gaan nu het koninkrijk van de illustere doden binnen,' zei Jeff tegen Edie. Hij pakte haar bij de arm en trok een van afgrijzen vervuld gezicht.

'Nou, daar weet ik alles van.'

'Inderdaad, maar deze plek is iets speciaals. De laatste rustplaats van mensen als Ezra Pound, Igor Stravinsky, Sergei Diaghilev en Joseph Brodsky.'

De motorboot schoot met een grote bocht weg van de kade en voer een smalle inham binnen die bijna tot aan het middelpunt van het eiland reikte. Na een meter of honderd legde Antonio aan en zette de motor af. Een ogenblik later liepen ze achter Roberto aan. Hij wees naar de toren. 'Het klooster waar Mauro heeft gewoond en gewerkt ligt daar,' zei hij. 'Het is niet ver.'

De archivaris van het klooster stond hen op te wachten bij de ingang van het kloostergebouw. Hij was een lange man in een habijt, en hoewel hij volkomen kaal was, maakte hij een uitzonderlijk jeugdige indruk. Maar in de ogen in dat frisse gezicht van hem lag een bepaalde, nauwelijks te omschrijven rust die niet goed paste bij iemand die nog zo jong was.

'Maestro,' zei hij zachtjes terwijl hij Roberto zijn hand toestak. 'Pascini is de naam. De prior biedt zijn excuses aan omdat hij u niet in eigen persoon kan afhalen, en hij heeft me gevraagd u zo goed als ik maar kan te helpen.'

'Dat is heel vriendelijk van hem,' zei Roberto. 'Dit zijn mijn vrienden, Jeff Martin en Edie Granger.'

De monnik maakte een kleine buiging. 'Welkom.'

'Roberto kent iedereen in Venetië,' fluisterde Jeff Edie in het oor toen Fra Pascini gebaarde dat ze hem moesten volgen, terwijl hij het oude klooster binnen liep.

'Waarmee kan ik u van dienst zijn?'

'We zijn geïnteresseerd in het werk van Fra Mauro.'

'Ah, onze meest illustere broeder. Het lijkt wel of iedereen plotseling geïnteresseerd is in zijn kaarten.'

'O?' zei Jeff. 'Wie heeft er dan nog meer navraag gedaan?'

'Vanochtend ben ik nog gebeld,' zei Fra Pascini. 'Een historicus in Londen. Dat is toch niet te geloven?'

Ze betraden een kapelletje, staken de marmeren vloer over, liepen daarna een brede trap af en kwamen een lange, smalle en donkere kamer binnen. Aan weerszijden stonden ebbenhouten boekenkasten vol eeuwenoude boeken.

'Wat wilt u weten over Fra Mauro?'

'U zei net iets over landkaarten,' zei Jeff. 'In meervoud. Ik dacht dat zijn mappa mundi zich in het Marciana bevond, in Venetië zelf?'

'Inderdaad. Maar Mauro heeft in zijn loopbaan wel meer kaarten gemaakt. We hebben hier een wat minder fraai exemplaar van de mappa mundi in de bibliotheek. Het is te bezichtigen voor het publiek.' Hij liep voor hen uit naar een glazen kabinet in het midden van het vertrek.

De kaart was uitstekend bewaard gebleven. Hij was ongeveer twee meter in het vierkant, en het grootste deel daarvan werd in beslag genomen door een cirkel die aanvankelijk volgepropt leek te zijn met lukraak uitgekozen beelden: reusachtige, grillig gevormde, lichtbruine vormen waarvan de omtrek met blauw was afgezet. Het blauw drong ook de lichter gekleurde regionen binnen, als inkt die zich door het water verspreidde. Maar toen ze wat aandachtiger naar dit bijzonder fraaie object keken, leken de gedaanten langzaam van vorm te veranderen, zodat er een wat verwrongen kaart van Europa, Azië en Afrika in te herkennen viel. Geleidelijk aan werd het steeds minder abstract en steeds meer een stuk wetenschappelijk vakwerk.

'In welke opzichten verschilt deze kaart van die in het Marciana?' vroeg Edie.

'Deze is pas na zijn dood voltooid,' antwoordde Fra Pascini. 'Door zijn beste leerlingen.'

'De volgelingen van de geographus incomparabilis,' citeerde Jeff.

Er verscheen een wat verbaasde uitdrukking op het gezicht van de monnik. 'Waarom is iedereen toch ineens zo gefascineerd door Mauro? De historicus die vandaag belde, was ook al zo geïnteresseerd in deze kaart. We hebben nog minstens een stuk of tien andere, maar dit was de enige waarover hij iets wilde weten.'

'Hij heeft zeker niet zijn naam genoemd, hè?' vroeg Edie. 'Dat zou al te mooi zijn.'

'Hij zei dat hij vanuit het Historisch Seminarium van University College in Londen belde, maar verder heeft hij geen details gegeven.'

'Waarom bevindt deze kaart zich hier?'

De monnik richtte zich nu tot Jeff. 'Hij werd beschouwd als minder van kwaliteit dan de beroemde kaart die zich nu in de Biblioteca Marciana bevindt. Hij is gemaakt in opdracht van koning Casimir IV van Polen, maar die heeft hem teruggestuurd omdat hij er niet tevreden over was. In werkelijkheid had hij echter geldproblemen en om zichzelf niet te schande te maken, beweerde hij dat de kaart niet aan zijn eisen voldeed. Dus hebben we hem hier maar bewaard.'

'Hebt u even mazzel,' zei Edie.

'Zou het mogelijk zijn om de kaart uit de vitrine te halen?' vroeg Roberto hoopvol.

Fra Pascini schudde zijn hoofd. 'Dat zal helaas niet gaan, signor Armatovani, maar als u wilt, kan ik een vergrootglas voor u opstellen.'

'Dat zou fantastisch zijn.'

Fra Pascini liep het vertrek uit en kwam even later terug met een grote lens op een statief. Hij rolde het statief naar een punt halverwege een van de zijden van de vitrine en duwde de lens eroverheen. 'Ik zal u nu de gelegenheid geven om de kaart te bekijken.' Hij ging aan zijn bureau aan het andere eind van de zaal zitten.

'Dat is echt prachtig,' zei Edie.

'Een fantastisch stuk vakmanschap. Ongelooflijk gedetailleerd. Kijk eens naar al die opschriften. Het zijn er zoveel dat er nauwelijks nog ruimte over is.'

De kaart was versierd met tekeningetjes van kastelen en torens – sommige met prachtige veelkleurige vlaggen – ridders in wapenrusting op krachtige rossen, merkwaardige dieren, slangen, griffioenen, abstracte patronen en stroken met de zeven kleuren van de regenboog. Hoe beter je keek, hoe meer details er leken te ontstaan; het was een microkosmos van uitgelezen schoonheid en een verbijsterend groot kunstzinnig vermogen.

'Het vers luidt "Op het middelpunt van de wereld,"' zei Jeff, en hij schoof de loep naar het midden van de kaart. 'Maar het enige wat ik hier zie is een hele kluwen woorden en beelden. Waar zou dit ongeveer zijn op een moderne kaart?'

Edie tuurde door het vergrootglas. 'Ergens in de buurt van Turkije? Irak misschien?'

'Enig idee waar we naar op zoek zijn?'

'Nee.'

'Mag ik?' Roberto boog zich over de kaart en keek aandachtig naar het middelpunt daarvan.

'Valt jou iets op?'

'Alleen de namen van de verschillende gebieden. Zo te zien is het Perzië. Ik kan de Eufraat zien, en de bergen in het zuiden. Dankzij Marco Polo was dit gebied bij de Venetianen goed bekend, zelfs in het midden van de vijftiende eeuw.'

'Maar er is niets ongewoons aan deze kaart?'

'Zo te zien niet.' Roberto deed een stap naar achteren, en fronste zijn wenkbrauwen. Toen klaarde zijn gezicht plotseling op. 'Maar natuurlijk.'

'Wat?' vroegen Edie en Jeff eenstemmig.

'Het middelpunt van de wereld. Dat is niet letterlijk bedoeld. Voor mensen uit de vijftiende eeuw werd het middelpunt van de wereld gevormd door de heilige stad... door Jeruzalem.'

Roberto duwde het vergrootglas naar links. Tekst en illustraties stonden hier nog dichter op elkaar gepakt dan in Perzië en omstreken. In de omgeving van de heilige stad leek er een subtiele maar onmiskenbare gloed van het perkament af te komen. Jeruzalem werd afgebeeld met blinkende torens en koepels, omringd door gewapende mannen. Het was duidelijk dat de kaartenmakers deze plek hadden willen eren boven alle andere.

'Ik zie niets ongebruikelijks,' zei Roberto na een lange stilte. 'Kijken jullie eens.'

Maar ook Edie zag niets. Ze deed een stap naar achteren en keek toe terwijl Jeff de kaart bestudeerde.

'Nee, het is hopeloos.' Hij ging rechtop staan. 'Dit moet de kaart zijn. Hij past perfect bij het vers; bij "de volgelingen van de geographus incomparabilis". En dan is er het feit dat Casimir deze kaart heeft teruggestuurd; de volgelingen hebben "iets ontworpen wat niemand wilde". Maar we hebben geen flauw idee waar we naar op zoek zijn, en als we de kaart niet mee kunnen nemen...'

'Hebt u gevonden wat u zocht?' Fra Pascini stond plotseling schuin achter hem.

'Helemaal niets,' zei Roberto.

'Er is nog een andere mappa mundi.'

'Werkelijk?'

'Het is een heel armzalig exemplaar, een vingeroefening zou je kunnen zeggen. En hier en daar is de kaart beschadigd geraakt. Ook dit stuk is niet door de opdrachtgever aanvaard.'

'Kunnen we die kaart bekijken?'

'Maar natuurlijk. Als u mij maar wilt volgen?'

Achter Fra Pascini aan liepen ze door een lange gang naar een afgesloten deur. 'Dit is een van de archieven,' zei hij toen ze naar binnen liepen. 'We bewaren onze documenten in deze speciale dozen.'

Hij wees naar een metalen bergkast die in de muur was ingebouwd. 'Elk document wordt bewaard in een zuurvrije omgeving met een vaste temperatuur en luchtvochtigheid. Om de kaart te zien, zult u deze ruimte binnen moeten gaan.' Hij gebaarde naar een glazen hokje in de hoek. 'Ik haal even wat handschoenen en pincetten voor u.'

Een paar minuten later zaten ze met z'n drieën aan tafel in de toonkamer, met de kaart tussen hen in. Er lag een beschermend stuk doorzichtig plastic overheen, en Fra Pascini had hen opnieuw van een groot vergrootglas met statief voorzien.

De randen van de kaart waren gerafeld en er zaten een paar grote scheuren in, waarvan er een dwars over ongeveer eenderde van de kaart liep. Bovendien waren de illustraties een stuk minder gedetailleerd dan die op de mappa mundi in de grote zaal.

Edie bestudeerde een gebied dat overeenkwam met het huidige Midden-Oosten. Ze manoeuvreerde het vergrootglas wat dichter daarheen, totdat ze een illustratie vond waarmee het heilige land werd aangegeven. 'Hé, moet je kijken!' riep ze uit. Ze deed een stap opzij, zodat Jeff en Roberto het ook konden zien.

Vlak onder een tekeningetje van een citadel met felrode vlaggen boven op twee torens zagen ze een paar regels tekst in een piepklein handschrift. Het week af van het handschrift van de andere opschriften, en de inkt was verschoten. Het opschrift viel ook in andere opzichten volkomen uit de toon. Het bestond uit een vijfregelig vers in het Italiaans. Terwijl hij het hardop voorlas, vertaalde

Roberto het in één moeite door in het Engels. 'Reikend over het water, de man met een volmaakte naam: een treurig man, misleid door de duivel. Het is daar verborgen met de regels, over het water, achter de hand van de architect.'

Tegen de tijd dat ze het klooster verlieten was het al donker. Er hing nu een dichte mist over het Dodeneiland. Toen ze die middag over het pad naar het klooster liepen, hadden de zon en de frisse zeewind ervoor gezorgd dat San Michele heel erg op willekeurig welk ander deel van Venetië leek, maar 's nachts was het een oord van naamloze verschrikkingen.

Terwijl ze door de poort in de buitenmuur heen waren gelopen en over het met kasseien geplaveide pad naar de aanlegsteiger wandelden, keken ze even om. Het klooster leek nu net iets dat was uitgesneden uit een kaart van zwart karton. Er brandden maar heel weinig lampen op dit deel van San Michele. De lampen die zich het dichtste bij hen in de buurt bevonden, wierpen nauwelijks licht. Het felste schijnsel was nu afkomstig van de Melkweg, dat spoor van schitterende lichtpuntjes dat was uitgestrooid over de maanloze hemel.

Edie was hier nooit eerder geweest. Hoewel ze bijna elke dag met lijken werkte, had ze de lugubere en onheilspellende sfeer van dit oord zelfs bij daglicht al heel overweldigend gevonden. Nu, in het donker, kon ze alleen nog maar denken aan de talloze doden die overal om haar heen lagen, zowel de illustere als de alledaagse, die hadden geleefd en waren gestorven, en die nu vergeten waren door al wat leefde, behalve dan door de wormen. Elke goedkope horrorfilm, elk gruwelsprookje, leek aan deze duisternis hier ontsproten te zijn. De wind was gaan liggen, maar het zacht kabbelende water van de lagune was overal voortdurend te horen. Het leek wel een klaagzang.

De motorboot lag diep in de schaduwen en wiegde zachtjes heen en weer op het water dat tegen de havenmuren klotste. Zonder ook maar een seconde te verspillen stapten ze aan boord. De bestuurder startte de motor en zette de boordlichten aan, zodat vóór hen twee geelkleurige lichtbanen over het water streken.

'Breng ons alsjeblieft snel naar huis, Antonio,' riep Roberto. Hij liet zich in een van de met zacht leer beklede stoelen op het achterdek zakken. Een ogenblik later voelden ze de boot optrekken en met een grote boog keren, voordat ze met hoge snelheid naar het open water toe schoten.

Ze zaten zwijgend bij elkaar en lieten alle drie tot zich doordringen wat ze die dag te weten waren gekomen. Geen van hen had er behoefte aan om iets te zeggen. In plaats daarvan tuurden ze naar het water, waarin de schaduwen van San Michele langzaam leken op te lossen. Een paar minuten lang voeren ze rechtstreeks naar het zuiden, in de richting van de Fondamenta Nuove en de lichtjes van de stad; maar toen, zonder enige waarschuwing, voelden ze de motorboot een scherpe bocht naar bakboord maken. Een paar seconden lang reageerde Roberto niet, toen zagen Edie en Jeff hem opstaan om naar voren te lopen en Antonio aan te spreken. Terwijl Roberto opstond, draaide de bestuurder zich echter snel naar hen toe. Hij had zijn pet diep over zijn voorhoofd getrokken en droeg een bril, zodat zijn gelaatstrekken in de donkere nacht nauwelijks te onderscheiden vielen. Ineens was wel duidelijk dat dit Antonio niet was. De man had een pistool en richtte dat op Roberto.

'Gaat u alstublieft zitten, signor Armatovani.'

Roberto bleef staan.

'Gaat u zitten. Ik zeg dit niet nog eens. Meer dan één van u heb ik niet nodig. Ik sta niet bekend om mijn geduld, en neemt u maar van mij aan dat twee van u neerschieten deze tocht er voor mij alleen maar makkelijker op maakt.'

'Wat is er met Antonio gebeurd?' vroeg Roberto op hoge toon.

'O, die heeft een frisse duik genomen.'

De boot minderde vaart en ze voeren naar een punt wat verder ten zuiden van de Fondamenta Nuove, een eind verwijderd van de vaargeul naar het Canal Grande. De bestuurder bleef het pistool op hen gericht houden. Kennelijk kostte het hem weinig moeite om met één hand de motorboot te besturen. Slechts zo nu en dan keek hij even vooruit.

Een paar seconden later naderden ze de kade. Recht voor hen

zagen ze een grijze stenen muur, een smal pad en een rijtje huizen. Een paar mensen liepen haastig over het pad. Ze hadden hun kraag opgeslagen en hun adem stroomde als witte stoom de kille nacht in.

'Nu moet ik u verzoeken niet te bewegen en stil te blijven,' siste de bestuurder.

Edie keek voor zich uit, naar de muur van het kanaal, die snel op hen af kwam, en zag toen hoe Roberto heel rustig met zijn voeten iets onder zijn stoel uit trok. Met verbazingwekkende snelheid tilde hij een zwarte buis op. Een harde knal klonk en ze zag een feloranje lichtflits. Roberto viel op de vloer, van zijn voeten geslagen door de terugslag. De vuurpijl schoot de boot door, weerkaatste tegen het instrumentenpaneel achter het roer en schoot daarna zigzaggend over de boeg.

Een hevige lichtflits sneed door het duister toen de vuurpijl niet meer dan een paar meter van de boot tot ontploffing kwam. De verbijsterde bestuurder sloeg achterover en viel tegen de gashendel. Zijn pistool viel achter hem op de boeg, schoot over het gepolijste hout heen en plonsde in het water. De motoren lieten een grommend geluid horen en de boot sprong bijna uit het water. Edie en Jeff probeerden zich vast te grijpen, maar werden zo hard naar voren gesmeten dat ze uit hun stoel schoten. Jeff kwam languit op de bodem terecht en sloeg met zijn knie tegen Roberto's hoofd.

Nu de gashendel wijdopen stond, was de motorboot onbestuurbaar geworden. Hij schoot hotsend en botsend over het water, maakte een paar wilde schuivers en smakte toen zijdelings tegen de kade, zodat er grote stukken koper en teakhout de lucht in schoten. Het laatste wat Jeff hoorde voordat een ijskoude mantel van water zich om hem heen wikkelde, was het schuren van metaal over steen en in de verte het gillen van Edie.

Sterke armen trokken hem de kade op. Ruwe steen werd tegen zijn middenrif geperst. Hij hapte naar adem. Toen hij het water uit zijn ogen had gewreven, zag hij Edie op haar knieën naast Roberto zitten, terwijl ze zijn hoofd schoonveegde met een bloederig stukje stof. Ze keek om naar Jeff en er verscheen een opgeluchte uitdrukking op haar gezicht. Hij liet zich naast haar op zijn knieën zakken en probeerde weer wat lucht te krijgen.

'Met mij gaat het goed,' zei Roberto met een grimas.

Op de kade rechts van hen hoorden ze geschreeuw en geroep.

Jeff ging rechtop staan en zag een verminkt lijk in het water drijven; een zwartgeblakerd been sloeg tegen de stenen kademuur. Het was Antonio, hun eigen bestuurder. Hij was achter de boot gebonden. Er zat nog steeds een touw om zijn polsen; het andere uiteinde daarvan was om een klamp op de reling geslagen.

Plotseling merkte Jeff hoe koud het eigenlijk was. Hij huiverde en wendde zijn ogen af van het afschuwelijke tafereel. Hij voelde zich diep verontwaardigd en volslagen machteloos. Een politieboot en een ambulance schoten over het ijskoude water naar hen toe, en kwamen toen abrupt tot stilstand. Van de persoon die Antonio had vermoord was geen spoor te bekennen.

'Hé, Rose... Ja, het spijt me, schat. We hebben een ongelukje gehad... Nee, niets ernstigs... We maken het allemaal goed. Ik zit nu bij Roberto, maar ik kom vanavond nog thuis. Hoor eens... Nee, luisteren nou. Niet opblijven. Morgen gaan we samen iets doen, eerlijk beloofd. Ja, ja... Maria is toch bij je, hoop ik? Ja, dat is goed. Oké, schatje... Ik maak morgenochtend wel ontbijt voor je en dan laat ik je alle bezienswaardigheden zien... Goed, tot straks.'

Ze hadden een zware avond achter de rug. Roberto's hoofdwond was ter plekke behandeld en daarna waren ze alle drie naar het politiebureau overgebracht, een log en hoekig gebouw op de Ponte della Libertà, de grote dijk waarmee Venetië was verbonden met het vasteland. Daar waren ze van elkaar gescheiden. Jeff had een stel vragen beantwoord en een gedetailleerde verklaring afgelegd, en stond net op het punt om een advocaat te eisen toen hij uit de verhoorkamer werd gehaald en naar een vergaderkamer werd gebracht, waar Roberto en Edie zaten te praten met een man in een heel keurig politie-uniform. Niet lang daarna hadden ze het bureau verlaten.

De man in het fraaie uniform was Aldo Candotti, de hoofdcommissaris van de Venetiaanse politie. Hij zat op het ene uiteinde van een vergulde bank uit de achttiende eeuw, terwijl hij een leeg Schott Zweisel-sherryglas in zijn hand hield – een stevig gebouwde man, een gewezen roei-international, die dik en zwaar was geworden door zijn voorliefde voor uitgelezen wijnen en mals kalfsvlees. Hij had donkerrode wangen en een brede neus waar een bril van Dior op balanceerde.

Aan het andere uiteinde van de bank zat Roberto. Hij had gedoucht en zich omgekleed, maar zijn haar was nog nat en er zat een stukje gaas over de snee die hij eerder op de avond had opgelopen. Edie liet een single malt-whisky rondslieren in een groot whiskyglas. Ze bevonden zich in de bibliotheek op de begane grond van het Palazzo Baglioni, waar de familie Armatovani al sinds de vijftiende eeuw haar residentie had. Het palazzo keek uit over het Canal Grande en was het toonbeeld van vergane glorie. Met zijn drie verdiepingen, lange rijen Byzantijnse vensters en langzaam afbrokkelende zuilen was het al net zo mooi als een schilderij van Titiaan of een motet van Byrd. Alle kamers van het huis stonden vol antiek meubilair, waarvan een deel zich al in dit gebouw bevond sinds het eeuwen geleden was aangekocht. De bibliotheek was een grote, hoge ruimte, met aan alle kanten rozenhouten planken met duizenden en duizenden boeken erop – een collectie die van generatie op generatie was aangevuld. De boeken varieerden van een zeventiende-eeuwse editie van Hobbes' *Leviathan* – waarvan de waarde letterlijk onschatbaar was – tot gesigneerde, in leer gebonden eerste edities van Hemingway. Sommige van Roberto's voorouders waren flamboyante bibliofielen geweest, en de bibliotheek van de familie Armatovani werd beschouwd als een van de beste privébibliotheken ter wereld.

'Nou, ik zal je gasten nu verder maar met rust laten, Roberto,' zei Candotti terwijl hij wat moeizaam overeind kwam en zijn glas voorzichtig op een bijzettafeltje met een marmeren blad zette. 'Een van mijn manschappen komt morgen wel even langs om je van de ontwikkelingen op de hoogte te houden. Ik begin vanavond al met een onderzoek naar die mysterieuze onbekende. Jij brengt de familieleden van de onfortuinlijke Antonio het slechte nieuws?'

Roberto knikte. Aldo Candotti gaf hun allemaal een hand en werd toen door de brede gang naar de voordeur begeleid door Vincente, de zeer gedistingeerde en broodmagere huisbediende die ook al voor Roberto's ouders had gewerkt en die hij samen met het huis van hen had geërfd.

'Er is een hoop gebeurd vanavond,' zei Roberto. 'En wat zijn we te weten gekomen, afgezien van het feit dat ons leven werkelijk gevaar loopt?'

'Kun je je de letterlijke tekst van dat vers op de kaart nog herinneren?' vroeg Edie, die op de plek ging zitten waar de commissaris van politie eerder had gezeten.

'Ik kan zelfs nog iets beters,' antwoordde Roberto. 'Het is nu misschien een beetje gerafeld, maar nog steeds leesbaar.'

En hij vouwde een gekreukt en nogal vies geworden velletje papier open, streek het glad en las toen de versregels voor die hij had overgenomen van de kaart die ze die middag hadden bekeken.

Reikend over het water,
De man met een volmaakte naam:
Een treurig man, misleid door de duivel.
Het is daar verborgen met de regels,
Over het water, achter de hand van de architect.

'Wat denk jij daarvan?' vroeg Jeff aan zijn vriend.

'Ik heb me er voortdurend het hoofd over zitten breken, als ik tenminste niet bezig was met antwoord geven op de vragen van de politie of mijn best zat te doen om vriendelijk te doen tegen de commissaris.'

'En?' vroeg hij.

'Het eerste deel is heel duidelijk, maar de laatste twee regels zijn wat raadselachtiger.' Roberto zag hun verwonderde blik en glimlachte. 'De man met de volmaakte naam? Dat moet Andrea da Ponte zijn.'

'Degene die het Rialto heeft ontworpen? Maar natuurlijk.'

'Reikend over het water, de man met een volmaakte naam,' mompelde Edie wat afwezig. '*Ponte* betekent brug... Mooi. Maar waarom "een treurig man, misleid door de duivel"?'

'Tja, dat ligt wat minder voor de hand.' Roberto boog zich naar Edie toe om haar glas nog even bij te schenken voordat hij de fles doorgaf aan Jeff. 'In 1591, toen de datum waarop Da Ponte de brug moest opleveren met rasse schreden naderde, verschenen er telkens nieuwe scheuren in het belangrijkste deel van de brug. Het was alleen maar aan de steigers te danken dat het hele ding niet in het Canal Grande is gestort. Volgens de legende wandelde de architect op een nacht naast het kanaal toen de duivel plotseling aan hem verscheen. De doodsbange Da Ponte bleef als aan de grond genageld staan en de duivel wierp hem een wrede glimlach toe voordat hij vertelde dat hij hem kon helpen alle problemen met de brug op te lossen. De architect was zo wanhopig dat hij het voorstel van de duivel aanhoorde.'

'En die wilde ongetwijfeld zijn ziel hebben?' viel Edie hem in de rede.

'Nee, eigenlijk niet. Hij wilde de ziel van degene die als eerste de brug zou oversteken.' Roberto nipte aan zijn drankje. 'Da Ponte vond dat natuurlijk een fantastisch aanbod; hij nam het direct aan. Een paar weken later werd de brug voltooid. Op de avond voor de officiële opening was Da Ponte de laatste hand aan het leggen aan een paar stenen ornamenten aan het ene uiteinde van de brug terwijl zijn zwangere vrouw Chiara thuis op hem zat te wachten. Er werd op de deur van Da Pontes huis geklopt, zijn vrouw deed open en zag een jonge bouwvakker, die haar vertelde dat ze snel moest komen omdat haar man gewond was geraakt. Chiara da Ponte rende het huis uit en omdat ze dacht dat Andrea zich aan de overkant van het Canal Grande bevond, stapte ze de Rialto-brug op en holde zo snel als ze maar kon naar de overkant. Pas nadat ze de brug was overgestoken, merkte haar man haar op en op datzelfde ogenblik hoorde hij achter zich een vreselijke, kille lach. Hij draaide zich om maar zag niemand. Vervuld van angst om zijn vrouw en zijn ongeboren kind sprong hij haastig de brug op en bracht Chiara naar huis.'

'Een maand later werd Chiara getroffen door de pest, en zowel zij als haar kindje stierven. Da Ponte was ontroostbaar. Het verhaal gaat dat tot op de dag van vandaag het spook van Chiara da Ponte op haar sterfdag over de brug doolt, op zoek naar de rust die haar nooit en te nimmer vergund zal zijn.'

Edie dronk haar glas in één teug leeg. 'Leuk verhaal, Roberto.'

'Dank je wel.' Hij glimlachte en heel even keek hij Edie recht in de ogen.

'Dus dat verklaart "een treurig man" etcetera, maar hoe zit het met de rest? Je denkt toch niet echt dat de volgende aanwijzing verborgen ligt in de brug zelf, of wel soms?'

Roberto haalde zijn schouders op.

'Ik neem aan dat "met de regels" wel zou kunnen verwijzen naar de specie tussen de stenen van de pilaren waarmee de brug wordt ondersteund,' zei Jeff. 'Maar hoe zit het met "over het water, achter de hand van de architect"?'

'Er is maar één manier om daarachter te komen,' zei Roberto en hij stond op.

Om twee uur 's ochtends waren de oevers van het Canal Grande bij de Rialto vrijwel verlaten. Toen ze in een roeiboot naar de brug toe voeren, zagen Jeff, Roberto en Edie een eenzame dronkeman naar huis waggelen. Voorbij de brug, een eindje verder langs het kanaal, waren helverlichte ramen en in de verte viel zwakjes het kloppende geluid van een basedrum te horen.

Roberto stuurde de boot langzaam over het kanaal. Er was nu nauwelijks meer verkeer op het water en de vaporetti hadden hun veerdiensten gestaakt. Ze voeren langzaam onder de brug door. Jeff hielp Roberto om de boot naar het punt toe te manoeuvreren waar het water tegen de natte steen klotste. Roberto hield een sterke zaklantaarn in zijn hand. Edie hielp hem om de muren af te speuren. Ze zagen kapotte stenen, oeroude ijzeren haken van roestig ijzer, maar niets wat zelfs maar een vage gelijkenis vertoonde met een hand of het merkteken van de man die meer dan vierhonderd jaar geleden deze brug had gebouwd.

Nadat ze één keer terug waren gevaren, roeide Jeff hen naar de overkant van het kanaal. De kademuur rees hoog boven hen uit in de sombere nacht. Ook hier zochten ze aandachtig de stenen af, en op eenderde van de brug, gezien vanuit het zuidoosten, vonden ze het: een kleine, bronzen plaquette van niet meer dan een centimeter of tien in het vierkant. Er stond een enkele, eenvoudige afbeelding op, van een mensenhand met de palm naar voren.

Jeff hield de boot stil door een grote ijzeren ring ongeveer een meter naast de plaquette vast te pakken en Roberto scheen met de lantaren op de plaquette.

'De hand van de architect,' zei Edie.

'Fascinerend. Dat is me nog nooit eerder opgevallen, en ik ben wel duizend keer onder die brug door gevaren.'

'Maar ik zie niet wat we daar nu mee opschieten,' zei Jeff. 'Dat ding is in massieve steen gezet. We kunnen toch moeilijk een stuk uit de Rialto-brug gaan hakken, of wel soms?'

'Nee,' zuchtte Roberto.

'Dus wat nu?' Edie wist een gaap maar nauwelijks te bedwingen.

'Vanavond kunnen we niets meer uitrichten. Ik stel voor dat we allemaal rustig naar huis gaan. We moeten hier nodig eens een nachtje over slapen. Hierover gaan malen heeft toch geen zin. Frisse nieuwe inzichten, die zullen we nodig hebben om deze puzzel op te lossen.' Roberto keerde zich naar Jeff toe. 'Ik zet jullie wel af bij huis.'

11

The Times, juni 2003

Van kamer 16 in de ondergrondse kluis, bijna veertig meter diep onder de Londense vestiging van Sotheby's, was vanochtend weinig meer over. Verscheidene collecties met documenten van bijna onschatbare waarde, waarvan sommige dateerden uit de veertiende en vijftiende eeuw, zijn door een felle brand in de as gelegd. Het vuur is vermoedelijk ontstaan door een kortsluiting in het gecomputeriseerde beveiligingssysteem. Een woordvoerder van Sotheby's verklaarde: 'Het is een tragisch verlies. Een groot deel van de documenten die hier waren opgeslagen, was onvervangbaar. Kamer 16 fungeerde als brandkast voor ophanden zijnde veilingen, en van hieruit werden de documenten op microfilm gezet en in een databank opgeslagen.'
Vermoedelijk kunnen de verzekeraars een miljoenenclaim van Sotheby's tegemoet zien. Het grootste verlies schijnt een unieke verzameling handschriften uit de Renaissance te zijn, geschreven door een vooraanstaand lid van een humanistische beweging die banden onderhield met de familie De' Medici uit Florence. Volgens verschillende bronnen zouden experts van Sotheby's toen de brand uitbrak bezig zijn geweest met de verificatie van het auteurschap van deze documenten. Onafhankelijke deskundigen schatten de waarde van deze verzameling alleen al op meer dan vijf miljoen pond.

12

Londen, juni 2003

Het was al bijna zeven uur 's avonds en Sean Clifton zat te denken over zijn gesprek eerder op de dag, waarbij hij samen met een makelaar in onroerend goed de onderhandelingen over een huis met tien kamers niet ver van Sevenoaks had afgerond. Toen hij metrostation High Street uitliep, realiseerde hij zich vergenoegd dat hij deze reis niet vaak meer zou hoeven maken. Het zou niet lang meer duren voordat hij zijn aftandse huurflatje bij High Street voor altijd vaarwel zou kunnen zeggen.

Het spitsuur was inmiddels voorbij en het verkeer begon minder druk te worden. De meeste winkels waren aan het sluiten. De straatverlichting was aan en het regende. De ruitenwissers sloegen de maat van het stedelijke ritme. Maar Sean Clifton was zich nauwelijks bewust van zijn omgeving. In gedachten was hij een landheer die in zijn elegante zitkamer met uitzicht op zijn perfect verzorgde gazon aan een duur glas whisky nipte.

Terwijl het steeds harder begon te regenen liep hij vanuit High Street een stille zijstraat in. Hij versnelde zijn pas en stak de straat over, met zijn hoofd gebogen en de kraag van zijn regenjas opgeslagen. Aan het eind van de straat sloeg hij rechtsaf. De straat was leeg, op een jong stelletje na, dat aan de andere kant van de straat liep. Zonder op te kijken stapte hij het trottoir af en de rijweg op.

Een zilverkleurige Lexus maakte zich los van de trottoirband.

Sean Clifton was halverwege de rijweg en toen hij omkeek, ving hij nog net een glimp op van de twee mannen in de auto. Wat hem opviel, waren de reusachtige handen van de bestuurder, die een soort ring om de middelvinger van zijn rechterhand droeg.

De auto reed in volle vaart tegen hem aan en wierp hem hoog in de lucht. Clifton smakte op de motorkap, stuiterde ervanaf en werd verpletterd onder de wielen. De auto reed door. Met een zwak sissend geluid blies Sean op het koude, natte asfalt zijn laatste adem uit.

13

Londen, heden

Luc Fournier bevond zich in een appartement dat ooit eigendom was geweest van de Rockefellers, die de bouw van dit Beaux Arts-gebouw dat uitkeek over Green Park bijna een eeuw geleden hadden gefinancierd. Nu maakte het complete gebouw deel uit van zijn vele miljoenen omvattende portfolio met onroerend goed.

Er was maar weinig bekend over Fourniers verleden. Hij leidde een teruggetrokken bestaan, maar genoot van het beste wat de wereld hem te bieden had. Hij vloog met zijn privévliegtuig heen en weer tussen zijn woningen op vijf verschillende continenten. Hij werd slechts zelden in het openbaar gezien, en zelfs bij die gelegenheden beseften slechts weinigen met wie ze te maken hadden.

Terwijl hij langzaam in zijn muntthee roerde, leunde hij achterover in een George Newton-stoel en keek snel even door de glazen wand links van hem. Het uitzicht was spectaculair: Green Park strekte zich voor hem uit als het groene laken van een biljarttafel; in de verte waren Buckingham Palace, St. James en The Mall te zien. Aan de wand achter hem hing zijn favoriete schilderij van De Kooning, een massa geel, oranje en turkoois die Fournier mooi vond omdat het voor hem de wereld vertegenwoordigde buiten de luchtdichte kaasstolp die hij voor zichzelf had geschapen.

Binnenkort werd hij zeventig. Zo oud voelde hij zich niet, en hij wist dat hij er twintig jaar jonger uitzag. Dat had hij te danken aan een streng dieet en een reeks zware lichamelijke oefeningen die hij sinds hij in de dertig was, altijd streng had volgehouden. Eerlijk was eerlijk: hij was dan wel met een gouden lepel in zijn mond geboren, maar hij had zijn erfenis honderd keer zo groot zien worden, en tegelijkertijd het gevoel gehad dat hijzelf een grote bijdrage aan een betere wereld had geleverd. Luc Fournier beschouwde zichzelf als een strijder, of beter nog, als een krijgsheer: een man die dingen in gang zette.

Hij nam een slokje thee en dacht terug aan zijn vele successen en zijn weinige mislukkingen. Hij was inmiddels al vijfenveertig jaar actief in deze branche. Met behulp van zijn intelligentie en zijn aangeboren talenten, plus iets wat in de loop van tientallen jaren was uitgegroeid tot een reusachtig clandestien netwerk, leverde hij wapens en ander materieel aan elke antiwesterse groepering die ze maar kon betalen. Een bepaald percentage van zijn inkomsten werd besteed aan zijn weelderige manier van leven, maar een ander deel van de opbrengst gebruikte hij om zijn hobby te financieren, een hobby die meer weg had van een obsessie: een reusachtige, gestaag aangroeiende collectie oude voorwerpen, die voor het grootste deel afkomstig waren uit de vroege Renaissance. De schoonheid van deze manier van leven was dat elk aspect daarvan zijn eigen beloning opleverde. Met het geld dat hij verdiende kon hij de dingen kopen die hij graag wilde hebben, en tegelijkertijd kon hij op deze manier de aanval inzetten op datgene wat hij het meest haatte: de moderne westerse samenleving.

De woede en weerzin die de eenentwintigste-eeuwse westerse samenleving bij Luc Fournier opriepen, waren er niet minder op geworden naarmate hij ouder werd. Al spande hij zich nog zo in om zich van de wereld af te zonderen, elke nieuwe McDonald's bezorgde hem echte lichamelijke pijn. Elke keer dat hij toevallig een flard van het een of andere afgrijselijke popdeuntje opving, werd hij misselijk. De door het Westen opgebouwde samenleving beschouwde hij als een dodelijke kanker die zich verbreidde in iets wat ooit een zuiver en nobel lichaam was geweest, en die terwijl hij zich steeds verder uitzaaide alsmaar weerzinwekkender werd. Een van zijn levendigste, meest geliefde herinneringen werd gevormd door het beeld van de twee passagiersvliegtuigen die zich in de Twin Towers boorden. Hij had van tevoren al geweten wat er ging gebeuren, dat sprak vanzelf, maar de vernietiging van die twee gebouwen die zo nadrukkelijk symbool stonden voor alles wat hij verafschuwde, was voor hem een hoogtepunt geweest dat alles overtrof wat hij ooit eerder in zijn leven had meegemaakt en dat waarschijnlijk nooit meer geëvenaard zou worden.

Zijn carrière was van start gegaan in het begin van de jaren zestig. Een van zijn eerste activiteiten had bestaan uit het leveren van munitie aan de Vietcong. In die dagen had hij zo nu en dan ook wat strategische informatie verkocht, maar dat was in die tijd een stuk eenvoudiger dan nu. Met het geld dat hij had verdiend aan de begintijd van de oorlog in Vietnam had hij een operatie gefinancierd waarbij het dagboek van Cosimo de' Medici uit de kapel in Florence was weggehaald. Maar ondanks al zijn inspanningen, en de hulp van een heel team deskundigen, was dat kleinood hem toch ontglipt. De dwaas die het dagboek tijdens de overstroming in het water had zien dobberen, had het zegel verbroken, en de kostbare inhoud was onmiddellijk tot stof vergaan.

De westerse grootmachten hadden altijd meer dan voldoende vijanden gehad; daardoor had Fournier nooit om werk verlegen gezeten. Hij had honderden miljoenen verdiend aan de Contra's, aan verschillende Zuid-Amerikaanse dictatoren, aan Havana, aan Moskou en de afgelopen tijd ook aan de 'nieuwe' terroristische groeperingen uit het Midden-Oosten. Een paar jaar geleden had hij geleerd van het bestaan van de grootste schat die hij zich maar had kunnen wensen. Een van zijn vele contacten had hem verteld over een document van onschatbare waarde, dat geschreven zou zijn door niemand anders dan Niccolò Niccoli, een goede vriend van Cosimo de' Medici. Maar bij die buitengewone onthulling was het niet gebleven, want het scheen dat in dit document de meest onvoorstelbare dingen beschreven werden: de oplossing van grote raadselen en opmerkelijke geheimen. Het had dan ook niet lang geduurd voordat hij dit document in zijn bezit had.

Hij zette zijn kopje op een glazen tafel, pakte een afstandsbediening en drukte twee toetsen in. Een ogenblik later vulde een groot plasmascherm zich met beelden van het Niccoli-document. Alle bladzijden waren gerafeld en in sommige zat een scheur, maar al met al was het origineel in opmerkelijk goede staat. Hij had elke pagina zorgvuldig laten fotograferen en laten opslaan op een harde schijf waarvoor alleen hij het wachtwoord had. Nu bladerde hij het handschrift door om zijn favoriete passages nog eens te herlezen.

Een paar minuten later klikte Fournier door naar het laatste deel van het handschrift, het deel dat hij altijd het opwindendste had gevonden. Hij had de tekst inmiddels al zo vaak doorgelezen dat hij die bijna uit zijn hoofd kende. En nu, terwijl hij die misschien wel voor de honderdste keer opnieuw doorlas, werd hij zich weer bewust van dat vreemde gevoel van voorkennis, bijna een déjà vu. Maar zoals altijd kon hij er net niet zijn vinger op leggen.

14

Florence, 9 mei 1410

In het derde uur na zonsondergang ontmoetten de twee mannen en hun bedienden elkaar bij de poort van San Miniato aan de oostzijde van Florence. Cosimo was gezeten op een grijze ruin en werd vergezeld door drie ruiters, bedienden die hun mantels strak om zich heen hadden getrokken en hun kappen diep over hun hoofd, om zich te beschermen tegen de voor dit jaargetijde ongebruikelijk kille nacht. Om niet op te vallen had Niccolò Niccoli, die gezeten was op een witte merrie, zijn gebruikelijke rode toga thuisgelaten. In plaats daarvan droeg hij een groene jas en een onopvallende zwarte hoed. Het was zes dagen geleden sinds de bijeenkomst bij hem thuis. In die tijd hadden Cosimo en hij in het geheim alle voorbereidingen getroffen voor de reis waarvan dit het begin vormde.

'We rijden naar Fiesole. Daar zullen we overnachten,' zei Niccoli. 'Het ligt hier maar één mijl vandaan, maar ik wil er zeker van zijn dat we niet worden bespied.'

Niccoli reed als eerste de poort door. Nadat ze een tijdje over de weg om de stadsmuur hadden gereden, volgden ze een brede zandweg naar het noordoosten, een weg met aan weerszijden dichte bossen die zich uitstrekten voorzover het oog reikte.

Het pad was verlaten, maar reizen was altijd gevaarlijk. Bandieten en beurzensnijders verdienden een goed belegde boterham met het belagen van onvoorzichtige stadsbewoners die zich buiten de muren hadden gewaagd. Dergelijke lieden zagen er geen been in om iemand voor een paar muntjes de hals af te snijden. Het kwam maar al te vaak voor dat ze de lijken naakt achterlieten om nog een centje bij te verdienen aan de kleren van hun slachtoffers.

Maar dit was een vrij grote groep en in Niccoli hadden ze niet alleen een man die wist hoe hij zichzelf moest weren in het gevecht, maar ook iemand die over een zesde zintuig voor gevaar leek te beschikken. Hij had de intuïtie van een geboren spoorzoeker en een neus voor het minste of geringste teken van onraad.

Het kostte hun maar een uur om Fiesole te bereiken, een smal, oeroud stadje dat al eeuwen een bezitting van Florence was. Het was inmiddels nog kouder geworden en gaan regenen. Fiesole zag er levenloos en verlaten uit. Toen ze de stadspoort bereikten, kwamen ze voor hun eerste verrassing te staan. De poortwachter weigerde het luikje in de poort te openen. Hij wilde alleen maar met hen communiceren door recht door de zware eikenhouten deur heen te schreeuwen. 'Wat brengt u hier op dit uur?'

'We komen uit Florence, voor zaken.'

'Wat voor zaken?'

'Zaken die alleen ons aangaan,' zei Cosimo.

'Vannacht kunt u de stad niet binnen gaan. We hebben gehoord dat de pest is uitgebroken op niet meer dan een uur gaans van hier. Ik heb opdracht om de poort te sluiten en niemand binnen te laten.'

'Wij zijn gezonde handelaren uit Florence. Wij vormen geen gevaar.'

'Ik heb mijn orders,' dreunde de stem vastberaden.

Cosimo keek Niccoli vragend aan. 'Wat nu?'

'We kunnen doorrijden naar Borgo San Lorenzo. Dat halen we wel voor zonsopgang. Maar dit is geen voorspoedig begin.'

'De poortwachter zal echt niet zwichten.'

'Dat ben ik met je eens.'

'Hoe zit het met het amfitheater?' zei Cosimo plotseling. 'Ik weet nog dat zich daar grote ruimten onder bevinden. Daar is het vast droog en veilig.'

Na een paar minuten rijden zagen ze het silhouet van het amfitheater dat zich scherp aftekende tegen de nachtelijke hemel. Nadat ze een tijdje langs de oostelijke zijde heen waren gereden, gingen ze op de begane grond naar binnen, niet ver van de plek waar de toneelspelers ooit op het podium hadden gestaan. Het podium was zo stil als het graf en zo te zien volledig verlaten. Doorweekt van de onophoudelijke regen stegen ze af en tuierden de paarden. Cosimo liep voor het groepje uit, het semi-cirkelvormige auditorium in.

Het oeroude, ooit zeer eerbiedwaardige bouwwerk was meer dan duizend jaar geleden opgericht, in de glorietijd van het oude Rome. Acteurs en kunstenmakers vanuit het hele keizerrijk waren hiernaartoe gekomen om op te treden en als de goden de voorstelling gezegend bleken te hebben, waren de keizer en zijn edelen het publiek voorgegaan in verrukt applaus. In zijn kindertijd had Cosimo deze oude ruïne vaak bezocht, en de grotachtige ruimten onder de stenen trappen van het auditorium had hij uitgebreid verkend. Dit was de plek waar de acteurs zich hadden verkleed en waar de circusartiesten met hun leeuwen en apen gehuisvest waren geweest. Ook de slaven hadden hier geslapen. Zij hadden het amfitheater in bedrijf gehouden en de reusachtige apparaten bemand waarmee de grote en zware decorstukken van en naar het podium werden vervoerd. Het was een labyrint van kamers en gangen, en hoewel het nu leeg en verlaten was, kon je met een beetje verbeeldingskracht de geluiden van duizend jaar geleden nog horen: het geschreeuw van verrukking van de vele duizenden die zich verzameld hadden op de stenen trappen van het auditorium, en het gekreun van uitputting van de slaven. Met nog een beetje meer verbeeldingskracht kon je ook de dieren ruiken, en de zware ranzige geur van hun bloed.

Cosimo duwde een krakende deur open en ze liepen een brede gang in. Links en rechts van de gang lagen kleine, donkere kamertjes. Hij stak een kleine lantaren aan, die aan het eind van een lange stok bungelde, en overhandigde die aan Niccoli. Ratten kropen snel weg in de schaduwen voorbij de rand van de lichtkring rondom de reizigers.

'Nou, het is niet zo comfortabel als je gewend bent, Niccolò,' zei Cosimo bij wijze van grapje. 'Maar in elk geval is het droog.'

De bedienden werden teruggestuurd naar de paarden om die te voederen en de dekens en het beddengoed op te halen. Twee van hen gingen het eerste uur op wacht staan terwijl de rest van de groep het zich zo gemakkelijk mogelijk probeerde te maken op de harde stenen vloer. In een nis in de muur vonden ze een oude lantaarn. Ze vulden hem met een in olie gedrenkte lap en staken die vervolgens aan.

Cosimo had geen idee hoe laat het was toen hij wakker werd door geschreeuw uit de gang. Toen hoorde hij niet ver van zijn oor het schuren van metaal over metaal. In het zwakke, bruine licht in de kamer kon hij aanvankelijk niets onderscheiden, maar toen hoorde hij iemand zwaar ademen. Een krijtwit gezicht verscheen in de deuropening. Het was een van de bedienden die op wacht hadden gestaan.

'Wolven,' zei hij met schorre stem. Hij viel languit voorover op zijn gezicht. Cosimo en Niccoli lieten zich op hun hurken zakken; de rug van de man was aan flarden gereten en zat vol met rode vegen. Door zijn gescheurde hemd heen konden ze zijn bloederige huid zien.

Voordat ze de deur wisten te bereiken, verschenen er twee zwarte gedaanten in de deuropening. Cosimo ving een glimp op van witte tanden en een lange, rode tong. Niccoli reageerde razendsnel. Er klonk het suizen van gehard staal, en een misselijkmakend, zompig geluid toen Niccoli de keel van de voorste wolf openreet, zijn zwaard terugtrok en het zo hard in de bek van het andere dier stootte dat het er aan de achterkant van de kop weer uit kwam.

Cosimo had ook zijn zwaard getrokken en ging snel achter Niccoli staan, die stapje voor stapje naar de deur toe liep. 'Hier blijven!' riep hij naar de ongewapende dienaren. 'En doe de grendel voor de deur.'

Niccoli trok de toorts uit de houder aan de muur. Hij stapte langzaam de gang in. Voor hen maakte de gang een bocht, en niet ver daarachter lag een gang naar buiten. Niccoli ging voorop. Met zijn rug tegen de kille stenen muur stapte hij geruisloos de gang in. Hij tuurde om de hoek en rende toen naar voren.

De andere bewaker was dood. Hij lag languit op zijn rug. Een van zijn armen lag half opgegeten een meter van hem vandaan. Een wolf stond over hem heen gebogen en knauwde op zijn gezicht. Toen Niccoli naar hem toe liep, keek de wolf op. Zijn ogen waren geel, zijn vacht zat vol bloed. Een lang litteken liep van zijn oog naar zijn onderkaak. De wolf wierp zijn reusachtige kop op in zijn nek en liet een bloedstollend gehuil horen. Vrijwel onmiddellijk kwamen er nog twee wolven tevoorschijn van achter in de zaal aan hun linkerhand.

'Met je rug tegen de mijne!' brulde Niccoli. 'Nu!'

Cosimo deed onmiddellijk wat hem gezegd was. Niccoli stak de toorts met zijn linkerhand naar voren en zwaaide die rond in een grote oranje boog. Het zwaard in zijn rechterhand blikkerde in het licht.

Het dier dat aan de bediende had staan vreten sprong recht op Niccoli af. Zijn achterpoten hadden nauwelijks de grond verlaten toen het zwaard al op zijn kop neerkwam en het schedeldak in tweeën spleet. De wolf viel dood neer, met zijn reusachtige klauwen wijd uitgespreid op de stenen vloer.

Een van de andere wolven werd zijdelings geraakt door een haal van Cosimo's zwaard. Het scherpe metaal gleed door de wang van het dier, reet het linkeroog open en liet een diepe voor achter in de snuit. Het dier zakte in elkaar en bleef liggen kronkelen van de pijn totdat Cosimo een stap naar voren deed en het de kop af hakte. De derde wolf, een van het paar dat plotseling tevoorschijn was gekomen uit een kamer wat verderop aan de gang, schoot op Cosimo af. Niccoli draaide zich om en ving nog net een glimp op van witte tanden en een reusachtige zwarte massa die door de lucht schoot. Toen hoorde hij Cosimo schreeuwen van de pijn. Niccoli zwaaide zijn zwaard hoog boven zijn hoofd in het rond, bracht het met grote kracht omlaag en hakte het beest de kop af.

Cosimo liet zich op één knie zakken. Het bloed gutste uit zijn arm, het zweet droop van zijn wangen. Niccoli scheurde de restanten van de mouw van zijn vriend open, en rukte een stuk van zijn eigen hemd om de wond te verbinden.

'De wond is niet diep. Je hebt geluk gehad,' zei hij, terwijl hij Cosimo overeind hielp. 'Ga de bedienden halen. Ik houd de tunnels wel in de gaten.' Even later kwam Cosimo terug met de zadeltassen en de doodsbange bedienden. Niccoli liep met een brandende toorts zwaaiend voor hem uit.

Twee van de paarden waren dood en de andere waren verdwenen, maar binnen een paar minuten hadden ze de dieren teruggevonden en was het hun gelukt om ze te kalmeren. Na enig overleg werd besloten dat twee van de overlevende dienaren te voet zouden terugkeren naar Florence. Cosimo's arm bloedde niet meer, en Niccoli en hij dachten geen van beiden dat het veel zin zou hebben om de poortwachter van Fiesole nog eens te vragen of hij hen wilde binnenlaten. Ze zouden verder reizen naar Burgo de Lorenzo, waar Cosimo zijn wond zou kunnen laten verzorgen en ze zouden kunnen kijken hoe ze ervoor stonden.

Vermoeid stegen ze op. Ze reden terug naar de zandweg naar het noorden, en trokken opnieuw de wildernis in.

De zon kwam op toen ze het kleine stadje Burgo de Lorenzo naderden. Hier deed niemand moeilijk bij de poort. De vrienden bleven maar net lang genoeg hangen om Cosimo's arm behoorlijk te laten verbinden, terwijl twee dienaren met een zak vol munten eropuit werden gestuurd om verse paarden te vinden. Nog voordat de stadsbewoners aan het werk van de nieuwe dag begonnen, waren de ruiters alweer op weg naar het noordoosten.

Ze reden verder over de kronkelige zandweg, Toscane uit en de Romagna binnen. Cosimo voelde zich op een merkwaardige manier opgelucht. Hij had er geen last van dat hij zich met zo weinig omhaal had onttrokken aan zijn verantwoordelijkheden en dat hij zijn rol als plichtsgetrouwe zoon zo plotseling had afgelegd. Hij vond deze reis nu al een opwindende ervaring en het vooruitzicht van alle avonturen die hij zou gaan beleven, was nog veel opwindender. Hij dacht terug aan al die keren dat hij de hele dag samen met Niccolò en Ambrogio Tommassini te paard had rondgereden in de bossen rondom Florence terwijl ze bezig waren met de valkenjacht.

Het was verschroeiend heet; de zon stond oogverblindend fel aan de strakblauwe hemel. Een mijl voorbij Burgo de Lorenzo leidde de weg de bergen in. Zo nu en dan bevatte de route een gevaarlijke passage, met steile afgronden aan weerszijden van het pad. Het daglicht begon zwakker te worden en de schaduwen werden langer toen ze voor het eerst een blik opvingen van Brisighella, een stadje dat verspreid lag over drie rotspieken. De torenspitsen rezen boven de boomkruinen uit als de geblakerde botten van een reusachtig monster dat zich in oeroude tijden op zijn rug had laten rollen en de geest had gegeven.

Tegen de tijd dat ze de herberg aan de rand van de stad hadden bereikt, waren ze uitgeput. Ze werden allemaal ondergebracht in één kamer, met twee stromatrassen voor de edellieden en de stenen vloer voor de bedienden. Voor het slapengaan besloten Cosimo en Niccoli nog even hun benen te strekken en de frisse berglucht op te snuiven.

Brisighella was een klein maar welvarend stadje, dat tijdens de voorgaande roerige jaren bijzonder goed geboerd had. Een eeuw geleden had een plaatselijke edelman op de meest zuidelijke bergtop van zijn domein een toren laten bouwen, en daaromheen was dit stadje ontstaan. Op een van de twee andere bergtoppen in de nabije omgeving stond een fort; op de andere top was een Mariakapelletje gebouwd. Er waren niet veel mensen op straat. Terwijl de twee mannen het plein overstaken en snel door het charmante overdekte straatje liepen dat bekendstond als de Via degli Asini, merkten ze dat hun enige gezelschap bestond uit het galmen van hun voetstappen. De maan stond helder aan de wolkenloze hemel.

'Hoe voel je je, Cosi?' vroeg Niccoli terwijl ze langzaam onder het lage stenen dak door over de oneffen keien liepen.

Cosimo draaide zich om en nam zijn vriend in het maanlicht aandachtig op. 'Waarom vraag je dat?'

'Ik heb niets achtergelaten, maar jij...'

'Het was mijn idee, weet je nog wel, Niccolò?' Hij bleef staan om te kijken hoe een moeder een eindje voor hen een klein kind het huis binnenjoeg. 'Voor mijn vader is geld en handel het enige wat er is. Maar voor mij ligt dat anders. Maar misschien gaat het ook wel dieper. Misschien is dit wel de manier waarop ik de dood kan overwinnen.'

'Het verwerven van kennis is een nobel streven, maar niemand kan ontkomen aan het onontkoombare.'

'Misschien niet, maar het is net als de liefde. Mijn liefde voor Contessina is mijn manier om de dood te trotseren. Ik weet dat we allemaal op een dag tot stof zullen vergaan, dat onze beminden ons zullen verlaten en vergeten, en net zo zeker zullen sterven als wijzelf. Maar door van iemand anders te houden, nemen we stelling. En met het zoeken naar kennis, het zoeken naar een antwoord op een raadsel, is het niet anders. Het stelt me in staat om te zeggen: "Ik ben een man. Ik stel iets voor in deze wereld."'

'Dat klinkt nogal godslasterlijk.'

'Kan zijn, maar zo is het nou eenmaal.'

Ze besloten terug te lopen door het overdekte straatje toen ze achter zich een geluid hoorden. Toen ze zich omdraaiden, zagen ze een jongeman die naar hen toe kwam lopen. Hij ging gekleed in een leren gilet en rijlaarzen. Op zijn linkerborst was het wapenschild van de familie De' Medici te zien: vijf rode ballen op een gouden schild, met op de achtergrond een paar gekruiste sleutels.

De jongeman maakte een plichtmatig buiginkje en stak hun een opgerold vel papier toe. 'Meester Cosimo, ik ben kapitein Vincente Oratore van de wacht van uw vader. Mijn excuses omdat ik u zo laat nog stoor. Op verzoek van uw vader heb ik de hele dag spoorslags gereden om u te kunnen bereiken. Uw vader zendt u dit bericht. Hij wil onmiddellijk antwoord.'

Cosimo verbrak het lakzegel en las de brief.

Mijn zoon,
Je daden doen mij veel verdriet. Ten eerste omdat je hebt besloten weg te lopen en je muze te volgen. Maar wat ik nog erger vind, is dat je het niet nodig hebt geacht mij op de hoogte te stellen van je besluit. Je moeder en ik vrezen ten zeerste voor je veiligheid. Als je nu terugkeert, zal ik vergeten dat deze merkwaardige ontsporing zich ooit heeft voorgedaan. Alsjeblieft, omwille van je moeder, stel ons niet teleur.

Terwijl hij tegen de stenen muur van het klooster geleund stond, tuurde Cosimo naar het uitspansel boven de toppen van de honderden olijfbomen, die donkere schaduwen vormden in de duistere nacht. De hemel was bezaaid met sterren. Terwijl hij naar de sterren stond te turen, herinnerde hij zich een tekst die hij ooit had gelezen: een ketters stuk, dat ongetwijfeld door een waanzinnige was neergeschreven. De auteur had het over de oneindigheid, over de ruimte die eindeloos doorging, over sterren die zonnen waren als de onze, zo ver weg dat ze voor ons niet meer dan speldenprikjes van licht leken in een eindeloos, volkomen onbegrensd universum. Merkwaardig genoeg beviel dat idee hem wel. Hij wilde een kleine vis in een grote vijver zijn. Dat bood hem ruimte om te groeien. Hij draaide zich om naar kapitein Oratore en wist precies wat hij zijn vader zou antwoorden.

15

Venetië, heden

Jeff en Edie zaten laat in de ochtend te ontbijten bij Jeff thuis. Maria had die dag vrij en Rose had de hele ochtend geweigerd haar kamer uit te komen. Jeff had haar sinds hij was thuisgekomen nog nauwelijks gezien. Terwijl ze de laatste resten van een uitgebreid Engels ontbijt naar binnen werkten, ging de telefoon.

'Vanochtend vroeg viel het me in,' zei Roberto, 'dat we onze horizon moeten verbreden. Degene die Antonio heeft vermoord en die heeft geprobeerd ons te ontvoeren, volgt hetzelfde spoor als wij. We moeten een nieuwe invalshoek zien te vinden. Die vent die jou is komen opzoeken...?'

'Mario Sporani? Ik was hem helemaal vergeten en ik had beloofd hem op te zoeken in zijn hotel. Hij logeert in Hotel Becher.'

Toen ze de naam Sporani hoorde, keek Edie Jeff vragend aan.

'Zullen we een tijd afspreken?'

'Nee, vanochtend kan ik werkelijk niet, Roberto. Ik heb Rose beloofd...'

'Natuurlijk, Jeff, en ik wil beslist niet tussen een vader en zijn dochter komen. Is Edie al wakker?'

'Ja. Hier is ze.'

'Hai.'

'Goedemorgen. Je hebt goed geslapen, hoop ik?'

Ze lachte. 'Ik heb net zo diep geslapen als de doden van San Michele.'

'Het had niet veel gescheeld of we waren daar werkelijk terechtgekomen,' antwoordde Roberto. 'Nou, wat lijkt je leuker? Samen met Jeff de musea en galeries aflopen of samen met mij aanwijzingen natrekken? Plus een lunch in het Gritti, als we klaar zijn met onze speurneuzerij?'

'Daar moet ik even over denken,' zei Edie. Ze trok een gezicht naar Jeff, die zijn ogen ten hemel sloeg.

Sinds gistermiddag was Rose er niet minder somber op geworden. Toen ze het Piazza San Marco overstaken, kon Jeff de zware last van haar stijgende woede en ergernis gewoon voelen, maar hij had geen idee hoe hij haar aan het praten kon krijgen. De eerste plek waar ze naartoe gingen was de Basilica San Marco, niet ver van zijn appartement. Rose was er al eerder geweest, maar destijds was ze te jong geweest om de schoonheid ervan werkelijk op prijs te kunnen stellen. Nu was het anders. De afgelopen twee jaar leek Rose wel tien jaar ouder geworden te zijn, en niet voor het eerst kromp Jeff in elkaar bij de gedachte aan alle schade die de bittere scheiding van haar ouders aangericht zou kunnen hebben. Toen hij haar aankeek, terwijl ze haar blik humeurig over de graftomben en over het prachtige koepelgewelf liet gaan, begon het tot hem door te dringen waarom ze zo somber was. Alles was prima geweest totdat Edie was komen opdagen; maar Rose zou toch zeker niet denken...? Het was zo gemakkelijk om te geloven dat het prima ging met zijn dochter, en dat ze er op fantastische wijze in was geslaagd om het trauma te verwerken dat ze nog maar een paar jaar geleden had opgelopen, maar uiteindelijk kon hij daar nooit helemaal zeker van zijn. Iedereen had zijn eigen heimelijke verdriet. Waarom zou dat bij Rose anders liggen?

Toen ze bij het altaar kwamen, keken ze vol aandacht naar de rijkelijk van ornamenten voorziene steen, en de opmerkelijke mozaieken waarop stond afgebeeld hoe het lijk van de heilige Marcus in de negende eeuw door Venetiaanse kooplieden was gestolen uit

Alexandrië en naar de stad was overgebracht. 'Deze basiliek is speciaal opgetrokken om het gebeente van de heilige te huisvesten,' zei Jeff, in een poging om iets van belangstelling bij haar te wekken.

Rose haalde haar schouders op. 'Wat is er nou zo bijzonder aan een stapeltje ouwe botten?'

Jeff glimlachte. 'Ja, ik weet wat je bedoelt. In onze ogen doet het nogal merkwaardig aan, maar duizend jaar geleden hechtten de mensen veel waarde aan dergelijke zaken.'

'Ik snap niet hoe ze konden weten dat het werkelijk de botten van San Marco waren.'

'Nou, dat wisten ze ook niet voor honderd procent zeker, maar ze wilden graag geloven dat dit werkelijk zijn gebeente was. En bovendien was er geen enkele manier waarop wie dan ook het tegendeel zou kunnen bewijzen.'

Ze haalde opnieuw haar schouders op.

'De meeste relikwieën waren vervalsingen. Er was een levendige handel in de botten van heiligen. In Byzantium werden ze verkocht op veilingen. Een soort eBay uit het eerste millennium.'

Er verscheen een flauwe glimlach om Rose' mond.

Hij zuchtte. 'Kom mee, volgens mij moeten we eens praten.'

Ze lieten zich met de menigte meevoeren naar de uitgang, sloegen toen ze eenmaal buiten stonden rechtsaf en liepen het doolhof van straatjes ten noorden van het Piazza San Marco op, langs de boetiekjes met designerkleding en de winkels met souvenirs en goedkoop gefabriceerde snuisterijen. Van daaruit liepen ze terug naar de Riva degli Schiavoni, de kade van de lagune niet ver van het Dogenpaleis. Ze gingen op de hoge kademuur zitten en terwijl het water onder hun voeten tegen de stenen klotste, keken ze naar de zachtjes in de stroming heen en weer wiegende gondels.

'Goed,' zei Jeff zachtjes. 'Wil je me nu vertellen wat dit allemaal te betekenen heeft?'

'Wat?'

'Rose, alsjeblieft.'

Plotseling keek ze op. 'Die vrouw.'

Jeff keek haar verward aan.

'Je vriendin, Edie.'

'Mijn vriendin? O, dus dát is het.'

'O pappie, alsjeblieft, doe nou niet of ik achterlijk ben. Ik weet alles over jou en haar. En dat weet ik al een hele tijd.'

Jeff schudde zijn hoofd en glimlachte.

'Doe niet zo neerbuigend!' riep Rose boos.

'Rose, hou op, hou nou gewoon op. Je hebt het helemaal verkeerd begrepen.' Hij greep haar bij de schouder.

Ze draaide zich met een van woede vertrokken gezicht naar hem toe. 'O, dus ze is níet je vriendin.'

'Nee, Edie en ik... we zijn gewoon vrienden. Meer zijn we nooit geweest.'

'Dat heb ik anders gehoord.'

'Van wie? O, juist...'

'Ze heeft me alles verteld.'

'Hoor eens, wat je moeder je ook heeft wijsgemaakt, het is niet waar.'

'Ze heeft me verteld dat jij het huwelijk kapot hebt gemaakt, dat jij overspel hebt gepleegd met Edie.'

Jeff wist niet wat hij daarop moest zeggen. Hij keek zijn dochter verbluft aan, en plotseling wist Rose absoluut zeker dat ze was voorgelogen.

'O pappie!' Ze sloeg haar armen om hem heen. Jeff trok haar dichter tegen zich aan. Een ogenblik was hij terug in de tijd toen zijn dochter nog een kleuter was, die uithuilde op zijn schouder nadat ze van haar fiets was gevallen, of bang was gemaakt door de hond van de buren. Hij trok zijn hoofd wat naar achteren en keek naar haar gezicht, haar grote vochtige ogen, haar volle lippen. Hij voelde zich woedend. Hij was uitzinnig boos op die misselijke, leugenachtige ex van hem. Dat kreng deinsde werkelijk nergens voor terug! Ze had gelogen en bedrogen in hun huwelijk en nu... Maar die verbittering moest hij onderdrukken, in elk geval voor nu. Hij sloeg zijn arm om zijn dochter heen. Zo zaten ze een ogenblik zwijgend naar de vaporetti te kijken.

'Waarom zou mammie zo gelogen hebben?' vroeg Rose.

Dat was een vraag waarop geen antwoord te geven viel. Jeff keek zijn dochter aan en deed erg zijn best om zijn woorden uiterst zorgvuldig te kiezen. 'Ik denk, nou, ik neem aan dat je moeder de schuld die ze voelde niet onder ogen kon zien. We zijn allemaal mensen, Rose. Je moeder en ik stonden onder zware druk. Het was pijnlijk voor ons en pijnlijk voor jou. Misschien dacht ze gewoon dat het zo het eenvoudigst zou zijn. Ik weet het eigenlijk niet...' Zijn stem stierf langzaam weg.

'Waarom zijn mammie en jij uit elkaar gegaan?'

Jeff haalde eens diep adem. 'Je moet begrijpen dat ontrouw lastig is om mee om te gaan. Na zoiets is een relatie nooit meer helemaal hetzelfde.' Hij keek haar strak aan. 'Is alles goed? Thuis bedoel ik?'

'Met mammie? Ja, natuurlijk. Maar, nou... Het is niet zoals vroeger.'

'Nee. Het spijt me, liefje.'

Opnieuw keken ze zwijgend voor zich uit. Toen zei Rose: 'Mis je haar wel eens?'

'Er zijn dingen van vroeger die ik mis. Jou bijvoorbeeld.'

'Ik vind Caspian niet erg aardig.'

'O?'

'Hij probeert me de hele tijd te commanderen. Hij denkt dat hij mijn vader is.' Ze tuurde aandachtig naar het water.

'Nou, hij is nu een soort stiefvader en ik weet zeker dat hij het beste met je voorheeft.'

'We hebben het samen wel prettig gehad, hè pappie? Ik vond het altijd heerlijk om hiernaartoe te komen voor een lang weekeinde of een vakantie... jij, ik en mammie. Jullie kwamen me dan samen van school halen, en van daaruit gingen we rechtstreeks naar het vliegveld. Op zulke dagen kon ik mijn aandacht nooit bij mijn huiswerk houden. Als we hier kwamen, namen we een watertaxi vanaf het vliegveld, en ik vond het altijd zo opwindend als we over de lagune aan kwamen varen en dan onze eerste blik opvingen van de San Marco.'

Ze keek hem niet aan en bleef aandachtig naar het water turen.

Een hele tijd later zei ze: 'Kun je je het verstopkamertje nog herinneren?'

'Natuurlijk.'

Toen Rose vijf was, hadden Imogen en hij het appartement aan het Piazza San Marco opnieuw ingericht. De bouwvakkers hadden er een 'geheim' kamertje gemaakt, speciaal voor Rose. Het lag verstopt aan het eind van het appartement, en viel alleen maar te bereiken via een verborgen deur in het kleinste slaapkamertje. Ze had het prachtig gevonden.

'Het is er nog,' voegde Jeff daaraan toe. 'Ik zal het altijd houden.'

Plotseling barstte Rose in tranen uit en sloeg haar armen om haar vaders nek. Hij liet haar uithuilen en aaide haar zachtjes over haar hoofd.

Een ogenblik later trok ze haar gezicht terug en keek hem beschaamd aan, terwijl de tranen haar nog steeds over de wangen dropen. Hij stak een vinger onder haar kin en kuste haar op haar voorhoofd. Toen veegde hij met de rug van zijn hand haar tranen weg.

Ze dwong zichzelf om te glimlachen.

'Ik weet precies wat wij nu nodig hebben,' zei Jeff terwijl hij zijn dochter overeind trok.

'Wat dan?'

'Een super-de-luxe ijsje, drie bolletjes met chocola en slagroom. En ik weet ook waar we dat kunnen krijgen.'

Ze waren net de ijssalon binnengestapt toen Jeffs mobieltje begon te piepen.

'Hallo Edie.' Hij had het nummer op het schermpje meteen herkend.

'Jeff.' Ze klonk nerveus. 'Je moet hiernaartoe komen, zo snel je kunt.'

'Ik ben de stad in met Rose, Edie. Weet je nog wel?'

'Dat weet ik.'

'Waar ben je trouwens?'

'In de hotelkamer van Mario Sporani. Kom alsjeblieft nu... in je eentje.'

Hij keek naar Rose, die met nadrukkelijke mondbewegingen geluidloos tegen hem zei: 'Het is goed.'

'Best hoor,' zei hij vermoeid. 'Ik ben er over een kwartiertje.'

Jeff bracht Rose terug naar het appartement en holde toen naar Sporani's hotel. Het Becher-hotel aan het Campo San Fantin was een hotel in de middenklasse, hier en daar wat aftands en met kleine, benauwde kamertjes. De voordeur stond op een kier. Er stonden zes geüniformeerde politiemensen in de lobby. Een van hen was in gesprek met de receptionist. Hij maakte uitgebreid aantekeningen in een boekje met leren omslag. Twee anderen namen de stapels documenten door die op de plank tegen de muur achter de balie lagen, een vierde politieman stond bij de liftdeur en twee anderen liepen heen en weer voor een smalle trap. Jeff sprak een van de politiemensen bij de trap aan.

'Wat is hier aan de hand?'

'En u bent?'

'Jeff Martin. Ik werd gebeld op mijn mobieltje en kreeg te horen dat ik hier een paar vrienden moest ontmoeten.'

'Helaas mag ik niemand doorlaten, meneer.'

Jeff wilde daar net iets van zeggen toen er vanaf de eerste verdieping een dreunende stem klonk: 'Laat hem maar boven komen.'

Met twee treden tegelijk rende Jeff de trap op. Aldo Candotti stond hem op te wachten voor de deur van kamer 6. De deur gaf toegang tot een smal en donker gangetje dat naar een kamertje leidde.

'Wat is er gebeurd?' vroeg hij aan Candotti.

'Ik hoopte dat uw vrienden en u mij daar misschien wat meer over zouden kunnen vertellen, signor Martin,' antwoordde de man. Hij legde zijn handpalm op Jeffs onderrug en duwde hem zachtjes de kamer binnen.

Een straal licht sijpelde naar binnen door een smal raampje dat uitzicht bood op een binnenplaats die volkomen werd overheerst door een grijze gepleisterde muur, die als gevolg van een kapotte dakgoot vol vochtplekken zat. Het kamertje stond vol mensen.

Vlak bij het raam stonden Edie en Roberto te praten met de twee geüniformeerde politiemensen. Naast het smalle bed stond een brancard met een lichaam erop. Er was een laken overheen geslagen, maar Jeff zag het lange, witte haar eronderuit steken. Toen merkte hij een eind gerafeld touw op, dat aan een grote haak boven de badkamerdeur bungelde. Niet ver van het bed lag een omvergetrapt stoeltje.

Jeff voelde hoe zijn maag zich omdraaide. Hij deed een stap naar achteren toen een verpleger bijna met de brancard over zijn tenen reed. De man duwde het ding met een scherpe bocht de smalle gang naar de overloop in en verdween snel uit het zicht.

Edie kwam naar hem toe gelopen, nam hem bij de hand en trok hem mee naar de andere kant van de kamer. In de spiegel van een goedkoop kaptafeltje dat tegen de muur stond, ving hij in het voorbijgaan een glimp op van zichzelf. Hij zag krijtwit. De vloer was bezaaid met kledingstukken en documenten, Sporani's koffer was omgekeerd en alles was uit de kleerkast gerukt. Aan het voeteneinde van het bed lag een stuk zeep. Het versleten vloerkleed was bezaaid met de scherven van een fles cognac. Het stonk enorm.

'Ze denken dat Sporani al minstens vierentwintig uur dood is,' zei Edie zachtjes. 'Roberto en ik zijn hem gaan opzoeken. De receptionist vertelde dat er sinds gisterochtend niets meer van hem vernomen was. We zijn samen met hem naar zijn kamer gegaan en toen er niet gereageerd werd, heeft hij een loper gebruikt. Daarna hebben we meteen de politie gebeld.'

Roberto keek Candotti aandachtig aan. 'Hoofdcommissaris, hebt u enig idee wie dit gedaan zou kunnen hebben?'

Candotti gebaarde naar de twee politiemensen dat ze de kamer moesten verlaten. Toen ze weg waren, begon hij heen en weer te lopen in de kleine ruimte tussen het bed en de muur, met zijn handen in elkaar geslagen op zijn rug.

'Signor Armatovani... Roberto,' zei hij. 'Ik begin me ongerust te maken over jou en je vrienden hier. Het lijkt wel alsof de dood jullie op de hielen zit. Ik heb van mijn collega's in Florence vernomen dat doctor Granger wellicht getuige is geweest van een moord in de Medici-kapel.'

'Ik ben geen getuige...' begon Edie, maar Candotti hield zijn hand op.

'Alsjeblieft, ik beschuldig helemaal niemand. Ik merk alleen maar op dat overal waar jullie je gezicht laten zien, mensen om het leven komen.'

'Het slachtoffer in Florence was mijn oom.'

'Daar ben ik me goed van bewust.'

'Wat wilt u nu eigenlijk zeggen?' zei Roberto, met een harde klank in zijn stem die voor hem hoogst ongebruikelijk was.

'Ik beschik niet over voldoende mankracht om je vrienden en jou te laten verhoren,' zei Candotti. 'En ik heb geen bewijs dat iemand van jullie betrokken is bij een van de plotselinge sterfgevallen waarmee ik op dit moment mijn dagen moet vullen. Roberto, ik ken je al vele jaren en je vader heb ik heel goed gekend, maar maak alsjeblieft geen misbruik van onze relatie. Als er iets is waardoor de dood van professor Mackenzie, van je chauffeur Antonio Chatonni en van Mario Sporani verband met elkaar houden, dan zal ik dat weten te achterhalen, dus als een van jullie daar iets van weet, lijkt het me dat het voor ons allemaal beter zou zijn als jij, of je vrienden...' hij keek hij snel even naar Edie en Jeff, '... voordat het zover is even bij mij langsgaan.' Hij draaide zich met een ruk om en liep de kamer uit.

Een ogenblik later kwamen de twee geüniformeerde politiemannen terug om hen naar de trap te begeleiden.

Roberto ging tussen Jeff en Edie aan een houten tafeltje achter in het kleine cafeetje zitten. Ze waren in de Bar Fenice, een klein en op dit moment vrijwel volkomen verlaten café niet ver van het hotel. Hij schoof een glas rode wijn naar Edie toe, en een van twee glazen Pinot Grigio naar Jeff. 'Ik moet jullie werkelijk afraden om Candotti ook maar iets te vertellen,' zei hij.

'God nee,' zei Edie snel. 'Hij mag dan wel een oude vriend van jouw familie zijn, Roberto, maar ik vind die man echt een engerd.'

'Ik vermoed dat Sporani heel wat meer over dit hele gedoe heeft geweten dan hij mij heeft laten merken.' Jeff nam een slokje wijn.

'En die kamer was helemaal overhoop gehaald,' zei Roberto. 'Waarom zou hij zo'n ravage aanrichten voordat hij besloot zichzelf te verhangen? Candotti's gerechtelijk onderzoeksteam zal waarschijnlijk wel wat nuttige aanwijzingen vinden, maar daar zullen wij niets over te horen krijgen, dat is wel zeker. We hebben echter wel een voordeel tegenover de politie.' Roberto viste iets uit zijn zak en legde het op tafel. 'Voordat Candotti's jongens ter plekke waren, heb ik dit bij me gestoken.'

Het was een polaroidfoto, die duidelijk was genomen in de hotelkamer. In zijn linkerhand hield Sporani een rechthoekig stukje wit karton, dat ongeveer de afmetingen had van een foto. In zijn rechterhand hield hij een merkwaardig voorwerp dat nog het meest op een pen leek, en waarmee hij op het kaartje wees.

Edie klapte in haar handen. 'Hoe heb je dat...?'

'Toen jij samen met de receptionist weer naar buiten ging om Jeff te bellen, had ik een paar minuten voor mezelf. Ik heb mijn handschoenen aangetrokken en snel even wat rondgeneusd. Dit zat in Sporani's jaszak. Degene die hem heeft vermoord, wie het ook mag zijn, heeft het over het hoofd gezien.'

'Wat is dat ding dat hij in zijn rechterhand houdt?' Jeff pakte de polaroid op. 'Zie je wat er op de zijkant staat?'

'Penna Ultra Violetto? Dat is een stukje kinderspeelgoed. Ik herinner me dat Rose ook zoiets heeft gehad, jaren geleden. Maar wat...?'

'Hij laat ons weten dat we ultraviolet licht moeten gebruiken.'

'Met die speelgoedpennen kon je toch teksten lezen die met onzichtbare inkt waren geschreven?' zei Edie.

Roberto drong zijn glas leeg en stond op. 'Ik ben over vijf minuten terug.'

In werkelijkheid kostte het hem twintig minuten. Hij kwam met lange passen de bar binnengelopen en legde met een klap een fel paars en roze gekleurd voorwerp op tafel. 'Ik moest vier verschillende speelgoedwinkels aflopen om zo'n koleređing te vinden!'

Het leek nog het meest op een dikke balpen voor een meisje van tien, maar toen Edie hem oppakte en de bovenkant een eindje omdraaide, verscheen er een paarse lichtkring op het tafelblad. 'Cool,' zei ze.

'Mag ik die foto nog eens, Jeff?' vroeg Roberto.

Jeff haalde de foto uit zijn zak en legde die met het beeld naar beneden op tafel. Roberto hield de pen een paar centimeter boven de foto en in het midden van het velletje karton zagen ze twee handgeschreven regeltjes verschijnen:

msporani.com.it
Thethreeofus

Op weg naar Roberto's palazzo gingen ze even langs Jeffs appartement om Rose op te halen. Ze namen nu geen risico's meer. Iemand had geprobeerd hen te vermoorden. Bovendien was Mario Sporani duidelijk ook vermoord, misschien door dezelfde dader. Rose was met alle genoegen bereid om tv te gaan kijken in de zitkamer terwijl de drie volwassenen zich terugtrokken in de huisbibliotheek.

Edie en Jeff stonden aan weerszijden naast Roberto, die aan zijn Mac ging zitten en het webadres invoerde dat ze op de achterkant van de foto hadden zien staan. Een ogenblik later werd om een wachtwoord gevraagd. Hij toetste *Thethreeofus* in en onmiddellijk daarna verschenen er twee mappen op het scherm die eenvoudigweg 1 en 2 genoemd waren. Hij klikte op map 1 en kreeg een bestand met de naam 'Aantekeningen' te zien. Toen hij dat aanklikte, verscheen er een pagina Italiaanse tekst op het scherm. Roberto vertaalde terwijl hij voorlas:

'Aantekeningen:

Cosimo de' Medici: Ik ben zeer weinig te weten gekomen uit zijn dagboek. Ik weet dat Cosimo in 1410 naar het oosten is getrokken met als bestemming Griekenland, of wellicht Macedonië. Ik weet dat hij daar iets van grote betekenis heeft gevonden, maar wat precies blijft een raadsel.

Contessina de' Medici: Cosimo's vrouw. Kort na de dood van haar echtgenoot heeft ze San Michele bezocht. Ik denk dat ze Fra Mauro's leerlingen wilde spreken en wilde regelen dat er een kaart getekend zou worden.

Giordano Bruno: De grote mysticus en occultist heeft in het jaar 1592 enige tijd doorgebracht in Padua en Venetië. Hij had toen al lange tijd heel Europa doorkruist en waarschijnlijk heeft hij tijdens zijn omzwervingen iets belangrijks gehoord over Cosimo de' Medici en zijn kring. Ik vermoed dat hij in Venetië een groep heeft gevormd om deze informatie, dit "Medici-geheim" verborgen te houden. Op de een of andere manier was Bruno's groep verbonden met de vroege Rozenkruisers, een occult genootschap dat in die tijd in Europa zeer bekend was. Ik weet heel zeker dat Bruno heeft geknoeid met de aanwijzing die Contessina ons heeft nagelaten, en dat hij een tweede aanwijzing heeft laten maken. Die bevindt zich in het gemeentearchief en vormt verhelderende lectuur.

De Medici-kapel: Het punt waarop alles samenkomt. Ik geloof dat zich daar iets bevindt, maar ik weet niet wat. De geheimen van Venetië leiden naar de geheimen van Florence, en die leiden naar de geheimen van...? Macedonië misschien? Het is iets uiterst belangrijks, belangrijk genoeg om voor te moorden.'

'Je had gelijk Jeff, hij was ons inderdaad een paar stappen voor,' zei Edie. 'Hij wist iets over het geheim dat die aanwijzingen beschermen.'

'Dat zou heel goed kunnen kloppen. Het vinden van het dagboek van Cosimo de' Medici, veertig jaar geleden in de graftombe, was voor Sporani een keerpunt in zijn leven. Het was duidelijk dat datgene wat hij daar gevonden had van groot belang was, want waarom zou anders iemand een paar zware jongens achter hem aan sturen en dreigen zijn gezinsleden te vermoorden?

Hij heeft duidelijk een hoop onderzoek gedaan en is een spoor gevolgd dat hem ervan heeft overtuigd dat Cosimo's echtgenote in 1464 naar Venetië is gekomen en daar een beroep heeft gedaan op de leerlingen van Fra Mauro. Daaruit heeft hij kennelijk afgeleid dat Contessina op San Michele een aanwijzing heeft achtergelaten, waarmee ze datgene wat hij aanduidt als het "Medici-geheim" verborgen wilde houden.'

Jeff knikte. 'Ja, maar wacht even. Cosimo is in datzelfde jaar overleden, en die aanwijzing verwijst naar de Rialto-brug, die pas in 1591 is voltooid.'

'Dus,' reageerde Edie, 'óf we hebben de aanwijzing helemaal verkeerd begrepen, óf de versie die we in de bibliotheek op San Michele hebben gezien, is niet de oorspronkelijke.'

'Ik denk niet dat wij de aanwijzing verkeerd begrepen hebben,' zei Roberto. 'Het is gewoon zo dat het verhaal niet zo eenvoudig is als het aanvankelijk lijkt. Het is heel goed mogelijk dat Contessina de discipelen van Fra Mauro heeft bezocht, en misschien heeft ze daar ook wel een aanwijzing achtergelaten, maar jaren later heeft Giordano Bruno lucht gekregen van een mysterie rondom Cosimo de' Medici. Hij heeft een groepje gevormd om dit geheim te beschermen, wat het ook mocht zijn, en om de een of andere reden heeft hij het op zich genomen om de door Contessina achtergelaten aanwijzing te vervangen door een andere. Volgens Sporani leidt Bruno's aanwijzing naar een andere aanwijzing die eveneens door Bruno opzettelijk is achtergelaten.'

'Maar waarom zou Bruno zoiets doen? Waarom de oorspronkelijke aanwijzing veranderen?' vroeg Edie.

'Dat is wel karakteristiek voor die man. Giordano Bruno was iemand met een enorm opgeblazen ego. Hij beschouwde zichzelf als een soort profeet, en zelfs als de grondlegger van een nieuwe godsdienst. Hij was van plan om er een te stichten, maar voordat hij daaraan toekwam, is hij in Venetië gevangengenomen. Het verbaast me helemaal niets dat hij zich hierin heeft gemengd. Waarschijnlijk was hij er apetrots op dat hij een lid van de familie De' Medici te slim af was geweest.'

'Maar wat wil Sporani ons nou precies vertellen?' vroeg Jeff.

'Het staat hier, in de alinea over Giordano Bruno. Als Sporani weet heeft gehad van de aanwijzing op San Michele, zou hij over hetzelfde vers moeten beschikken als wij. Hij beweert dat Giordano Bruno daarmee heeft geknoeid en een tweede vers heeft achtergelaten. Vanwege het tijdsaspect lijkt het me duidelijk dat de aanwijzing op San Michele die van Giordano Bruno moet zijn. We weten dat de Rialto-brug in 1591 is voltooid, niet lang voor Bruno's komst naar Venetië. En we weten zeker dat hij hier geweest is, omdat hij in mei 1592 in Venetië is opgepakt en voor de inquisitie is gebracht.'

'Dus toen we naar de brug gingen kijken, zaten we op het verkeerde spoor,' kwam Jeff tussenbeiden. 'De werkelijke aanwijzing bevindt zich in het gemeentearchief.'

'"Het is daar verborgen met de regels, over het water, achter de hand van de architect",' citeerde Edie. 'Waarschijnlijk verwijst hij daarmee naar de bouwtekeningen. Wat doortrapt!'

'En de plaquette in de muur van de brug was een dwaalspoor.'

Jeff keek op zijn horloge. 'Is het gemeentearchief nog open?'

'Dat hebben we niet nodig,' zei Roberto. 'Volgens mij is Mario Sporani onze beschermengel en heeft hij het meeste werk al voor ons gedaan.'

Hij klikte terug naar het vorige scherm en opende map twee. Er verschenen twee documenten in beeld. Het waren gescande vellen perkament, die helemaal volgekrabbeld waren met dicht op elkaar geschreven regels tekst. Daaronder zagen ze een getypte versie in het Italiaans en het Engels. Het eerste document begon:

Vrijdag 2 mei, het jaar onzes Heren 1592
Palazzo Mocenigo, Campo San Samuele

Ik ben Giordano Bruno, die door sommigen 'de man uit Nola' wordt genoemd. Dit is voor mijn broeders van I Seguicamme, en dit is mijn relaas.

Ik bevind me nu in het huis van de edelman Giovanni Mocenigo, een uiterst weerzinwekkende man. Hoewel ik beter wist, heb ik me door hem laten verleiden om terug te keren naar Italië. Ik word al jaren achternagezeten door de Roomse inquisitie. Mocenigo, mijn adellijke weldoener, heeft me bescherming beloofd, maar ik weet dat de krachten die tegen mij zijn, zich gereed maken voor de genadeslag, en dat de dagen die ik nog in vrijheid zal doorbrengen geteld zijn. Ik vrees dat ik Venetië niet levend zal verlaten. Mocenigo wenste kennis te nemen van de geheime kunsten waarin ik een adept ben, zoals ik in mijn vele bejubelde werken heb aangetoond. Maar nu blijkt dat deze man, die geen enkele belangstelling heeft voor de hermetische kunsten en die niet meer is dan een ordinaire bedrieger, mij hier in dit palazzo gevangenhoudt, en dat alle stadsgrenzen worden bewaakt. Mijn vijanden wachten tot ik probeer te ontsnappen.

Daarom stuur ik dit bericht aan de toekomst, een bericht van hoop.

Twintig jaar geleden stuitte ik op een zeer intrigerend document. Het zal mijn reputatie geen goed doen om te onthullen hoe ik daar precies de hand op heb weten te leggen, maar ik moet nu alles opbiechten. Ik heb deze schat gewonnen met kaarten in de achterkamer van een taveerne in Verona. Mijn tegenstander was al zijn geld kwijtgeraakt. Hij bezwoer me dat het perkament dat hij aanbood een echt stuk antiek was, en dat het eigenhandig geschreven was door niemand minder dan Contessina de' Medici, de echtgenote van de grote Florentijnse heerser Cosimo de Oudere. Aanvankelijk meende ik dat het perkament geen enkele waarde had. Bijna had ik het hem in zijn gezicht gesmeten, maar toen ik het wat aandachtiger bekeek, raakte ik geïntrigeerd en heb ik het als inzet geaccepteerd.

Naderhand ben ik erin geslaagd om het document zeer nauwgezet te bestuderen. Het was een fragment van een persoonlijke brief waarin werd verwezen naar de aanwezigheid van een grote schat. Aan het eind van de brief stonden twee regels uit een raadsel. Aanvankelijk was de zin daarvan mij zeer onduidelijk, maar geleidelijk aan begon ik iets van de betekenis te doorgronden. Deze onthulling bracht me naar Venetië of, om wat nauwkeuriger te zijn, naar het onderkomen van de monniken van San Michele, het Dodeneiland. Daar heb ik een kaart gevonden die door de monniken van het eiland zeer hooggeschat werd en, wederom na zeer grote inspanningen, waarbij ik een beroep moest doen op alle geleerdheid waarover ik maar beschikte, vond ik een andere aanwijzing, een vers dat me naar het volgende stadium bracht.

Maar al mijn inspanningen waren vergeefs. Hoewel het document

echt was, leidde het mij naar een doodlopend spoor. De aanwijzing in de brief, en de andere aanwijzingen die ik op San Michele wist te vinden, wezen naar een graftombe op het exacte middelpunt van het eiland. Daar heb ik met hulp van mijn trouwe dienaar Albertus een grote lederen grafkist opgegraven. Daarin lag slechts een enkel voorwerp, een metalen plaat waarin de volgende woorden geëtst stonden: ALLE MENSEN ZIJN VERRADERLIJK.
Aanvankelijk nam ik aan dat het de een of andere, wel zeer bewerkelijke grap was. Maar na verloop van tijd kwam ik meer te weten over deze aangelegenheden (het betreft hier zaken die ik zelfs nu niet durf te omschrijven). Ik begon te begrijpen dat ik er weliswaar niet in was geslaagd om de schat te vinden, maar dat Contessina de' Medici werkelijk een grote schat had verborgen. Ik was eenvoudigweg niet wijs genoeg geweest om die te vinden. Twintig lange jaren ben ik blijven zoeken. In die tijd heb ik veel geleerd, maar de kern van de waarheid is mij ontgaan. Mijn mislukking doet mij zo veel verdriet dat ik de gedachte dat iemand anders deze queeste wel met succes zal weten te bekronen, nauwelijks kan verdragen, en daarom zal ik de brief van Contessina de' Medici verbergen. Alleen de meest vastberaden zoekers mogen de verborgen waarheid aan het licht brengen. Ik ben net nederig genoeg om te verklaren dat degene die er wel in zal slagen om de aard van het geheim van de Medici's te onthullen werkelijk een groot man is. Moge hij ook eerlijk en wijs zijn.

Het tweede document was korter. Het luidde:

Donderdag 28 februari, in het jaar onzes Heren 1593, Venetië

Ik ben Albertus Jacobi. Mijn meester, de grote geleerde Giordano Bruno is in ketenen overgebracht naar Rome en ik vrees dat het nu niet lang zal duren voordat hij zal sterven. Mijn meester heeft mij vele documenten en paperassen toevertrouwd, waaronder een exemplaar van zijn meest recente werk. De meeste waarde hecht hij echter aan een document dat hij een jaar of twintig geleden heeft ontdekt, zo rond de tijd dat ik bij hem in dienst kwam. Alleen de groten zullen in staat zijn om het belang ervan te ontwaren, en alleen de groten zullen de geheimen ervan aan het licht kunnen brengen.

De tweelingen, de grondleggers.
In de straat waar ze afrekenen met mannen zoals ik,
vijf vensters boven een balkon.
Het punt dat de hemel raakt;
een halve bol boven, en een halve bol onder.

Edie, Jeff en Rose bleven die nacht bij Roberto logeren. Rose was in slaap gevallen voor de televisie. Jeff maakte haar voorzichtig wakker en bracht haar daarna naar een kamer die op de eerste verdieping voor haar gereed was gemaakt. Daarna bracht Vincente Jeff en Edie naar hun kamers aan een lange en hoge, van zuilen voorziene gang boven aan een brede, marmeren trap. Roberto bleef in de huisbibliotheek om te zien wat hij verder nog te weten kon komen. Vanuit haar kamer had Edie een fraai uitzicht op het Canal Grande, dat links van haar een bocht naar het zuiden maakte. Het water was van hieruit gezien net zwarte stroop. Terwijl er een dichte mist over het tafereeltje neerdaalde, gleed een met lantaarns verlichte gondel geruisloos de schaduwen binnen. Het zou niet lang duren, dacht ze, voordat Venetië geheel in een klamme lijkwade gehuld zou zijn, waarin het licht gedempt en verwrongen werd, en geluiden juist scherper en luider leken te klinken.

Ze vond het moeilijk te geloven dat er nog mensen waren die in zulke overdadig ingerichte huizen woonden. Er stond een reusachtig hemelbed met zijden draperieën in de kamer; in de open haard brandde een houtvuur, en de stenen vloer was overdekt met oude tapijten, die stuk voor stuk met superieure achteloosheid precies goed waren neergelegd. Hier en daar straalde een glazen bol aan de muur een zacht licht uit. Het hoge plafond was voorzien van ingewikkelde, handgemaakte ornamenten.

Nadat ze het bad vol had laten lopen, bleef ze een hele tijd in het warme water liggen. Ze liet de romantiek van dit alles goed tot zich doordringen. Daarna droogde ze zich af en trok ze een zijden nachtjapon en een kimono aan, die voor haar waren klaargelegd op het bed. Ze ging op de vloer voor de open haard zitten. Terwijl ze in de vlammen tuurde, liet ze haar gedachten de vrije loop. Er was de afgelopen paar dagen zo veel gebeurd, en ze had maar zo weinig tijd gehad om alles te verwerken!

Nog geen vier dagen geleden was ze in de crypte van de Medicikapel bezig geweest met het soort onderzoek dat ze het liefst deed. Maar toen was alles plotseling volkomen uit de hand gelopen. Het maakte haar angstig. Ze was bijna vermoord; en toen was er die arme oude man geweest, Mario Sporani. En Antonio. En wat moest ze nu eigenlijk van Roberto denken? Hij was briljant, knap, rijk en charmant. Te mooi om waar te zijn eigenlijk. Maar hij was ook een vriend van Jeff; Jeff vertrouwde hem, en Jeff was voor haar als een broer. Ze sprong op, trok het koord van de kimono wat strakker om haar middel en liep naar de deur.

Het was donker in de gang, maar er kwam een zwakke gloed uit de bibliotheek; ze hoorde een pianosonate. Aan een antiek bureau zat Roberto aandachtig te lezen in een groot boek, dat er oud en zwaar uitzag. Edie gaf een kuchje, hij keek om.

'Jij bent al net zo'n avondmens als ik?' De verbaasde blik in zijn ogen ging over in een vriendelijke glimlach.

'Over het algemeen niet,' zei ze. 'Wat ben je aan het lezen?' Ze keek over zijn schouder en zag dat het een in leer gebonden foliant was. De pagina's waren overdekt met kleine druklettertjes in een merkwaardig lettertype. Het papier was droog en vergeeld.

'Ik probeer erachter te komen waar Giordano Bruno het nou eigenlijk over had. Ik zou daar wel wat hulp bij kunnen gebruiken. Heb je soms zin in een glaasje cognac?'

'Alleen als het een Paulet Lalique is,' zei Edie met een glimlach. Roberto vertrok geen spier.

Een ogenblik later zette Vincente twee enorm grote cognacglazen en een fles met een van de duurste soorten cognac ter wereld op het ronde tafeltje naast het bureau.

'Wat is dat voor een boek?' vroeg Edie terwijl Roberto de cognac inschonk.

'Het is een van de zeven delen van de *Annalen van de Venetiaanse inquisitie tussen 1500 en 1770*. Die hebben we al een hele tijd in de familie. Ik zat net te lezen over Andrea di Ugoni, een schrijver die bevriend was met Titiaan en die in 1565 voor het gerecht is gebracht wegens ketterij maar met de schrik is vrijgekomen. En dan is er Casanova, die bijna tweehonderd jaar later is opgepakt en wegens "minachting voor de godsdienst" gevangen is gezet. Ik dacht dat hier misschien iets te vinden zou kunnen zijn waarmee we kunnen verklaren wat Bruno met dat raadsel bedoelde.'

'Is Bruno dan berecht door de Venetiaanse inquisitie?'

'Die brief moet hij hebben geschreven vlak voordat hij werd opgepakt. Mocenigo heeft hem inderdaad verraden. Bruno is in het holst van de nacht door een stel huurlingen weggesleurd uit zijn vertrek in het palazzo, en in de kerkers van de doge gesmeten.'

'Ik dacht dat hij in Rome gevangen was gezet. Daar is hij toch geëxecuteerd?'

'Maar eerst is hij verhoord in Venetië. De Venetiaanse inquisitie was heel wat vrijzinniger dan haar tegenhanger in Rome. Het hoofd van de Roomse inquisitie, de rechterhand van de paus, was een fanatieke kardinaal, een zekere Roberto Bellarmine, bijgenaamd de Ketterhamer.'

'Op de Ketterhamer dan maar.' Edie hief haar glas en nam genietend een slokje van de cognac. Die was heerlijk soepel. Ze voelde hoe een verrukkelijke warmte zich door haar hele lijf verbreidde. 'Dus de Venetianen waren van plan Bruno vrij te laten?'

'Of ze werkelijk zover zouden zijn gegaan, weet ik niet, maar ze stelden het niet op prijs als de paus zich bemoeide met hun wat vrijzinniger samenleving. Door de eeuwen heen is de hele stad zelfs een paar keer geëxcommuniceerd. De Venetiaanse inquisitie was inderdaad wel wat verdraagzamer tegenover occultisten als Bruno, maar hij had de pech dat de doge in dit geval besloot te buigen voor de druk die werd uitgeoefend door de paus. Na een paar maanden in Venetië werd Bruno uitgewezen naar Rome, waar hij na verloop van tijd op de brandstapel kwam.'

'Dus als Bruno zegt: "In de straat waar ze afrekenen met mannen zoals ik" heeft hij het over de plek waar ketters werden verbrand?'

Roberto bladerde het boek even door. 'Merkwaardig genoeg zijn er in de loop van de twee eeuwen waarin de heksenjachten plaatsvonden, hier in Venetië nog geen tweehonderd gevallen voor de inquisitie gebracht; in slechts negen zaken is het tot een vervolging gekomen en geen van de verdachten is ter dood gebracht. Er waren echter wel veel ondermijnende elementen van een ander slag: spionnen, politieke dissidenten, mensen die verraderlijke en ondermijnende praatjes rondstrooiden. Uit dit boek maak ik op dat er in Venetië twee plekken waren waar met "ongewenste elementen" werd afgerekend. Kijk maar.'

Edie boog zich voorover en Roberto liet haar een reeks verslagen zien. Tussen 1550 en 1750 waren zeshonderdenzeven burgers door de in het geheim functionerende Raad van Tien als 'gevaarlijk' bestempeld en uit het zicht van het publiek opgehangen, óf in de Calle della Morte, de 'straat des doods', óf in de Calle Santi.

Onwillekeurig moest Edie huiveren.

'Je hebt het koud.' Roberto sloeg een arm om haar schouders. 'Kom, we gaan wat dichter bij het vuur zitten.'

In kleermakerszit gingen ze op een oud oosters tapijtje tegenover elkaar bij de open haard zitten. Door de brede, van loodglas gemaakte vensters zagen ze mistflarden over het Canal Grande zweven.

'Ik neem aan dat niemand je ooit gezegd heeft dat je hier echt heel fraai woont,' zei Edie.

Roberto lachte. 'Het zit me in de genen,' zei hij. 'Ik neem aan dat jouw ouders ook archeologen waren.'

'Dat heb je van Jeff gehoord,' zei Edie.

'Ik zou me er maar niet aan storen. Hij is een groot bewonderaar van je.'

'Heeft hij er ook bij gezegd dat ze zijn vermoord terwijl ze met een opgraving bezig waren, in Egypte? Ik was erbij.'

'Het spijt me.'

'Het is al een hele tijd geleden.' Genietend nam ze nog een slokje van haar cognac. 'Hij heeft niet veel over jou verteld. Hoe hebben Jeff en jij elkaar ontmoet?'

'Een jaar of vijf geleden, toen hij nog in Cambridge doceerde. Jeff was een paar weken naar Venetië gekomen om onderzoek te doen voor een boek. In Harry's Bar sloeg hij per ongeluk een glas uit mijn handen.'

Edie lachte.

'We raakten aan de praat en konden goed met elkaar overweg... En jij?'

'Op de universiteit, op King's College, zat hij een jaar boven me. Hij was toen al een hele ster. Ik was achttien en ik keek enorm naar hem op... Dat doe ik trouwens nog steeds.'

'En, hebben jullie...?' vroeg Roberto een ogenblik later.

Edie grinnikte. 'Toen we elkaar ontmoetten, had Jeff een vriendinnetje. Toen die twee uit elkaar gingen, had ik net een vriendje. Toen kwam Jeff Imogen tegen en, ik weet het niet, tegenwoordig komt de gedachte nooit meer bij me op. Het zou net zoiets zijn als een seksuele relatie beginnen met je broer. Maar hoe zit het met jou, Roberto? De vrouwen staan ongetwijfeld voor je in de rij.'

Er verscheen een gegeneerde uitdrukking op zijn gezicht.

'Wauw!' zei Edie. 'Je bloost! Nou?'

'Nou wat?'

'De dames.'

'Ik ben twee keer verliefd geweest. En beide keren eindigde dat met tranen.'

'Zo is het leven.'

Roberto streelde haar over haar wang. Edie boog zich naar hem toe en streek met haar lippen over de zijne. Geen van beiden zagen ze dat Rose in de deuropening naar hen stond te kijken, maar ze hoorden allebei hoe de voordeur met een klap werd dichtgeslagen.

De lange man met het zwarte haar stak een sigaret aan met het rode puntje van de vorige, en terwijl hij de peuk plat trapte op de marmeren vloer keek hij nog maar eens in de verrekijker die hij op een stevige driepoot voor zich had staan.

Het tafereel dat zich voor zijn raam ontvouwde, was van een buitengewone schoonheid; het was een uitzicht dat over de hele wereld te bewonderen viel op prentbriefkaarten en dozen met chocolade en in brochures van reisbureaus, maar hem interesseerde het niet. Zijn aandacht werd volledig in beslag genomen door een gebouw aan de overkant van het Canal Grande, een in roodbruine steen opgetrokken palazzo dat het onderkomen vormde van Roberto Armatovani. Hij had iemand gezien die met een vrachtbootje kruidenierswaren kwam bezorgen, en een elektriciteitsmonteur die eveneens maar kort was gebleven. En dat was het dan ook wel. De afgelopen drie uur waren uiterst traag voorbijgegaan. Hij begon moe te worden en kreeg er inmiddels schoon genoeg van. De vorige dag was hij aan boord van een motorboot bijna in zijn opzet geslaagd, maar uiteindelijk had hij van geluk mogen spreken dat hij er levend van af was gekomen. Dat had hem een uiterst belangrijke les geleerd. Deze mensen leken dan misschien amateurs, maar hij kon zich niet veroorloven hen te onderschatten.

Plotseling ging de voordeur van het palazzo open en het meisje, Rose Martin, rende naar buiten. Een ogenblik later verscheen Armatovani in de deuropening. Maar in Venetië kan iemand in een oogwenk uit het zicht verdwijnen; even later ging Roberto weer naar binnen. De man met het zwarte haar had echter gezien waar het meisje heen was gehold, en volgde haar nu met zijn verrekijker. Een paar seconden later had ze de Ponte dell Academia bereikt, en – hij kon het nauwelijks geloven – ze stak nu het kanaal over en kwam zijn kant uit gelopen.

'Rose moet ons gezien hebben,' zei Edie tegen Jeff. Ze zat languit in een stoel die recht onder een gigantische spiegel in een met bladgoud vergulde lijst stond, en tuurde naar de donkere marmeren vloer. 'We zaten te kussen.'

'Schitterend.' Er lag een grimmige uitdrukking op Jeff gezicht.

'Ik stuur er wel een paar mensen opuit,' zei Roberto. 'Vincente kan helpen. Denk je dat ze terug is gegaan naar jouw huis?'

'God mag het weten. Bel Maria maar even, ik moet nu de straat op.'

De nachtlucht was ijzig koud. Jeff holde over een pad naast het kanaal en sloeg linksaf, het doolhof van steegjes rondom San Samuele in. De mist was dik en zwaar geworden, en alles op meer dan een paar meter afstand werd erdoor aan het zicht onttrokken. De lantaren die Roberto hem had meegegeven, hielp daar maar weinig tegen. Hij liep een steegje door en kwam uit op het Campo Francesco Morosini. Aan zijn linkerhand, zo wist hij, lag het Campo Sant'Angelo. Aan zijn rechterhand bevond zich de Ponte dell Academia. Hij bleef staan, haalde een paar keer diep adem, en probeerde niet volkomen in paniek te raken.

De man met zwart haar zag het meisje weglopen van het Canal Grande, en linksaf slaan, zodat ze vlak langs de Gallerie kwam. Hij had inmiddels zijn uitkijkpost verlaten en volgde haar. Hij was zich er scherp van bewust dat elk geluid in de mist veel verder droeg dan anders en lette goed op dat hij niet te dichtbij kwam.

Hij zag haar haastig een steegje in lopen. Heel even hield ze haar pas in, omdat ze niet goed wist hoe ze verder moest. Ze bleef even staan om zich te oriënteren. Terwijl ze haar blik over het plein liet gaan, stapte hij snel een portiek binnen. Even later verloor hij haar bijna uit het zicht in de sombere duisternis doordat ze plotseling een smalle doorgang in holde. Ze liep naar de punt van het Dorsoduro, een landtong die met een wijde boog zo ver het water in liep dat hij bijna tot aan het district San Marco reikte, waar het zuidelijkste deel van het Canal Grande uitstroomde in het Basino di San Marco.

De mist hier was een stuk dichter. Hij verloor haar bijna opnieuw uit het zicht toen ze het Dogana E La Salute op liep, een breed pad langs de zuidoever van het Dorsoduro. Links lagen de werkplaatsen waar de gondels werden gebouwd. Overal hingen de luiken voor de vensters, het pad was volkomen verlaten.

Rechts van hem sloeg het water klotsend tegen de stenen. Water uit de lekkende dakgoot van een laag werkplaatsje had een verraderlijke laag ijs gevormd over de hele breedte van het pad. Het meisje liep er voorzichtig overheen, holde snel verder en verdween uit het zicht in een bocht helemaal aan het uiteinde van het schiereiland, bij het Dogana di Mare, het oude douanehuis, een streng gebouw dat was voorzien van een zuilengalerij, met twee reusachtige Atlas-beelden erbovenop, die allebei een gouden wereldbol torsten.

Hij liep langzaam verder en keek toe hoe ze heel wat langzamer terugliep langs de andere kant van het gebouw. Plotseling bleef ze staan. Ze ging langs de rand van het pad zitten, sloeg haar armen om zich heen en tuurde in de mist die boven het uitgestrekte water hing. Hij was zo dichtbij dat hij haar kon horen snikken. Terwijl hij zwijgend een stapje naar voren deed, kwam dat vertrouwde maar telkens weer even heerlijke gevoel van verwachting weer in hem op.

Jeff rende snel langs de vormeloze massa van het Guggenheim-museum. Zonder op de pijn in zijn borst te letten koos hij de snelste route die hij vinden kon. Hij was er vrij zeker van dat hij wist waar Rose heen ging. Het was een plek waar ze altijd van gehouden had, een plek waar ze altijd weer naar terugkeerde. Aan zijn linkerhand verdween het Palazzo Dario snel in de mist. Even later holde hij het Campo Salute op, waarvan de noordelijke rand een van de laatste stukken van de oever van het Canal Grande vormde voor het punt waarop het Canal uitmondde in de Bacino. Nog eens honderd meter verder en de trappen van de kerk van Santa Maria della Salute namen vorm aan in de grauwe duisternis. Toen was hij er. De kolkende mist omgordde de zuilengangen van het oude warenhuis. Zijn hartslag werd een stuk rustiger toen hij Rose in kleermakerszit aan de rand van het pad zag zitten terwijl ze naar het San Marco-bassin tuurde.

'Hé.'

Ze keek razendsnel om en haar ogen werden groot en rond van angst. Maar toen ze haar vader zag, ontspande ze zich weer.

Jeff ging naast haar zitten. Een ogenblik kon hij geen woord uitbrengen. Hij zat alleen maar naar adem te happen. Toen voelde hij plotseling hoe Rose haar armen om hem heen sloeg, haar hoofd tegen zijn borst legde en begon te huilen alsof haar hart elk ogenblik kon breken.

'Het gaat niet echt om Edie, hè Rose?' zei Jeff een tijdje later.

Ze trok haar hoofd weg, zodat ze het gezicht van haar vader kon zien.

'Je bent boos op Edie, maar in werkelijkheid is die eigenlijk een zondebok.'

Rose schudde van nee. 'Ik snap niet...'

'Je maakt een zondebok van Edie, maar in werkelijkheid ben je gewoon boos op je moeder en mij. Je neemt het ons kwalijk dat wij jouw leven zo in de war hebben gestuurd, en daar heb je groot gelijk in. Mensen moeten geen kinderen krijgen als ze niet volwassen genoeg zijn om een huwelijk gaande te houden. Het spijt me, meisje, ik heb je verschrikkelijk in de steek gelaten.'

'O pappie...' Rose begon opnieuw te huilen.

Een seconde lang tuurde Jeff naar de in nevelen gehulde glorie van de stad die daar ergens voor hem lag. Die viel te bereiken, maar alleen zoals herinneringen aan wat ooit geweest was nog te bereiken vielen: door een dichte mist. Hij stond op. 'Kom, ga je mee?'

De man met het zwarte haar trok het pistool uit de holster en stapte weg van achter de zuil. Al na één stap op de kade voelde hij echter gewoon dat er iemand aan kwam lopen. Hij vloekte binnensmonds toen Jeff in zicht kwam, en verdween zachtjes weer achter de zuil. Hij keek toe hoe de man zijn dochter begroette en naast haar ging zitten.

De razende woede die in hem opkwam, verraste hem. Hij was erin getraind om zonder mededogen te moorden, en hij wist hoe hij als de situatie dat vereiste afstand kon nemen van zijn emoties. Heel even deed hij zijn ogen dicht en haalde een paar keer diep adem. Toen kromde zijn vinger zich om de trekker.

Een wazige, witte lichtstraal zocht tastend zijn weg door de mist toen een motorboot van de politie kwam aanvaren. De man dook opnieuw weg achter een zuil en keek vol ongeloof toe toen de boot aanlegde en twee politiemensen op de kade sprongen.

Roberto zat te wachten op de trappen van zijn palazzo. Jeff had een deken om Rose heen geslagen en droeg haar naar haar slaapkamer.

Toen haar hoofd het kussen raakte, sliep ze al. Hij liep naar beneden en nam dankbaar een groot glas cognac in ontvangst.

'Jeff, het spijt me echt...' zei Edie.

Hij hield zijn hand op om haar tegen te houden. 'Er is niets om spijt van te hebben. Volgens mij is het allemaal goed afgelopen.'

'God, wat ben ik blij dat ik nooit meer veertien hoef te zijn.'

'Ik ook.'

'Ander onderwerp,' zei Roberto. 'Edie en ik hebben een doorbraak bereikt.'

'Heet dat tegenwoordig zo?' vroeg Jeff.

Roberto reageerde daar niet op en richtte zijn aandacht op een bladzijde uit de *Annalen van de Venetiaanse inquisitie tussen 1500 en 1770*. 'Ik ben blij dat Rose veilig is,' zei hij. 'Ze is me heel dierbaar. Maar we hebben nog steeds werk te doen. En ik heb het gevoel dat we niet veel tijd meer hebben.'

'Goed Roberto. Ik luister.'

'De meeste executies vonden plaats op twee plekken,' legde Roberto uit. 'De Calle Santi, dicht bij de Accademia en niet ver hiervandaan, en de Calle della Morte, ofwel de "straat des doods", aan de oostzijde van het Dogenpaleis, vlak naast het Campo de la Bragora.'

'Mag ik je even in de rede vallen?' zei Jeff. 'Toen ik op zoek was naar Rose, was ik met mijn gedachten alleen maar bij haar. Toch herinner ik me dat ik een glimp heb opgevangen van het dak van het oude warenhuis, dat door de mist heen stak – er stonden twee Atlas-figuren op, elk met een gouden wereldbol.'

'Wat heeft dat er nou mee te maken?' vroeg Edie.

'Volgens sommige mensen zouden die twee Atlas-figuren tweelingen zijn. Die regel in dat vers van Giordano Bruno: "de tweelingen, de grondleggers". Daarmee moet hij wel Castor en Pollux bedoelen, de tweelingen uit de Griekse mythologie, de kinderen van Leda en de god Jupiter.'

'Waarom? Wat heeft dat nou met Venetië te maken?' zei Edie geergerd.

'Een heleboel. De eerste kolonisten hier in deze lagune waren de vluchtelingen uit Rome, die hiernaartoe waren gevlucht om te ontkomen aan de invallen van de barbaren. Ze brachten veel agrarische Romeinse religieuze rituelen met zich mee, waaronder de traditionele verering van Jupiter en zijn nakomelingen. Er was een aan Castor en Pollux gewijde eredienst op een paar eilanden hier, waar in de vierde of vijfde eeuw na Christus de eerste nederzettingen verrezen. Overal in de stad zijn beelden van de tweelingen te vinden, waaronder die twee Atlas-figuren.'

'Dus jij denkt dat dat vers verwijst naar de Calle Santi, op een steenworp afstand van het oude douanehuis,' zei Roberto.

'Nee, dat denk ik niet. Ik denk dat het de andere plek is, de Calle della Morte. Toen ik in een motorboot zat, kwam het allemaal weer bij me op. Jaren geleden heb ik een kerk daar in de omgeving bezocht. De San Giovanni heet die, en hij staat op het Campo de la Bragora. Het woord Bragora is ontleend aan "b'ragal", dat "twee mannen" betekent.'

'Briljant!' Roberto schudde zijn hoofd. 'Of volkomen gestoord.'

Jeff was met zijn tweede kopje koffie bezig toen Edie de ontbijtkamer binnen kwam lopen.

'Goed geslapen?' vroeg ze.

'Verbazend genoeg wel, ja. En jij?'

Ze deed haar best om niet te geeuwen. 'Ik heb vrijwel geen oog dichtgedaan.'

'Hier, daar knap je van op.' Hij schonk een kop sterke koffie voor haar in. 'Hoor eens, Edie,' begon hij, maar hij hield meteen weer op toen Roberto de kamer binnenliep, voorafgegaan door Vincente, die een dienblad met twee grote zilveren kannen, een kop en een schotel droeg.

'Ik wilde net tegen Edie zeggen,' zei Jeff, 'dat ik vandaag volgens mij gezien gisteravond beter bij Rose kan blijven.'

'Natuurlijk.'

'Dat ben ik niet met je eens,' zei Edie. 'Ik denk dat jullie de aanwijzingen moeten natrekken, en dat ik bij Rose moet blijven.'

'Maar...'

'Geen gemaar, Jeff. Ik heb het er al met haar over gehad.'

‘Werkelijk?’

‘Kijk niet zo verbaasd. We zijn ooit vriendinnen geweest, weet je nog wel? Ik zou graag het een ander met haar willen uitpraten.’

Jeff trok zijn wenkbrauwen op. ‘Wat mij betreft is dat prima.’

Van de ene dag op de andere was de temperatuur een stuk gedaald, en het Campo was koud en verlaten. Aan één zijde van het plein stond een rij magere boompjes. Hier en daar waggelde een eenzame duif, die ver was afgedwaald van de hongerige zwermen op het Piazza San Marco, over de schots en scheef liggende tegels. Jeff en Roberto stonden midden op het plein. Ze hadden allebei een shawl om en een dikke winterjas aan. ‘Hoewel hier ooit executies werden gehouden, zijn er op dit plein ook heel wat aangenamere dingen gebeurd. In die kerk daar, de kerk van San Giovanni, is de componist Vivaldi gedoopt.’ Hij wees naar een façade die zich duidelijk geleidelijk aan had ontwikkeld, door middel van een lange reeks nogal verwarde uitbreidingen en renovaties. ‘En daar,’ ging hij verder, ‘staat het meest interessante gebouw van het hele plein, het Palazzo Gritti Badoer, of zoals tegenwoordig bekendstaat: Hotel La Residenza.’

‘En dat heeft vijf ramen, met boven een balkon,’ merkte Jeff op, en hij herhaalde het tweede deel van Giordano Bruno’s raadsel: “‘Vijf vensters boven een balkon. Het punt dat de hemel raakt, een halve bol boven, en een halve bol onder.” En in de jaren negentig van de zestiende eeuw stond dit er al?’

‘Jazeker. Het stamt uit de veertiende eeuw. Dat kun je zien aan de vorm van de vensters en het ontwerp van de loggia. Dus misschien was dat idee van jou eigenlijk helemaal niet zo vergezocht.’

Jeff keek omhoog naar het dak. ‘Ik heb er nooit ook maar een seconde aan getwijfeld. Maar er is hier geen “punt dat de hemel raakt”, lijkt me, of zie jij er soms een?’

‘Jammer genoeg niet,’ antwoordde Roberto.

Ze liepen over het plein naar het palazzo. Op de muur van een smal straatje zagen ze een naambordje met het opschrift CALLE DELLA MORTE.

De ingang van het hotel bood direct toegang tot een reusachtige, galmende hal. Links van hen bevond zich een grote lobby, met zwaar pleisterwerk langs de randen van het plafond, zeventiende-eeuwse schilderijen vol met sombere donkere kleuren en geteisterde figuren aan de muren en groepjes antieke stoelen en tafels verspreid door het vertrek. Aan het andere einde van de ruimte was een groepje werklui bezig lampen en ornamenten op te hangen.

'Goedemorgen,' zei Jeff. 'Geeft iemand hier een feestje?'

'Inderdaad, meneer, vanavond zelfs. Kan ik u ergens mee van dienst zijn...?'

'We kwamen toevallig langs. Mijn vriend hier, Roberto Armatovani, merkte op hoe prachtig de façade van dit gebouw is en zei dat hij hier nog nooit heeft rondgekeken.'

'Signor Armatovani?' De conciërge rechtte zijn rug. 'Maar natuurlijk. Mijn verontschuldigingen voor de rommel, de versiering had al uren geleden moeten hangen. Kan ik u een kopje koffie aanbieden, heren?'

'Heel vriendelijk van u, maar nee, dank u wel,' zei Roberto. 'Mag ik vragen om wat voor een feestje het gaat?'

'Jazeker, meneer. Het is een gala-avond, die wordt georganiseerd door het Vivaldi-genootschap. Het is een besloten bijeenkomst, maar ik weet zeker dat ik wel aan de voorzitter kan vragen of u erbij mag zijn.'

'Het zou heel vriendelijk van u zijn, meneer...?'

'Gianfrancesco... Francesco.'

'Francesco... De voorzitter van het Vivaldi-genootschap, Giovanni Tavani, is een goede bekende van me. Ik zal tegen een van mijn mensen zeggen dat ze hem bellen.'

De conciërge maakte een lichte buiging en Jeff en Roberto draaiden zich om en liepen naar buiten.

Voor het palazzo bleven ze staan en keken omhoog naar het prachtige stucwerk in rococostijl boven de hoofdingang.

'Jij kent ook werkelijk iedereen in Venetië, hè?' riep Jeff uit.

'Maak er maar geen grapjes over. Soms komt dat best goed van pas.'

'Wat doen we nu?'

'Het is duidelijk dat we op de een of andere manier op het dak moeten zien te komen, en ik hoop eigenlijk dat de uiterst voorkomende voorzitter van het Vivaldi-genootschap ons daarbij gaat helpen.'

* * *

Toen Jeff, Edie en Roberto die avond het Palazzo Gritti Badoer binnenliepen, heerste daar al een gonzende drukte. Overal stonden gemaskerde feestgangers in hun fraaiste avondkleding. Een strijkkwartet was halverwege een robuuste opvoering van Schuberts negende strijkkwartet en in livrei gestoken obers zwierven geruisloos door de zaal met dienbladen vol champagne.

Jeff had het geen prettig idee gevonden om Rose alleen achter te laten, maar ze had beloofd dat ze onder geen enkele omstandigheid ook maar één stap buiten het palazzo zou zetten. Bovendien had Roberto hem ervan weten te overtuigen dat Vincente als lijfwacht zijn mannetje stond.

Roberto was gekleed in een klassiek avondkostuum van Savile Row dat hij nog van zijn vader had geërfd. Het masker dat hij droeg, was een adelaarsmasker met zwarte veren en een korte snavel. Jeff was langer en breder van stuk. Hij had een wat modernere smoking gehuurd bij Roberto's vaste kleermaker aan de Via XXII Marzo. Daarbij droeg hij een eenvoudig maar elegant zilverkleurig masker. Met hulp van Rose had Edie in de beste winkels van Venetië minstens een stuk of twaalf avondjurken gepast voordat ze had gekozen voor een creatie van donkergroene zijde in combinatie met een rijkelijk versierd goudkleurig masker.

Een portier kwam hun tegemoet, vroeg naar hun naam en bracht hen naar de gastheer, die samen met een klein groepje mensen dicht bij de musici stond. Giovanni Tafani was een lange, breedgeschouderde man van halverwege de vijftig. Hij droeg een goudkleurig masker dat zo klein was dat het zijn gelaatstrekken nauwelijks verhulde. Hij gaf Roberto een hand. 'Ik ben heel blij dat u de tijd hebt kunnen vinden om deze feestelijke gelegenheid bij te wonen, maestro,' zei hij.

'Dit zijn mijn vrienden: Jeff Martin, een eminente historicus uit Engeland, en Edie Granger, een paleopatholoog van grote reputatie.'

Tafani maakte een kleine buiging naar Jeff, nam toen Edies hand in de zijne, en beroerde die even met zijn lippen. '*Enchanté.*' Hij rechtte zijn rug. 'En nu zal ik u voorstellen aan enkele van mijn medewerkers.'

Het duurde bijna een uur voordat Jeff en Edie kans zagen om zich ongemerkt uit de voeten te maken, waarbij ze, zoals van tevoren afgesproken, Roberto achterlieten om de aandacht af te leiden. Nadat ze de lobby uit waren gelopen, leidde een korte gang naar een binnenplaats. Daarachter bevond zich een grote en verlaten eetzaal, die volledig in het duister was gehuld.

Ze liepen haastig langs de rand van de eetzaal, en kwamen in een lange gang terecht. Recht voor hen bevond zich een trap.

Edie ging voorop, maar in haar strakke avondjurk kostte haar dat grote moeite. 'Verdomme,' zei ze al na een paar seconden. Ze deed haar schoenen uit en trok de avondjurk hoog over haar heupen.

'Tjonge!' zei Jeff spottend.

'Zaken gaan voor het meisje, Jeff.'

Ze bereikten de bovenste verdieping zonder ook maar iemand tegen te komen. Het feestgedruis was inmiddels achter hen weggestorven en er hing een merkwaardige stilte. Boven aan de trap bevond zich een gang met aan beide zijden drie deuren, die waarschijnlijk toegang boden tot verschillende slaapkamers. Aan het einde van de gang zagen ze een nooduitgang.

De deur was niet op slot en hij kwam uit op een eenvoudig grijs geschilderd trappenhuis. De metalen armleuning wentelde vier verdiepingen naar beneden, waar de trap uitkwam in de kelder. Uit de zwakke echo's van verschillende stemmen en het gekletter van metaal op metaal maakten ze op dat ze zich hier boven de keuken bevonden. Toen ze omhoog keken, zagen ze dat de wenteltrap een laatste halve draai maakte naar een deur die toegang bood tot het dak.

Het was verschrikkelijk koud op het dak. Jeff trok zijn jasje uit en drapeerde dat om Edies schouders.

'Hebben we dit wel goed voorbereid?' zei ze, terwijl ze voorzichtig over een smalle loopbrug tussen twee verhogingen liep. Voor hen kwam de loopbrug uit op een vierkant stuk van ongeveer tien bij tien meter. In het midden daarvan stond een oeroude windvaan.

Het ding was een meter of vijf hoog en gemaakt van brons dat in de loop der eeuwen helemaal verkleurd was. De windvaan zelf bestond uit een op een schijf gemonteerde pijl die steunde op een paal. Halverwege daarvan bevond zich een metalen halve bol ter grootte van een flinke wokpan. Jeff ging op zijn tenen staan om de halve bol te bekijken. Ook deze was dof geworden en overdekt met zwarte vegen en groene koperroest.

Langzaam liep hij om de windvaan heen. Aan de andere kant zag hij een merkteken in het metaal. 'Er staan letters op.' Met een papieren zakdoekje probeerde hij een deel van de vlekken weg te poetsen, maar die waren diep in het metaal getrokken. Behoedzaam hees hij zichzelf op het voetstuk van de windvaan om het beter te kunnen zien.

'Kun je er iets van lezen?' vroeg Edie.

'Ik zie een grote letter V, een lege plek, nog een kleine V en dan... nee, wacht even.' Hij probeerde met zijn nagels wat vuil van het metaal te krabben. 'Een letter I.'

'Vivaldi,' zei Edie terwijl Jeff zich weer omlaag liet zakken.

'Dat zou best kunnen. Per slot van rekening heeft de man hier gewoond. Maar waarom?'

Edie haalde haar schouders op. 'En dit is maar één halve bol. Als dit de halve bol boven is, waar is de onderste dan?'

Er verscheen een dunne maansikkel aan de noordelijke hemel, die echter door wat langgerekte en rafelige wolken gedeeltelijk aan het oog werd onttrokken.

'Natuurlijk...' zei Jeff plotseling en hij duwde zichzelf omhoog. 'Dat moet het wel zijn.'

'Wat?' vroeg Edie, maar Jeff liep al terug naar de deur. 'Waar ga je..?'

'Kom mee.'

Jeff hield de deur voor haar open. 'Deze trap leidt rechtstreeks naar de kelder. Ik denk dat we daar maar beter even kunnen gaan kijken.'

Toen ze de begane grond naderden, werden de keukengeluiden steeds luider. Iemand gaf met harde stem bestellingen door. Heimelijk slopen ze de laatste trap af, die uitkwam bij een reeks donkere opslagruimten. Een stel dubbele deuren bood toegang tot een houten steiger, waar de leveranciers hun spullen konden uitladen.

Toen een keukenhulp die een hele kaas torste, in de deuropening van een van de grote opslagruimten verscheen, duwde Jeff Edie snel in een nis.

'De andere halve bol moet hier ergens zijn,' zei hij toen de man uit het zicht was verdwenen.

'Als die hier ergens is, dan moet hij zich recht onder de windvaan bevinden. Waar zou dat zijn?'

Jeff tuurde naar de deuren die toegang boden tot de steiger, en toen de andere kant op. 'Daar ergens, rechts.'

De laatste deur bleek niet afgesloten. Ze duwden hem voorzichtig open en Edie vond een oude bakelieten lichtschakelaar. Het was een groot vertrek. De lucht was klam en vochtig; het was er donker. In de muur tegenover hen bevond zich op ooghoogte een smal en smerig venster, dat uitkeek op een vochtige, met mos begroeide muur. Vanuit het kantoor boven hen drong wat licht door het smerige raam. Aan hun linkerhand stond een stel metalen rekken die een verzameling kratten en kisten bevatten. Aan hun rechterhand waren hoge stapels dozen, stuk voor stuk voorzien van een afbeelding van een grote rol toiletpapier en de in rood, wit en groen uitgevoerde merknaam DOLCE VITA. Edie ging op een stapel kratten zitten, legde haar handen op haar knieën en keek het vertrek rond.

Jeff zuchtte. 'Het moet hier ergens zijn.' Hij pakte een paar dozen die niet ver van het raam in de achtermuur lagen, stapelde ze midden in het vertrek op elkaar, en klom erop, zodat hij bij een groot, rechthoekig stuk plastic in het plafond kon. Hij pakte twee zijden van het plastic vast, trok het met een harde ruk uit de muur en gaf het aan Edie, die het in een van de metalen rekken legde. In het gat in het plafond dat nu zichtbaar was, zag hij naast de fitting van de gloeilamp die hier uit het pleisterwerk stak, het onderste deel van een metalen halve bol.

'Halleluja!' riep Jeff.

Het metaal was dof geworden, maar heel wat schoner dan dat van zijn tegenhanger op het dak, dat honderden jaren blootgesteld was geweest aan de elementen. De Romeinse cijfers IV en V waren in het oppervlak geëtst. Daaronder vielen nog net een rijtje muzieknoten en een met dunne lijntjes geëtste notenbalk te onderscheiden, en daar weer onder één enkel woord: ZONSONDERGANG.

Voetstappen weergalmden door de gang. Jeff trok een pen uit zijn zak en kopieerde de inscriptie op zijn handpalm, waarbij hij goed oplette dat hij de notenbalk compleet met alle noten en aanwijzingen overnam.

'Snel!' siste Edie. Ze greep hem bij zijn mouw.

De openzwaaiende deur onttrok hen aan het zicht van de twee mannen die nu de kelder binnenstapten. Er zat een lange, smalle scheur in de oude deur, vanaf de bovenkant tot aan een dwarsbalk halverwege; daardoorheen konden Edie en Jeff de twee mannen nog net zien. Een van hen was een ober. De andere een oudere man in een smerige blauwe overall. De ober was ontevreden over het een of ander. Hij liep met lange passen naar het midden van het vertrek, gromde iets wat vrijwel niet te verstaan viel, maar wel duidelijk een bevel was, en beende toen de kelderruimte weer uit.

De werkman vloekte binnensmonds terwijl hij een plastic bak opentrok. Hij zocht er even in, haalde een gootsteenontstopper tevoorschijn en liep naar de deur.

'Heb je alles opgeschreven wat er op die halve bol stond?' vroeg Edie een paar seconden later.

'Ja, maar het slaat helemaal nergens op.'

'We kunnen maar beter allebei afzonderlijk weer naar binnen gaan,' zei Edie toen ze terugliepen naar de zaal waarin de receptie gehouden werd. Het geluid van lachende mensen zwol gestaag aan totdat het de kamermuziek overstemde. Jeff keek op zijn handpalm. Naast hem stond een tafeltje met wat schrijfpapier met het briefhoofd van het hotel erop in een fraaie leren doos. Hij trok er een vel papier uit, noteerde snel wat hij op zijn hand had geschreven, vouwde het vel dubbel en schoof het in zijn borstzakje. En paar seconden later drong hij zich door de menigte en keek om zich heen of hij Roberto en Edie ergens kon vinden.

Zodra ze weg konden zonder de aandacht te trekken, gingen ze ervandoor. Roberto stuurde een sms'je naar zijn nieuwe chauffeur, de vervanger van Antonio; vervolgens liepen ze naar het punt waar de man hen zou komen ophalen. Vrijwel geen enkel geluid verbrak de stilte van deze kille nacht.

'Zijn jullie geslaagd?' Roberto's uitgeblazen adem vormde een rookpluim in de ijskoude lucht.

'Misschien,' zei Jeff.

Plotseling hoorden ze achter hen een schuifelend geluid. Ze draaiden zich alle drie snel om en zagen nog net iemand een meter of tien achter hen wegduiken in een portiek. Zonder ook maar iets te zeggen zetten ze het op een lopen.

Recht voor hen bevond zich een donkere, overdekte passage. Jeff ging voorop. Aan het eind daarvan kwamen ze bij een T-splitsing. Hoog op de muur naast hen bevond zich een geel bordje met een zwarte pijl erop die naar het westen wees, en het onderschrift S. MARCO. Ze waren van plan geweest om op de motorboot te wachten aan een smal kanaaltje dat bekend stond als de Rio San Martin.

Toen ze rechtsaf sloegen, keek Edie snel even achterom. Ze ving een glimp op van een donkere gedaante, een man met een wapperende mantel. Hij droeg een zwart masker dat het grootste gedeelte van zijn gezicht overdekte, en waarvan de lange zwarte veren schuin naar achteren wijzend over zijn oren hingen. Hij had een pistool in zijn hand.

Ze renden een klein, met kasseien geplaveid pleintje op. In het midden daarvan stond een nogal verfomfaaide boom in een klein perkje. Edie bleef een seconde staan om haar schoenen uit te schoppen en haar jurk op te trekken. Net toen ze Jeff en Roberto aan de overkant weer inhaalde, kwam de gewapende man het plein op rennen. De man bracht zijn wapen in de aanslag en haalde de trekker over.

Het wapen was van een geluiddemper voorzien en het schot viel dan ook nauwelijks te horen. Een paar centimeter boven Roberto's hoofd raakte de kogel de stenen muur. Hij ketste af, sloeg een paar meter verderop opnieuw tegen de wand van de smalle passage en ketste daarna nog een paar keer af, zodat het pleisterwerk alle kanten op spatte. 'Hollen... het is niet ver meer!' riep Roberto.

De man loste nog een schot. Een brok pleisterwerk sloeg tegen Edies arm. Ze gilde het uit maar holde verder, haar hoofd diep voorovergebogen. Toen ze het pad naast het kanaal bereikte, floot een derde kogel rakelings langs Jeffs oor.

Een meter of honderd verderop voer een vrachtboot naar het noorden. Aan de overzijde van het kanaal zette een roeibootje koers naar een zijkanaal; de roeier zat met zijn rug naar hen toe.

Ze renden over het pad naar de Ponte Arco, waar de motorboot hen zou opwachten. De schutter begon hen in te halen. Er klonk opnieuw een gedempte knal, en Roberto maakte een plotselinge schuiver, alsof hij met een van zijn voeten achter een kei was blijven haken. Het bloed spoot uit zijn linkerarm. Bij het volgende schot maakte hij een halve draai, zakte in elkaar en tuimelde in het kanaal.

'Nee!' schreeuwde Edie. Ze minderde vaart. Maar Jeff greep haar bij de arm en trok haar met zich mee. Ze hadden geen tijd om na te denken. Hij handelde in een opwelling; een dierlijke angst dwong hem om door te hollen.

Ze sloegen linksaf, toen weer links... en renden een doodlopend steegje in. Jeff probeerde Edie met zijn eigen lichaam te beschermen toen de schutter zijn pas inhield en in rustig tempo naar hen toe kwam lopen. Hij was lang en goedgebouwd. Hoewel hij in avondkostuum was, was het onmiskenbaar dezelfde man die Antonio had vermoord, en die hen aan boord van de motorboot onder schot had gehouden. Hij bleef staan en bracht zijn pistool met gestrekte armen omhoog, totdat hij het op ooghoogte voor zich hield.

'Geef me de aanwijzing, anders schiet ik jullie neer. Geef me de aanwijzing en dan schiet ik jullie trouwens misschien ook wel neer.'

Om tijd te winnen stak Jeff zijn hand in zijn zak.

'Langzaam aan.'

Jeff wilde net het velletje papier uit zijn borstzak trekken, toen hij in het donkere steegje een klein lichtpuntje zag. Plotseling verscheen er een zwart voorwerp boven het hoofd van de schutter. Met een kreun zakte de man in elkaar; zijn wapen schoot kletterend weg uit zijn uitgestrekte hand.

Een korte, gedrongen gedaante in een gescheurde overjas, die schoenen droeg die met stukjes touw dicht werden gehouden, knielde neer om te zien hoeveel schade hij had aangericht.

'Dino,' zei Jeff met een klank van volstrekt ongeloof in zijn stem.

16

Noord-Italië, mei 1410

De reis van Brisighella naar Venetië nam zes dagen in beslag. Vele jaren later zou Cosimo zich nog het onheilspellende gevoel herinneren dat over hun groepje neerdaalde terwijl ze steeds verder naar het noorden trokken. Het leek wel of ze, naarmate ze verder van Florence verwijderd raakten, een sombere duisternis binnentrokken, die mijl na mijl drukkender werd. Er gingen geruchten dat de pest zijn dodelijke tentakels over het platteland verspreidde. Ook hoorden ze berichten over bandieten die inmiddels de macht over de hoofdwegen hadden overgenomen.

Ze brachten een nacht door voor de muren van Modena, waar ze een kamp deelden met een groep rondtrekkende musici en acteurs. Het was een vrolijk gezelschap, maar hun vrolijkheid werd duidelijk gevoed door mede, en door nog iets, een of ander merkwaardig kruid dat ze hadden gekocht van een ander groepje potsenmakers dat ze hadden ontmoet in Venetië. Ze beweerden dat het afkomstig was uit China. De aanvoerder van het groepje, een beer van een vent die Trojane werd genoemd, liet Cosimo en zijn metgezellen zien hoe je het tussen je handpalmen heen en weer moest rollen en daarna op de donker geworden, gemangelde bladen moest kauwen. Het smaakte naar tijm, maar leverde een enorme golf van euforie op, die een paar minuten aanhield.

Hun ontmoeting met de potsenmakers was een van de weinige vrolijke ogenblikken die ze tijdens dit deel van de reis meemaakten. Toen ze op een kruispunt van wegen ten noorden van Modena afscheid van het groepje namen, daalde de donkere sluier van angst weer over hen neer.

Na een lange nachtelijke rit bereikten ze Copparo, een plaatsje niet ver van Ferrara. De zon rees langzaam op van achter een reeks lage heuvels en scheen met zijn stralen over de jonge groene scheuten van de gierstvelden. Een stoffig pad leidde naar het marktplein. Toen ze een hoek om liepen, stonden ze plotseling voor een kerk waarvoor zich een menigte had verzameld die luid begon te juichen toen een brandstapel werd aangestoken. Binnen enkele seconden likten de vlammen hongerig aan de zoom van het habijt van een priester die aan een ruwe houten paal was gebonden. Hij ging gekleed in het grijs, zijn handen waren gebonden en zijn hoofd was kaalgeschoren. Zijn ogen zagen zwart van angst.

De beul had opzettelijk vochtig hout gebruikt, zodat het een hele tijd zou duren voordat het vuur hoog oplaaide. Cosimo en Niccolò Niccoli keerden hun hoofd af toen de geestelijke begon te krijsen. Naderhand kregen ze te horen dat de veroordeelde schuldig was bevonden aan het bevruchten van drie jonge vrouwen.

Ze bleven net lang genoeg in Copparo om het daglicht weg te slapen in een taveerne aan de rand van het plaatsje. Zelfs hier hing overal de zware lucht van verbrand vlees. Een uur na zonsondergang gingen ze vol opluchting weer op weg. Het gebeente van de geestelijke was op dat moment al verpulverd en de stadsbewoners hadden zijn as uitgestrooid over een veld met gierst.

Cosimo en zijn kleine groepje reisgenoten waren vertrouwd met de dood, maar die vertrouwdheid vormde geen bescherming tegen de steeds sterker wordende sfeer van naderend onheil waaraan geen van hen zich die ochtend wist te onttrekken. De hemel was loodgrijs, het land grauw. De pest waarde rond, maar ook de mensen zelf brachten hun medemensen zonder veel aarzelen om het leven. Pas toen ze de Veneto binnentrokken, werden ze weer wat opgewekter. Iets meer dan een etmaal later, twee uur voor zonsondergang, bereikten ze Mestre.

Een bediende werd vooruitgestuurd om hun komst te melden aan de doge. Een uur later, toen ze de kade op reden, kwam een klein groepje mannen hen tegemoet gevaren in een galjoot. Een van hen stapte aan wal.

Cosimo liet zich van zijn paard zakken en rende naar de man toe om hem te omhelzen. 'Ambrogio! Wat heerlijk om je weer te zien.'

Ambrogio Tommassini strekte zijn armen en legde zijn handen op de schouders van zijn vriend, zodat die hem niet kon omhelzen. Met zijn felle bruine ogen nam hij Cosimo aandachtig op. 'Jullie hebben een zware reis achter de rug.' Hij zag er zelf ook vermoeid uit, ouder dan zijn dertig jaren, maar hij beschikte over een aanstekelijke energie die onmiddellijk oversprong op Cosimo. 'Ik ben opgelucht je te zien, Cosi,' ging hij verder, 'maar je komt hier wel op een hoogst ongelukkig moment.'

Op dat moment kwam Niccolò Niccoli met lange passen aangelopen. HIj omhelsde Tommassini en kuste hem op beide wangen. Ambrogio was een van de meest gerespecteerde leden van hun kring. Hij had een speciale band met Cosimo, maar alle leden van hun Liga van Humanisten mochten hem graag, en hij werd door allen vertrouwd. Hoewel hij nog geen week in Venetië was, had hij zich al een belangrijke rol aan het hof verworven als raadsheer van de doge, de al wat oudere Michele Steno. Tommassini had een grote reputatie als kopiist en restaurateur van antieke documenten; hij had voor de curie in Rome gewerkt. Nog maar vijf jaar geleden had hij binnen de academische gemeenschap zijn roem gevestigd met de ontdekking van een kort toneelstuk van Homerus, een document waarvan de meeste geleerden tot dan toe hadden geloofd dat het in de loop der geschiedenis verloren was gegaan. Voor zijn diensten rekende hij forse tarieven en hij kon zijn beschermheren zelf uitkiezen.

'Wat kijk je ernstig, Ambrogio,' merkte Niccoli op.

'Dat wilde ik Cosi net uitleggen. De pest. Twee dagen na mijn komst heeft die hier toegeslagen. Het is erger dan je je in je ergste nachtmerries kunt voorstellen. Er zijn inmiddels wel duizend mensen gestorven, en elke dag weer vallen er honderden nieuwe slachtoffers. Niemand wordt de stad binnengelaten. Schepen worden in quarantaine gehouden bij San Lazaretto Nuovo. Je bode is tegengehouden voordat hij de stad binnen kon komen; het nieuws van je komst is doorgegeven aan de doge. De bode is aan boord van mijn galjoot.'

'Maar...?'

Tommassini had zijn hand opgestoken. 'Maak je geen zorgen. Ik heb een speciale dispensatie van de doge zelf geregeld, zodat jullie tweeën door de quarantaine worden gelaten. Jullie dienaren zullen echter moeten terugkeren naar Florence.'

'Dat is werkelijk bitter nieuws.'

'De doge heeft jullie uitgenodigd om te komen logeren in zijn paleis. Ik heb daar ook een kamertje. Daar is het het veiligst. Hij heeft echter wel gezegd dat hij er alle begrip voor zal hebben als jullie besluiten terug naar huis te gaan. Je vader heeft zelfs druk op hem uitgeoefend om je de toegang tot de stad hoe dan ook te ontzeggen.'

Cosimo schudde zijn hoofd.

'Ik weet zeker dat hij zich alleen maar bekommerd om je...'

'Daar ga ik zonder meer van uit, Ambrogio,' snauwde Cosimo, terwijl hij uitkeek over de in het oranje licht van de ondergaande zon gehulde lagune. Daarna richtte hij zich tot Niccoli. 'Ik moet gaan. Ik heb geen keus, maar ik verwacht niet van je dat je met me mee zult komen.'

'Cosimo, doe niet zo raar,' zei Niccoli op een toon die duidelijk maakte dat wat hem betrof de kous daarmee af was, en hij maakte zijn zadeltassen los.

* * *

Na een kilometer of drie rezen de zwarte vormen van de stad geleidelijk op uit het water. Venetië zag eruit alsof het in lichterlaaie stond. Het licht van de ondergaande zon weerkaatste van de oude stenen en de tientallen kruisen en torenspitsen. Diep in gedachten verzonken stond Cosimo naast de roerganger. Wat zou het vreselijk zijn als hij zijn tijd had verdaan en zijn vader voor niets ongehoorzaam was geweest. Hun enige contact in Venetië, de merkwaardige Luigi degene die ze volgens Francesco Valiani moesten opzoeken, was voorzover hij wist door de pest inmiddels al uit het leven weggerukt. Als dat zo was, hoe zou hij dan ooit het ontbrekende deel van de kaart kunnen vinden en er ooit in slagen het klooster van Golem Korab te bereiken?

Ze gingen op vrij grote afstand van het Piazza San Marco aan wal, en bevonden zich nu op een rustige kanaaloever achter het Dogenpaleis. Hun bagage werd in ontvangst genomen door bedienden. Een man in een lange met bont afgezette jas kwam naar de kade toe gelopen. Hij werd begeleid door vier schildwachten die blinkend gepoetste metalen helmen op hadden, en pieken bij zich droegen. De man stelde zichzelf voor als Servo Zamboldi, de persoonlijke assistent van de doge. Hij maakte een diepe buiging, maar kwam niet dicht bij hen en gaf geen van de reizigers een hand. Zamboldi begeleidde hen over een smal stenen pad langs het kanaal naar een binnenhof.

Het paleis straalde een sfeer van doffe wanhoop uit. Toen ze langs zijn deuropening liepen, knikte Zamboldi naar de wachtposten die meteen in de houding sprongen. Ze gingen over een grote, waaiervormige marmeren trap naar boven en liepen achter de persoonlijke assistent van de doge door een ruime gang met een zuilengalerij. De muren waren versierd met weelderige gobelins, de vloer was ingelegd met prachtige tegels die complexe mozaïeken vormden, en op regelmatige afstanden stonden uiterst verfijnde marmeren beelden van zowel mensen als mythische wezens. Het was Cosimo's eerste bezoek aan Venetië. Hoewel hij al veel had gehoord over de schoonheid van deze stad, hadden de pracht en praal van het Dogenpaleis op hem toch een overdonderende uitwerking.

Doge Michele Steno was een lange, gespierde man van in de zeventig. Zijn gezicht was smal en diep gerimpeld, zijn huid zo grijs als een oester, en het lange witte haar dat tevoorschijn kwam van onder zijn blauwe fluwelen kapje hing tot op zijn schouders. Hij droeg een lange zwarte jas met gouden knopen, die tot op zijn enkels hing en was afgezet met goudbrokaat. Steno was een veel gedecoreerd soldaat geweest die zich naderhand had ontwikkeld tot een machtige politieke figuur. Meer dan tien jaar lang had hij een overheersende rol gespeeld in de Venetiaanse politiek. Zittend op een stenen troon, onder een rood baldakijn met de Leeuw van Venetië erop, zag hij toe hoe zijn bezoekers naderbij kwamen. Hij stond op om hen te begroeten aan de voet van het podium waarop zijn troon was geplaatst. Maar ook hij lette er goed op dat hij de nieuwkomers niet omhelsde en hun al evenmin een hand gaf.

'Cosimo de' Medici,' zei hij. Met zijn staalgrijze ogen keek hij de jongeman strak aan. 'Je manier van lopen is al even van zelfvertrouwen vervuld en waardig als die van je illustere vader. Dat is goed.'

Cosimo glimlachte en maakte een diepe buiging voordat hij zijn vrienden voorstelde. De doge had Niccolò Niccoli meer dan eens ontmoet. 'Ik was me er natuurlijk van bewust dat u in aantocht was,' zei hij.

'Dat heb ik begrepen,' antwoordde Cosimo met een korte blik op Ambrogio.

'Maar u bent duidelijk niet van plan om te voldoen aan de wensen van uw vader. Uw reis moet voor u wel van zeer groot belang zijn.'

'Dat is inderdaad het geval,' antwoordde Cosimo eenvoudigweg. 'En we zijn u uiterst dankbaar voor uw gastvrijheid.'

'Neem niet al te veel als vanzelfsprekend aan, jongeman,' zei de doge zachtjes. 'Wellicht zouden wij je graag het beste aanbieden wat we te vergeven hebben, maar je komt wel heel ongelegen.' Er lag een zwaarwichtige uitdrukking op zijn gezicht. 'De grote pestilentie is al even verwoestend als de vorige, die ik me nog kan herinneren van toen ik jong was, nu bijna een eeuw geleden. Vanavond nog heb ik gehoord dat er inmiddels meer dan duizend mensen zijn overleden. We hebben alles geprobeerd: aromatische oliën, alle kerkklokken in de hele republiek laten luiden, elk kanon in het arsenaal laten afschieten, maar dat heeft allemaal niets geholpen.'

'Het doet me verdriet om van uw beproeving te vernemen, heer. We zullen onze zaken hier zo snel mogelijk afhandelen en dan direct verder reizen naar Ragusa.'

'Ragusa?' De doge keek Cosimo een ogenblik strak aan voordat hij zijn blik weer afwendde. 'Jij en je metgezellen zijn hier zeer welkom. Er zijn kamers voor jullie gereedgemaakt in het paleis. Ik zal jullie helpen met alles wat jullie nodig hebben om jullie verblijf hier zo comfortabel mogelijk te maken, en ik zal mijn personeel een schip voor jullie laten zoeken. Maar de situatie hier is zoals je die nu aantreft. Ik hoef je er niet aan te herinneren dat jij omwille van je eigen veiligheid buitengewoon voorzichtig moet zijn. Ik moet je dan ook verzoeken om de omgeving van het paleis niet te verlaten zonder een van mijn persoonlijke assistenten mee te nemen als gids. En dan wens ik jullie nu een goede avond.'

Nadat de drie Florentijnen de kamer uit geleid waren, nam de doge weer plaats op zijn troon. Hij wenkte Zamboldi naderbij. De bewakers stonden daar in de zaal, maar zo ver weg dat niemand van hen mee kon luisteren.

'Ik wil voortdurend op de hoogte gehouden worden van hun doen en laten,' zei Steno. 'En dat geldt ook voor Tommassini.'

'Maar natuurlijk, heer. Maar ik begrijp nog steeds niet waarom u het risico hebt genomen om deze mannen de stad binnen te laten.'

'Mannen als de jonge De' Medici en zijn vrienden maken niet zulke lange reizen zonder daar goede redenen voor te hebben. En helemaal niet naar een stad waar kortgeleden de pest is uitgebroken. Hij heeft iets nodig, iets wat zich hier in Venetië bevindt, en hoewel ik hem heb verzocht om de omgeving van het paleis niet zonder begeleider te verlaten, zal hij dat natuurlijk doen zodra hij daar maar even de kans toe krijgt.'

Met een kort knikje gaf Zamboldi toe dat de doge daar waarschijnlijk gelijk in had. 'Maar hoe weten we dat ze niet besmet zijn? Hoe weten we dat ze het niet erger voor ons zullen maken?'

'Dat weten we niet.' De doge glimlachte, maar het was een glimlach die met humor niets te maken had. 'Maar dan... kan het nog erger worden? Ik denk van niet. Soms moet je nou eenmaal een risico nemen.'

'Maar...'

Steno keek zijn dienaar boos aan. 'Zo is het wel genoeg. Doe wat ik je heb gezegd. Als een van hen zelfs maar een wind laat, wil ik dat onmiddellijk te horen krijgen. Begrepen?'

Zamboldi knikte.

'Ga dan nu!'

'Nou, wat zijn de plannen, Cosi?'

Cosimo en Niccolò Niccoli zaten aan een tafel in een weelderig ingericht appartement in een afgescheiden vleugel van het Dogenpaleis. De vloer was onbedekt, op een prachtig rood tapijt in het midden van het vertrek na. Door een deuropening leidde een korte gang naar een reusachtige slaapkamer.

Er werd zachtjes op de deur geklopt.

'Binnen.'

Ambrogio Tommassini liep met lange passen de kamer binnen.

'Ah, je komt precies op tijd. Niccolò heeft me zojuist gevraagd met een plan te komen.'

Tommassini ging bij hen aan tafel zitten, schoof zijn stoel naar achteren, liet zich ontspannen onderuit zakken en strekte zijn lange benen.

'Ik denk dat jullie het wel met me eens zullen zijn, heren,' ging Cosimo verder, 'dat we onze missie hier met de grootst mogelijke spoed dienen te voltooien.'

'De goede doge heeft bewakers aan het eind van de gang gestationeerd,' zei Tommassini.

'Hij is bang dat we de mensen die zich hier in het paleis hebben verschanst in gevaar zouden kunnen brengen,' antwoordde Cosimo. 'Dat spreekt vanzelf.'

'Maar daar staat tegenover...' zei Niccolò.

Cosimo grinnikte. 'Volgens mij is het verstandig om ervan uit te gaan dat de doge op zijn minst nieuwsgierig is naar het doel van onze missie. Waarom zou hij anders het risico nemen om voor ons een uitzondering te maken op de quarantaine? Maar goed, een paar minuten geleden is er een boodschapper aangekomen. Het schijnt dat onze contactpersoon, Luigi, het goed maakt en dat hij me verwacht.'

'Dat hij jou verwacht?'

'Hij staat erop dat ik hem in mijn eentje kom opzoeken.'

'Maar Cosimo...' riep Niccolò uit.

'Ik stel je bezorgdheid zeer op prijs, Niccolò, maar een compromis is in dit geval niet mogelijk. Als ik niet aan Luigi's voorwaarden voldoe, zal hij ons niet naar de rest van de kaart toe leiden. En als we die niet weten te bemachtigen, hebben we onze tijd verdaan en voor niets ons leven gewaagd. Luister, het hoeft allemaal niet ingewikkeld te zijn. Ambrogio, ik weet dat je hier nog maar kort bent, maar ik stel me voor dat je na het onderhoud met Valiani op je hebt genomen om er achter te komen waar I Cinque Canali zich bevinden.'

Tommassini knikte. 'Ik kan een kaartje voor je tekenen.'

'Prachtig. Niccolò, jij leidt de bewakers af, zodat ik ongezien het paleis uit kan glippen. Geef me precies twee uur om me op de afgesproken plek weer bij jullie te voegen. Je zult een bruikbaar vaartuig voor ons moeten vinden, plus een bemanning, zodat we nog voor zonsopgang onder zeil kunnen gaan naar Ragusa. Het is maar een korte reis, maar wel een uiterst gevaarlijke. Als ik jullie niet heb getroffen aan het eind van het derde uur van de nacht, moeten jullie zo goed als jullie maar kunnen mijn gangen nagaan.'

'Ik ga ook mee naar Ragusa,' zei Tommassini tot verbazing van de andere twee.

'Maar je hebt geen reden...'

'Cosimo, ik ben even nieuwsgierig als jij. En bovendien wil ik zo snel mogelijk weg uit dit godverlaten oord.'

Cosimo knikte. 'Heel begrijpelijk.'

Cosimo bond een in jeneverbessensap gedrenkte sjaal over zijn mond en neus en verdween in de nacht. Onder zijn lange mantel droeg hij een tuniek, een kuitbroek en een paar stevige leren laarzen. Aan zijn riem hing een licht zwaard, dat met één hand goed te hanteren viel. Hij nam een slok uit een klein porseleinen flesje dat Ambrogio hem in de hand had gedrukt toen hij de kamer uit liep. 'Het is Triaca,' had de geleerde hem uitgelegd. 'Amber en oriëntaalse specerijen. Wellicht biedt het enige verdediging tegen de pest.'

De open ruimte van het Piazza San Marco bood zelfs in het betrekkelijke duister van een maanloze nacht te weinig beschutting, en daarom sloop Cosimo door een smal straatje dat hem naar de noordelijke rand van het plein bracht. I Cinque Canali lag dicht bij het Campo Santa Lucia, midden tussen het Piazza San Marco en het Canal Grande, en over een pad langs een smal stukje grijs water liep hij er langzaam naartoe.

Er scheen geen licht door de ramen, en dat wekte de indruk dat al het menselijk leven eruit geweken was. Hier en daar was dat ook werkelijk het geval. Bij een aantal huizen was met ruwe streken een wit kruis op de voordeur geschilderd. Vervolgens waren er grote planken overheen gespijkerd, zodat ze van de buitenwereld werden afgesloten. Degenen die zich nog binnen bevonden, waren veroordeeld om langzaam weg te rotten en te sterven.

Het paadje kwam uit op een plein. In het midden daarvan stond een ijzeren bak met brandende houtblokken, die rossig oplichtten door alle wierook die eroverheen was gestrooid; de lucht was gevuld met een sterk aromatische rook die de donkere muren van de omringende gebouwen in een somber waas hulde. Achter zich hoorde Cosimo een geluid. Geschrokken draaide hij zich nog net op tijd om en zag hoe een wezen dat ontsproten leek aan de meest uitzinnige fantasieën naar hem toe kwam lopen over het paadje waarover hijzelf zojuist het plein had bereikt. Het was een lange gedaante in een mantel die zo lang was dat die over de grond sleepte. De gedaante droeg een wit masker dat zijn gehele gezicht bedekte. De neus van het masker was enorm groot en had de vorm van een snavel. De gedaante had een zwarte hoed op, met grote flappen aan weerszijden en aan de achterkant. Hij droeg handschoenen en had een grote, zwartleren tas bij zich. Het was een pestdokter, een van de weinige mensen die in opdracht van de doge waren gedwongen om in de stad blijven, zodat ze de zieken konden verzorgen. De man holde zonder iets te zeggen langs Cosimo heen en verdween in een steegje aan de zuidzijde van het plein.

Ambrogio had Cosimo gezegd dat hij aan de noordzijde het plein diende te verlaten. Hij liep snel en zorgde ervoor dat hij zo veel mogelijk in de schaduw bleef. Hij ademde snel en gejaagd; zelfs de sjaal die hij voor zijn gezicht had gebonden, droop van het zweet. Een tijdje later bleef hij staan voor een hoog en smal bouwwerk waarvan de voorgevel vol zat met allerlei vegen. Op de bovenverdiepingen waren alle luiken dicht. Boven de deur hing een bord met het opschrift I CINQUE CANALI.

Toen Cosimo dichterbij kwam, hoorde hij binnen vaag muziek en het geluid van stemmen. Hij duwde de deur open en stond plotseling in een lange en smalle ruimte. Voor de muur tegenover hem bevond zich een kleine toog, met daarop een rij kaarsen en metalen kandelaars die een zwak en gelig schijnsel verspreidden. Twee mannen stonden aan de toog te drinken, een derde zat in een hoekje en speelde op zijn luit. Ze keken allemaal argwanend om naar de vreemdeling die zojuist binnen was komen stappen.

Cosimo wilde net iets zeggen toen een verfomfaaide gedaante opdook van achter de toog.

'U bent zeker op zoek naar mij.' Het kaarslicht wierp grillige, witte vlekken over zijn gezicht. Het was een klein mannetje met slordig rood haar. Hij was hooguit één meter twintig lang, ging gekleed in wat zo te zien niet meer dan lompen waren, en leunde op een knoestige houten staf. Cosimo schrok toen hij zag dat zijn ogen niet meer dan melkwitte schijfjes waren.

'U lijkt me verbaasd,' grinnikte Luigi. 'Dat hoor ik aan uw bewegingen en het geluid van uw voeten die zachtjes over de vloer schuiven.' Zonder iets te zien tuurde hij naar Cosimo's leren laarzen.

'Kent u de man die mij uw naam gegeven heeft?'

'Ik heb Francesco vele jaren gekend,' zei Luigi. 'We hebben samen vele mijlen afgelegd. Ik ben niet altijd blind geweest.' De oude man lachte en plotseling zaten er net zoveel rimpeltjes in zijn gezicht als in een rotte appel; zijn tandeloze mond was donkerrood.

Cosimo wreef over zijn voorhoofd. 'Mijn excuses. Onze wederzijdse vriend heeft me gezegd dat u me misschien zou kunnen helpen.'

'Dat kan ik ook,' antwoordde Luigi. Hij liep recht langs Cosimo naar de deur van de herberg. 'Kom maar mee.'

Voor een blinde bewoog Luigi zich met verbazingwekkende snelheid en behendigheid. Hij liep door de smalle steegjes en over de weidse pleinen met het vertrouwen van een ziende bij klaarlichte dag. Hij leek over een of ander zesde zintuig te beschikken, of was het misschien dat hij doordat hij het gebruik van één zintuig had verloren, scherper kon waarnemen met zijn andere zintuigen?

Het kostte Cosimo moeite om hem bij te houden. Ze liepen door duistere steegjes, waar de huizen aan weerszijden bijna tegen elkaar aan leken te vallen; overal heerste de stilte van het graf. Toen klonk in de verte plotseling een lang aangehouden schreeuw... een geluid dat rechtstreeks uit de diepten van de hel leek te komen.

Zonder zijn pas in te houden, draaide Luigi zijn hoofd naar hem toe. 'We komen allemaal te sterven,' zei hij. 'Eén voor één.'

Ze staken een smal houten bruggetje over en liepen een plein op. Ook dit nogal kleine plein werd verlicht door een bak brandend hout. De houtblokken hier brandden langzaam. Ze gaven een wazige gloed af en roken naar beukenhout en citroen. Honderden motten en muskieten zoemden om de wegstervende vlammen. Recht voor hen stond een kapelletje.

'Wat u zoekt, bevindt zich hier in dit gebouw,' zei Luigi op zangerige toon. 'Kom mee.'

Hij pakte een zware ijzeren ring in de deur en gaf er een draai aan. Terwijl de deur openzwaaide, glipten ze naar binnen. Achter hen viel de deur met een luide klap weer dicht. Het inwendige van de kapel baadde in het licht van de kaarsen die lukraak in kandelaars overal in het schip van het kerkgebouw waren gestoken, wankel op ondiepe schoteltjes stonden of in stenen nissen waren neergezet. Langzaam liep Luigi over het middenpad; Cosimo kwam achter hem aan. Het geluid van zijn zware laarzen weergalmde tussen de kerkmuren. Recht voor hen hing een afbeelding van de kruisiging. Het schilderij was nieuw en realistisch. Het bloed dat uit Christus' handpalmen droop, leek bijna echt

Achter het schilderij hoorden ze iets bewegen. Even later kwam er een priester tevoorschijn. Het was een lange, uitgemergelde man. Zijn gewaad was zo veel te groot voor zijn magere gedaante dat het bijna komisch aandeed. Er lag een gespannen uitdrukking op zijn afgetobde gezicht, en een vermoeide blik in zijn ogen.

'Heer Cosimo,' zei de geestelijke. Hij maakte een onhandige buiging. 'Ik ben Fra Enrico. Onze wederzijdse vriend Francesco Valiani heeft instructies voor me achtergelaten.'

Hij besteedde geen enkele aandacht aan Luigi. 'Wilt u mij maar volgen?'

'Ook ik heb mijn instructies, priester,' verklaarde Luigi.

'Dat was niet...'

'Ik zal heer Cosimo vergezellen.'

'Dat is werkelijk niet nodig...' begon Cosimo.

'Ik zal u vergezellen, heer Cosimo,' zei Luigi nogmaals. Hij legde een stevige hand op de arm van de edelman.

De priester aarzelde even, maar voordat hij nog iets kon zeggen, wierp Luigi hem een tandeloze glimlach toe. 'Dan zijn we het eens.'

Fra Enrico ging hen voor door een deur in de zijwand, en liep voor hen uit een smalle trap af, die nauwelijks breder was dan de schouders van een volwassen man. Onder aan de trap maakte de priester een zware houten deur open. Cosimo en Luigi liepen achter hem aan een lange gang binnen, die verlicht werd door een enkel olielampje aan het plafond. Het rook er naar vocht en dode aarde.

'Deze onderaardse gang leidt naar de oorspronkelijke kapel,' zei de priester. 'Dit was een van de eerste kerken die duizend jaar geleden in Venetië gebouwd zijn. De kapel is nog ingewijd door de grote kerkvader, bisschop Athenasius. De huidige kapel is erbovenop gebouwd. Mijn medewerkers en ik gebruiken deze plek voor speciale diensten.'

Het was een klein vertrek. Het dak, dat bestond uit een reeks stenen koepels, werd ondersteund door vier brede pilaren. Een ingewikkeld mozaïek van ongeveer een meter breed strekte zich uit over de hele lengte van het vertrek. Het licht was afkomstig van een tiental kaarsen in steen in alkoven rondom het vertrek.

'Het is prachtig,' zei Cosimo.

De priester keek hem recht in de ogen. 'Ik ben blij dat u dit eenvoudige wonder weet te waarderen, heer. Uw aandacht wordt natuurlijk getrokken door het mozaïek op de vloer, een vijfde-eeuwse afbeelding van Christus' geboorte. En terecht, want het bevat onverwachte geheimen. Meester Valiani heeft u toch zeker een sleutel gegeven?'

Cosimo stak zijn hand in zijn tuniek.

'Ach,' riep Fra Enrico uit en hij liep naar een bepaalde plek op de vloer. 'De handwerkslieden uit de vijfde eeuw verstonden hun vak goed. Dit mozaïek is niet alleen een prachtige decoratie, maar fungeert ook als repositorium voor voorwerpen die het eigendom zijn van mijn orde. Wij zijn Arianen, een verboden christelijke sekte. Meester Valiani is een gewaardeerd lid van de orde. Datgene wat u zoekt, is hier door hem achtergelaten.' Hij wees naar het mozaïek. 'Mag ik de sleutel?'

Cosimo gaf hem de sleutel. Fra Enrico duwde de gouden sleutel in een klein gaatje in het oog van een figuur die deel uitmaakte van een groepje rondom de kribbe. Toen hij de sleutel omdraaide, verschenen er naden rondom de randen van het mozaïek die zojuist nog volstrekt onzichtbaar waren geweest. Cosimo liet zich op zijn hurken zakken en hielp de geestelijke om het stuk steen voorzichtig opzij te leggen.

In het gat bevond zich een eenvoudige, vierkante houten doos. Cosimo stak zijn hand erin en tilde de doos eruit. Die was verrassend licht. Hij zette de doos op de vloer en trok het deksel omhoog. Er lag een gebleekt bot in.

'Wat is het?' vroeg Luigi. 'Laat me voelen.' Voorzichtig legde hij zijn hand op het bot en streek er met zijn vingers overheen. 'Francesco Valiani heeft me hierover verteld. Het is een deel van de ellepijp van de heilige Benedictus. Valiani heeft het gekocht op zijn terugreis vanuit het oosten.'

'Dit is niet wat ik had verwacht.' Cosimo hield het voorwerp in zijn handen en draaide het om en om. Pas toen viel het hem op dat er in het ene uiteinde van het bot een gat zat. Met lange passen liep hij naar de dichtstbijzijnde alkoof, waar het licht het sterkst was. Hij stak een vinger in het gat en voelde dat er iets tegen het ruwe inwendige van het bot geperst zat. Uiterst zorgvuldig pulkte hij het los.

Het was het ontbrekende stukje van Valiani's kaart, een rondje perkament met een doorsnede van niet meer dan een paar centimeter. Hij kon nog net wat tekst zien, en een paar piepkleine illustraties in verschoten inkt. Cosimo veroorloofde zich een dun glimlachje. 'Gode zij dank,' fluisterde hij.

Er klonk een schuivend geluid vanuit de richting van de ingang, en hij draaide zich snel om. Maar Luigi was hem voor. 'Terug, Cosimo!' riep hij.

Twee mannen renden het vertrek binnen. Ze waren beiden gekleed in een eenvoudige monnikspij, die werd dichtgehouden met een touw om het middel. De kap hadden ze over hun hoofd getrokken. In het halfduister was hun gezicht niet te zien. Beide mannen hielden een zwaard in de hand.

Luigi had Cosimo tegen de muur geduwd en beschermde hem met zijn eigen lichaam terwijl hij een kort zwaard tevoorschijn haalde van onder zijn vettige mantel. Fra Enrico stapte voorzichtig opzij. Hij leek de rust zelve.

'Nog een stap en jullie zijn er geweest,' dreigde Luigi.

Toen hij dat hoorde, maakte een van de mannen een proestend geluid.

Met verbazingwekkende behendigheid sprong Luigi naar voren en haalde uit met zijn zwaard. Hij raakte de arm van een van de aanvallers, zodat de kling door het vlees sneed. De man deed een paar strompelende passen naar achteren, en zijn kap gleed van zijn hoofd, zodat er een jong en knap gezicht omkranst door donkere krullen tevoorschijn kwam. Luigi haalde nog eens uit, maar deze keer maaide zijn zwaard door de lucht zonder iets te raken.

Cosimo trok zijn eigen zwaard. Toen hij een stap naar voren deed, merkte hij op dat de priester stilletjes naar de deur toe sloop en de gang binnenstapte.

Luigi haalde uit met zijn zwaard, zodat de kling een grote boog beschreef en Cosimo probeerde de tweede aanvaller te raken. Terwijl hij dat deed, stak de gewonde man zijn zwaard diep in Luigi's borst.

Het oude mannetje viel achterover en zijn wapen kletterde op de stenen vloer. Met berekenende woestheid stak de man zijn zwaard nog een keer in Luigi's borstkas. De oude man gaf een halfverstikte zucht en bleef roerloos liggen.

Woedend ging Cosimo in de aanval. Staal kletterde op staal. De twee mannen weken terug, maar slechts voor kort. Toen verspreidden ze zich en kwamen vanuit twee verschillende richtingen op Cosimo af. Vanuit zijn ooghoeken ving hij een glimp op van een derde gedaante met een kap over zijn hoofd, deze keer een witte, die zojuist in de deuropening was verschenen. Onmiddellijk daarna slaagde hij er nog maar net in om een wilde uithaal naar zijn hoofd te blokkeren. Een van Cosimo's belagers draaide zich om naar de nieuwkomer, terwijl de ander een nieuwe aanval inzette. Er klonk het onmiskenbare geluid van staal dat door levend vlees sneed, en de man die Luigi had gedood, gaf een schreeuw, liet zijn zwaard vallen en greep naar zijn maag, terwijl het bloed tussen zijn trillende vingers door gutste.

In zijn val sloeg hij tegen zijn kameraad aan. Dat gaf Cosimo een opening: onmiddellijk sprong hij naar voren. Maar zelfs nu de ander uit zijn evenwicht was gebracht, toonde hij zich nog een behendige en vastberaden tegenstander. De man wist Cosimo's uitval te ontwijken en ging zelf in de aanval.

Cosimo voelde een brandende pijn in zijn schouder. Strompelend deed hij een paar stappen naar achteren en botste tegen een stenen pilaar. Plotseling zag hij onder de kap het gezicht van de aanvaller: een lange neus, een baard en felle, zwarte ogen. Toen zag Cosimo een zwaardpunt opduiken uit de monnikspij die de man aanhad. Het puntje bleef maar komen, en het was rood. Geschrokken keek de man omlaag naar de kling die nu uit zijn borst stak, toen viel hij voorover. Cosimo had geen tijd om opzij te stappen. Het gevest van het zwaard kwam met een harde klap neer op zijn hoofd.

17

Halverwege de Atlantische oceaan, heden

De Gulfstream G500 brak door het wolkendek en schoot door de blauwe hemel. Het was net een tafereeltje in een van die sneeuwbollen, vlak voordat zo'n ding heen en weer wordt geschud. Luc Fournier zette een glas gekoeld mineraalwater op de armleuning van zijn zware leren fauteuil en begon te peinzen over een recente – en zeldzame – mislukking. Twee dagen geleden was hij er bijna in geslaagd om voor een stel vrienden van hem in Iran een grote lading onderdelen voor een kernreactor te bemachtigen, maar alles was in het honderd gelopen toen MI5 de lading in internationale wateren in beslag nam. De lading had bestaan uit meer dan tien miljoen pond aan specialistische apparatuur... waarvoor hij al had betaald. Natuurlijk viel niets daarvan op welke manier dan ook in verband te brengen met hem of zijn organisatie, maar zulke mislukkingen konden wel afbreuk doen aan zijn reputatie, en zijn reputatie was het waardevolste waarover hij beschikte.

Fourniers mobieltje piepte om te melden dat er een tekstje was ontvangen op zijn privénummer, dat slechts bij zeer weinigen bekend was. Hij pakte zijn mobieltje en las wat er op het scherm stond: SKY NEWS: WAT U MOET ZIEN. Hij klikte op een afstandsbediening en een breed beeldscherm lichtte op. Hij zette het volume iets hoger.

'Uit de eerste meldingen blijkt dat de cel een essentiële schakel vormde in een veel grotere operatie. Medewerkers van de inlichtingendienst vermoeden dat het hier in totaal om meer dan twee kilogram van dit dodelijke biochemische middel gaat. Het is op dit moment nog onduidelijk waarvoor de terroristen het materiaal precies wilden gebruiken. Er zijn een heleboel theorieën, maar het gaat waarschijnlijk nog enige tijd duren voordat een duidelijke inschatting gemaakt kan worden van de wijze waarop dit wapen ingezet had kunnen worden, en tegen welke doelwitten. Eén ding is echter zeker: omdat het nog maar twee dagen geleden is dat MI5 een soortgelijke cel heeft opgerold die nucleaire technologie smokkelde, claimen de politie en de inlichtingendiensten nu een tweede belangrijke overwinning in de strijd tegen de terreur. Dit is Victoria Manley in Londen...'

Met nauwelijks beheerste woede drukte Fournier op een toets en smeet de afstandsbediening dwars door de cabine, zodat het apparaatje tegen de deur sloeg en vervolgens een eind over het tapijt schoof.

18

Venetië, heden

Edie en Jeff lieten Dino achter bij de op de grond liggende schutter en renden terug naar het kanaal. De motorboot was inmiddels gearriveerd en de nieuwe chauffeur hees Roberto het water uit.

'Leeft hij nog?' riep Edie.

De chauffeur gaf geen antwoord. Roberto lag op zijn rug. Zijn overhemd zat vol rode vlekken, en Edie zag een diepe snee in zijn linkerarm, waar het bloed gestaag uit kwam opwellen. Zijn gezicht zag blauw, zijn lippen waren wit. Hij gaf geen teken van leven.

Edie duwde hard op zijn borstkas, plaatste haar mond op de zijne en blies hem lucht in. Nog steeds geen reactie. Ze gaf nog een keer een harde duw op Roberto's borstkas, en blies er opnieuw wat lucht in. Ineens maakt Roberto's hoofd een ongecontroleerde beweging. Er kwam een grote golf water uit zijn mond, zodat Edies jurk plotseling drijfnat was. Hij sloeg zijn ogen op.

'Snel... naar het ziekenhuis,' riep Edie.

Jeff sprong weer aan wal. De chauffeur rende naar het roer, gaf gas en liet de boot zwenken.

Jeff zag de boot met hoge snelheid wegvaren en rende terug naar het steegje. Hij had het bijna bereikt toen er plotseling een donkere gedaante kwam opdoemen uit de duisternis en hij hard tegen de muur werd geduwd. De in een mantel gehulde gedaante verdween in een smalle passage tussen twee huizen.

Er klonk een zacht gekreun uit het steegje. Hij rende over de kasseien en zag Dino in elkaar gezakt tegen de muur zitten. Hij ademde zwaar en moeizaam, met horten en stoten.

'Dino... je bent gewond.'

Zijn vriend hield zijn handen op zijn middenrif en zijn kleren waren doordrenkt van het bloed. 'Jeff,' mompelde hij.

Jeff greep naar zijn mobieltje en toetste het alarmnummer in. 'Je hebt ons leven gered,' zei hij. Dino sloeg zijn ogen op en lachte hem zwakjes toe.

'De ambulance komt zo...'

Dino begon te rillen.

Jeff trok zijn jasje uit en legde het over Dino heen. 'Volhouden. Alsjeblieft, Dino, houd nog even vol.'

Hij boog wat dichter naar zijn vriend toe toen hij Dino aan een zilveren kettinkje om zijn nek zag trekken. 'Jeff, jij moet dit hebben. Je bent mijn enige vriend.' De ketting brak, Dino duwde hem Jeff in de hand en een ovaal zilveren medaillon viel open. Er zaten twee fotootjes in: één van een vrouw met gitzwart haar en een andere van een jong meisje met bruine ogen. Ze was een jaar of zes, hooguit zeven, en keek met een glimlach vol ontbrekende tanden in de lens.

'Jeff, mijn vriend. Ik heb dit niet meer nodig. Ik zal mijn meisjes nu snel, heel snel... weerzien.'

Jeff had geen idee hoe lang hij daar naast Dino's ontzielde lichaam had gezeten. Plotseling werd hij door twee sterke armen ruw opgetild en stond er iemand in zijn oor te brullen. Twee politieagenten trokken zijn armen achter zijn lijf en deden hem handboeien om. Jeff protesteerde, maar daar sloegen ze geen acht op. Ze duwden hem voor zich uit, zodat hij zich genoodzaakt zag om in marstempo naar het kanaal toe te lopen, waar een politieboot en ambulance op het water dobberden. Terwijl hij aan boord van de eerste motorboot werd gebracht, ving hij een glimp op van een brancard die naar de ambulance werd gereden.

Het verhoor nam twee uur in beslag. Wat deed hij daar naast dat lijk? Waar had hij die man van gekend? Waar was het pistool? Werkte hij alleen? Wat was zijn motief? Maar toen, net op het moment dat ze hem naar een politiecel wilden brengen, werd hij vrijgelaten. Een getuige die aan het smalle straatje woonde waarin Dino om het leven was gekomen, had zich gemeld. De getuige had alles gezien, vanaf het moment dat Jeff en Edie in het nauw werden gedreven door de gewapende man tot aan de komst van de politie. De mysterieuze schutter had Dino van dichtbij neergeschoten en was er op een holletje vandoor gegaan, net toen Jeff weer de steeg binnen kwam lopen.

Tijdens zijn verhoor was Jeff voortdurend ongerust geweest om Rose, maar de politie bood hem geen bescherming aan; de politiemensen die hem hadden verhoord, leken er nog steeds van overtuigd dat hij hier op de een of andere wijze bij betrokken was, maar ze hadden niets om hem op vast te houden. Hij had toestemming gekregen om iemand te bellen, en Roberto's nummer ingetoetst, maar er was niet opgenomen. Daarna hadden ze hem gedwongen om zijn mobieltje uit te zetten. Toen hij het politiebureau uit liep, zette hij het weer aan en probeerde het nogmaals. Deze keer werd er vrijwel onmiddellijk opgenomen door Vincent, die hem verzekerde dat Rose veilig lag te slapen. Vervolgens belde hij een watertaxi en tien minuten later voer hij niet ver van Ferrovia met hoge snelheid het Canal Grande op.

Het Ospedale Civile, het belangrijkste ziekenhuis voor de eilanden van het Rialto, zag er van binnen niet anders uit dan een groot deel van de andere prachtige en uitstekend bewaard gebleven gebouwen die hier in het hart van Venetië met zoveel elegantie op elkaar gepropt stonden. Acht eeuwen geleden, in de tijd van doge Renier Zeno, was het gebouwd om onderdak te bieden aan een van de zes belangrijke broederschappen van de stad. In die tijd had het bekendgestaan als de Scuola Grande di San Marco. Onder de centrale boog van een triptiek, die werd geflankeerd door panelen met afbeeldingen uit het leven van Sint Marcus, waren de notabelen van het district in en uit gelopen terwijl ze zich bezighielden met het vervullen van hun burgerplichten. Bijna duizend jaar later kwamen waterambulances voor het gebouw tot stilstand en werden er brancards naar binnen gereden door openzwaaiende deuren van perspex die toegang boden tot de afdeling EHBO en Spoedgevallen. Zodra je eenmaal binnen was, zag het er net zo uit als welk ander westers ziekenhuis dan ook. Toen Jeff hier buiten adem en met een misselijk gevoel in zijn maag zondagavond om een uur 's nachts tijdens het carnaval binnen kwam lopen, was het een bijzonder deprimerend oord.

Hij zag Edie in een afgelegen deel van de wachtruimte zitten, vlak naast een frisdrankautomaat. Een modern venster met een metalen sponning en een aluminium luxaflex ervoor scheidde haar van het oude plein buiten. Ze omhelsden elkaar; hij kon zien dat ze had gehuild.

'Hij ligt nog in de operatiekamer,' zei ze, toen Jeff zich in de stoel naast haar liet zakken.

'Wat hebben de artsen gezegd?'

'Niets.'

'Dino is dood.'

'Dino?'

'De man die ons leven heeft gered. Hij was een dakloze, een bedelaar. Ik ken hem al heel lang.'

'Wat naar voor je,' zei Edie zachtjes. Ze pakte zijn hand vast.

Een brancard sloeg met een luide klap tegen de deuren. Twee verplegers in groene overalls probeerden een man tot rust te brengen die wild lag te draaien en probeerde de slangetjes uit zijn armen te trekken en het zuurstofmasker van zijn gezicht te rukken.

Jeff woelde met zijn vingers door zijn haar, haalde eens diep adem en tuurde naar de vloer. Hij voelde zich werkelijk ellendig.

Er klonk een kuchje en hij keek op.

'Signor Martin, *signorina* Granger.' Aldo Candotti stond tegenover hen, met zijn handen op zijn rug, en keek hen strak aan. 'Ik moet u dringend spreken.'

Hij liep met hen door de gang naar een eenvoudig ingerichte kamer, met een tafel, een paar ongemakkelijke stoelen, kale wanden die gebroken wit waren geschilderd, een tl-buis aan het plafond, en een betonnen vloer. Candotti gebaarde naar Edie en Jeff dat ze moesten gaan zitten.

'U begrijpt dat ik hier een taak heb, en dat ik nu antwoord moet zien te vinden op een paar uiterst lastige vragen. Signor Martin, signorina Granger, de vorige keer dat we elkaar hebben gesproken, op de hotelkamer van de onfortuinlijke Mario Sporani, heb ik gezegd dat ik me zorgen om u maakte omdat er voortdurend mensen doodgingen als u in de buurt was. En nu zitten we weer met een lijk.'

Edie zuchtte. 'Meneer de commissaris, denkt u niet dat wij u maar al te graag zouden helpen? We waren op een feestje in het Gritti Badoer. We hebben wat gedronken en zijn om een uur of elf samen weggegaan. Toen we wegliepen, werden we achtervolgd door een gewapende man in een carnavalspak. Roberto is neergeschoten.'

'Ja, ja, ik heb de politiemensen gesproken die signor Martin hebben opgepakt. Een krankzinnige moordenaar heeft u door half Venetië achternagezeten. En toen bent u gered door een moedige bedelaar, die toevallig een vriend van u was?'

'Ik heb al een gedetailleerde verklaring afgelegd,' zei Jeff.

'En u hebt geen idee wie die gewapende man geweest zou kunnen zijn?'

Jeff keek Candotti recht in de ogen. 'Ik heb absoluut geen idee.'

Candotti liet een minachtend gesnuif horen.

'Commissaris,' zei Edie. 'Gelooft u me alstublieft als ik zeg dat ik het gevoel heb dat ik de afgelopen paar dagen ben meegezogen in de een of andere nachtmerrie. Tot vorige week leidde ik een rustig en teruggetrokken leven in Florence. Ik deed gewoon mijn werk. Het grootste probleem waarmee ik te kampen had, was dat ik moest zorgen dat mijn spectrometer het niet begaf, en dat mijn titraties zo nauwkeurig mogelijk waren. Sindsdien is mijn oom vermoord en is mijn leven nu al verschillende keren bedreigd.'

Candotti richtte zijn aandacht op Jeff. 'En u, signor Martin? Was uw leven ook zo'n toonbeeld van sleur?'

Hij haalde zijn schouders op. 'Er werd in elk geval niet op me geschoten, als u dat soms bedoelt.'

Plotseling stond Candotti op. Zijn gezicht was verwrongen van woede. 'God nog aan toe!' riep hij uit. 'Eigenlijk zou ik u allebei in de cel moeten zetten, totdat u me iets interessanters te melden hebt.'

'Het spijt me,' zei Jeff. 'Ik zou graag willen dat we u konden helpen.'

Candotti haalde eens diep adem en stond op.

'Uitstekend. Ik kan u niet dwingen om informatie te geven, al zou ik zo nu en dan maar al te graag willen dat ik dat wél kon. Maar ik heb wel het gevoel dat ik u er allebei aan moet herinneren dat u hier in dit land te gast bent. Uw positie is uiterst delicaat, zal ik maar zeggen. U houdt informatie achter die van belang is voor het onderzoek, en die informatie wil ik hebben. Ik heb u vanavond misschien geen wortel aangeboden, maar neemt u maar van mij aan dat ik de volgende keer dat we elkaar spreken, een heel, heel grote stok bij me zal hebben.'

Nadat Candotti de deur met een klap achter zich dicht had geslagen, liepen Jeff en Edie vrijwel zonder iets te zeggen terug naar de chaos van de afdeling EHBO en Spoedgevallen. Ze waren allebei diep in gedachten verzonken. Langzaam kroop er een uur voorbij voordat een jonge arts in een smetteloos witte jas naar hen toe gelopen kwam. Hij hield een klembord in zijn hand

'U bent toch de vrienden van signor Armatovani?' Hij ging tegenover hen zitten. 'Hij heeft zeer veel geluk gehad. Een kogel heeft het opperarmbeen van zijn linkerarm verbrijzeld en is in zijn schouder blijven steken. Het heeft enige tijd gekost om die te verwijderen, en er is zeer ernstige schade aangericht aan het zenuwstelsel. De tweede kogel is recht door hem heen gegaan. Gelukkig heeft die de ruggengraat en vitale organen gemist. Er is wat weefselschade, maar alles is gehecht. We verwachten dat hij er weer helemaal bovenop komt.'

'Kunnen we hem bezoeken?' vroeg Edie.

'Hij is buiten bewustzijn, en om het herstelproces te bevorderen zorgen we ervoor dat hij nog minstens acht uur buiten kennis blijft. Als ik u was, zou ik maar naar huis gaan, om wat rust te nemen. 's Middags is er bezoekuur. Ik weet zeker dat het uw vriend veel genoegen zal doen om u hier morgenmiddag te ontvangen.'

Buiten op het plein hing een onheilspellende stilte. Ook nu weer was er mist komen opzetten vanaf de lagune, zodat alles schuil leek te gaan achter een dunne witte sluier. Jeff keek op zijn horloge; het was kwart over twee 's ochtends. 'Kom mee. Ik woon hier niet ver vandaan.'

In deze buurt waren er maar weinig straatlantaarns. Edie huiverde. Jeff sloeg een arm om haar heen en trok haar tegen zich aan. Ze liepen een smal steegje in, dat naar een kruising leidde. Jeff keek voortdurend achterom. Voor zich konden ze het zwakke schijnsel zien van een smal kanaal en een voetgangersbruggetje; aan weerszijden van het steegje hing wasgoed uit de ramen. Een kabbelend geluid links van hen liet hen allebei opschrikken. Een broodmagere lapjeskat kwam tevoorschijn uit de mistige schaduwen, wierp hun in het voorbijgaan een minachtende blik toe en ging er toen snel vandoor.

'Shit!' Jeff blies zijn ingehouden adem uit en lachte.

Een paar minuten later bereikten ze het Dogenpaleis. Een paar late feestvierders zwierven nog over straat, en een klein groepje behoorlijk aangeschoten Venetianen stond onder de Torre dell' Orologio luidruchtig te ruziën. Jeff en Edie liepen met lange passen over het pad aan de noordzijde van het Piazza San Marco, en van daaruit door een smal steegje naar de ingang van zijn appartement.

Nadat Jeff hen had binnengelaten, liet Edie zich op een van de sofa's vallen en geeuwde. Jeff was inmiddels druk in de weer met een paar koffiekopjes en de espressomachine.

'Weet je, ik heb lopen denken...' zei Edie. 'Hoe zou Giordano Bruno, die in 1600 is overleden, ons een aanwijzing kunnen nalaten die te maken heeft met de meer dan een eeuw later geboren Vivaldi?'

'Goed opgemerkt, Watson,' zei Jeff. Op de een of andere manier vormde de mysterieuze reeks aanwijzingen een welkome afleiding van de verschrikkingen van de avond die ze achter de rug hadden. 'De enige mogelijkheid is dat Vivaldi, of iemand die hem kende, weet had van de aanwijzing die Giordano Bruno had achtergelaten, en die heeft veranderd. Net zoals Giordano Bruno de aanwijzing heeft veranderd die Contessina de' Medici op San Michele heeft achtergelaten.

'Maar waarom?'

'Misschien was hij lid van I Seguicamme.'

'Dat is niet onmogelijk, neem ik aan,' zei Jeff. 'Roberto zei dat die organisatie wegens gebrek aan belangstelling is opgehouden te bestaan in, wanneer was dat ook weer? Aan het eind van de achttiende eeuw?'

'En wanneer is Vivaldi overleden?'

'Ik weet het niet precies, ergens in de jaren veertig of vijftig van de achttiende eeuw?'

'En hij heeft toch het grootste deel van zijn leven hier in Venetië doorgebracht?' ging Edie verder.

'Dus jij vermoedt dat er een of ander verband bestaat? Dat I Seguicamme een groepering was die het geheim bewaarde waar Mario Sporani het over had, het Medici-geheim, en dat elke nieuwe generatie leden het gevoel had dat ze de aanwijzingen moesten verbeteren of juist onduidelijker moesten maken?'

'Het zou kunnen. Maar of Vivaldi nou wel of niet betrokken was bij I Seguicamme, iemand die connecties met hem had, moet de aanwijzing hebben ontcijferd die door Giordano Bruno was achtergelaten.'

Jeff kwam met twee kopjes koffie naar haar toe gelopen en zette een kopje op een bijzettafeltje. Terwijl ze met haar hoofd op een kussen lag en naar het plafond tuurde, strekte Edie haar hand uit. 'Dank je wel,' mompelde ze.

Met zijn handen om het andere kopje liep Jeff naar de enorme vensters en tuurde naar het vrijwel verlaten plein. De rijkelijk versierde voorgevels van de twee huizen en de dure chocolaterieën waren nu donker. De Campanile zag eruit als de een of andere onwaarschijnlijke, in steen veranderde raket. Toen hij de gebeurtenissen van de afgelopen avond nog eens de revue liet passeren, voelde Jeff plotseling een scheut van angst diep in zijn onderbuik. Het had voor hem allemaal maar zo weinig gescheeld, zo heel weinig... en Dino, arme Dino.

Hij keek naar Edie. Ze was in slaap gevallen op de bank. Haar koffie stond nog onaangeroerd naast haar. Hij glimlachte. Zo had hij haar niet gezien sinds haar studietijd, toen ze regelmatig onder zeil ging als ze bij vrienden op de bank lag, terwijl het feest om haar heen nog in volle gang was. Hij haalde een sprei uit de slaapkamer, legde die over haar heen en kuste haar zachtjes op haar voorhoofd.

Wat was er aan de hand? Het leek zo moeilijk om ook maar ergens vat op te krijgen. Eerst leek het alsof Contessina de kern van de hele zaak vormde, daarna was het ineens Giordano Bruno, nu ging het weer om Vivaldi. Het was net een catalogus van grote en nobele lieden uit het verleden, een parade van historische notabelen. Er leek geen enkel verband te bestaan tussen al die mensen, behalve dan die vage verwijzing naar een geheim genootschap, I Seguicamme, ofwel 'de Volgelingen'.

Zou het kunnen dat er een vaag verband bestond tussen een superrijke *first lady*, een half krankzinnige ketter en de componist van *I Quattri Stagioni*?

Vivaldi, hij moest zijn aandacht nu volledig op Vivaldi richten. Contessina de' Medici had hen naar Giordano Bruno geleid, en van Giordano Bruno liep het spoor weer naar Vivaldi. Vivaldi was de nieuwe sleutel; de aanwijzing die was achtergelaten door hem of door iemand die iets met hem te maken had gehad, zou hen naar het volgende stukje van de legpuzzel brengen. Maar hij wist niets van Vivaldi.

Hij nam een slokje koffie en op dat moment kwam er een veel beter idee bij hem op. 'Maar natuurlijk,' zei hij hardop. 'Maar natuurlijk.'

19

Venetië, mei 1410

Hij dreef in het water, alles was volmaakt. Hij voelde geen pijn, al zijn angst was verdwenen, maar wat nog het belangrijkste was, er kwam een overweldigend sterk gevoel van opluchting in hem op. De druk was van hem af, en daarmee ook alle verwachtingen waaraan hij moest zien te voldoen. Hier in het paradijs kon niemand hem nog iets doen. Niemand kon erop staan dat hij zou vechten. Nu was er niets meer om voor te vechten, niets wat er nog toe deed. Hij zou voor eeuwig zo kunnen leven, alleen maar ronddrijven. Het was net of hij weer een pasgeboren kindje was.

Toen verscheen er een gezicht. Was het zijn moeder? De vrouw stond over hem heen gebogen. Ze riep zijn naam. Hij voelde haar zachte hand op zijn wang, voelde hoe die zijn gezicht streelde en het haar uit zijn ogen streek. 'Cosimo,' hoorde hij haar zeggen, toen stierf haar stem langzaam weg en dreef hij weer rond in de warme oceaan van geluk die hij in korte tijd zo was gaan waarderen.

* * *

Tommassini en Niccoli zaten in een bootje bij het afgesproken ontmoetingspunt, de San Silvestro aan het Canal Grande, aan de rand van het district San Polo. Het was een stille en rustige nacht.

In de verte konden ze de lichten van de grote huizen aan de rand van het kanaal zien. Niccolò Niccoli was de eerste die de vrouw opmerkte. Ze had een lange grijze sjaal om haar hoofd en droeg een lantaarn met zich mee die slechts weinig licht gaf.

'U bent Niccolò Niccoli,' zei ze nuchter en zakelijk.

Hij knikte.

'Ik heb een dringend bericht voor u.'

'Van wie?'

'Dat kan ik u niet onthullen. Het bericht luidt als volgt: "Uw vriend Cosimo heeft datgene wat u zoekt, maar hij is gewond. Hij is in goede handen. Er ligt een schip op u te wachten."' Ze keek snel even naar de andere man in de boot.

'Cosimo is gewond?' vroeg Niccoli.

'Niet ernstig.'

Niccoli voelde een golf van opluchting door zich heen gaan. 'Wie bent u?'

'Ik ben Caterina Galbaoi. Laat mij u naar degene brengen die mij heeft gezonden. Er is geen tijd te verspillen.'

Ambrogio Tommassini kwam bij hem op het pad staan. 'Dit zou een valstrik kunnen zijn, Niccolò,' zei hij, terwijl hij de vrouw goed in de gaten hield.

'Het is geen valstrik,' zei ze rustig. 'Er is vannacht bloed vergoten. Bij zonsopgang wordt uw vriend Cosimo gezocht wegens moord. U zult allemaal worden opgepakt en als medeplichtigen voor het gerecht worden gebracht. De doge is een man die aan alle kanten onder druk staat, hij is sluw en doortrapt. U hebt geen enkele kans om dit te overleven, en alles wat meester Valiani voor u heeft gedaan, zal voor niets zijn geweest.'

'Valiani?'

'Meester Valiani is mijn oom.'

In een oogwenk had Niccoli zijn zwaard getrokken. Hij zette de vrouw de punt op de keel. 'Bewijs het,' siste hij.

De vrouw haalde eens diep adem en trok haar hand weg van onder haar sjaal. Ze droeg een zilveren ring met een grote, rechthoekige granaat erin.

Niccoli schoof zijn zwaard weer in de schede en maakte een diepe buiging. 'Alstublieft, *signora*, ik hoop dat u mijn nederige verontschuldigingen wilt aanvaarden.'

De boot voer naar het eiland Guidecca, aan de overkant van het brede kanaal ten zuiden van de belangrijkste eilanden van de republiek. De twee mannen roeiden en Caterina wees hen hoe ze moesten varen. Ze voeren over een waterweg naar het open water van de lagune. Het water hier was pikzwart en zo glad en onbeweeglijk als glas, maar hier, ver van de smalle steegjes en kanalen van de door ziekte geteisterde stad, leek de lucht een stuk frisser.

Achter een muur stonden enkele van de prachtigste paleizen in heel Venetië, elk was gehuisvest op zijn eigen weelderige terrein. Hier woonden enkele van de meest vooraanstaande adellijke geslachten van heel Italië. De meeste Venetianen kregen deze mensen slechts hoogstzelden te zien. Zodra het eerste nieuws over de pest de ronde had gedaan, hadden ze zich volkomen uit de openbaarheid teruggetrokken, en ze geloofden hier veilig te zijn.

Het was heel donker, maar toen ze voorbij een landtong voeren, merkten ze een heel eind voor zich een zwak schijnsel op, en geleidelijk aan kwam er een scheepsmast tevoorschijn uit de sombere duisternis. Toen ze dichterbij kwamen, konden ze ook de vorm van de romp steeds beter zien. Het was een karveel van ongeveer vijftig ton. Twee driehoekige zeilen waren al gehesen, maar hingen slap in de drukkende stilte.

Achter hem verscheen een grote galei die door een stuk of twintig roeiers werd voortbewogen. Op de boeg daarvan stonden twee boogschutters met hun kruisboog in de aanslag. Ze droegen de livrei van de Venetiaanse marine, met daarop de Leeuw van San Marco, in goud op rood.

'Christus!' riep Niccoli uit, toen een pijl met een petsend geluid naast hen in het water verdween.

De afstand tussen de twee schepen werd snel kleiner. Een hele reeks pijlen schoot door de lucht. Een sloeg in de zijkant van de roeiboot, de rest floot laag over hun hoofden. Toen schoten er een stuk of tien pijlen langs hen heen die de andere kant op gingen en op tien meter afstand van de galei in het water vielen. Hun achtervolgers lagen onder vuur van de karveel.

Een tweede salvo schoot over het water, en een boogschutter op de boeg van het achtervolgende schip gaf een luide schreeuw. Hij tuimelde voorover in het koude water van de lagune. Een derde en nog grotere hoeveelheid pijlen regende neer op de galei, die het salvo beantwoordde met nog enkele kruisboogpijlen. Er klonk nog meer geschreeuw toen een van de pijlen doel trof.

Met een laatste inspanning brachten de Florentijnen hun roeiboot langszij de karveel. Niccoli tilde Caterina op de touwladder die overboord bungelde, en terwijl de volgende pijlenregen tegen het harde hout van de romp sloeg, afketste en in het water viel, hees ze zichzelf aan boord. Zo snel als hij maar kon klom Ambrogio Tommassini achter haar aan de touwladder op. En pijl miste hem op een handbreedte na. Nog voordat de laatste van de drie aan boord was, werd het anker al gehesen en zette de karveel zich in beweging.

'We hebben veel geluk gehad, vrienden.'

Niccoli was de eerste die Cosimo wist te bereiken. 'De vrouw zei dat je gewond was geraakt.'

'Een lichte hersenschudding, verder niets.'

Toen pas zag Niccoli dat er een akelige snee in Cosimo's voorhoofd zat. Hij had een blauw oog. De mouw van zijn tuniek was weggeknipt, en er zat een groot verband om zijn arm.

'Wel een beetje meer dan dat, blijkbaar,' zei Niccoli. Hij trok Cosimo's hoofd voorzichtig naar achteren. 'Maar zo te zien ben je goed verzorgd.'

Cosimo gaf zijn vriend een klap op zijn rug.

'Wat is hier in hemelsnaam aan de hand?' vroeg Tommassini. Zijn blonde lokken waren door het opspattende zeewater zo nat geworden dat ze tegen zijn gezicht geplakt zaten, en zijn wangen waren nog rood van de inspanningen die hun nauwe ontsnapping met zich mee had gebracht.

'Ik weet weinig meer dan jij,' zei Cosimo. Hij gaf hun een beknopt overzicht van wat er was gebeurd sinds hij het Dogenpaleis had verlaten totdat hij hier nauwelijks meer dan een halfuur geleden aan boord was gegaan. 'Voordat jullie het vragen, ik heb absoluut geen idee wie me heeft gered. Maar ik weet dat ik hem mijn...'

Zijn stem stierf langzaam weg toen hij de gezichtsuitdrukking van zijn vrienden plotseling zag veranderen. Ze keken langs hem heen. Hij draaide zich om en zag Caterina. Vlak achter haar, stond een in het wit geklede gedaante, die een lantaren op schouderhoogte hield.

'U bedoelt zeker dat je háár je leven verschuldigd, heer Cosimo,' zei Caterina.

Ze keken toe hoe de in het wit gehulde gedaante de kap van haar hoofd trok. Lange zwarte lokken tuimelden over de witte stof.

In drie stappen stond Cosimo aan de andere kant van het dek. 'Contessina!' riep hij. 'Contessina, mijn liefste...'

Toen hield hij op. 'Ik weet niet of ik mezelf moet knijpen, of dat ik medische hulp nodig heb. Zijn dit waanbeelden? Komt het misschien door die harde klap op mijn hoofd?'

'Mijn lief,' zei Contessina. 'Ik ben geen waanbeeld.'

Alle bloed was uit Cosimo's gezicht weggetrokken. 'Heren, als u ons wilt excuseren, volgens mij hebben mijn verloofde en ik dringend het een en ander te bespreken.'

Ze zaten in de hut van de gezagvoerder, een benauwd hokje waar niet meer in stond dan een kaartentafel, een smalle kooi en een ongemakkelijke eikenhouten bank.

'Je hebt vannacht twee mensen gedood,' zei Cosimo.

'Drie. Ik kon de priester niet laten gaan.'

'De Contessina die ik nog geen twee weken geleden in Florence heb achtergelaten, had zelfs geen vlieg kwaad kunnen doen.'

'Cosi, het spijt me dat ik niet eerlijk tegenover je ben geweest.'

'Ik weet niet meer wie je bent.'

'Ik ben nog steeds dezelfde vrouw: je verloofde, de vrouw van wie je beweert te houden.'

'Contessina...'

Ze boog zich naar hem toe en hield een vinger voor zijn lippen. 'Ik zal je het hele verhaal vertellen, mijn lief. Je weet dat meester Galliano Niccolò's leraar was. Nou, hij heeft ook mijn oudere broer Marco onderwezen. Op een dag was ik in de bibliotheek toen Marco les kreeg. Valiani had mijn broer een vraag gesteld over wiskunde waar hij geen antwoord op wist. Valiani probeerde het met een andere vraag, maar ook daar wist Marco het antwoord niet op. Het was hopeloos.

Na een tijdje werd Valiani behoorlijk boos. Ik werd bang dat mijn broer misschien slaag zou krijgen. Toen richtte Valiani plotseling zijn aandacht op mij en zei: "Je bent een domme jongen, Marco. Zelfs je kleine zusje zou het antwoord op die vraag weten." Ik weet niet wat er over me kwam. Misschien was ik bang voor mijn broer, of misschien ook wel voor mezelf. Ik gooide het er gewoon uit... zes en vier. Toen verscheen er een glimlach op Valiani's gezicht. "Uitstekend," zei hij. "Laten we nog maar eens een som proberen." Ik moet het juiste antwoord hebben gegeven, want hij glimlachte opnieuw.

De meester raakte gefascineerd door mij. Hij stuurde mijn broer weg met huiswerk, en bleef me ondervragen. Want zie je, Valiani is vele dingen. Hij is natuurlijk een humanist, maar hij is ook een ouderling in de ketterse sekte die bekendstaat als de Arianen. De Arianen verwerpen het denkbeeld van de Heilige Drievuldigheid. Als een gevolg daarvan heeft Rome een banvloek over hen uitgesproken. Valiani is ook een meester in vele oosterse kunsten die in Italië onbekend zijn, een uitzonderlijk goed zwaardvechter en een man die zich zijn hele leven in allerlei esoterische kennis heeft verdiept. Hij werd mijn leraar en mijn gids. Hij was altijd vriendelijk, altijd zachtmoedig, maar ik wist dat ik voor hem niet meer was dan een specimen, een onderwerp van onderzoek. Hij heeft me geschoold in Latijn en Grieks, in wiskunde, filosofie en geschiedenis. Hij heeft me leren zwaardvechten en boogschieten. Ik heb leren paardrijden en leren zeilen.

Het was ons geheim, en zoals ik al zei, voor de meester was ik niet veel meer dan een proefkonijn. Maar een jaar of vijf geleden vertelde hij me dat hij op het punt stond om te beginnen aan wat vrijwel zeker zijn laatste reis zou worden. Hij was nooit getrouwd en had geen erfgenaam. Gekscherend zei hij dat als ik een jongen was geweest, alles een stuk eenvoudiger zou zijn. En hij smeekte me om mijn talenten niet te verspillen, omdat hij geloofde dat er op een dag iets zou gebeuren wat alles zou veranderen, en dat ik dan belangrijk voor hem zou zijn, belangrijk voor de zaak van het humanisme, belangrijk voor de wereld van het intellect.

Twee weken geleden kwam Valiani weer in mijn leven terug. Hij vertelde me van zijn ontdekkingen en het geheim van de kaart. Hij legde me uit dat hij van plan was om je vrienden en jou de kans te bieden om de schatten van Golem Korab te zoeken.

Cosi, je moet me niet verkeerd begrijpen,' voegde Contessina daaraan toe, en ze legde haar hand op die van Cosimo. 'Het is niet dat meester Valiani je niet vertrouwde, of geen vertrouwen had in je vaardigheden, maar hij was ervan overtuigd dat twee hoofden altijd beter zijn dan één. Hij wist dat hij jou niet over mij kon vertellen; en hij besefte ook dat het moment waarop ik jou dit verhaal zou kunnen vertellen, nog niet gekomen was... toen nog niet, niet in Florence.'

'Maar...?'

'Cosi, ik wilde gewoon dat je dit zou begrijpen. Ik ben hier niet naartoe gestuurd om je voor de voeten te lopen, op welke manier dan ook. De meester wist dat je onderweg oog in oog zou komen te staan met vele gevaren. Hij besefte dat de hebzuchtigen en de schurkachtigen op de een of andere manier lucht zouden krijgen van waar je naar op zoek was. Hij had geruchten gehoord over een pestepidemie en over oorlog; en dankzij de moedige en nobele Luigi koesterde hij ook verdenkingen jegens Fra Enrico. Maar dit alles is hij pas kortgeleden te weten gekomen. Vanuit Florence kon hij de plek waarop het kaartfragment verborgen was, niet meer veranderen.'

'En hoe zit het met jouw familie, Contessina? Je kunt toch niet zomaar uit huis zijn weggelopen.'

'Dat heeft Valiani voor me gladgestreken. Mijn ouders denken dat ik logeer bij de familie van mijn broer in Padua.'

'Je hebt tegen hen gelogen.'

'Daartoe zijn we allebei in staat, Cosimo.'

'En hoe ben je hier in Venetië gekomen?'

'Ik ben samen met Valiani naar Ravenna gereisd. Dit schip, La Bella Gisela, is het eigendom van een rijke Genuese koopman, een andere oud-leerling van Valiani, en een mede-Ariaan. Het schip is op weg naar Ragusa, met een lading fijne stoffen, zout en aluin aan boord.'

'Hoe wisten jullie dat ik zou worden aangevallen?'

'Ik had geen idee, maar meester Valiani kent de doge als een doortrapt en berekenend man. De twee mannen die jullie hebben aangevallen, maakten deel uit van Steno's lijfwacht. De priester werd ook betaald door de doge.'

Er viel een ijzige stilte.

'Het ziet ernaar uit,' zei Cosimo een tijdje later, 'dat ik in de maling ben genomen. Door iedereen.'

In de loop van de twee daaropvolgende dagen bleef Cosimo alleen in zijn hut. Dat was de manier waarop hij met problemen omging. Hij zonderde zich af en bemoeide zich met niets of niemand. Zijn vrienden wisten dat ze hem daar niet bij moesten storen. Ambrogio had ook wel andere dingen aan zijn hoofd; hij had de hele reis over een emmer gebogen gezeten. Niccolò was een ervaren zeerot, uit een geslacht van zeevaarders, en tot groot verdriet van Ambrogio voelde hij zich aan boord dan ook kiplekker.

Contessina had nog nooit gezien dat Cosimo zich zo terugtrok. Ze raakte erdoor van streek, al kon ze wel begrijpen hoe hij zich voelde. Hij was gaan geloven dat ze hem op de een of andere manier had verraden, dat ze een masker had gedragen dat nog verraderlijker was dan welke Venetiaanse carnavalsvermomming dan ook, en dat hij met listen en lagen ertoe was gebracht om van iemand te houden die heel anders was dan hij had gedacht.

La Belle Gisela voer dicht langs de Dalmatische kust. Het was een groot en snel schip. Terwijl ze naar het zuiden voeren hield Cosimo met hulp van de kapitein hun koers bij. Dit gebied maakte deel uit van het Venetiaanse Rijk en werd door de Venetianen beschermd tegen de Turken. Nadat ze de Baai van Venetië waren overgestoken, ongeveer twintig zeemijlen ten westen van Trieste, voeren ze naar het ten noorden van het schiereiland Savudrija gelegen San Bartolomeo. Van het zuiden van Istrië, waar het schiereiland plotseling ophield, voeren ze langs de ten westen van het vasteland gelegen Kvarneric-eilanden. Hier boden vele inhammen en beschutte baaien een veilige thuisbasis aan een aantal hevig met elkaar rivaliserende piraten, die de wateren tussen Trieste en Split al lang geleden onder elkaar hadden verdeeld.

's Ochtends vroeg schrok Cosimo wakker uit een diepe slaap doordat het schip plotseling begon te stampen en te rollen op de golven. Een zandloper die hij los op het werktafeltje in de hoek had laten staan, vloog rakelings langs zijn hoofd. Haastig sprong hij op uit zijn kooi, verloor zijn evenwicht, viel tegen het tafeltje en kwam plat op zijn rug neer.

De golven sloegen over en de bemanningsleden waren wanhopig in de weer om alle openingen in het dek zo goed mogelijk dicht te stoppen. Langzaam zocht Cosimo zich een weg naar het achterschip, waar de kapitein verwoed zijn best deed om de helmstok in bedwang te houden, al was het duidelijk dat hem dat steeds zwaarder viel. De zeilen stonden zo bol in de loeiende wind dat het leek alsof ze elk ogenblik konden knappen. Cosimo kon alleen maar rechtop blijven staan door zich vast te klampen aan de touwen die langs de reling waren gespannen.

De volgende golf smeet het schip omhoog alsof het een stuk drijfhout was. Terwijl de huizenhoge golf verder rolde, kwam er een enorme hoeveelheid zeewater over. Het sloeg tegen de zeilen en kwam met een harde klap neer op het dek.

Vanuit de boeg klonk een luide kreet. Cosimo ving een glimp op van een bemanningslid dat overboord sloeg. Een reusachtige golf sloeg het schip uit de koers; Cosimo werd over het dek gesmeten. Er was niets om zich aan vast te houden. Zijn ogen brandden van het zoute water en hij kon de wereld om zich heen nauwelijks meer zien. Iets sloeg met een harde klap tegen zijn hoofd. Opnieuw ging een scheut van pijn door hem heen. Het bloed droop in zijn ogen. Terwijl hij wanhopig om zich heen klauwde, slaagde hij erin om een los eind touw vast te grijpen.

Hij zag alleen nog maar rood. Toen hoorde hij een afschuwelijk krakend geluid. De hoofdmast kwam neer op het dek en verpletterde daarbij twee zeelieden.

Hij probeerde zich over het dek heen te trekken, maar had niet voldoende kracht meer. Hij hapte wanhopig naar lucht, en kreeg vrijwel onmiddellijk een nieuwe golf water over zich heen. De gezagvoerder viel nergens meer te bekennen en de helmstok was aan stukken geslagen. Boven het brullen van de elementen uit, hoorde Cosimo een vrouw gillen. Op het achterschip klampte Contessina zich vast aan een omhoogstekende spant.

Hij klauwde zich naar haar toe. Ze zag hem en schreeuwde zijn naam. Met een laatste restje kracht waarvan hij zelf niet had geweten dat hij het nog had, trok hij zichzelf aan het touw naar haar toe. Even later lag hij naast haar. Ze was uitgeput en kon vrijwel geen woord meer uitbrengen. Bloed droop uit een snee onder haar haar, vlak boven haar voorhoofd.

Er klonk een brullend geluid vanaf de voorsteven. La Bella Gisela bevond zich op het topje van een hoge berg zeewater. De woedende zwarte oceaan ging overal om hen heen als een razende tekeer, een ontketende oerkracht die alles verzwolg wat op zijn weg kwam. Contessina klampte zich zo stevig aan hem vast dat het voelde alsof ze in elkaar overvloeiden, samen één werden.

Dit is het dan, dacht Cosimo. Zo voelt het om te sterven.

Hij voelde zich zo klein, zo onbetekenend, zo niet ter zake doend, een speldenprik en verder niets. Terwijl het schip achteroversloeg en een salto maakte, als een speelgoedbootje in een oneindige grote bak met water, voelde hij zich merkwaardig opgelucht. Nu zou het allemaal snel voorbij zijn.

20

Venetië, heden

Het kantoor van Giovanni Tafani was gelegen aan een smal steegje dat uitkwam op de Via XXII Marzo, en vanuit Jeffs appartement was het dus maar een kort stukje lopen. Tot hun verbazing merkten Edie en Jeff dat zich achter de grauwe betonnen gevel een interieur bevond dat hen terugvoerde naar de barokke elegantie en klassieke Venetiaanse grandeur van drie eeuwen geleden.

Jeff had er weinig zin in gehad om Rose achter te laten, maar ze had er heel uitdrukkelijk bezwaar tegen gemaakt om mee te gaan en dan, zoals ze het zelf uitdrukte, te moeten luisteren naar de een of andere saaie ouwe man die zat te neuzelen over een dode componist. Ze had maar al te graag met Maria mee gewild, die had voorgesteld om haar met zich mee te nemen naar haar familie in Mestre, waar haar jongere broer een stuk akkerland bezat.

Tafani kwam Jeff en Edie ophalen bij de receptie en liep voor hen uit naar zijn ruime kamer op de eerste verdieping. Gisteravond was zijn gezicht grotendeels schuilgegaan achter een delicaat goudkleurig masker, maar nu was te zien dat er een vermoeide blik in zijn ogen lag.

'Ik vrees dat uw bezoek voor mij nogal onverwacht komt,' zei hij nadat hij hen had laten plaatsnemen in een paar leren fauteuils voor zijn indrukwekkende eikenhouten bureau. 'U zult me moeten nemen zoals ik ben: niet helemaal fris dus! Waarmee kan ik u van dienst zijn?'

'We zouden graag gebruikmaken van uw kennis,' zei Edie achteloos. 'Roberto heeft ons verteld dat u de grootste Vivaldi-kenner van Venetië bent.'

'Heeft hij dat werkelijk gezegd? Nou, dat is een geweldig compliment. Hoe gaat het met de maestro?'

'Die is op dit moment ook niet helemaal fris,' zei Jeff, met een snelle blik op Edie. 'We vroegen ons af of u ons soms zou kunnen vertellen of Vivaldi belangstelling had voor esoterische aangelegenheden. Was hij geïnteresseerd in het occulte?'

'Hij was ongetwijfeld een nogal vreemde figuur,' zei Tafani snel. 'Vanwege zijn vuurrode haar stond hij bekend als *Il Prete Rosso*, ofwel "de rode priester", en hij had een stormachtige relatie met de autoriteiten van het Pio Ospedale della Pietà, waar hij vioolmeester was.'

'Het Pio Ospedale della Pietà? Wat is dat?' vroeg Edie.

'Het Vrome Ziekenhuis der Genade. Aan het eind van de zeventiende eeuw waren er in Venetië vier van. Ze waren bedoeld om onderdak en onderwijs te bieden aan weeskinderen; en voor die tijd waren ze uiterst verlicht. Vivaldi was verantwoordelijk voor het muziekonderwijs en heeft ook herhaaldelijk opdracht gekregen om concerten te componeren die de weeskinderen in het openbaar konden opvoeren.'

'Vertelt u eens wat meer over zijn stormachtige relatie met de autoriteiten.'

'Hij heeft het priesterambt maar een paar maanden daadwerkelijk uitgeoefend. Er gingen onaangename geruchten over hem. Dat hij tienermeisjes uit het weeshuis had verleid, en dat hij zich bezighield met weerzinwekkende seksuele en occulte praktijken. Daar is echter absoluut geen bewijs voor. Ik begin die zogenaamde revisionistische geschiedschrijving spuugzat te worden. Het lijkt wel of geen van onze helden daar nog immuun voor is, alsof de moderne samenleving het nodig heeft om de meesters omlaag te halen, zodat we ons beter kunnen voelen over ons eigen volstrekte gebrek aan moraal. Volgens mij zegt dat meer over onze eigen tijd dan over de grote mannen en vrouwen die de erflaters vormen van onze cultuur.'

'Ik begrijp wat u bedoelt,' zei Edie. Ze lachte Tafani geruststellend toe.

'Heeft Vivaldi zijn hele leven in Venetië doorgebracht?' vroeg Jeff.

'Nee, nee, hij heeft behoorlijk wat gereisd. Op jonge leeftijd is hij zelfs ooit eens door het weeshuis ontslagen, maar na één jaar hebben ze hem weer in dienst genomen.'

'Wat heeft hij in de loop van dat jaar gedaan?'

'Hij was huisleraar bij een adellijke familie in Padua. De familie Niccoli, geloof ik.'

'De familie Niccoli uit Florence?' riep Edie uit.

'Eh, ja. volgens mij kwamen ze daar oorspronkelijk wel vandaan. Aan het eind van de zeventiende eeuw woonden ze echter al minstens tweehonderd jaar in Padua. Hoezo?'

'U hebt zeker geen informatie over het jaar dat Vivaldi daar heeft doorgebracht?' vroeg ze.

'Misschien hebt u geluk.' Tafani begon te reageren op Edies groeiende enthousiasme. 'Vivaldi heeft een uiterst ingewikkeld testament achtergelaten. Hij is ver van huis gestorven, in Wenen. Hij had gesolliciteerd naar een functie aan het keizerlijk hof, maar de keizer, Karel VI, overleed kort na zijn komst en de componist bleef zonder een cent op zak en zonder mecenas achter. Een paar weken later was hij dood. Een deel van zijn papieren is in Wenen achtergebleven. Een ander deel is naar familieleden in verschillende delen van Italië gegaan, en nog een ander deel kwam terecht bij zijn naaste vrienden, hier in Venetië. Er is een tamelijk bekende verzameling documenten, de zogenaamde "Bekentenissen", die Vivaldi heeft geschonken aan zijn naaste vriend, de schilder Gabriel Fabacci.'

'Wat zijn dat, de "Bekentenissen"?'

'Komt u maar mee, dan laat ik het u zien.' Tafani stond op.

'Hebt u die hier liggen dan?' Edie kon haar oren niet geloven.

Tafani glimlachte. 'Nee, dat niet. Maar we hebben een computerarchief, met bijna alles erin wat ooit over Vivaldi geschreven is.'

Hij ging hen voor door een gang met zuilen aan weerszijden en een ogenblik later stonden ze in een bibliotheek, met in het midden van het vertrek twee rijen computers.

Ze trokken stoelen bij. Terwijl hij zat te praten, klikte Tafani zo nu en dan even met een muis. 'Wat ik u nu ga laten zien, is een bijzonder fascinerend document. In Wenen heeft Vivaldi roodvonk opgelopen, en hij heeft een paar dagen liggen ijlen van de koorts voordat hij daaraan bezweek. De meeste geleerden zijn van mening dat hij zijn testament heeft geschreven op zijn doodsbed, en dat het grootste deel ervan bestaat uit wanen en fantasieën van een oprechte dienaar van God, die vreesde voor zijn onsterfelijke ziel.'

De woorden *La Confessione* verschenen op het beeldscherm. 'Het is lang, maar gelukkig hebben we het in verschillende talen. Een groot aantal buitenlandse geleerden komt uitsluitend en alleen naar Venetië om onze databank te kunnen inzien.'

Tafani vond de Engelse versie en opende het bestand. Daarna stond hij op en zei: 'Blijft u hier maar zitten, dan kunt u het document op uw gemak doorlezen. Ik hoop dat ik u heb kunnen helpen. Komt u nog straks nog even langs voordat u weggaat.'

Voor hen op het scherm bevond zich een document met de titel 'Het nemen en het teruggeven'. Ze begonnen te lezen.

> Ik ben stervende. Wat ik nu zeg, is de absolute waarheid, zoals ik die zie, een waarheid die ik wens over te dragen voordat ik zal verschijnen voor de ene God, de Almachtige, ons aller Verlosser. Mijn bekentenis begint met mijn vader, Giovanni Batista. Toen ik nog een jongetje was, werkte hij voor een architect die opdracht had gekregen om een oud huis aan de Calle della Morte op te knappen. Een merkwaardig kenmerk van dat huis was een metalen zuil die dwars door het hele gebouw liep, van de fundering tot aan het dak. Tot op de dag van vandaag weet niemand waarom die zuil zich daar bevindt. Mijn vader was een arbeider die in de kelder van het huis aan het werk was. Op een dag vond

hij een stevige metalen doos, vlak onder een halve bol aan de voet van de metalen zuil. Hij verborg de doos en later, toen hij alleen was, slaagde hij erin om het slot open te wrikken.
Volgens mij was hij een beetje teleurgesteld omdat de doos geen goud of juwelen bevatte. In plaats daarvan vond hij een fragment van een brief. Het was geschreven op heel oud perkament en een groot deel ervan was al verkruimeld. De brief was geschreven in het Latijn, een taal die hij niet kende.
Mijn vader stierf een paar jaar later. Ik werkte zowel de doos als de brief door. Maar pas in 1709, in mijn tweeëndertigste levensjaar, heb ik ook maar enige aandacht aan het erfstuk besteed. Jarenlang had het onopgemerkt rondgeslingerd. Op een dag, toen ik een kast leeghaalde om ruimte te scheppen voor enkele nieuwe manuscripten en partituren, vond ik het.
Het was een fragment van een brief die geschreven was door niemand minder dan Contessina de' Medici, de vrouw van Cosimo de Oudere. De brief was gericht aan een man, een zekere Niccolò Niccoli. Helaas is een groot deel van het origineel verloren gegaan, maar wat er nog van overblijft, leg ik u hierbij voor.

De dertiende dag van juni, in het jaar onzes Heren 1470

Mijn nobele Niccolò,

Het is nu bijna zes jaar geleden dat mijn geliefde Cosimo is overleden, en jij en ik zijn heel oud aan het worden. Het zal niet lang meer duren voordat ik de belofte ga vervullen die we elkaar ooit hebben gedaan, en daarmee de taak zal volbrengen die zovele jaren geleden begonnen is...
... Begrijp me niet verkeerd, lieve vriend. Ik ben vol bewondering voor je werkkracht, en ik geloof dat het verslag dat je meer dan een halve eeuw geleden hebt neergeschreven, een manifestatie is van grote geleerdheid en al even grote literaire gaven. Ik ben echter angstig. Ik hoef je er niet aan te herinneren hoe gevoelig deze kwestie ligt. Niemand mag weet hebben van onze grote ontdek-

king, in ieder geval niet in onze tijd. Ik vertrouw op je integriteit en ik weet dat je voorzichtig zult zijn. Jij zult nooit toelaten dat je verhaal in verkeerde handen valt, maar in anderen heb ik dat vertrouwen niet, en treurig genoeg, naderen we het einde van onze dagen...

... Ik ben van plan om binnenkort een bezoek te brengen aan de kaartenmakers, en via hen zal ik de schat verbergen... Ik heb het flesje hier bij me, terwijl ik dit schrijf, en ik houd het gereed om aan het zicht te onttrekken wat zich in Golem Korab heeft voorgedaan...

... Wil je me toestaan om jouw geschriften bij de schat te voegen?

... om ze goed te bewaren? Hier, voor jou alleen, is de aanwijzing:

... bij de kaartenmakers ... het goddelijke kleed ...

... het ijzeren kruis ... precies middenin ...

Je vriendin,
Contes...

Ik was onmiddellijk geboeid, maar wist niet wat de betekenis hiervan was. Het was bijzonder ergerlijk dat juist het laatste deel van de brief zo zwaar beschadigd was, en dat delen van de aanwijzing verloren waren gegaan. Het spreekt vanzelf dat ik me genoodzaakt voelde om meer te weten te komen.

Toevallig werd ik een paar weken later op staande voet ontslagen uit mijn betrekking als vioolmeester aan het Pio Ospedale della Pietà. Kennelijk viel ik niet in de smaak bij een deel van de oudere bestuursleden. Gelukkig beschikte ik over een kleine erfenis van mijn vader, en was ik erin geslaagd zelf ook wat geld opzij te leggen. Ik bracht enige tijd door met het doen van naspeuringen naar de familie Niccoli, die van een zeer oud adellijk geslacht bleek te zijn. Niccolò Niccoli's rechtstreekse mannelijke afstammeling woonde in het Palazzo Moritti, een groot landgoed niet ver van Padua. Ik wist het hoofd van het Pio Ospedale over te halen om een aanbevelingsbrief voor me te schrijven. Binnen een

week nadat ik mijn betrekking in Venetië was kwijtgeraakt, vond ik werk als muziekleraar voor de jongste generatie Niccoli.
In het Palazzo Moritti had ik veel vrije tijd. Ik gaf niet meer dan twee uur per dag les. De rest van de tijd zat ik te componeren of rustig na te denken. Maar ik was daar met een doel: ik wilde zoveel mogelijk te weten komen over de connectie tussen de familie De' Medici en de familie Niccoli, en ik wilde de lege plekken in de brief van Contessina zien in te vullen. Wat voor reis had ze gemaakt? En waarom was het zo belangrijk dat alles daarover geheim bleef?
Ik vond antwoorden op mijn vragen in de grote bibliotheek, een monument voor het kort tevoren overleden hoofd van de familie, Michelangelo Niccoli, die niet alleen het familiearchief had bijgehouden maar ook een enthousiast verzamelaar van esoterische literatuur was geweest.
De tekst die me op het spoor bracht, bevond zich in een driedelig dagboek dat was geschreven door Niccolò Niccoli. De inhoud daarvan kan ik niet onthullen, want die heeft betrekking op de allerverschrikkelijkste zaken. Ik las elk woord dat de man ooit geschreven had en raakte zo geboeid door zijn relaas dat ik bijna op heterdaad werd betrapt in de bibliotheek, die uitsluitend toegankelijk was voor leden van de familie zelf. Ik werd zelfs zo door het dagboek geboeid dat ik de drie delen heb ontvreemd. Zo kort daarna als ik maar kon, nam ik ontslag en keerde ik terug naar Venetië.
De daaropvolgende zes maanden werd al mijn vrije tijd in beslag genomen door het kopiëren van de dagboeken van Niccolò Niccoli. Ik was vast van plan om de oorspronkelijke exemplaren terug te brengen naar de familie. Toen ik klaar was met overschrijven, stuurde ik de boeken via een discrete tussenpersoon anoniem terug naar het Palazzo Moritti.
Mijn queeste naar de geheimen van de Medici's werd ernstig vertraagd doordat een groot stuk van het laatste deel van het dagboek was neergeschreven met behulp van een geheime code die ik pas na jaren studie heb weten te ontcijferen.
Nu kan ik enige trots voelen over het feit dat ik over voldoende

wilskracht heb beschikt om het daarbij te laten. Ik ben nu aan het eind van mijn leven, en ik vertrouw deze brief en de afschriften van de dagboeken toe aan mijn dierbaarste vriend, Gabriel Fabacci. Ik zou ze het liefst eigenhandig vernietigen, maar ik voel me niet in staat om er zelfs nog maar een blik op te werpen. Ik zal mijn vriend aanraden om de hele collectie te vernietigen, of de documenten toe te sturen aan degenen die er het meeste recht op hebben, de familie Niccoli.

Moge God mij genadig zijn.

Antonio Vivaldi
26 juli 1741, Wenen

Jeff schoof zijn stoel naar achteren. 'Dus dit fragment van Contessina's brief is het "eerbiedwaardige document" waarover Bruno het had. In zijn eigen verslag schreef hij dat hij over een aanwijzing beschikte, maar niets had gevonden. Zijn dienaar Albertus moet het fragment van Contessina's brief in het Palazzo Gritti Badoer hebben verborgen, waar het bijna een eeuw later door Vivaldi's vader is gevonden.'

'Dus nu moeten we de dagboeken van Niccolò Niccoli in handen zien te krijgen?'

Jeff wilde net iets terugzeggen, toen zijn mobieltje begon te piepen.

'Pa, met Rose.'

'Dag schatje.'

'Het ziekenhuis heeft net gebeld. Roberto is weer bij kennis en hij wil jullie spreken.'

* * *

'Dus jullie hebben het afschrift gelezen? Dat is ongelooflijk.' Uit Roberto's beide armen kwamen slangetjes tevoorschijn, en op het tafeltje naast zijn bed stonden een piepende hartbewakingsmachine en een oxymeter. Zijn gezicht zat onder de blauwe plekken, zijn tanden waren door zijn bovenlip geslagen en er zat een lange rij hechtingen in de snee in zijn voorhoofd. Hij leed duidelijk hevige pijn, maar probeerde dat niet te laten merken. 'Nog iets gehoord over die schutter?'

'Candotti lijkt al even weinig aanwijzingen te hebben als na de dood van Sporani.'

'Zodra de artsen hem daar toestemming voor geven, komt hij ongetwijfeld aan mijn bed zitten om me te verhoren.'

'Geef die gorilla bij de deur dan opdracht om hem tegen te houden.' Dankzij de ijver van zijn persoonlijke lijfwacht, een man van bijna honderdvijftig kilo in een zwart pak, waren Jeff en Edie er slechts met grote moeite in geslaagd om Roberto's privékamer binnen te komen.'

Roberto moest lachen, en zijn gezicht vertrok van pijn. 'O, als je Lou wat beter leert kennen, is hij echt een konijntje.'

'Ik weet niet zeker of ik hem wel zo goed wil leren kennen,' antwoordde Jeff, en hij wreef over de plek op zijn arm waar de man hem een paar minuten geleden had vastgegrepen toen hij de kamer binnen wilde lopen.

'Tafani was erg behulpzaam,' zei Edie. 'Maar met die aanwijzing die we in het Gritti Badoer hebben aangetroffen, zijn we niets verder gekomen.'

'Maak je daar maar niet druk om. Dat is mijn taak. Heb je die bij je, trouwens?'

Jeff overhandigde Roberto het velletje papier uit het hotel.

'Dank je wel. Jullie moeten de Vivaldi-aanwijzing natrekken. Ga zo snel als jullie maar kunnen naar Padua.'

'Dat is makkelijker gezegd dan gedaan.'

'Onzin. Je belt gewoon even met de familie Niccoli.'

'O, maar natuurlijk... Heel eenvoudig,' begon Jeff sarcastisch, maar toen hield hij plotseling zijn mond. 'Wacht 'ns even! Je gaat me toch niet vertellen dat je die kent?'

'Tja, eigenlijk wel...'

Edie moest lachen en boog zich voorover om Roberto even over zijn wang te aaien. 'Je bent echt fantastisch.'

'Nou, dank je wel...'

Er werd zachtjes op de deur geklopt en Aldo Candotti stapte de kamer binnen.

Roberto deed zijn best om te glimlachen. 'We hadden het net over u, commissaris.'

Jeff liep naar de deur en Edie gaf Roberto een kus op zijn wang.

'Jeff,' riep Roberto hen na. Er lag nu een ernstige uitdrukking op zijn gezicht. 'Neem Rose met je mee.'

Het Palazzo Moritti had ooit deel uitgemaakt van een uitgestrekt landgoed op een kilometer of vijf van het centrum van Padua. In de loop der eeuwen waren voortdurend stukken land van de hand gedaan, zodat het nu niet meer dan een schim was van zijn vroegere glorie, een fraai herenhuis in een exclusieve buitenwijk.

Edie, Jeff en Rose waren die dag al vroeg met een huurauto uit Venetië vertrokken. Rose was er niet wild enthousiast over geweest dat ze mee moest, maar deze keer wilde Jeff geen nee horen. Het grootste deel van de reis had ze mokkend op de achterbank gezeten en naar haar iPod zitten luisteren.

Het maken van een afspraak was al net zo eenvoudig gebleken als Roberto had gezegd, en Giovanni Ricardo Marco Niccoli, de drieëntwintigste baron, had zich maar al te graag bereid getoond om een stel vrienden van Roberto te woord te staan.

Het palazzo bevond zich een eindje van de hoofdweg, aan het eind van een stille met bomen omzoomde laan ten westen van Padua. Een brede, met grint bestrooide oprit leidde van een paar grote smeedijzeren hekken door een bosje cipressen naar het prachtige vijftiende-eeuwse Palazzo Moritti, dat naar verluid was ontworpen door een leerling van Brunelleschi. Een elegant geklede huisbediende stond hen op te wachten bij de enorme voordeur en liep met hen door een galmende hal naar een zitkamer.

Baron Niccoli verwachtte hen al. Hij was een lange man, die gekleed ging in een duur donkerblauw kostuum. Hij had golvend wit haar en de blik in zijn donkerbruine ogen was warm en vriendelijk.

'Welkom,' zei hij, in het Engels met maar een heel vaag accent. Hij gaf Jeff een hand en Edie een handkus. 'En jij bent zeker Rose, een echte Engelse Rose, zie ik.'

Rose straalde; al haar opgekropte woede was op slag verdwenen. 'Ik stel me zo voor,' ging baron Niccoli verder, 'dat je het niet leuk vindt dat je vader je meezeult terwijl hij op zakenreis moet. Of heb ik het mis?'

'Ze heeft ons de hele rit hiernaartoe straal genegeerd,' verklaarde Jeff plechtig.

'Papa...!'

Niccoli lachte. 'Nou, ik heb hier het volmaakte middel tegen alle verveling.' En na die woorden stapten twee jongemannen de kamer binnen. Ze droegen alle twee een gerafelde spijkerbroek en T-shirt, maar hun gelaatstrekken waren klassiek aristocratisch. Wat echter nog opvallender was, was dat ze, in ieder geval in de ogen van een vreemde, volkomen identiek waren.

'Rose, dit zijn mijn zoons Filippo en Francesco.'

Ze gaven Rose allebei een hand. 'Hou je van motorcrossen?'

'Nou...' kwam Jeff tussenbeide.

Rose keek hem woedend aan.

'Ik heb het nooit eerder gedaan, maar ik wil het best eens proberen.' Ze wierp de twee volwassenen een uitdagende blik toe.

'Het is heel veilig, Jeff. Ze dragen beschermende kleding en helmen,' legde baron Niccoli uit.

Niet veel later zaten Edie en Jeff tegenover de baron, met op de tafel tussen hen in een paar kopjes koffie.

'Nou, vertelt u me eens wat meer over de reden voor uw komst. Hoe maakt Roberto het trouwens? Het verbaasde me een beetje dat hij niet zelf gebeld heeft.'

'Hij heeft een ongelukje gehad. Het is niet al te ernstig, maar hij zal een paar dagen het bed moeten houden.'

'Dat is naar om te horen. Het zou leuk zijn om hem weer eens te zien. Ik was erg gesteld op zijn vader.'

'We doen onderzoek voor een tv-documentaire,' zei Edie. 'De voorzitter van het Vivaldi-genootschap in Venetië heeft ons uw naam genoemd. Het schijnt dat de componist hier een paar maanden gewerkt heeft, ergens in 1709 of 1710.'

'Ja, dat klopt.'

'En dat hij toen gefascineerd is geraakt door de dagboeken van een van uw voorouders, Niccolò Niccoli, die honderd jaar eerder hecht bevriend was geweest met Cosimo de Oudere.'

De baron pakte zijn espresso en nam een slokje. 'Ja, ik kan begrijpen dat dat een aantrekkelijk onderwerp vormt voor een tv-documentaire. Het is een verhaal waarin veel uiterst fascinerende historische personages voorkomen. Mijn illustere voorouder was de eerste in onze familie die werd toegelaten tot de aristocratie. We zijn hem zeer veel verschuldigd.'

'De dagboeken zijn voor ons bijzonder interessant,' zei Jeff. 'De episode waarin Vivaldi hiernaartoe is gekomen om leden van de familie muziekonderwijs te geven, was zo'n vreemd element in zijn leven. We zijn erg geïnteresseerd in de berichten dat hij de dagboeken heeft gestolen, maar ze later, in een opwelling van schuldgevoel weer heeft laten terugbrengen.'

Niccoli grinnikte. 'Dat is waar, al denk ik dat het verhaal nogal is aangedikt.' Hij zuchtte. 'Nou, ik zal u zo goed mogelijk helpen. Tot vrij kort geleden beschikten we over verschillende exemplaren van de dagboeken. In de jaren twintig van de vorige eeuw is de bekende Britse historicus doctor J.P. Wheatley hier een jaar bezig geweest om de oorspronkelijk exemplaren te vertalen en de versie door te werken die Vivaldi had laten overschrijven en die hij na wat u "een opwelling van schuldgevoel" noemt heeft laten terugbrengen. Maar toen kwam de brand.'

Jeff en Edie keken elkaar ongerust aan.

'Hebt u daar niets van gehoord? Dat was in 1977, inmiddels meer dan dertig jaar geleden. Ik studeerde toen in Oxford. Mijn vader was ziekelijk en mijn moeder, de barones, was al overleden, wat in zekere zin een opluchting was. Ze was dol op de bibliotheek; de gebeurtenissen zouden haar tot wanhoop gedreven hebben.'

'Brandstichting?' vroeg Edie.

'Ja. Het bleek gedaan te zijn door een paar afschuwelijke jeugdcrimineeltjes uit de stad. De politie heeft ze opgepakt, maar niets kon de vernietigde boeken en manuscripten terugbrengen. De hoofdbibliotheek was vernietigd: enkele bijbels van onschatbare waarde, een eerste editie van Galileo's *Sidereus Nuncius*... eveneens van bijna onschatbare waarde. We zijn bijna tweeduizend boeken kwijtgeraakt, waaronder Vivaldi's editie van de dagboeken van mijn voorvader Niccolò, en bijna alles wat professor Wheatley had vertaald. Een paar bladzijden uit het eerste deel zijn bewaard gebleven, meer niet.'

'Maar de oorspronkelijke exemplaren hebben de brand overleefd?'

'Dat zou kunnen.'

'Wat bedoelt u?'

'De brandstichters waren ook dieven. Voordat het vuur werd aangestoken, zijn er enkele boekdelen van de planken gehaald. De dieven wisten echter niet veel te beginnen met hun buit. In de loop van het daaropvolgende jaar zijn verschillende uiterst waardevolle boeken teruggevonden. Het was per slot van rekening vrijwel onmogelijk voor ze om die aan de man te brengen. We hebben een Petrarca, een Aristo en twee Boiardo's teruggevonden, plus een stel anatomische tekeningen van Leonardo.'

'Maar de dagboeken zijn nooit meer boven water gekomen?'

'Helaas niet, nee.'

Jeff keek Edie eens aan. Het was haar duidelijk aan te zien dat ze erg teleurgesteld was, en dat gevoel vormde een weerspiegeling van het zijne.

'Het spijt me dat ik u verder niet kan helpen.'

'U hebt gezegd dat een deel van een van de boekdelen uit het vuur is gered. Hebt u dat nog?'

'Ja, maar het is nauwelijks meer dan een fragment van het origineel.'

'Mogen we het zien?'

De baron dronk zijn kopje leeg en zette het weer op het schoteltje. 'Komt u dan maar mee.'

Ze liepen door een brede gang en stapten een ruime kamer binnen. Aan één zijde van het vertrek boden hoge ramen uitzicht op een weelderige tuin, een meertje en een lichtblauw zomerhuisje dat op palen aan het water stond. De muur daartegenover was voorzien van een houten lambrisering, en behangen met een lange rij portretten. De klassieke neus van de familie Niccoli herhaalde zich in elk portret weer, zodat het bijna een reeks fotokopieën leek, een stel Warhols uit de Renaissance.

Ze liepen verder door een stel dubbele deuren en door een veel minder uitbundig ingerichte gang. Bij een boog in de zijmuur bleef de baron staan en gebaarde dat ze de bibliotheek binnen konden gaan. Het was een bijzonder grote, raamloze kamer. Aan niets was te zien dat die eind jaren zeventig was herbouwd. Twee zeer oud aandoende zitbanken stonden met hun rugleuningen tegen elkaar in het midden van het vertrek. Elke vierkante centimeter van drie van de muren werd in beslag genomen door volgepropte boekenplanken.

'Ik ben jaloers,' zei Jeff.

'Onze grootste schatten worden bewaard in deze glazen kasten,' zei Niccoli. 'Na de gebeurtenissen van 1977 was het duidelijk dat we iets voorzichtiger moesten zijn.'

Hij maakte een van de glazen kasten open door een codenummer in te toetsen op een toetsenbordje. Onder drie planken vol met leer gebonden boeken, bevonden zich twee brede laden. Toen hij aan het handvat van de onderste lade trok, ving Edie een glimp op van vloeipapier en gelamineerde documenten. Voorzichtig pakte de baron een leren map uit de lade en liep ermee naar een tafeltje.

In de map bevonden zich vier vellen papier die op professionele wijze waren gelamineerd. Langs de randen van alle vier de vellen zaten scheuren en brandplekken; een van de vellen was zelfs in drie stukken gescheurd, die onder het laminaat aan elkaar gepast waren, zodat de tekst te lezen viel.

'Is dit alles wat er van de Engelse vertaling is overgebleven?' vroeg Jeff vol ongeloof.

'Het is heel tragisch, maar dit is alles wat er van de drie delen over is. Volgens het verslag van het gerechtelijk laboratorium dat we een maand of zes na de brand hebben ontvangen, zijn er aanwijzingen dat Vivaldi's exemplaar tijdens de brand is vernietigd. Ongeveer vijfennegentig procent van professor Wheatleys vertaling eveneens. Een paar kleine stukjes verschroeid papier met hetzelfde watermerk als deze vellen zijn teruggevonden, maar de echte originelen, in het handschrift van mijn voorvader Niccolò... nou, ik hoop dat ze niet in een rivier zijn beland of zijn gebruikt om pijpleidingen mee te bekleden. Ik geef er de voorkeur aan om me voor te stellen dat iemand de dagboeken zorgvuldig bewaart, zelfs al heeft diegene daar het recht niet toe.'

'Mag ik?' vroeg Edie.

'Maar natuurlijk. Neemt u gerust de tijd. Leest u deze trieste restanten maar door. Ik heb nog wat saaie klusjes die ik moet doen.'

... redding was werkelijk een wonder, maar Cosimo kon dat destijds niet waarderen. Hij was zeer veel te weten gekomen over zijn verloofde, maar dat alles was voor hem wellicht te schokkend om zomaar te aanvaarden. De nadere details van zijn avontuur in Venetië heb ik pas veel later te horen gekregen; het verhaal van de buitengewone Luigi, de verraderlijke priester en het zwaardgevecht in de kapel...

... De kapitein en op zes na alle bemanningsleden kwamen bij die afschuwelijke storm om het leven. Ik weet niet hoe ik het vasteland heb weten te bereiken. Het enige wat ik me nog herinner is ijskoud water en geschreeuw. Ik vond het ontzielde lichaam van Caterina, verdronken en opgezwollen. Tot mijn onbeschrijflijke opluchting en vreugde hadden Cosimo en Contessina de schipbreuk overleefd, maar ze waren zeer uit hun doen, net zoals Ambrogio, die de hele beproeving had overleefd met niet meer dan wat schrammen en blauwe plekken.

We waren aangespoeld op een strand niet ver van een vissersdorpje. Een paar oude mannen vonden ons en namen ons bij

zich in huis. Iedereen was heel vriendelijk. Na verloop van tijd spoelde een deel van de lading van ons schip aan land. We namen ervan wat we nodig hadden voor de rest van onze tocht en lieten de rest achter bij onze redders. Dat was wel het minste wat we konden doen voor degenen die ons voedsel hadden gegeven en onderdak hadden geboden.
De overlevende bemanningsleden bleven in Ragusa wachten op een schip naar Italië. Wij bleven net lang genoeg in die fraaie en nobele stad om weer op verhaal te komen en ons voor te bereiden op onze tocht naar Macedonië. Een deel van de waardevolle goederen die we hadden weten te redden uit de Gisela, ruilden we voor paarden, voorraden, kaarten en de diensten van plaatselijke gidsen...

... een wild land. Nog maar twaalf jaar geleden was dit gebied onder de voet gelopen door de Turken. De mensen hier, bijna allemaal arme keuterboertjes, waren er nauwelijks beter aan toe dan slaven. De sultan heerste met ijzeren hand over het dagelijks leven in dit deerniswekkende gewest, terwijl de mensen geestelijk in de ban waren van het patriarchaat van Constantinopel...

... we bevonden ons natuurlijk in groot gevaar. Enerzijds leek het ons wijs om zoveel mogelijk uit de buurt te blijven van de vele soldaten die de boeren in bedwang hielden, maar anderzijds maakte ons dat kwetsbaar voor aanvallen van de *ajduks*, de leden van de plaatselijke verzetsbeweging. Op de derde dag nadat we Macedonië binnen waren getrokken bereikten we de uitlopers van de Dinarische bergen, en de hoogste bergtop daarvan, Korab zelf...

... zo'n grimmig en onherbergzaam land. Ambrogio liep natuurlijk voortdurend te klagen. Contessina en Cosimo waren onafscheidelijk en gingen bijna te werk als één persoon. Ze waren niet alleen gesterkt door wat ze samen hadden doorgemaakt, maar werden ook voortgedreven door een brandende ambitie. Ik was vermoeid, dat geef ik zonder meer toe, maar omdat ik de meest ervaren reiziger was, vertrouwden mijn metgezellen op mij...

... in de verte, hoog aan de hemel, niet ver van de donkere Korab... De bergweg voerde rechtstreeks naar het oosten. Onderweg kwamen we langs een paar verlaten huizen. Een eindje verder vonden we een gehucht dat bestond uit enkele stenen hutten; ze waren volkomen uitgebrand. In een ervan vonden we een moeder en kind die levend verbrand waren terwijl ze zich aan elkaar vastklampten.
Dit was het treurigste wat ik op al mijn reizen ooit gezien heb, en het zal me altijd bijblijven. De stank van verbrand vlees en verschroeid stro viel nog overal te ruiken. Niet lang geleden was hier iets afschuwelijks langsgetrokken, misschien pas de vorige avond.
De volgende dag bereikten we aan het eind van de middag de top van de berg, en daar, terwijl de zon in een rossig waas laag boven de horizon hing, vingen we onze eerste blik op van het klooster van Golem Korab...

... De abt, pater Kostov, was een lange, gespierde man, en zelfs in zijn vormeloze, van grof geweven stof gemaakte habijt beschikte hij over een onbestemde waardigheid. Hij was onderwezen in Genua en Parijs en sprak vier talen. We werden lang en scherp ondervraagd voordat hij ons het klooster binnen liet, maar zodra de abt ons als gasten had aanvaard, werden we met grote hoffelijkheid behandeld...

... De eerste avond aten we samen met de abt in zijn Spartaans ingerichte vertrekken, niet ver van de slaapruimten van de monniken, en we vertelden hem over onze missie. Hij legde ons uit dat we in groot gevaar verkeerden. Een plaatselijke krijgsheer, een zekere Stasanor, had de nabijgelegen gehuchten geplunderd en gebrandschat, en zijn hebzuchtige ogen nu op hen gericht...

... pas drie dagen na onze komst kregen we de bibliotheek te zien... vele wonderen die al onze beproevingen de moeite waard maakten. Sindsdien werden Cosimo en Ambrogio Tommassini nog maar weinig gezien; de goede abt had hun toestemming gegeven om alles te lezen, en alles over te schrijven wat ze maar wilden...

... Maar in het hele klooster hing een sfeer van angst en naderend onheil... De angst voor Stasanor was voortdurend aanwezig. De monniken voelden die, en wij ook.

... puur toeval... de nacht van de aanval...

... De goede abt kwam na het avondgebed naar ons toe en zei dat hij ons iets wilde vertellen over zijn klooster, iets wat geen enkele buitenstaander ooit eerder te horen had gekregen. En zo kregen we te horen over het mirakel van Sint-Jacob, en waren we getuige van zijn werk...

21

Toronto Airport, heden

Toen hij over de vliegtuigtrap de Gulfstream G500 uit liep, ging Luc Fourniers telefoon.

'Dit is al de tweede mislukking.' Hij herkende de stem met het zware accent onmiddellijk. 'U zult begrijpen dat mijn collega's en ik van streek zijn.'

Fournier zei niets.

'U hebt vierentwintig uur. Als u binnen die tijd niet aan uw verplichtingen voldoet, wordt onze relatie beëindigd. Is dat duidelijk?'

'Volkomen,' antwoordde Fournier met kille stem. 'Maar bedreigt u mij nooit meer. In vijfenveertig jaar heb ik altijd aan mijn verplichtingen weten te voldoen. Ook in dit geval zal ik leveren waar u om gevraagd hebt... tenzij ik ervoor kies om dat niet te doen.'

Het laboratorium was een gelijkvloers betonnen gebouw, dat schuilging achter een groepje bomen zodat het vanaf de hoofdweg niet te zien viel. Daarachter lagen uitgestrekte, met sneeuw overdekte akkers. De dichtstbijzijnde huizen stonden bijna een kilometer van het gebouw vandaan, en zelfs die waren eigendom van Canadian Grain Supplies, een van de vele anonieme bedrijven die Luc Fournier gebruikte als dekmantel voor zijn werkelijke praktijken.

De limousine kwam tot stilstand voor het hoofdgebouw en de chauffeur rende om de wagen heen om het achterportier open te maken en een paraplu omhoog te houden, zodat Fournier werd beschermd tegen de paar sneeuwvlokken die neerdaalden uit de grauwe hemel. Het was vijf graden onder nul, en de adem van de twee mannen wolkte op in de kille buitenlucht.

Bij de voordeur stond het hoofd van het laboratorium, dr. Jerome Fritus, hen al op te wachten. Na een nauwelijks merkbaar knikje liep hij voor zijn werkgever uit door een gang naar de centrale ruimten van het laboratoriumcomplex. Fritus had geen aanleg voor gebabbel en Fournier hield niet van gesprekken die niet strikt noodzakelijk waren.

Het belangrijkste vertrek van het hele complex was een steriele ruimte met witte muren. Het was een ruimte die een volmaakte weerspiegeling vormde van de dorre isolatie van de bevroren akkers en de met sneeuw beladen hemel buiten. Fritus liep voor hem uit naar een brede tafel met een vierkante glazen fles erop. In de fles lag het tablet dat was ontvreemd uit de Medici-kapel.

Toen hij dat zag, was Fournier al zijn zorgen en ergernissen onmiddellijk vergeten. Niets anders was nu nog van belang, ook de Afghaanse terroristen niet. Hij bevond zich in de aanwezigheid van een tijdloos wonder, iets wat groter was dan hen allemaal.

'Ik heb uw eerste verslag over de inscriptie ontvangen,' zei Fournier. 'Maar wat bent u verder nog te weten gekomen?'

Fritus stond hem met zijn handen op zijn rug aan te kijken. Anders dan al zijn vele andere werknemers leek de man niet bang te zijn voor zijn werkgever. Fournier vond dat heel verfrissend, maar zodra Fritus niet meer nuttig voor hem was, zou hij wél stilletjes uit de weg worden geruimd.

'Het is een volmaakt geproportioneerde rechthoek van 3,9 bij 1,9 centimeter,' zei Fritus. 'De inscriptie is waarschijnlijk pas op de steen verschenen nadat die vochtig was geworden door waterdamp in de lucht. De groene letters zijn gemaakt van een zwavelhoudend materiaal dat van kleur verandert als het watermoleculen opneemt in zijn kristalstructuur.'

'En u bent erin geslaagd om het te dateren?'

'Omdat het tablet is gemaakt van organisch materiaal is het natuurlijk niet mogelijk om koolstofdatering te gebruiken. Met behulp van een nieuwe techniek heb ik echter een vergelijkende analyse gemaakt die me in staat stelde om toch een vrij nauwkeurige schatting te doen. Het tablet is gemaakt van amanorthosiet, een vorm van wat we intrusief magmatisch gesteente noemen. Kenmerkend voor dergelijk materiaal is de aanwezigheid van kleine hoeveelheden van het mineraal letomeniet. Letomeniet verandert van chemische structuur als het in contact komt met lucht. Dat wil zeggen dat we de veranderingen in het materiaal aan de rand van het tablet kunnen vergelijken met die in het materiaal in het inwendige van het tablet, en daaruit kunnen opmaken wanneer dit stuk steen voor het eerst in zijn huidige vorm is uitgehouwen.'

Fournier liet merken dat hij onder de indruk was. 'Maar al die tijd dat het lijk in de kapel heeft gelegen is het tablet toch zeker van de buitenlucht afgesloten geweest?'

'Dat is correct,' antwoordde Fritus alsof hij het tegen een intelligente student had. 'Maar toen het lichaam begraven was, bevond zich daar lucht in, en de zuurstofmoleculen zouden in staat geweest moeten zijn om in het lijk weg te zinken. De letters op het tablet werden pas zichtbaar nadat het aan de buitenlucht was blootgesteld, omdat het waterdamp nodig had, en die was niet in staat om door de balsemvloeistof heen te dringen die om het lijk heen was aangebracht.'

'Dus de data kloppen? Het tablet is echt?'

'Volgens mijn berekeningen is de steen van het tablet ongeveer vijf- of zeshonderd jaar geleden voor het eerst uitgehakt en aan de buitenlucht blootgesteld. Nauwkeuriger kan ik de leeftijd niet vaststellen.'

'Dat hoeft ook niet,' antwoordde Fournier. 'Het is voldoende om te bevestigen dat het tablet niet van recente oorsprong is. Wat bent u verder nog te weten gekomen?'

'Hoe weet u dat er nog meer is, monsieur Fournier?'

Fournier trok zijn wenkbrauwen op.

Meer aanmoediging had Fritus niet nodig. 'Ik heb iets heel merkwaardigs aangetroffen: sporen van een chemisch middel dat Ropractin heet.'

'En dat is?'

'Metapropyldimethylfosfonochloridiet, als dat u wat zegt. Het is nauw verwant aan Sarin, maar nog een stuk dodelijker. Bij kamertemperatuur is het een vloeistof, diepgroen van kleur en semifluorescerend. Het is ongeveer duizend keer zo giftig als Sarin. Het is al dodelijk in concentraties van een fractie van een milligram per kilogram lichaamsgewicht.'

Fournier luisterde niet meer. Na al die jaren was hij eindelijk doorgedrongen tot de kern van het raadsel van Niccoli's handgeschreven verslag van zijn reis naar Macedonië. Nu kende hij het Medici-geheim.

22

Padua, heden

De man keek toe hoe ze in een huurwagen over de oprijlaan het landgoed binnen reden en na honderd meter bij het huis parkeerden. Hij had nog steeds een kloppende hoofdpijn van de klap die hij de afgelopen nacht had opgelopen. En in zijn innerlijk voelde hij een ziedende, wrokkige woede.

Tegen de tijd dat hij een groepje bomen tegenover de ingang van het landhuis had bereikt, waren de drie inzittenden al naar binnen gelopen. Hij maakte een rondje om het huis, en keek toe hoe twee tienerjongens door een van de deuren in de achtergevel naar binnen gingen. Een paar minuten later kwamen de jongens samen met het meisje naar buiten.

De kloppende pijn in zijn hoofd tastte zijn oordeelsvermogen aan. Hij sloot zijn ogen en deed een van de speciale mentale oefeningen die hij bij de Special Forces had geleerd. Toen hij weer helder kon denken, haalde hij een paar keer diep adem, en deed zijn ogen weer open.

Hij sloop geruisloos tussen de bomen door totdat hij een ander uitkijkpunt had bereikt, een eindje verder van het huis, in een gebied vol ongemaaid gras en verwilderde struiken. De drie tieners stonden druk met elkaar te praten naast een paar crossmotoren.

De twee jongens zetten een helm op en lieten het meisje zien hoe het moest. Ze begonnen aan een rondje over allerlei heuveltjes en schoten slippend door een reeks scherpe bochten. Een deel van de crossroute liep over een modderig paadje nog geen meter van de plek waar hij zich bevond, maar hij wist dat ze hem niet zouden opmerken.

Hij kende geen scrupules. Moorden was de manier waarop hij in zijn onderhoud voorzag. Hij had het niet nodig om zijn doelwitten te haten. Ze lieten hem volkomen onverschillig. Zijn opdracht luidde dat hij alle informatie moest zien te verzamelen die hij maar kon bemachtigen. Koste wat kost. Zijn cliënt betaalde goed. Hij was van plan de twee jongens uit de weg te ruimen, het meisje mee te nemen en haar – dood of levend – in te ruilen voor dat allerwaardevolste: informatie.

Een van de broers kwam met enorme snelheid de bocht uit scheuren, zodat de modder hoog opspatte. Hij gaf gas en schoot met brullende motor over een heuveltje, vloog door de lucht en kwam elegant weer neer. De moordenaar bracht zijn pistool in de aanslag en ondersteunde zijn arm met zijn vrije hand. De jongen schoot naar hem toe en slipte, zodat er nog meer modder hoog de lucht in spatte. De motor maakte een rare schuiver en de berijder verloor de macht over het stuur. Even later krabbelde hij op uit de modder en reed terug naar de anderen. Het ogenblik was onbenut voorbijgegaan.

De tweede jongen begon aan zijn rondje met een indrukwekkende start op zijn achterwiel; het voorwiel hing los in de lucht. Maar toen hij het eerste heuveltje naderde, verloor het achterwiel zijn grip. De motorcrosser vloog over het stuur en kwam hard in de modder terecht.

De moordenaar stond wijdbeens, met zijn knieën licht gebogen. Hij richtte het pistool op de jongen, die nu weer op zijn crossmotor klauterde. Zijn vinger kromde zich om de trekker.

'Jongens?'

Snel liet hij het pistool weer zakken en deed een stap naar achteren, zodat hij tussen de bomen verdween. Een korte, nogal dikkige vrouw met roze stekeltjeshaar kwam naar de jongens toe lopen.

Filippo ging rechtop in het zadel zitten, zette de motor uit en stapte af. De motor liet hij gewoon in de modder vallen.

'Sorry, ik ben hier om de pret te bederven,' hoorde de man haar zeggen. 'De kokkin heeft de thee klaar.'

Francesco liet zijn ogen rollen in hun kassen. 'Wat? Nu? We zijn nog maar net begonnen.'

'Nu of nooit jongens, maar die chocoladecake is echt heel bijzonder.'

'Dit is onze huislerares, Mathilda,' zei Francesco tegen Rose. 'Mathilda komt uit Amerika en neemt eten heel serieus.'

'Zoals je wel kunt zien,' voegde Filippo er achter zijn hand aan toe, zodat Rose en zijn broer in lachen uitbarstten.

De gewapende man keek toe vanuit de schaduwen terwijl de vier mensen terugliepen naar het landhuis.

23

Venetië, heden

Het was donker tegen de tijd dat ze het Piazzale Roma bereikten, waar ze de huurauto moesten inleveren. De barretjes en cafeetjes langs het water begonnen tot leven te komen, de watertaxi voer geruisloos over het Canal Grande. Het kostte hen niet meer dan tien minuten om het Ospedale Civile te bereiken.

In Roberto's kamer was het stil, en de lichten waren gedempt. Er stond een tv in de hoek, met het geluid uit. Roberto was wakker en zat rechtop in bed. Zijn gezicht zag er zwaargehavend uit. De blauwe plekken waren een stuk opvallender dan gisteren.

'Ach, daar hebben we mijn onverschrokken onderzoekers,' zei hij. 'En onze lieve Rose. Het is werkelijk een grote eer.'

Rose kon haar schrik en verbazing niet verhullen, maar stapte naar het bed toe en gaf hem heel voorzichtig een kus op zijn wang. 'Hoe voel je je?'

'O, heel goed, jongedame. En jij?'

'Ik heb het het leukst gehad.'

Roberto keek Edie en Jeff wat verbaasd aan.

'Baron Niccoli heeft twee zoons, Francesco en Filippo, eeneiige tweelingen. Ze zijn echt volkomen hetzelfde,' zei Rose opgewonden.

'Ach.' Het was duidelijk dat het Roberto pijn deed om te glimlachen.

'Zo, hoe gaat het met je?' vroeg Edie, terwijl ze zijn hand vastpakte.

'Ik mag niet klagen. Knappe verpleegsters, lekker eten, en ruim voldoende tijd om me te ontspannen.'

Edies gezicht betrok.

'O, en werkelijk heel aangename gesprekjes met Candotti. Gisteren heb ik hem weggestuurd. Ik heb hem te verstaan gegeven dat ik er nog niet aan toe was om met hem te praten. Vanochtend kwam hij terug, en hij had duidelijk een beetje spijt.'

'Dat klinkt heel anders dan de Candotti die wij hebben leren kennen en waarderen.'

'Ik ben zo verstandig geweest even met zijn chef te bellen, prefect Vincenzo Piatti. Ik heb hem gezegd dat jullie beiden werden lastiggevallen.'

'Zijn er mensen in Venetië die jij niet kent?'

'Ik ken de prefect eigenlijk niet. Maar hij schijnt mij te kennen.'

'Zal Candotti daardoor niet alleen maar nog nijdiger worden?'

'Misschien... maar eigenlijk kan me dat niet schelen. Ik denk niet dat we ook maar iemand moeten vertellen wat we te weten zijn gekomen. Candotti doet gewoon zijn werk, maar op dit moment kan de politie ons niet beschermen, en als je niet wilt dat mensen als hij iets te weten komen, kun je ze maar beter zoveel mogelijk uit de weg gaan. Zo, dat is wel genoeg over dit onderwerp. Wat zijn jullie te weten gekomen?'

Edie vertelde hem over de bibliotheek van baron Niccoli, en over wat er van de dagboeken geworden was. 'Het was een fascinerende leeservaring,' besloot ze. 'Maar ook nogal frustrerend, en we komen er geen stap verder mee.'

Roberto keek peinzend voor zich uit.

'En jij?' vroeg Edie.

'Nou, gelukkig heb ik wel enig resultaat geboekt. Die aanwijzing van het Gritti Badoer; ik heb weinig anders gehad om over na te denken.'

'Hoe zit het met de verpleegsters?' zei Edie met een vriendelijke glimlach.

Roberto trok een wenkbrauw op en ging verder: 'Dat regeltje muziek is fascinerend. Oppervlakkig gezien lijkt het heel eenvoudig. Elke noot verwijst waarschijnlijk naar een letter, en ik dacht dat die letters samen wel een zin zouden opleveren.'

'Maar dat was niet het geval?'

'Nee. Dat levert alleen maar onzin op. Toen begon ik te denken aan Romeinse cijfers, IV en V. Het viel me in dat ik de noten misschien zou moeten transponeren naar een andere toonsoort, en die Romeinse cijfers gaven aan welke kant ik daarbij op moest.'

'Hoe bedoel je?'

'Nou, je kunt een muziekstuk in elke toonsoort spelen. Het zijn de intervallen tussen de noten die de melodie opleveren. Noten kunnen altijd worden omgezet in een andere toonsoort. Die Romeinse cijfers hadden iets te betekenen. De aanwijzing bestond uit twee notenbalken. Onder de eerste stond het nummer IV en onder de tweede het nummer V. Het werd me al snel duidelijk dat ik de noten op de eerste notenbalk, die met die IV dus, een kwart omhoog moest transponeren; en de noten in de tweede balk een reine kwint.'

'En dat leverde een leesbare zin op?'

'Eh nee.'

'Nee?' Jeff begon zich te ergeren, maar besefte dat hij Roberto maar even zijn gang moest laten gaan. De man genoot er duidelijk van om hen wat te plagen door zijn verhaal stukje bij beetje te vertellen.

'Dat was voor mij ook een hele verrassing. Ik dacht dat ik het gevonden had. Maar toen viel alles ineens op zijn plaats. In de kopie die je hebt gemaakt van die notenbalkjes stond geen sleutel.'

'En een sleutel is...?'

Rose giechelde. 'O, pappie!'

'Sorry.'

Roberto gaf met een handgebaar te kennen dat Rose dit maar moest uitleggen.

'Een sleutel is het symbool aan het begin van een notenbalk. De meest voorkomende sleutel is de G-sleutel.'

'Dank je wel, Rose. Keurige omschrijving. Ik was ervan uitgegaan dat het muziekstuk in G stond, maar toen begon ik me af te vragen of dat juist was. De op één na meest voorkomende sleutel is de F-sleutel, ook wel de bassleutel genoemd. En toen, eureka, bleek het ineens te kloppen.' Hij liet een korte stilte vallen. 'Zou je een glaasje water voor me kunnen inschenken?'

Edie gaf hem een glas water. Hij nam een slokje en liet zijn hoofd op het kussen zakken.

'Waar was ik? Juist ja, de bassleutel. De eerste notenbalk leverde de letters G A B op, gevolgd door twee rustpunten, en daarna een E en een F.'

'G A B - - E F?'

'Precies. Op tweede notenbalk stond: A - - E -A.

'Het is net galgje,' zei Rose.

'Inderdaad,' zei Edie. 'Je moet de lege plekken invullen. Tafani heeft al gezegd dat Vivaldi dat fragment uit de brief van Contessina de' Medici aan een vriend heeft toevertrouwd, de schilder Gabriël Fabacci. G A B - -E – F? Gabriel F. Gabriel Fabacci. Perfect!'

'Oké, maar hoe zit het dan met A - - E -A?' vroeg Edie.

'Dat heeft me wat meer tijd gekost. Maar met enige kennis van de plaatselijke geschiedenis kom je vaak een heel eind. In 1741, het jaar waarin Vivaldi is overleden, kreeg Gabriël Fabacci opdracht om een fresco te schilderen in een kerk, de Santa Maria della Pietà. Vivaldi was daar bijna dertig jaar lang dirigent van het koor geweest en had er bijna elke zondag opgetreden. In de volksmond heet die kerk kortweg La Pietà. Zet de ontbrekende letters L, P, I en T ertussen, en dan ben je klaar.'

'Dus als ik het goed begrijp,' zei Jeff terwijl hij dit alles in zich probeerde op te nemen, 'moet de aanwijzing in het Gritti Badoer daar na Vivaldi's dood zijn achtergelaten door zijn vriend Fabacci. En die aanwijzing leidt ons naar het fresco dat hij heeft geschilderd in La Pietà? Waarom heeft hij dan niet gewoon gebruikgemaakt van de informatie die Vivaldi hem gegeven had om de dagboeken van Niccoli op te sporen en het zogeheten Medici-geheim voor zichzelf op te eisen?'

'Je zou je ook kunnen afvragen waarom Vivaldi dat niet zelf heeft gedaan,' antwoordde Roberto.

'In zijn "bekentenis",' zei Edie, 'schrijft hij dat wat hij te weten is gekomen hem zoveel angst aanjoeg dat hij er niet eens aan kon dénken om er verder op door te gaan.'

'Eerst dacht ik dat dat ook Fabacci's reactie moest zijn geweest. Misschien was hij al net zo'n godvrezend man. Maar er waren heel wat prozaïscher redenen voor zijn getreuzel. Kort nadat hij zijn fresco had voltooid, niet meer dan een paar weken nadat hij de documenten van zijn vriend had geërfd, stierf Fabacci zelf. Hij verdronk in de lagune. Hij is er nog maar net in geslaagd om de aanwijzing in het Gritti Badoer achter te laten. En zijn informatie over het Medici-geheim is samen met hem gestorven.'

'Maar waarom heeft hij eigenlijk de moeite genomen om een aanwijzing achter te laten?' vroeg Edie.

Roberto zuchtte en schudde zijn hoofd. 'Wie weet? Misschien kon hij het toch niet helemaal loslaten. Misschien geloofde hij dat in een betere toekomst iemand het geheim zou achterhalen en daar een goed gebruik van zou weten te maken.'

'Dus wat doen we nu?'

'Nu weten we alles, toch? We hebben Fabacci's aanwijzing in verband weten te brengen met zijn fresco in La Pietà. Hij heeft ons zelfs verteld wanneer een onverschrokken onderzoeker daar moet gaan speuren: bij zonsondergang.'

Jeff knikte, maar er lag een gekwelde uitdrukking op zijn gezicht.

'Jeff?' vroeg Edie. 'Wat is er?'

'Het is allemaal prima, maar kunnen we ons er ook beter niet eens mee bezighouden wie het geheim verder nog probeert te vinden? Was die gewapende man er ook naar op zoek, of was hij alleen maar een huurmoordenaar? En als dat laatste het geval is, wie betaalt hem dan, en waarom?'

Het bleef even stil in het vertrek. Het licht van de tv flakkerde onrustig over de donkere muren en het plafond.

'Ik denk niet dat een van ons daar op dit moment antwoord op kan geven, Jeff. Voorlopig niet in ieder geval. Maar misschien stelt het je een beetje gerust als ik je vertel dat ik een paar mensen aan het werk heb gezet om uit te zoeken wie me heeft neergeschoten.' Heel even zag iedereen in het vertrek een uitdrukking op Roberto's gezicht die geen van hen eerder had gezien: een aristocratische hardheid die grensde aan dreiging. 'Laten we ons nu allemaal maar toeleggen op het oplossen van het raadsel dat de kern van deze zaak vormt,' voegde hij daar zachtjes aan toe.

Jeff wilde daar net iets over zeggen, toen Rose plotseling naar de tv wees. 'Kijk eens, is dat de Medici-kapel niet?'

Ze keken allemaal naar het beeldscherm. Jack Cartwright stond voor de camera te praten, met achter zich het kille gesteente van de crypte. Edie griste de afstandsbediening van het nachtkastje en zocht naar de volumeknop.

'Bent u daar werkelijk van overtuigd?' Een journalist hield de microfoon vlak voor Cartwright, die een beetje overdonderd leek door de felle lampen en de camera's.

'Volkomen zeker. Met behulp van een DNA-analyse hebben we onze verdenkingen weten te bevestigen,' zei hij. 'Het lijk, waarvan we aannamen dat het afkomstig was van Cosimo de Oudere, de eerste van de familie De' Medici die heerser over Florence is geweest, is in werkelijkheid het lijk van iemand anders.'

'Van wie dan wel?'

'Op dit moment hebben we geen idee. We weten niet wanneer, waarom of hoe het lijk verwisseld is. We weten niet eens of het lijk ooit wel verwisseld is. Misschien is deze onbekende begraven als Cosimo de' Medici, wat natuurlijk tot de vraag leidt waar de echte Cosimo dan begraven ligt. En waarom hij dan ergens anders begraven is?'

'Dat is toch niet te geloven,' zei Edie zachtjes. 'Die klootzak. Ik moet terug naar Florence... en wel onmiddellijk.'

'Doe niet zo raar,' zei Jeff.

'Je kunt toch niet verwachten dat ik hier gewoon op mijn krent blijf zitten terwijl die doortrapte klootzak mooi weer speelt met mijn werk? Het was *mijn* idee dat het lijk in Florence niet dat van

Cosimo was, en zodra ik maar even mijn hielen licht, probeert Cartwright de show te stelen.'

'Bel hem dan op. Scheld hem flink de huid vol, maar ga niet weg. Niet nu.'

Een paar minuten later stapten ze de lift uit. Ze liepen naar de deuren van het Campo SS Giovanni e Paolo. Edie plukte haar mobieltje uit haar schoudertas en toetste het nummer in. Rose keek met een bezorgd gezicht toe en haar vader sloeg geruststellend een arm om haar schouder.

'Hoor eens, voordat je me begint uit te foeteren...' Jack Cartwright was duidelijk geschrokken dat Edie hem belde. 'Dit is niet wat het lijkt.'

'Wat is het dan wel, Jack?'

'Je hebt zeker niet de hele uitzending gezien?'

'Nou, nee...'

'Ik heb aan het begin van het interview heel duidelijk gemaakt dat het jouw idee was.'

'Maar waarom moet je zo nodig iets zeggen?'

'Dat was ik helemaal niet van plan,' zei Cartwright. 'Maar je hebt geen idee hoe het hier geweest is sinds je vertrek. De politie is twee keer geweest met een gerechtelijk onderzoeksteam. Ze hebben dossiers teruggebracht en weer andere meegenomen. Ik heb geen enkele privacy gehad. Ze hebben zelfs surveillancecamera's geïnstalleerd.'

'Dat is nog geen reden om het de pers dan maar te vertellen...?'

'Ik heb de pers helemaal niets verteld, maar de een of andere zak van een verslaggever kwam hier rondneuzen en vertelde *míj* wat het resultaat van ons onderzoek was. Hij zei dat hij wilde dat ik daar voor de camera iets over zou zeggen. Toen ik zei dat ik daar geen zin in had, maakte hij me duidelijk dat ze er dan toch een uitzending aan zouden wijden. En toen dacht ik...'

'Toen dacht je dat je maar in het hele land op de televisie moest verschijnen om aan te kondigen dat je een onbewezen hypothese hebt, een hypothese die je niet eens zelf hebt bedacht.'

'Ja.'

'Goed, Jack, gedane zaken nemen nou eenmaal geen keer. Ik heb hier nog het een en ander af te ronden, maar uiterlijk overmorgen kom ik terug. En Jack, alsjeblieft, zeg hier verder geen woord over, niet op de tv, en ook ergens anders niet.'

Nadat ze Rose thuis hadden afgezet, arriveerden Jeff en Edie rond kwart over vijf in La Pietà. De westelijke hemel vormde een magische mengeling van oranje, rood en paars. Over hooguit een kwartier zou de zon achter de horizon verdwijnen.

De kerk stond aan de Riva degli Schiavoni en keek uit over de lagune in de richting van San Giorgio Maggiore. Er was maar weinig overgebleven van het vijftiende-eeuwse gebouw waarin Vivaldi had gewerkt; het meeste ervan was halverwege de achttiende eeuw herbouwd, naar een ontwerp van de architect George Massari.

'Merkwaardig.' Jeff liet zijn ogen over het laat-barokke interieur gaan. 'Ik woon nu al jaren in Venetië, maar toch ben ik hier nog nooit binnen geweest.'

'Het is ongelooflijk, maar wel een beetje overdreven.'

Ze liepen over het middenpad en keken bewonderend naar de fraaie crème- en goudkleurige pilaren en het spectaculaire fresco op het plafond, dat geschilderd was door Tiepolo. Tussen de vensters waren kleinere fresco's aangebracht door een groot aantal verschillende kunstenaars. De meest rechtse was een afbeelding van een madonna met kind. De madonna, die een groot deel van de linkerzijde van het fresco in beslag nam, hield het Christuskindje met één arm tegen zich aan en wees met haar andere hand naar drie mannen op muilezels. De muilezels waren zwaarbeladen met kisten. Helemaal boven in het fresco hing een grote ster, waarvan de stralen een halve cirkel van gouden dolken vormden. Het onderste deel van het fresco was in schaduwen gehuld, en terwijl het licht van de ondergaande zon werd weerspiegeld in de achterste kerkramen, kroop de schaduw langzaam omhoog over het fresco. Het ging zo langzaam dat het nauwelijks waarneembaar was, maar de schaduw bewoog.

De seconden tikten voorbij.

'Het is nu 17:31,' zei Edie. 'Zonsondergang. Dus wat nu?'

'Ik weet het niet. Wat moeten we...?'

'Daar,' zei Edie zo luid dat een echtpaar op leeftijd omkeek en haar woedende blikken toewierp. 'Kijk daar! De hand van de madonna.'

De scherpe scheiding tussen schaduw en zonlicht liep nu recht langs de arm van de madonna, dwars door haar wijzende vinger heen. Hij doorkruiste het hele fresco en stak de muur over naar het volgende fresco rechts. Ze holden ernaartoe. Van deze afbeelding was ongeveer een derde verlicht en tweederde in schaduw gehuld. De grens tussen licht en schaduw ging dwars door de blauwe hemel, sneed de toppen van een bergketen, onthoofdde een engel en maaide dwars door een gebouw.

'Christus!' riep Edie uit.

Jeff tuurde naar het fresco. 'Is dat wat ik...?'

De scheidslijn liep nu dwars door een piepkleine afbeelding van een gebouw dat alleen maar de Medici-kapel in Florence kon zijn. Daaronder stond het opschrift: SOTTO 400, 1000.

De lucht begon al donker te worden toen ze La Pietà weer uit kwamen en in westelijke richting naar San Marco liepen. Er brandden lichtjes langs de Riva degli Schiavoni. De avonddrukte was al begonnen; terwijl de vaporetti arriveerden vanuit het Lido, verdrongen de toeristen zich in de drukke straat. Een felle wind bracht het water van de lagune flink in beweging, zodat de afgemeerde gondels stampten op de golven.

Ze staken het Piazza San Marco over en liepen de hal van het appartementencomplex binnen. Die was volkomen verlaten, maar toen ze naar de trap liepen, hoorden ze een zwak, gorgelend geluid. Achter zijn balie lag de conciërge krampachtig te stuiptrekken. In zijn keel zat een kogelwond van tweeënhalve centimeter doorsnee. Zijn gezicht, en de hele achterkant van de balie, waren overdekt met bloed.

Jeff probeerde zijn opkomende paniek te onderdrukken. 'Edie!' Hij pakte haar bij de schouders en schudde haar heen en weer, zodat ze snel weer bij haar positieven kwam. 'Bel de politie.'

Met twee treden tegelijk rende hij de trap naar zijn appartement op. Toen hij op de overloop stond, kon hij zien dat zijn deur half open stond. Een lange, bleke man in een donker pak stond naast een van de zitbanken. Hij had Maria dicht tegen zich aan getrokken, en de loop van een pistool met geluiddemper hard tegen haar rechterslaap gedrukt. Ze jammerde; er lag een wilde, paniekerige blik in haar ogen.

Snel stapte Jeff weer de hal in.

'Ik schiet haar een kogel door haar kop, Jeff.' Het was een hese stem, met een zwaar accent. 'Dat weet je toch, hè? En daarna gaat het meisje eraan. Ik weet dat Rose hier ergens moet zijn. En ik zal haar vinden.'

Langzaam stapte Jeff de kamer binnen. Zijn hart klopte in zijn keel. 'Wat wil je?'

'Wat een domme vraag. De aanwijzing natuurlijk.'

'Welke aanwijzing?'

Jeff keek snel even omlaag toen er plotseling tussen Maria's benen wat vloeistof op de vloer kletterde. De gewapende man zag het ook. Hij haalde de trekker over en de helft van Maria's hoofd vloog de kamer door.

Jeff dook de gang weer in en liep zo hard tegen Edie aan dat ze bijna tegen de grond sloeg.

Edie greep hem bij zijn haar. 'Wat is hier aan de hand, verdomme?'

'Rose,' zei hij met schorre stem, en hij rende de kamer weer binnen.

Het was net een abattoir. De muren en het plafond zaten onder het bloed. De gewapende man was nergens te bekennen.

'God!' Vol afgrijzen sloeg Edie haar beide handen voor haar gezicht.

'We moeten haar zien te vinden,' mompelde Jeff.

Ze renden de gang door.

De eerste kamer was leeg. Voor hen bevonden zich nog twee kamers, een links en een rechts. Ze stonden net op het punt om de tweede slaapkamer binnen te stappen, toen de gewapende man weer verscheen, met zijn pistool in de aanslag.

'Goedenavond, signorina Granger. Wat vindt u van het nieuwe kleurenschema? Heel chique toch? De man stond met zijn gezicht vlak voor dat van Jeff. 'Geef me de aanwijzing,' fluisterde hij. 'Of ik jou of de bekoorlijke signorina nou moet doodschieten of niet, je dochtertje weet ik toch wel te vinden, en dan geef ik de rest van het huis ook een nieuw kleurtje. Dus, dit is jullie laatste kans, mensen...'

Hij zette het pistool tegen Edies voorhoofd.

Vanuit het einde van de gang klonk een stem. 'Laat je wapen vallen.'

De gewapende man aarzelde even, toen liet hij zijn wapen zakken.

'Laat vallen.'

Plotseling was het hele appartement vol met mannen in uniform en kogelvrije vesten. Een van hen greep de gewapende man beet en deed hem de handboeien om. Een andere rende naar voren om het pistool op te rapen en in een plastic zakje te stoppen, zodat het later als bewijsmateriaal gebruikt kon worden.

'Dank u wel,' zei Jeff en hij liep met lange stappen langs Aldo Candotti, die geen poging deed om hem tegen te houden.

Aan het andere uiteinde van de gang bevond zich een kleine slaapkamer. Daarbinnen was nog net het vage silhouet van een deur te zien, en een klein, in de muur verzonken deurkrukje. Het was Rose' geheime verstopplekje. Jeff pakte de deurkruk beet en trok eraan, terwijl hij hoopte en smeekte dat zijn dochter het goed maakte. Hij zette de lichtschakelaar om. De lamp was kapot. Maar er viel net voldoende licht naar binnen om iets te kunnen zien. Het was een lang en smal vertrek, dat was voorzien van een klein zitbankje, een laag tafeltje en een kast met een paar boeken erin.

'Rose?'

Geen reactie.

'Rose? Ik ben het, pappie. Alles is in orde. Je kunt tevoorschijn komen.'

Samen met twee politiemensen kwam Edie naar hem toe gelopen.

'Jeff, wat...?'

'Ik dacht dat ze...' Edie sloeg haar armen om hem heen en hij begroef zijn gezicht in haar haar.

Er klonk een luide kreet uit de woonkamer. Ze renden snel door de gang en zagen Rose. Haar gezicht was krijtwit.

24

Macedonië, juni 1410

Abt Kostov liep met Cosimo en de anderen door de refter, en ging hen daarna voor door een sombere, grijze gang die uitkwam bij de trap naar de crypte. Ze volgden zwijgend, terwijl de abt met een flakkerende toorts voor hen uit ging. Onder aan de trap bereikten ze een rond vertrek met een laag koepeldak. Midden in het vertrek bevond zich een stenen pilaar met daarop een glazen bakje ter grootte van een mannenhand. In het flesje bevond zich een veel kleiner glazen buisje van een paar centimeter lang, dat aan beide zijden was afgesloten met een bronzen dop. Het buisje was voor driekwart gevuld met een merkwaardige, ongezond ogende groene vloeistof.

Cosimo deed een stap naar voren, maar snel stak de abt zijn arm uit om hem tegen te houden. 'Beste vriend, kom niet dichterbij.'

Cosimo gehoorzaamde.

'Dit is onze allerheiligste plek,' zei de abt. 'We zijn al meer dan honderd jaar de bewaarders van dit voorwerp. Het is afkomstig uit het dorpje Adapolin in het gewest Sunun, ver hiervandaan. De dorpjes daar werden getroffen door een verschrikkelijke plaag, die zonder aanzien des persoons om zich heen greep, maar Adapolin zelf werd gespaard. Niemand werd ziek.

Een eenvoudige boer, een zekere Jacob, had het voorwerp in bezit dat jullie hier nu voor je zien, dit heilige buisje. Terwijl al hun buren bezweken aan de plaag gaf Jacob de dorpsoudsten van Adapolin opdracht om een zuil midden in het dorp op te richten, en daar een muur omheen te bouwen. Vervolgens plaatste hij het flesje boven op de zuil. Alle dorpelingen, de vrouwen en kinderen, de ouderen van dagen en de jongemannen, liepen een voor een langs de lage muur. Ieder van hen moest knielen voor de zuil, een kort gebed zeggen en daarna een kruis slaan.

Dat najaar werd Adapolin bekend als een wonderdorp. Zieken en lammen trokken er in drommen naartoe om geheeld te worden, en velen keerden terug met verhalen van wonderbaarlijke genezing en de beschermende kwaliteiten van Jacobs flesje. Maar Jacobs zelf was heel ziek. Het leek wel alsof hij de kwalijke dampen in zichzelf had opgenomen, en had toegelaten dat hij tot vazal van de duivel werd gemaakt. Zijn huid raakte overdekt met zweren. De blaren rondom zijn ogen waren zo groot dat hij bijna niet meer kon zien. Ook viel al zijn haar uit.

Op een dag werden de dorpelingen wakker en merkten dat Jacob en het buisje waren verdwenen. Het was abt Andanov, vijf generaties voordat ik aantrad, die de zieke vreemdeling toeliet. Twee dagen na zijn komst hier overleed Jacob; hij ligt begraven op het terrein van dit klooster. Mijn voorgangers hebben het buisje al deze tijd goed bewaard.'

Plotseling klonk er boven hen een harde dreun; het hele vertrek begon te schudden. Even later hoorden ze geschreeuw, en hollende voetstappen.

De abt greep Cosimo bij de arm. 'Het is begonnen,' zei hij met schorre stem. 'We worden aangevallen.'

Een jonge monnik strompelde het vertrek binnen. Zijn gezicht zat onder het bloed. 'Vader abt,' zei hij happend naar adem. 'Stasanor...' Hij zakte in elkaar op de kille stenen vloer en bleef doodstil liggen.

'Snel, kom mee.' Abt Kostov sloeg de deur achter hen dicht, deed die op slot en wenkte dat ze met hem mee moesten komen. Haastig liepen ze de trap op. De refter was verlaten, maar niet ver van hen vandaan hoorden ze wapengekletter, begeleid door luid gebrul en geschreeuw. Ze roken een brandlucht.

'U kunt ons nu niet helpen.'

Cosimo nam de handen van de abt in de zijne. 'Vader abt...'

'Ga nu, vrienden. God zal ons leiden. Ik moet u in de steek laten.'

'Cosimo, onze wapens liggen op de kamer,' snauwde Niccoli. 'Het is te ver weg. We zullen uit elkaar moeten gaan.'

Drie mannen verschenen aan het einde van de gang. Twee van hen droegen een zwaard, de derde een strijdknots.

Niccoli griste een toorts van de muur en liep naar hem toe. Terwijl ze in een open ruimte uitkwamen, een kruisgang in het hart van het klooster, hoorden ze geschreeuw en het knappen van brandend hout en stro. Er hing een walm van bloed en verschroeid vlees.

'We moeten ons verspreiden,' riep Tommassini.

'Dat is goed. We moeten hier zien weg te komen. Ga naar het meer. Aan de overkant daarvan staat een groepje bomen. Daar spreken we af.'

Cosimo draaide zich om en voelde hoe Contessina hem bij de arm greep. 'Ik laat je niet uit het zicht,' zei ze.

Hijgend wist Tommassini zijn kamer te bereiken. Hij slingerde een zak over zijn schouder, trok zijn zwaard uit de schede en rende de gang weer in, die inmiddels vol rook hing. Hij begon te hoesten en het drong tot hem door dat hij geen idee had hoe hij kon ontsnappen. Er kwam iemand naar hem toe gerend, en hij dook weg tegen de muur. De man rende langs hem heen en verdween in het donker. Toen voelde hij hoe een hand hem bij zijn schouders greep. Hij schreeuwde het uit, maar een stem siste in zijn oor: 'Meester Ambrogio.'

Er was net voldoende licht om de gelaatstrekken te kunnen herkennen van een van de monniken. Het was pater Daron, de bibliothecaris. 'We moeten het heilige flesje zien te redden,' siste hij. 'Kom mee.'

De trap naar de crypte bevond zich aan de overkant van een

binnenplaats. Een pijl floot langs Tommassini's oor. Hij had geen idee waar die vandaan was gekomen. Ze holden verder over de oneffen plavuizen. De monnik rende een paar stappen voor hem uit. Hij liep bijna dubbelgebogen. Toen ze de trap bereikten, verscheen er een lange gedaante in een deuropening aan hun linkerhand. Met zijn zwaard boven zijn hoofd geheven, kwam de man op hen af.

De monnik deinsde terug en gebruikte Tommassini als schild. Maar de Florentijn was op alles voorbereid, al zijn zintuigen waren volkomen alert. Voordat de aanvaller ook maar één keer kon uithalen, had Tommassini zijn eigen zwaard al naar voren gestoken. Toen hij opzij stapte om niet geraakt te worden door het in elkaar zakkende lijk, raakte hij zijn zwaard kwijt, maar hij had nog voldoende tegenwoordigheid van geest om het wapen van de dode mee te grissen.

Onder aan de trap slaagde pater Daron er na een hele tijd zoeken eindelijk in om de sleutel te vinden en de deur open te maken. Hij sloeg die met een klap achter zich dicht, en de twee mannen stonden plotseling in een kille duisternis.

Ze zochten zich op de tast een weg door de gang, op weg naar een zwak lichtschijnsel in de verte. Niet veel later stonden ze weer in de ronde kamer.

Tommassini keek toe hoe de vingers van de monnik over het oppervlakte van de kristallen doos bewogen. Een paneel schoof open. De pater stak zijn handen in de glazen bak en pakte voorzichtig het glazen buisje vast. Achter hen hoorden ze hoe de deur werd ingetrapt.

'Snel! Neemt u dit mee.' Pater Daron duwde Tommassini het glazen buisje in handen. Hoewel dat nu een luxe was die hij zich eigenlijk niet kon permitteren, nam Ambrogio een ogenblik tijd om in het langzaam wegstervende licht naar het buisje te kijken, en ook nu weer verwonderde hij zich over de intensiteit van de kleur en van de zwaarte van de vloeistof in het buisje. Beelden uit het verleden kwamen in hem op: de handen van de heilige Jacob die dit voorwerp, dit wonderbaarlijke voorwerp, hadden vastgehouden.

Er klonk het geluid van laarzen op steen.

'Ik zal mezelf in handen geven van de Heer,' zei pater Daron. 'U moet zien te ontsnappen.' De monnik pakte een van de toortsen die aan de muur hingen, gaf die aan Tommassini en liep naar de andere kant van het vertrek, waar hij een tapijt opzij trok. In de vloer eronder was vaag het silhouet van een luik te zien. De monnik viste een sleutel uit zijn zak en stak die in een kleine opening. Tommassini hielp hem het luik op te tillen. Hij zag een ladder die in het donker verdween. Net toen hij op de bovenste sport stond, kwamen er drie mannen het vertrek binnengestormd. De monnik duwde Tommassini's hoofd met zo'n kracht omlaag dat de Florentijn bijna zijn greep op de ladder verloor; het luik sloeg met een klap boven hem dicht.

Tommassini bevond zich in een tunnel die nauwelijks hoog genoeg was om rechtop in te kunnen staan, en slechts enkele centimeters breder dan zijn schouders. Hij strompelde naar een tweesprong en sloeg daar puur op zijn intuïtie linksaf. In de zware, bedorven lucht kon hij moeilijk adem krijgen; zijn hele lijf droop van het zweet. Hij probeerde zijn hevig tekeer gaande hart weer tot rust te brengen en luisterde aandachtig of er iemand achter hem aan kwam. De brullende vlammen, de ontploffingen en de instortende muren maakten echter zoveel lawaai dat dat niet te horen viel. Hij liep verder. Het enige waar hij zich nu op kon verlaten, was zijn intuïtie. Na dertig stappen sloeg hij een hoek om, en stond recht voor een rotswand. Hij had een doodlopende tunnel gekozen.

Een volgende ontploffing deed de wanden schudden, en een deel van het tunneldak kwam naar beneden. Grote stukken steen kwamen overal neer; een zware kei sloeg Tommassini bijna tegen de grond. Hij slaagde erin om overeind te blijven, maar zijn toorts viel op de grond en ging uit. Met zijn linkerhand voelde hij in zijn tuniek of het buisje nog heel was. Terwijl hij zijn zwaard stevig vasthield, schuifelde hij langzaam naar een klein lichtpuntje toe.

'Ik moet zoveel van de bibliotheek zien te redden als ik maar kan,' fluisterde Cosimo. 'Daarvoor zijn we hier gekomen. We kunnen niet toelaten dat alles volkomen vernietigd wordt door deze Stasanor.'

Contessina pakte zijn hand stevig vast.

'Aan de overkant van de binnenplaats,' drong Cosimo aan, en hij wees op een deur in de muur tegenover hen.

Aan hun rechterhand stond een kippenren. Daarnaast bevond zich een goed onderhouden moestuin, met een smal pad dwars erdoorheen. Aan hun linkerhand leidde een open deur naar een verlaten wasruimte. Contessina struikelde bijna over het lijk van een man in een zwart leren tuniek. Ze pakte zijn zwaard en draaide zich razendsnel om toen Niccolò Niccoli gewapend met een zwaard achteruit lopend naar hen toe kwam, terwijl hij verwoed zijn best deed om zich twee bandieten van het lijf te houden.

Contessina sprong naar voren om hem te helpen. De bandiet haalde uit met zijn knots, die rakelings langs haar hoofd ging. De man had duidelijk weinig ervaring met zijn wapen: het kostte hem veel tijd om zijn evenwicht te hervinden. Met een bliksemsnelle uithaal reet Contessina het lijf van haar belager helemaal open, van zijn nek tot aan zijn kruis.

Ze raapte de knots op van de grond en wierp die naar Cosimo toe. Niccoli's belager werd even afgeleid. Niccoli maakte van de gelegenheid gebruik om naar voren te duiken en het harde staal in zijn mond te rammen. Het blad kwam vlak onder de schedelbasis weer naar buiten. Niccoli liet het zwaard zitten; met zijn drieën renden ze naar de deur aan de overkant van de binnenplaats.

Niccoli greep de deurkruk vast en duwde de deur voorzichtig open. Een volgende korte en smalle gang leidde naar een trap. De deur naar de bibliotheek bevond zich aan hun rechterhand. De grendel zat ervoor en was met een groot slot vastgemaakt.

Cosimo haalde uit met zijn knots en sloeg het slot aan stukken. Er hing een toorts vlak naast de deur. Niccoli viste een klein ebbenhouten tondeldoosje uit zijn zak en haalde de vuurslag over de vuursteen, zodat er vonken op de tondel vielen. Hij hield de met olie doordrenkte toorts vlak boven het kleine vlammetje. De vlammen laaiden onmiddellijk hoog op.

Een groot deel van de boekenplanken in de bibliotheek was al leeggehaald. Cosimo rende naar het aangrenzende vertrek. De vloer stond hier vol met kisten, soms wel drie op elkaar. De abt had pas die avond opdracht gegeven om een deel van de kostbaarste kloosterschatten te laten opslaan in de catacomben onder het gebouw. Bijna alle kisten werden dichtgehouden met smalle touwen, maar sommige waren verzegeld met draad en een zwaar, wasachtig materiaal. Naast de kisten stonden twee manden: een daarvan was gevuld met zilveren drinkbekers, vaatwerk en bestek; de andere bevatte een stapel iconen, zilveren kruisbeelden, miskelken en wierookhouders die nog steeds een doordringende geur afgaven.

Cosimo tilde het deksel van de dichtstbijzijnde kist omhoog, pakte er een stoffig boek uit en sloeg het open. Hij blies even over de voorpagina en las de Griekse letters. Het was een handboek voor aquaductontwerpers, geschreven door een zekere Umenicles. Daarna pakte hij een verschroeid stuk perkament met geelbruine brandplekken.

'Dit is eigenhandig door Herodotus geschreven,' zei hij; hij kon zijn ogen nauwelijks geloven. Het volgende boekdeel bevatte bladzijden vol geometrische diagrammen en wiskundige formules. Het was het werk van een Griekse leerling van Euclides.

'Mijn hart bloedt terwijl ik al deze wonderen bekijk,' zuchtte Contessina. 'Maar wat kunnen we eraan doen?'

'Ik stel voor dat we een beetje opschieten,' mompelde Niccoli.

Maar Cosimo bevond zich in een andere wereld. Hij voelde zich zowel misselijk als opgetogen. Het was bijna teveel om te bevatten. 'Wat kunnen we eraan doen?' zei hij even later.

'Niet veel, vrees ik.'

'Niccolò, we kunnen deze boeken niet achterlaten; maar hoe moeten we in hemelsnaam kiezen?'

Contessina liet zich op haar hurken zakken en legde zachtjes een hand op Cosimo's schouder, maar het was al te laat. De plunderaars waren in aantocht. Hun gebrul en geschreeuw weergalmde door de gang.

'Snel!' siste Contessina. Ze greep Cosimo vast.

'We moeten redden wat we redden kunnen!' Cosimo duwde Contessina een handvol kostbare teksten in de armen en begon zoveel als hij maar kon in zijn zakken en onder zijn riem te proppen. Niccoli pakte een paar boeken op, maar trok Cosimo toen achter de hoogste stapel kisten. Een ogenblik later kwamen twee van Stasanors bandieten het vertrek binnengehold.

Voordat ze te dichtbij konden komen, sprongen Niccoli en Contessina op vanuit hun schuilplaats. Niccoli had de toorts in zijn ene hand en zijn zwaard in de andere. Zijn toorts beschreef een vurige boog door de lucht. Hij raakte een van de mannen recht in het gezicht, zodat die het uitschreeuwde van de pijn. Toen stootte Niccoli zijn zwaard naar voren, vond de keel van de bandiet en sneed die met een enkele beweging open. Een grote straal bloed spoot op. De man greep wanhopig naar zijn hals en zakte op zijn knieën. Contessina had intussen het voordeel van de verrassing. Haar stomverbaasde tegenstander kreeg nauwelijks tijd om haar eerste slag te pareren. Ze wist onder zijn verdediging door te duiken en nog voordat hij de grond raakte, was hij dood.

In de gang hoorden ze nog meer stemmen naderen. Niccoli maakte zijn toorts uit. Ze trokken zich terug in de schaduwen en hielden hun adem in. Nog twee indringers renden langs hen heen de opslagruimte binnen. Even later kwamen ze alweer naar buiten. De drie Florentijnen die op elkaar gedrongen in een donkere nis stonden, hadden ze niet opgemerkt.

'Wat nu?' zei Contessina.

'Kom mee.' Niccoli speurde in beide richtingen de gang af en schoot weg.

Ze holden langs de opslagruimte en een vertrek waar de armen aalmoezen uitgereikt kregen, en stonden plotseling in de kapel. Ze slopen langs de muur, tussen de stenen zuilen door, en wisten snel het altaar te bereiken. Een jonge monnik, een jongetje van een jaar of dertien, sprong op van achter het altaar. Hij hield een kruisbeeld in zijn beide handen geklemd. Zijn gezicht zag krijtwit van angst. Toen hij Niccoli zag, met zijn bebloede gezicht en zijn zwaard dat blonk in het halfduister, gaf hij een gil, liet het kruisbeeld vallen en ging ervandoor. Niccoli rende over de stenen traptreden naar de hoek van de zaal, waar een deur toegang bood tot een brede gang.

Van hieruit konden ze zien hoe een groep bandieten naar de kapel toe kwam hollen.

'De toren moet ergens rechts van ons zijn,' fluisterde Niccoli. 'Volgens mij is er van daaruit nog een andere manier om hier weg te komen.'

Ze werden niet opgemerkt terwijl ze de toren binnenreden. Een enkele gedaante stond in het midden van de ruimte. Hij stond hen aan te gapen als een konijn dat verrast werd in het licht van een fakkel, en zijn helm stond een beetje scheef op zijn hoofd. Hij leek nog maar nauwelijks de puberteit bereikt te hebben, en leek wel een tweelingbroertje van de jonge monnik, maar deze jongen had een heel ander leven gehad. Hij keek snel opzij naar zijn zwaard, dat hij op een houten bank niet ver van zich vandaan had liggen. Niccoli hield zijn hoofd scheef en trok een wenkbrauw op.

Het kostte niet meer dan enkele ogenblikken om de jongen zijn handen op zijn rug te binden en hem een prop in zijn mond te doen. Terwijl Niccoli daarmee bezig was, speurden Contessina en Cosimo de ruimte af. In een houten kist die tegen de gebogen buitenmuur van de torenkamer stond, vonden ze een touw en een paar haken, die hier waren blijven liggen nadat het klooster hier en daar wat was opgeknapt.

Een halfgeopende deur leidde naar een trap die uitkwam op een balkon. Ze hadden nu geen andere mogelijkheden meer: terwijl ze hun zwaarden en het weinige dat ze uit de bibliotheek hadden weten te redden stevig vasthielden, liepen ze snel naar boven. Boven aan de trap bevond zich een balustrade, met daarachter niets dan de duistere nacht. Aan hun linkerhand liep een gang weer het klooster binnen. Contessina tuurde over de rand van de balustrade. Een meter of tien onder hen zag ze de met gras begroeide grond, die uit het zicht verdween in de sombere duisternis.

Niccoli pakte een van de haken, Cosimo hing een andere haak over de balustrade, en vervolgens gooiden ze allebei het touw naar beneden. Niccoli liet zich als eerste naar beneden zakken. Cosimo hield Contessina stevig vast terwijl ze zich over de balustrade heen werkte en zich daarna met geoefende bewegingen langs de muur lopend omlaag liet zakken. Toen Cosimo een paar seconden later eveneens de grond raakte, vielen er een paar boeken uit zijn tuniek. Hij bukte zich om ze op te rapen, maar Contessina was hem te vlug af. 'Nee!' snauwde ze terwijl twee pijlen zich met een doffe klap naast hen in de grond boorden.

Zigzaggend renden ze de oneffen helling af. Toen hij snel even achterom keek, zag Cosimo een groep ruiters die hun paarden de sporen gaven. Met hoge snelheid galoppeerden ze naar een houten brug toe, in een poging hen de pas af te snijden. Hij was uitgeput en hapte naar adem; hij kwam nauwelijks meer vooruit.

'Schiet op, Cosimo!' schreeuwde Contessina. Ze rende terug en sloeg haar armen om hem heen. 'Het is niet ver meer...'

Op dat moment kwam de voorste ruiter tevoorschijn uit de schaduwen van het klooster. Ze schrokken zich wild van de snelheid waarmee hij hen had ingehaald. Hij bracht zijn arm naar achteren en wierp zijn speer. Contessina sprong naar voren en duwde Cosimo opzij, zodat hij languit op de grond terechtkwam. De ruiter viel van zijn paard; Cosimo's hoofd werd bijna verpletterd onder de hoeven.

Niccoli greep Cosimo bij zijn ene arm, Contessina pakte hem bij de andere, en strompelend legden ze met zijn drieën de laatste paar meter af die hen nog van de bosrand scheidden. 'Niet blijven staan,' riep Niccoli terwijl hij wat sneller begon te lopen en Cosimo een ruk aan zijn arm gaf.

'Laat me los!' snauwde Cosimo en hij rukte zijn beide armen los. 'Ik ben geen kind.' Met een laatste uitbarsting van energie waarvan hij niet had geweten dat hij er nog over beschikte, schoof hij zijn zwaard in de schede en werkte zich door het struikgewas. Achter zich hoorden ze nog steeds stemmen, maar die verdwenen snel naar de achtergrond. Omwille van de paar kostbare boeken die ze hadden weten te redden, konden ze niet blijven stilstaan zolang ze nog maar enige adem konden krijgen.

Het begon te stortregenen toen Ambrogio het afgesproken punt bereikte. Zijn hele lijf deed hem pijn en zijn handen en gezicht zaten vol bloedende schrammen en sneden. Hij bleef even staan, haalde het flesje tevoorschijn en hield het omhoog. In het maanlicht leek de groene gloed nog feller van kleur, zo fel zelfs dat de geheimzinnige vloeistof bijna leek te leven. Ambrogio kon gewoon voelen hoeveel kracht dit buisje bevatte en ondanks zichzelf moest hij glimlachen. Zijn leermeester wist veel meer over dit wonderbaarlijke voorwerp dan hij, maar hij was degene die het nu in zijn handen hield. Hij schoof het buisje weer in zijn tuniek, en net op dat moment hoorde hij ergens achter zich een twijgje knappen. Hij trok zijn zwaard en stapte behoedzaam het groepje bomen in.

De man stond al vlak voor hem voordat hij hem opmerkte. Hij onderdrukte een kreet van angst en sprong naar achteren.

'Ambrogio, ik ben het.'

'Niccolò! God zij dank!'

De twee mannen omhelsden elkaar. Ambrogio verstrakte toen er nog twee gedaanten opdoemden uit het duister, maar er verscheen een brede glimlach op zijn gezicht toen hij Cosimo en Contessina met lange passen naar hen toe zag komen.

25

Venetië, heden

Vincent had de zware gordijnen dichtgetrokken en de dimmer laag gedraaid zodat het vuur een geruststellende rossige gloed door het vertrek wierp. Edie en Jeff zaten op de bank, elk met een groot glas cognac, terwijl Rose onrustig lag te slapen in een leren chesterfield bij het raam aan de andere kant van de huisbibliotheek. Jeffs appartement was verzegeld en het forensisch onderzoek was nog in volle gang. Candotti had hun verteld dat ze waren gevolgd door een stel politiemensen, en daaraan hadden ze hun leven te danken.

Roberto had erop gestaan dat ze bij hem bleven logeren en was er pas mee opgehouden met eisen dat hij zelf ook naar huis zou worden gebracht toen Edie dreigde dat ze in haar eentje de nachttrein naar Florence zou nemen als hij nog langer bleef zeuren.

Hoewel de politie hun gangen had nagegaan sinds ze Roberto's kamer in het ziekenhuis hadden verlaten, waren Jeff en Edie uitvoerig verhoord door twee hoge politieofficieren. Ze hadden alle gebeurtenissen die vooraf waren gegaan aan de schietpartij verschillende keren uitgebreid moeten beschrijven: hoe ze gewoon als toeristen naar La Pietà waren gegaan om naar de beroemde fresco's te kijken; hoe ze vervolgens kort na halfzes de kerk hadden verlaten en waren teruggekeerd naar het appartement. Ze hadden allebei een gedetailleerd signalement van de gewapende man gegeven, en duidelijk gemaakt dat dit ook degene was die hen de vorige avond had achtervolgd, Dino had vermoord en Roberto zwaargewond had achtergelaten. Ze hadden ook bevestigd dat deze moordenaar degene was die Roberto's motorboot had gekaapt en de bestuurder had vermoord.

Een therapeute had onder vier ogen met Rose gesproken, en naderhand ook met Edie en Jeff. Maar Rose was eigenlijk pas tot rust gekomen toen ze weer terug waren in het palazzo Baglioni. Ze had een nauwe band met Roberto en leek een natuurlijke affiniteit voor zijn voorvaderlijke woning te voelen. Binnen de oeroude muren van dit vorstelijke huis aan een Venetiaans kanaal voelde ze zich veilig. Ze had het speciale drankje opgedronken dat Vincent voor haar had gemaakt aan de hand van een recept waarvan hij beweerde dat het al generaties lang in zijn familie werd gebruikt, en was daarna in slaap gevallen op de zoete klanken van Brahms' *Intermezzo in A*. Nadat Jeff haar goedenacht had gekust, was het laatste wat ze had gezegd: 'Ik kan het niet geloven, pappie. Ik ben maar een paar minuten de deur uit geweest.'

Jeff keek even naar zijn slapende dochter.

'Jongeren kunnen zich heel makkelijk over dit soort dingen heen zetten,' zei Edie zachtjes.

'Ik neem aan dat dit voor jou afschuwelijke herinneringen wakker roept.'

Ze glimlachte.

'Na jaren van therapie zijn de ergste scheuren wel dicht gepla-muurd. Ik was nog maar acht, heel wat jonger dan Rose, toen mijn ouders werden vermoord. Dat wil niet zeggen dat ik me het me niet meer herinner. Ik herinner het me maar al te goed. Tot in de kleinste details… alsof het gisteren was.' Ze leek te willen praten en Jeff had daar geen enkel bezwaar tegen. 'Ik heb dat alles inmiddels al zo vaak opnieuw doorgemaakt! De beelden verliezen nooit hun kracht, maar ik heb er wel vrede mee weten te krijgen. Ik ben werkelijk dat geïmproviseerde laboratorium in de woestijn binnengelopen en heb daar gezien hoe mijn vader en moeder min of meer ronddreven in hun eigen bloed. Het was een doodgewone roofmoord, en meer dan een paar dollar is de moordenaar er niet wijzer van geworden. Het is nu dertig jaar geleden en de klok blijft niet stilstaan. De wereld houdt niet op met om zijn as te draaien, zelfs al vind je dat hij dat eigenlijk wel zou moeten doen.'

'En nu werk je elke dag weer met de dood.'

'O ja.'

'Op een merkwaardige manier zal dat je misschien wel helpen bij het verwerkingsproces.'

'Daar ben ik niet zo zeker van, maar het zorgt er wel voor dat je de dingen in perspectief blijft zien.'

Jeff keek haar wat verwonderd aan.

'Kijk maar eens naar Cosimo de' Medici. Hij was een van de rijkste mensen die ooit geleefd hebben. Binnen de grenzen van zijn tijd en plaats kon hij bijna alles doen wat maar in zijn hoofd opkwam. Hij is degene die de Renaissance een vliegende start heeft bezorgd. En wat is er van hem over? Waar zijn echte lijk zich ook mag bevinden, op z'n best is het toch niet meer dan een hoopje bijna tot stof vergane botten in een prachtig jasje met massief gouden knopen.'

Jeff dacht aan die arme Maria. Ze was zo gewelddadig aan haar einde gekomen, en zo zonder enige zin. En dat gold ook voor Dino, die om hen te redden de hoogste prijs had betaald die een mens maar betalen kon. Dat was nog maar twee dagen geleden gebeurd, maar het leek wel een heel leven. Waar was Dino nu? Had het een of andere element van zijn wezen werkelijk zijn vrouw en dochter teruggevonden? Was de lange reeks kwellingen waaruit hun leven had bestaan eindelijk weggewassen? Of was alles wat Dino ooit was geweest nu niet meer dan een stuk vlees dat lag te rotten in een mortuarium niet ver hiervandaan?

Jeff haalde zijn schouders op en tuurde naar het plafond. 'Vragen zonder antwoord,' zei hij peinzend. 'Ik neem aan dat we alleen op ogenblikken zoals dit even de tijd nemen om na te denken over wat het leven werkelijk inhoudt. En wat concluderen we dan?'

'Dan trekken we allemaal volkomen andere conclusies,' zei Edie.

'Maar er zijn toch wel een paar essentiële waarheden, neem ik aan?'

'Waarschijnlijk niet,' zei Edie.

'Het is allemaal niet meer dan een illusie, denk je ook niet? Het is allemaal volkomen zinloos. Of je nou wel of niet in een leven na de dood gelooft, het enige wat er werkelijk toe doet is wat je nalaat voor anderen, of dat nou grote kunstwerken zijn, prachtige muziek waar mensen eeuwen na je dood nog naar luisteren, of zoiets eenvoudigs als herinnerd worden als een goed mens, iemand die meer heeft gegeven dan genomen.'

'Het zou kunnen.' Edie dronk haar glas leeg en schonk zichzelf opnieuw in. 'Maar wat je ook doet, wat je ook achterlaat, geleidelijk aan begint ook dat te vervagen. Uiteindelijk is het net zo goed verdwenen als jijzelf. Dat zie ik elke werkdag weer voor me. Op den duur blijft er niets van ons over, helemaal niets. Botten verkruimelen tot stof en dat stof wordt weggeblazen in de wind.' Ze nam een grote slok van haar cognac. 'En wat we doen, verdwijnt toch ook, of niet soms?' Ze wachtte niet totdat Jeff daar antwoord op kon geven. 'Op een dag zal de muziek van Mozart vergeten zijn en zullen de woorden van Jezus niets meer betekenen. Wat ze ook hebben bijgedragen, het zal volkomen uit ieders geheugen verdwenen zijn. Zoals de grote George Harrison het ooit heeft geformuleerd: *All things must pass*.'

'Je hebt helemaal gelijk.' Jeff hief zijn glas in een spottende groet. Ze moesten allebei lachen.

'Tja, wat nu?' Edie wreef over haar ogen.

'Het is duidelijk dat we zo snel mogelijk naar Florence moeten. Met z'n allen.' Jeff keek snel even naar Rose en plotseling voelde hij zich enorm schuldig omdat hij zijn dochter in deze ellende had laten belanden.

Toen kwam de woede, woede omdat hij zo machteloos was en haar niet kon beschermen tegen de verschrikkingen waarvan ze getuige was geweest.

26

Toronto, heden

Het Venetiaanse telefoonnummer werd ingetoetst door een van Fourniers lagergeplaatste persoonlijk assistenten en daarna snel doorgeseind naar een limousine die met hoge snelheid naar de luchthaven reed.

'Goedenavond,' zei Fournier. Hij hoorde hoe de man aan het andere eind van de lijn diep inademde en op het punt stond om iets te gaan zeggen.

'Je hoeft niets te zeggen,' zei Fournier met afgemeten stem. 'Laten we dit zo eenvoudig mogelijk houden. Ik wil dat je persoonlijk ingrijpt. Is dat duidelijk...? Prima. Dat is alles. Zorg dat je niet faalt.'

27

Venetië, heden

De twee mannen gingen gekleed in volkomen identieke grijze pakken. Een van hen had een donkere zonnebril op zijn neus, zelfs al was het halfelf 's avonds en zo donker als het op straat voor het politiebureau maar kon zijn. De andere man, die wat langer van stuk was, had springerig blond haar met zwarte wortels, en was kauwgum aan het kauwen. Ze liepen naar de balie. De politieman die daarachter stond, Gabriele Risso, keek hen aan en voelde een lichte tinteling van angst langs zijn ruggengraat omhoog kruipen.

'Ja?'

De man met de zonnebril liet zijn blik zwijgend het vertrek rondgaan. De andere man haalde een portefeuille uit zijn binnenzak en hield die vlak voor het gezicht van de man aan de balie. ROS: *Raggruppamento Operativo Speciale*, een elite-eenheid van de carabinieri die zich bezighield met terrorismebestrijding.

'Waarmee kan ik u van dienst zijn?' vroeg Risso.

Terwijl hij nog steeds op zijn kauwgom stond te kauwen, zei de blonde man: 'We komen de gevangene ophalen.'

'Als u de verdachte bedoelt die hier vanavond vanuit San Marco naartoe is gebracht, degene die van moord wordt verdacht... die wordt nog verhoord.'

'Haal je bevelvoerend officier. Nú.'

Risso keek de man recht in zijn staalgrijze ogen en besloot hem niet tegen te spreken. Hij nam de hoorn van de haak en toetste drie cijfers in.

Even later kwam een man van middelbare leeftijd in het uniform van een adjunct-commissaris naar hem toe gelopen.'Commandant Mantessi.' Hij had een sterk Napolitaans accent. 'Mijn brigadier van dienst heeft me verteld dat u belangstelling hebt voor de moord in San Marco.'

'Is er een plek waar niet iedereen meeluistert?'

De commandant wees naar een vertrek naast de hal. Het enige meubilair bestond uit een stalen tafel en wat stoelen. Er zaten metalen staven voor het enkele venster in de muur tegenover de deur. De man met de zonnebril ging zwijgend aan het eind van de tafel staan. De blonde man ging zitten.

'We zijn hiernaartoe gestuurd om de gevangene over te brengen naar een nieuwe locatie.'

De commandant liet zichzelf in een stoel tegenover de blonde man zakken, legde zijn armen op tafel en vouwde zijn handen. 'Daar heb ik niets over gehoord.'

'Onze commandant heeft u vanavond een mailtje gestuurd.'

'Ik heb geen mailtje ontvangen.'

De man van het ROS hield zijn ogen strak op Mantessi gericht en haalde een dikke stapel papier uit een binnenzak van zijn jasje. 'Hier.'

Mantessi keek ernaar en stond toen zonder iets te zeggen op. 'Blijft u hier wachten.'

Binnen een minuut was hij terug. 'Er is niets bekend over dit verzoek, behalve dan het document dat u in uw hand houdt. Er is geen mailtje ontvangen,' zei hij eenvoudigweg.

'Dat probleem had ik wel verwacht,' zei de man van het ROS. 'Op die nieuwe technologie kun je niet vertrouwen. Daarom ben ik zo vrij geweest om contact op te nemen met uw superieur, commissaris Aldo Candotti.' Hij overhandigde Mantessi zijn mobieltje. De commandant pakte het aan alsof het een niet meer zo heel verse heilbot was. Hij hield het ding tegen zijn oor en zei: 'Ja, commissaris. Ja, dat is correct. Maar meneer, we hebben geen formeel...' Hij keek snel even naar de man van het ROS, die nu naar zijn schoenen stond te turen en langzaam heen en weer wiegde op zijn hielen. De andere man leek hem recht in de ogen te kijken, al was dat door de zonnebril moeilijk met zekerheid te zeggen. 'Dat is correct, meneer. Ja, natuurlijk. Ik snap het... Uitstekend... Goedenavond.' Hij rondde het gesprek heel nadrukkelijk af met een aantal beleefdheidsfrasen, ook al had Candotti de verbinding allang verbroken.

Het bestelbusje van het ROS kwam tot stilstand voor de achteringang van het politiebureau. De gevangene was geboeid, met zijn handen op zijn rug. Vier agenten brachten hem naar de achterzijde van het bestelwagentje. Hij grijnsde naar Mantessi, die het hele proces vanuit de deuropening in de gaten hield. Twee geüniformeerde politiemensen duwden het hoofd van de gevangene ver genoeg omlaag om te zorgen dat hij zijn hoofd niet stootte, voordat ze de achterdeur dichtsloegen en een klap op het bestelbusje gaven om de bestuurder te laten weten dat alles in orde was. Het bestelbusje reed met hoge snelheid weg. Een zwarte Alfa Romeo 159 met de twee ROS-agenten erin reed erachteraan.

De twee voertuigen staken de Ponte della Liberta over, namen de afslag naar Mestre. Terwijl de lichtjes van Venetië achter hen uit het zicht verdwenen, reden ze over de kronkelige hoofdweg naar het noorden. Ze kwamen langs akkers met hier en daar een bosje olijfbomen, en de weg versmalde zich tot een tweebaansweg met hier en daar een eenvoudig stenen huis ernaast.

Het bestelbusje en de auto draaiden een zijweggetje op en kwamen tot stilstand. De twee mannen stapten uit de Alfa Romeo en liepen de bestuurder van het bestelbusje tegemoet, zodat ze elkaar halverwege ontmoetten. Het zijweggetje was modderig. Het was nog maar een uur geleden gestopt met regenen; hun adem vormde witte rookpluimen die snel verwaaiden in de wind. Ze wisselden sleutels uit. De Alfa Romeo werd in zijn achteruit gezet, maakte een bocht van 180 graden en reed slippend weg. De twee ROS-agenten gingen in de cabine van het bestelbusje zitten, gaven vol gas en reden verder over het smalle weggetje. Anderhalve kilometer verderop zagen ze koplampen in de nacht. Ze minderden vaart en gingen onder de takken van een boom staan, niet ver van een zwarte auto. Ze renden om het busje heen en maakten de achterdeur open.

'God, wat ben ik blij jullie te zien,' riep de gevangene uit en hij sprong de kille nachtlucht in.

Een van de ROS-mannen gaf hem een schouderklopje. 'Fijn om je weer te zien, Giulio.'

De andere politieman maakt snel de handboeien los. Giulio wreef over zijn polsen. Een van de mannen bood hem een sigaret aan. Giulio stak die dankbaar op en liep achter hem aan om het busje heen.

De koplampen werden uitgezet en een zwaargebouwde gedaante kwam tevoorschijn uit de zwarte auto. Aldo Candotti had een lange, zwarte regenjas aan, die heen en weer flapperde om zijn enkels. Hij gaf de drie mannen een hand. 'Uitstekend werk,' zei hij met een toonloze stem. 'Heren,' zei hij tegen de twee ROS-agenten, 'wacht u hier even. Ik wil Giulio onder vier ogen spreken.'

Candotti sloeg een vlezige arm om de schouders van de gevangene en liep met hem het lommerrijke landweggetje op.

'Ik ben u echt heel dankbaar.' Giulio lachte Candotti vriendelijk toe. 'Het zal niet lang duren voordat ik over de informatie beschik die u nodig hebt.'

'Het probleem is,' zei de commissaris van politie, 'dat je... hoe zal ik het zeggen? Nogal veel negatieve PR hebt gegenereerd, Giulio. Dat idee van jou om het meisje te bedreigen in haar eigen huis was zo grof dat ik persoonlijk heb moeten ingrijpen.'

Giulio's vingers klemden zich met zoveel geweld om de sigaret dat die volkomen platgedrukt werd. Hij rukte het ding uit zijn mond, smeet het op de grond en trapte het plat. Toen hij opkeek, hield Candotti een pistool op hem gericht. De loop bevond zich maar een paar centimeter van zijn voorhoofd. Giulio's spieren spanden zich en hij deed een stap naar achteren.

'Inefficiëntie is in veel beroepen onvergeeflijk, Giulio,' zei Candotti vermoeid. 'Mensen vinden het wel aanvaardbaar als een popster wat te laat komt opdagen voor een concert, of dat een schilder wat meer tijd nodig heeft om zijn meesterwerk te voltooien. Maar huurmoordenaars? Tja, zo werkt het niet, hè? Dat begrijp je toch zeker wel?'

Giulio's geest draaide op volle toeren. Geen enkele situatie was hopeloos. Hij wierp een snelle blik op de auto en het bestelbusje, en zag dat de twee mannen naar hem stonden te kijken.

'Ik zou willen zeggen dat het me spijt dat ik dit moet doen,' zei de commissaris. 'Maar ik heb een hekel aan clichés. Jij toch ook, hè? Nou, zal ik je vragen op je knieën te gaan zitten en je dan in je achterhoofd schieten, of zou het sportiever zijn om je te laten weghollen en je dan in de rug te schieten?'

Het pistool ging af en er zat een groot gat in Giulio's voorhoofd. 'Of zal ik er een verrassing van maken?' vroeg Candotti. Hij stak het pistool weer in zijn zak en liep behoedzaam terug naar zijn auto, waarbij hij goed oplette dat hij geen modder op zijn schoenen kreeg. Hij startte de motor al toen de twee politiemensen naar hem toe kwamen lopen. Candotti liet het zijraampje omlaag zakken. 'Begraaf hem in het bos.' Hij keek recht in de kille ogen van de blonde ROS-agent. Zonder verder nog iets te zeggen reed hij weg over het landweggetje, draaide de hoofdweg op en reed met hoge snelheid terug naar de Serene Republiek.

28

Florence, heden

Tegen de tijd dat ze de Medici-kapel bereikten, was het al laat op de avond. Alle treinen vanuit Venetië waren volgeboekt geweest, behalve de middagtrein, en dus hadden ze maar een auto gehuurd. Vervolgens waren ze eerst nog even bij Roberto langsgegaan. Ze hadden daarna nog even wat spullen moeten ophalen bij Jeff thuis en vervolgens nog een afspraak moeten maken op het politiebureau om toestemming te krijgen om naar Florence te rijden, dus het was al vier uur 's middags geweest voordat ze het Piazzale Roma hadden kunnen verlaten.

Jack Cartwright stond hen op te wachten aan de voet van de trap naar de grafkamer. Hij gaf Jeff een hand en keek Edie berouwvol aan. Ze liet haar ogen rollen in hun kassen en liep rechtstreeks het vroegere kantoor van haar oom binnen.

Alles wat de politie een paar dagen geleden had weggehaald voor onderzoek, was inmiddels teruggebracht, maar slechts een van de laboratoriummedewerkers, Sonia Stefani, was al terug van haar verlof. De computers waren weer geïnstalleerd, de bestanden waren gecontroleerd, en alles was zoals het hoorde. Het leek zelfs angstaanjagend veel op hoe het er een week geleden had uitgezien. Het leek wel of er niets gebeurd was.

Jack wees naar het plafond. 'Een surveillancecamera,' zei hij. 'De politie heeft het aangeraden en de verzekering stond erop, maar eerlijk gezegd vind ik het behoorlijk opdringerig.'

Edie haalde haar schouders op. 'Heel vriendelijk van je om zo snel terug te komen,' zei ze tegen Sonia. 'Dat stellen Jack en ik zeer op prijs.'

'Eerlijk gezegd zat ik me dood te vervelen. Ben je in Venetië geweest?'

'Ja, ik moest er even tussenuit,' loog Edie. 'Dit zijn mijn vriend Jeff en zijn dochter Rose.'

Ze gaven elkaar allemaal een hand.

'Nou, wat is er gebeurd?' vroeg Edie. 'Ik heb al over de tv-uitzending gehoord natuurlijk.' Ze keek snel even naar Jack Cartwright, die in een draaistoel aan Carlin Mackenzies oude bureau zat.

'Zien jullie dit hier?' Jack wees naar een beeld op zijn computerscherm: kleurige blokken die eruitzagen als de lintjes van een militair. 'Nog maar twee dagen geleden heb ik nieuwe software gekocht, die ons in staat stelt om zelfs uit een heel kleine bron een werkbare hoeveelheid DNA te isoleren en te analyseren. Dat wil zeggen dat ik een veel beter beeld kon krijgen van de aard van het DNA dat we uit het lijk hebben gehaald waarvan we dachten dat het Cosimo was. Ter vergelijking zijn hier monsters van het DNA van vier andere leden van de familie De' Medici.' Hij sloeg een paar toetsen aan en onder de eerste reeks verschenen verschillende reeksen gekleurde blokken.

'In dit gebied hier...' Hij schoof de cursor over een reeks gekleurde blokken. '... zouden we overeenkomsten verwachten. Maar die zeiden niets.' Hij keek op naar Edie. 'Het lijk dat wij hebben onderzocht, kan beslist geen lid van de familie De' Medici zijn geweest.'

'Maar wie is het dan wel, verdorie?' vroeg Jeff.

'Dat kan ik je niet vertellen. Maar ik heb wel een paar interessante feiten aan het licht gebracht. Ik heb het monster vergeleken met de Internationale HapMap.'

'Met wat?' vroeg Jeff.

'Sorry. Sinds het menselijk genoom een paar jaar geleden in kaart is gebracht, beschikken over iets wat het Internationale HapMap-project wordt genoemd, een catalogus van SNP's.'

'En dat zijn?'

'Single Nucleotide Morphisms, ofwel enkelvoudige nucleotide-polymorfismen,' viel Edie hem in de rede. 'Piepkleine hoeveelheden menselijk DNA die van mens tot mens verschillen. Het zijn de deeltjes van het genoom die ervoor zorgen dat een mens, ik zeg maar wat, blauwe ogen heeft, of haar op zijn rug.'

'Of de neus van mijn moeder,' kwam Rose tussenbeide.

Jeff sloeg een arm om haar heen.

'Wat dan ook,' zei Cartwright. 'Waar het mij om gaat, is dat ik in staat was om het DNA van dit lijk te vergelijken met meer dan drie miljoen SNP's uit de catalogus, en op grond daarvan ben ik tot de conclusie gekomen dat dit lijk afkomstig is van een Scandinavische man. Voorzover wij weten, is Cosimo de' Medici zelfs nooit op duizend kilometer afstand van Scandinavië geweest, en daaruit volgt dus dat dit beslist niet Cosimo kan zijn. Ik vermoed dat het het lijk van een lakei of een slaaf is.'

'En hoe zit het met de vrouw?' vroeg Jeff.

Plotseling stond Jack op. 'Zijn jullie twee nog van plan om mij te vertellen wat hier in hemelsnaam aan de hand is?'

Edie slikte. 'Waarom denk je...?'

'Edie, waarom kom jij zo haastig hiernaartoe? Waarom is Jeff plotseling zo nieuwsgierig?' Hij haalde eens diep adem. 'Ik lees de kranten, weten jullie. Vier doden in nog geen vier dagen. Een beroemde Italiaanse edelman die wordt neergeschoten, een edelman die toevallig ook een goede vriend van jou is, Jeff.'

'Het spijt me, Jack,' zei Edie. 'Ik was niet van plan om je hier buiten te houden.' Ze zag dat Rose grote ogen opzette.

'En jou ook niet,' zei Jeff tegen zijn dochter.

Edie vertelde Cartwright in grote lijnen wat er aan de hand was, maar zei er niet bij wat ze uit de verschillende aanwijzingen hadden weten op te maken.

'Dus het is duidelijk dat jullie in La Pietà iets hebben gevonden dat jullie weer hiernaartoe heeft gebracht,' zei Jack toen ze klaar was. 'Heb ik gelijk of niet?'

Edie knikte.

'En het is duidelijk dat jullie het laatste nieuws nog niet gehoord hebben.'

'Wat bedoel je?'

Cartwright zweeg even en genoot duidelijk van het effect dat hij met zijn opmerking teweeg had gebracht. 'De vermoedelijke moordenaar is ontsnapt uit het politiebureau.'

'Wat!' zeiden Jeff en Edie tegelijk.

'Het is nog maar net bekendgemaakt, vlak voor dat jullie hier aankwamen. De man is spoorloos.'

'Papa?' vroeg Rose bozig.

'Wacht even, schat,' zei Jeff. 'Het is allemaal in orde.'

'Wat hebben jullie precies gevonden in La Pietà?' vroeg Jack Cartwright met een grimmig gezicht.

'Er was een fresco.'

'Dat weet ik! Het hangt er vol met fresco's, verdomme!'

'Er was er een met een afbeelding van deze kapel. En er stond iets onder: SOTTO 400, 1000.'

'En wat zou dat dan moeten betekenen?'

'*Sotto* is Latijn voor "onder",' zei Edie.

'Dat weet ik ook wel,' mompelde Jack.

'Dat is alles. Ik heb geen idee wat de rest betekent.'

'En jij?' zei Cartwright tegen Jeff.

'Ik dacht dat het misschien een combinatie- of cijfercode zou kunnen zijn, maar...'

'Jullie zijn hier duidelijk al te lang mee bezig,' zei Jack. 'Jullie zien door de bomen het bos niet meer. Waarom een Latijns woord combineren met Arabische cijfers? 400, 1000? Dat moet iets te betekenen hebben. Zet de 400 en 1000 om in Romeinse cijfers en wat krijg je dan? CD, en M.'

'CD, en M...'

'C-O-S-I-M-O-D-E- M-E-D-I-C-I?'

Jeff en Edie keken Cartwright aan alsof hij zojuist de oplossing van het levensraadsel had onthuld.

'Briljant, Jack.' Langzaam verscheen er een glimlach op Edies gezicht.

'Onder Cosimo de' Medici,' zei Jeff. 'Ik vind het jammer om de vreugde te bederven, maar zijn we nou niet weer terug bij af? Het voorwerp dat je hebt gevonden op de avond waarop professor Mackenzie is vermoord. Dat lag "onder" Cosimo de' Medici.'

'Maar het was Cosimo niet,' zei Jack.

'O, christus!' riep Edie uit. 'Dit is belachelijk!'

'Nee, nee... wacht 's even.' Jeff ging op de rand van het bureau zitten en tuurde naar de vloer. 'Het andere lijk, de vrouw. Jullie gingen er toch van uit dat dat Contessina de' Medici was? Maar het voorwerp bevond zich onder het lijk dat werd gepresenteerd als het lijk van Cosimo. Misschien bevindt datgene waar de aanwijzing uit La Pietà ons naartoe wil brengen, zich wel onder het andere lijk.'

'Waarom denk je dat?'

'Nou,' antwoordde Jeff. 'CD, M kan natuurlijk best voor Cosimo de' Medici staan, maar het zou natuurlijk ook op Contessina de' Medici kunnen wijzen, of niet soms?'

Het kostte hun een halfuur om het lijk uit de alkoof te halen. Het was een zenuwslopende procedure, waarbij veel geduld en een heleboel ervaring nodig was om te voorkomen dat er uiteindelijk niet meer van overbleef dan een hoopje verpulverde botten en lompen op de vloer van het laboratorium. Edie en Jack tilden het lijk van de vrouw van zijn laatste rustplaats en legden het op een brancard, die Rose samen met Sonia al had klaargezet. Roos wilde nergens meer buiten gelaten worden en Jeff ging ervan uit dat dat uiteindelijk beter voor haar zou zijn dan haar steeds weer wegsturen. Rose had vreselijke dingen meegemaakt en laten zien dat ze een moedige jongedame was die wel tegen een stootje kon. Hij merkte dat hij bewonderend naar haar stond te kijken terwijl ze aan het werk was. Hij voelde zich heel trots.

De twee paleopathologen hadden een chirurgisch schort omgedaan en rubberhandschoenen aangetrokken: ze waren gereed om met hun onderzoek te beginnen. Edie hing een krachtige lamp vlak boven de brancard, terwijl Jack een loep in zijn linkeroogkas duwde.

Geen van beiden zei iets. Voor het eerst merkte Jeff het knipperende rode lampje van de surveillancecamera op. Wat een merkwaardige beelden zou die vastleggen, dacht hij.

'Het lijk verkeert in grote trekken in dezelfde toestand als dat van de man,' merkte Edie op terwijl ze de kleding en een paar lokken grijs haar om de slapen van het lijk inspecteerde. 'Het is goed mogelijk dat ze tegelijkertijd begraven zijn.' Ze knipte wat haar af en stopte dat in een reageerbuisje, dat ze vervolgens afsloot met een kurk en van een etiket voorzag.

Cartwright veegde wat vezels van de jurk van de gemummificeerde vrouw en stopte die in een ander reageerbuisje.

Een groot deel van de kleding van de vrouw was eenvoudigweg uit elkaar gevallen, vooral het deel dat onder haar lag, zodat er niet meer van over was dan een dunne laag textiel die als een laken over het lijk gedrapeerd lag. Samen haalden ze die zorgvuldig weg. Ze legden de verschillende stukken stof op een tafeltje met een plastic zeil eroverheen. Toen ze daarmee klaar waren, legden ze een tweede vel doorzichtig plastic over de kledingstukken heen.

Het lijk was bruin en had onder de oksels en rond het bekken zelfs de kleur van oud teakhout. Hier en daar was de huid volkomen verdwenen, zodat er geelbruin bot zichtbaar was. 'Oké,' zei Edie. 'Laten we dan nu eens "onder" het lijk kijken.'

Terwijl hij vrijwel exact herhaalde wat het team ruim een week geleden ook al eens gedaan had, legde Jack het lijk op zijn zij. Ze konden de vorm van de ruggengraat zien, en het oude gebeente, waar een groot deel van de wervels bloot was komen te liggen doordat het vlees en de huid waarmee die vroeger overdekt waren geweest, tot stof waren vergaan. Toen zag Edie het, tussen de zesde en zevende rib, op de plek waar zich ooit de tussenribsspieren hadden bevonden: een zilverkleurig voorwerp.

'Leg haar maar weer terug,' zei Edie en ze hielp Jack om de vederlichte mummie om te draaien.

'Iets gevonden?' Jeff boog zich over de tafel heen om het beter te kunnen zien.

'Ik denk het wel. Jeff, zou je...?'

'Sorry.' Hij deed een stap terug.

Ze herhaalde de procedure die Carlin Mackenzie destijds had gevolgd en sneed de borstkas van de vrouw open. In het uitgedroogde weefsel zag ze een hoekje van iets wat zo te zien een klein metalen bakje was. Een deel van de ribben was tot stof vergaan. Voorzichtig trok Edie een stukje bot weg; met een zachte borstel veegde ze de holte schoon voordat ze haar in latex gehulde vingers in de opening duwde.

Het was stil in het vertrek. Ze keken alle vier met strakke blik naar het voorwerp dat Edie uit het lijk had gehaald: een metalen doosje van niet meer dan vijf centimeter in het vierkant, met aan één zijde een slotje. Edie liep naar een tafeltje en legde het voorwerp voorzichtig op een vel plastic.

Het was een heel eenvoudig uitgevoerd doosje, zonder versieringen. Zo te zien was het van zilver of een zilverlegering. Het zag er fonkelnieuw uit. Jack boog zich eroverheen en stelde zijn loep opnieuw in. Toen haalde hij de loep uit zijn oogkas en trok een vergrootglas op een statief naar het tafeltje toe.

'Er valt niets aan te zien,' zei hij.

'Kunnen we het openmaken?' vroeg Jeff.

Met een pincet trok Edie het slotje open. Daarna duwde ze voorzichtig het deksel omhoog. Het scharnierde heel soepel. In het doosje lag een zilveren sleuteltje op een bedje van verschoten paars fluweel. Op de steel van de sleutel bevonden zich de woorden GOLEM KORAB. Edie plukte de sleutel uit het doosje en hield die tussen haar duim en wijsvinger.

Ze had het ding net omgekeerd om te kijken of er iets op de andere kant stond, toen ze een vreemde stem hoorde. Snel liet ze de sleutel in het doosje vallen.

'Bravo!'

Een lange man met blond, piekerig haar stond halverwege de trap naar de grafkamer. Ze waren zo opgegaan in hun werk dat geen van hen hem had horen aankomen. Hij klapte langzaam in zijn handen, maar het geluid werd gedempt door zijn zwarte leren handschoenen. Toen hield hij daarmee op, stak zijn hand in de zak van zijn jack en haalde een revolver tevoorschijn. 'Het ziet ernaar uit dat ik precies op het juiste moment kom. Nou...' Hij keek Edie recht in de ogen. 'Legt u alstublieft die sleutel terug en doet u een paar stappen naar achteren.'

Edie verroerde zich niet.

'Uitstekend.' Hij bracht de revolver in de aanslag.

'Edie!' riep Jeff.

De man glimlachte, maar bleef de revolver strak op hen gericht houden. 'Heel verstandig.' In drie stappen stond hij bij de tafel en viste de sleutel uit de doos. 'Mooi hè?' Hij stopte het sleuteltje in zijn zak. 'Nou, het spijt me heel erg, maar helaas zal ik u moeten vermoorden. Mijn werkgever zou niet willen dat mijn bezoek hier algemeen bekend werd, en tja, eigenlijk heb ik dat zelf ook liever niet. Op uw knieën.'

Geen van hen verroerde zich. De man gaf Jeff een harde klap tegen zijn slaap met de revolver. Jeff viel languit op de vloer.

'Papa!' schreeuwde Rose en ze rende naar hem toe.

'Op uw knieën,' zei de gewapende man nog eens.

Jack en Edie deden wat hun gezegd was.

'Met uw gezicht naar de muur. En u ook.'

Trillend deed Sonia wat haar gezegd was.

'Nou, wie eerst? De jongste dan maar?'

Jeff handelde zonder erbij na te denken: hij dook op de hand met de revolver af. Met een kracht waarvan hij niet had geweten dat hij daarover beschikte, gaf hij de man een kopstoot. Hij hoorde het neusbot versplinteren; de revolver schoot over de vloer. De blonde man strompelde naar achteren en slaagde er nog maar net in om zich vast te grijpen aan de rand van de tafel en zo zijn val te breken. Maar Jeff had nog steeds alle snelheid en energie die voortkwamen uit zijn wanhopige woede. Hij gaf de man een harde stomp in zijn middenrif, zodat hij met een grommend geluid dubbelsloeg.

Jack en Edie waren allebei opgesprongen. Sonia bukte zich om de revolver op te rapen. De blonde man mocht zich dan geconfronteerd zien met een overmacht, maar hij was geen straatvechter.

Terwijl het bloed uit zijn gebroken neus gutste, greep hij de brancard met het lijk erop en duwde die hard naar hen toe. Het ding schoot over de vloer, botste tegen een wagentje met een paar computers erop en kwam met een klap tot stilstand in een hoek van het laboratorium waar twee werkbanken tegen elkaar stonden. Het gemummificeerde lijk schoot schuin van de brancard af, belandde op het roestvrijstalen tafelblad van een van de werkbanken, zodat de bekerglazen en reageerbuizen alle kanten op vlogen, en schoof in een kluwen snoeren en papier. Wonderbaarlijk genoeg bleef het intact. De man duwde Rose hard opzij en rende met drie treden tegelijk de trap op.

Jeff holde naar haar toe en trok haar tegen zich aan. 'Alles goed, liefje?'

'Met mij gaat het prima, papa. Maar jij bloedt.'

Jeff voelde aan de plek op zijn hoofd waar hij was geraakt door de loop van de revolver.

Sonia kwam aanlopen met een nat doekje en bette daar voorzichtig de wond mee schoon. Die was niet diep, maar de huid eromheen begon blauw te worden en op te zwellen. 'Kunnen we niet beter de politie bellen?' zei ze.

'Kunnen we niet beter eerst even controleren of die klootzak hier nog rondhangt?' zei Edie.

Jeff nam de revolver van haar over en rende de trap op. Maar de man was nergens meer te bekennen. Per slot van rekening had hij nu datgene waarvoor hij gekomen was.

'Nou, dat is dan het eind van ons avontuur,' zei Jack.

'Misschien is dat eigenlijk ook maar het beste,' zei Jeff met lichte zelfspot.

'Ik heb gezien wat er op dat sleuteltje stond,' zei Edie. 'Golem Korab.'

'Dat klinkt als de naam van een Indiaas toetje,' zei Sonia.

Rose was de enige die lachte. Maar toen werd de uitdrukking op haar gezicht ernstiger. 'Wacht eens even, Edie,' zei ze plotseling. 'Je hebt gezien wat er op de ene kant van de sleutel stond. Maar wat stond er op de andere kant?'

'Jammer genoeg heb ik dat niet gezien. Onze vriend met het geblondeerde haar kwam ons net storen toen ik de sleutel omdraaide.'

Ze stonden elkaar een tijdje zwijgend aan te kijken, toen werd de stilte plotseling verbroken door Sonia. 'De surveillancecamera's,' zei ze. Haar ogen werden groot en rond van opwinding.

De anderen keken haar wat verwonderd aan.

'Jij hebt niet de kans gekregen om te zien wat er op de andere kant van de sleutel stond, maar de camera misschien wel.'

'Sonia, je bent geniaal!' riep Edie uit.

Sonia haalde de geheugenkaart uit de camera in het laboratorium en schoof die in een kaartlezer die verbonden was met een van de Macs.

'Weet je hoe je hiermee om moet gaan?' vroeg Edie toen Sonia het toetsenbord van haar overnam en een paar toetsen aansloeg.

'Ik heb het een en ander geleerd van mijn broer. Hij werkt voor een beveiligingsbedrijf in Milaan,' zei Sonia. 'Die camera's zijn allemaal min of meer hetzelfde. De opnamen worden weggeschreven op een geheugenkaart, en elke vierentwintig uur automatisch gewist, nadat de oorspronkelijke beelden zijn vastgelegd op een harde schijf. We hoeven alleen maar terug te spoelen naar een minuut of twintig geleden.'

Het grootste deel van de beelden was van een leeg laboratorium. Toen zagen ze Sonia binnenkomen en weer weggaan. Wat later kwam Jack Cartwright binnen vanuit de gang en bleef aan een van de computers zitten. Sonia spoelde snel door totdat ze beelden vond van Edie en Jack die in de weer waren met de mummie op de brancard. Ze keken toe hoe Edie een voorwerp uit de mummie viste, het doosje op tafel legde, het openmaakte en de sleutel eruit haalde.

'Dat is het,' zei Edie. 'Spoel eens een eindje terug.'

Sonia sloeg een toets aan en de film werd in omgekeerde richting afgespeeld. Ze vertraagde hem totdat ze frame voor frame terug-gingen in de tijd.

'Daar,' zei ze.

Op het beeldscherm konden ze Edies in latex gehulde vinger en duim zien, met de sleutel daartussenin.

'Het heeft geen zin,' zei Jeff mismoedig. 'Het opschrift valt niet te lezen.'

'Moment.' Sonia's vingers dansten over de toetsen. Het beeld op het scherm werd groter en schoof wat naar rechts, bleef staan en werd toen opnieuw groter. De sleutel vulde nu het hele beeldscherm, maar het opschrift was nog steeds wazig.

'Nu de beeldkwaliteit nog wat verbeteren...'

Een paar seconden later leunde Sonia achterover. 'Voilà!'

Op het bovenste deel van de sleutel viel nog net een vage inscriptie te onderscheiden. Het was een tekeningetje van een gelijkvloers gebouw en één woord: ANGJA. In het midden van het gebouw stonden twee kleine lettertjes, M en D.

* * *

Om zeven uur 's ochtends was de luchthaven van Pisa vrijwel verlaten. De sfeer was meer die van een groot busstation dan van een internationale luchthaven. Rose had een dikke winterjas aan. Ze nam een slokje uit een plastic bekertje met slappe thee dat ze zojuist van Jeff had gekregen.

'Je hoeft me echt niet naar huis te sturen, hoor, papa,' zei ze. Ze streek met haar in een dikke handschoen gestoken hand over zijn arm en pakte zijn hand vast.

'Ik vind helaas van wel, Rose. Heus, ik vind het echt heel jammer, maar we zijn ons net één keer te vaak dood geschrokken.' Hij was woedend op zichzelf omdat hij het leven van zijn dochter in gevaar had gebracht, omdat hij haar vakantie in Italië had bedorven en haar aan zoveel verschrikkingen had blootgesteld. 'Het spijt me...' begon hij.

'Pappie, dat is werkelijk niet nodig. Het is jouw schuld niet. En bekijk het eens zo: hoeveel meisjes van mijn leeftijd maken zulke opwindende dingen mee?' Ze lachte. 'Denk eens aan de verhalen die ik kan vertellen... Ik maak maar een grapje,' voegde ze er snel aan toe toen ze het gezicht van haar vader zag betrekken. Hij slaagde erin om vermoeid te glimlachen en sloeg zijn armen om haar heen.

'Beloof me,' zei hij terwijl hij haar met beide armen stevig vasthield en haar recht in de ogen keek, 'beloof me dat je hier niemand iets over vertelt, zelfs je moeder niet... vooral je moeder niet.'

'Ik zweer het.'

Ze keek om toen Edie naar hen toe kwam lopen.

'Alles in orde?'

'Ja. Paspoort, tickets, geld,' zei ze met een grijns naar Jeff. 'In elk geval had ik die alle drie nog toen ik twee minuten geleden weer eens te horen kreeg dat ik even moest kijken of ik alles wel bij me had.'

Edie lachte en gaf haar een kus op haar voorhoofd. 'Tot binnenkort.'

Rose ging op haar tenen staan en gaf haar vader een kus op zijn wang.

'Au!'

'O god! Sorry, papa!'

'Geen probleem.' Hij voelde voorzichtig aan de blauwe plekken op zijn wang.

Toen ze door de beveiliging moest, zei hij: 'Je belt me als je thuis bent, hè?'

'Dat zal ik doen. En alsjeblieft, papa, pas goed op jezelf. Ik snap niet helemaal wat jullie allemaal aan het doen zijn, maar misschien is het tijd om eens naar de politie te stappen?'

'Ja, misschien wel, Rose. Misschien... Maak je maar geen zorgen. We komen er wel uit. Over een paar maanden kom je hier weer naartoe, oké?'

'Probeer me maar eens tegen te houden.'

En na die woorden was ze verdwenen. Aan de andere kant van het beveiligingspoortje haalde ze haar tas van de lopende band en keek nog een keer om, zwaaide naar Jeff en Edie en liep toen de brede gang naar de gates in.

Rose zat een tijdschrift te lezen toen een stem eerst in het Italiaans en daarna in het Engels aankondigde dat businessclass-passagiers aan boord konden gaan van de British Airways-vlucht naar Gatwick. Ze vouwde het tijdschrift dubbel, schoof het in een zijvak van haar tas en stond op.

'Rose,' zei een stem achter haar.

Ze keek om. Er verscheen een stomverbaasde uitdrukking op haar gezicht, toen glimlachte ze. 'Wat doe jij hier?'

29

Ragusa, juni 1410

Tegen de tijd dat het eerste zonlicht zich over de oostelijke hemel verbreidde, hadden Cosimo en zijn metgezellen het klooster al vele mijlen achter zich gelaten. Drie dagen later bereikten ze de kuststad Ragusa.

Het was een genot om terug te zijn in de beschaafde wereld, en ze bleven niet lang stilstaan bij de beproevingen die ze te verduren hadden gekregen. Tegen de tijd dat ze een taveerne in het hart van de drukke haven van Ragusa hadden bereikt, zakte de zon al weg achter de horizon en wierp een warme, gouden gloed over het glinsterende water van de baai. Zeelieden spoelden het dek van hun bootjes schoon en kooplui deden hun uiterste best om de laatste vis en groente zo snel mogelijk tegen spotprijzen van de hand te doen. Lachende kinderen speelden tussen de touwen waarmee de boten aan de kade lagen afgemeerd en speelden tikkertje rondom de netten en de kisten terwijl de volwassenen zaten te praten en te drinken.

Cosimo was in een uitgelaten stemming. Het avontuur was buitengewoon riskant geweest, maar de moeite waard gebleken. Tussen de boeken die ze hadden meegenomen uit het klooster bevonden zich een aantal werkelijk verbijsterende aanwinsten. Er zat een verzameling korte prozastukken van Martialis bij, een commentaar op Homerus en een wonderbaarlijke tekst die zo te zien een zeer vroege kopie van een verhandeling van Plato was. Ze waren er ook in geslaagd om een stuk van een oorspronkelijk handschrift van Aristoteles te redden, en een vrijwel compleet handschrift van een werk dat *Historiën* heette, en dat geschreven was door de grote Herodotus. Dat laatste was wel de allerbelangrijkste vangst van allemaal. Die nacht vielen ze allemaal als een blok in slaap. Het was hun eerste nacht in een goed bed sinds vóór de overval op het klooster.

Cosimo klopte op de deur. Daarna nog een keer, maar een stuk harder. Nog steeds geen reactie. 'Ambrogio... Ambrogio!' riep hij.

Achter hem in de gang stonden Contessina en Niccoli. Ze keken om toen de waard met een grote sleutelbos aan kwam lopen.

'U maakt zich zorgen om uw vriend? Misschien heeft hij gisteravond te veel gedronken.' De man grinnikte en wreef over de stoppels op zijn kin.

Hij maakte de deur open. Ambrogio lag languit op bed.

'Ha! Ik laat het aan u over om hem te helpen,' zei de waard opgewekt.

Contessina pakte Tommassini's hand vast. 'Ambrogio,' fluisterde ze. Zijn oogleden begonnen te trillen toen ze nog eens zijn naam zei, en toen sloeg hij zijn ogen op.

'Je ziet er vreselijk uit,' zei Cosimo.'Ik had gedacht dat je wel iets beter tegen drank zou kunnen!'

Toen hij de hoek van Tommassini's bed had bereikt, bleef hij plotseling staan. De vloer was overdekt met bloed en een smerig uitziende gele vloeistof. Een grote bruine rat lag met ontblote kaken op zijn rug. Op zijn kop bevond zich een reusachtige tumor, die bijna net zo groot was als zijn schedel. De ogen van het dier stonden open, en er zaten vegen geronnen bloed op zijn vacht.

'Ambrogio, voel je je niet goed?' riep Contessina.

Tommassini probeerde rechtop te gaan zitten. Krimpend van de pijn greep hij naar zijn voorhoofd. Er zaten zwarte wallen onder zijn ogen, zijn lippen waren uitgedroogd en zaten vol kloven en zijn huid zag doodsbleek.

'Ik, ik kon niet slapen.' Zijn stem klonk schor.

'Wat is dit in hemelsnaam?' zei Cosimo. Hij wees naar de vloer.

Tommassini keek omlaag en wendde toen snel zijn ogen af. 'Mijn god! Vergif?' zei hij met krakende stem.

'Ik hoop dat het niet meer is dan dat... Dat hoop ik echt.'

Zilveren sterren prikten kleine gaatjes in het ebbenhout van de nachtelijke hemel terwijl Cosimo over de reling leunde en uitkeek over de inktzwarte rust van de oceaan. De Zadar, de koopvaarder waar ze in Ragusa aan boord waren gegaan, was snel, maar geen schip kon voor hem nu snel genoeg zijn. Hij wilde alleen nog maar thuis zijn, door de straten van Florence lopen, en de tijd hebben om de grote schatten te bestuderen die ze uit de handen van de barbaarse Stasanor hadden gered.

Een reis van zeven dagen vlak langs de kust, eerst naar het noorden, dan naar het westen en het zuiden, zou hen naar Ancona brengen. Dat betekende dat ze met een grote boog om Venetië heen zouden gaan. Daarna zou het nog twee dagen rijden zijn voordat ze weer thuis waren. Toen hij het plotseling koud kreeg, trok Cosimo de ruwe wollen deken die hij over zijn schouders had hangen dicht om zich heen.

Cosimo schrok wakker van een schrille kreet. Terwijl hij in het donker haastig zijn broek aantrok, verloor hij bijna zijn evenwicht. Hij rende het dek op en zag Niccoli en Contessina tevoorschijn komen uit het achterschip. Het was een kille, grauwe ochtend, en ze keken allebei nogal wazig uit hun ogen. Een jong bemanningslid kwam naar hen toe gehold. Er lag een dodelijk geschrokken blik in zijn ogen. Cosimo wilde hem net beetgrijpen toen hij de stem van de kapitein hoorde.

Kapitein Davonik was een lange, forsgebouwde man met een lange peper- en zoutkleurige baard, donkerbruine ogen en verweerde wangen. Hij had deze route naar Ancona al duizend keer afgelegd en er werd wel gezegd dat er geen bloed maar zeewater door zijn aderen stroomde. 'Wat is er, Kulin? Je ziet eruit alsof je een spook hebt gezien.'

De jongen trilde over zijn hele lijf en kon nauwelijks een woord uitbrengen. De kapitein greep hem bij zijn bovenarm. 'Rustig!'

Zonder iets te zeggen wees de jongen naar de stuurboordreling.

Overal om het schip, zover het oog reikte, lag het water vol dode vissen, in alle soorten en maten. Ze dobberden heen en weer in het water; duizenden ogen die met een lege blik naar de loodgrijze hemel tuurden.

De zon was al weer bijna onder en in het vooronder zat Cosimo aan een omgekeerde kist die als tafel fungeerde. In zijn hoofd was het een wirwar van gedachten, de ene nog krankzinniger dan de andere. Het was donker hier, op een flakkerend geel lichtkringetje na, dat afkomstig was van een enkele kaars die in wankel evenwicht op de omgekeerde kist stond. Overal om hem heen stonden kisten vol specerijen en exotische voedingsmiddelen uit Turkije, Perzië en nog verder weg. Er stonden manden met stoffen in alle kleuren van de regenboog, die binnen korte tijd de vormen van de laatste mode zouden aannemen en zouden worden verkocht aan de rijken van Napels en Genua, Venetië en Florence. Misschien lag de zijde voor de trouwjurk van zijn geliefde hier wel ergens naast hem in het ruim.

Voor hem lag een opengeslagen boek. Dit zou elke bibliotheek in elke stad ter wereld als zijn grootste en rijkste bezit beschouwen. Het was een tekst die was geschreven door een Griekse historicus, een zekere Thucydides, die bijna duizend jaar geleden een grafrede had geschreven voor de befaamde Atheense politicus Pericles. Cosimo las de woorden hardop voor: "En we zullen zeker niet zonder getuigen zijn. Er zijn prachtige monumenten voor onze macht die ons tot het wonder van deze tijd, en van de tijdperken na ons zullen maken."'

Contessina verscheen in de deuropening. Ze had een leren wijnzak bij zich, en een grote kom met brood en fruit. 'Ga zitten, Cosi,' zei ze met een vriendelijke glimlach. 'Ik zweer dat ik je sinds we aan boord zijn gegaan nog niet heb zien eten.'

'Vind je dat ik vetgemest moet worden?'

'O, jazeker.'

Contessina zette de wijn en het voedsel op het geïmproviseerde tafeltje en ging naast hem zitten.

'Ik heb helemaal geen honger,' zei hij.

'Ik ook niet. Maar we moeten wel wat eten.'

Cosimo schonk de wijn in. De robijnrode vloeistof, ruw en krachtig, was afkomstig uit een wijngaard niet ver van Ragusa. 'Heeft kapitein Davonik een verklaring voor de gebeurtenissen van vanochtend?' vroeg hij vermoeid.

Contessina schudde van nee. 'Geen enkele. Hij heeft me verteld dat hij nu al meer dan dertig jaar de Adriatische Zee bevaart. Op zijn eerste reis was hij jonger dan dat jongetje Kulin, en hij heeft nog nooit zoiets meegemaakt. Hij heeft werkelijk geen flauw idee.'

'Als ik mijn vertrouwen in de rede ook maar even zou verliezen, zou ik zeggen dat dit het werk van de duivel was.'

Niccolò kwam het vooronder binnen. 'Ik wil met je praten over Ambrogio,' zei hij.

Contessina bood hem wat wijn aan. Hij weigerde maar ging wel bij hen aan tafel zitten.

'Het moet een uur of twee voor zonsopgang zijn geweest. Ik kon niet slapen. Ik lag maar te denken over die rat in Ambrogio's kamer. Na verloop van tijd ben ik opgestaan en aan dek gegaan.

Het was een ongebruikelijk rustige nacht. Een heel eind aan stuurboord zag ik het eiland Lastova. Toen viel het me op dat iemand een mandje over de reling had laten zakken. En daar, plat op zijn buik, zag ik Ambrogio liggen, met zijn handen in het water. Ik zag iets groens. Het kwam en ging zo snel dat ik er niet zeker van kon zijn wat ik had gezien.'

'Het buisje,' zei Contessina.

'Waarom heeft hij ons dat niet verteld?'

Aan dek klonken nu luide kreten.

Cosimo was de eerste die de ladder op klom. Toen hij boven was, stak hij zijn hand uit om Contessina tegen te houden.

Ambrogio Tommassini was bijna naakt. Een smerig vest en een paar gerafelde stukken ondergoed hingen om zijn drijfnatte lijf. In elkaar gedoken als een wild dier zat hij op het dek, zijn gezicht en zijn armen waren overdekt met grote zweren en bulten waaruit een gelige vloeistof kwam opwellen. Er lag een wilde blik in zijn ogen. Uit zijn neus en zijn mond droop bloed. Zijn haar, ooit zo'n prachtige bos blonde krullen, was uitgevallen, op een paar rafelige plukken na, die tegen zijn bebloede hoofdhuid geplakt zaten.

De kapitein en de stuurman stonden hem als verstard aan te gapen.

'Terug!' schreeuwde Tommassini. 'Terug. Raak me niet aan. Ik ben vervloekt.' Toen merkte hij Cosimo en de anderen op. 'Cosi... Cosi.' De tranen stroomden over zijn wangen en vermengden zich met zijn bloed.

Het begon te regenen.

'Ambrogio, wat heb je gedaan?'

Tommassini keek hem verbaasd aan.

'Waarom heb je dit geheimgehouden? Waarom heb je...?'

Tommassini zette twee strompelende stappen in hun richting. Er lag een uitdrukking van razernij op zijn grotesk vervormde gezicht.

'Cosimo! O nobele, deugdzame Cosimo, je moest jezelf eens horen. Misschien zou het dan tot je doordringen waarom zoveel mensen braakneigingen van jou krijgen.'

Het begon nu echt hard te regenen.

'Wat had je gehoopt te bereiken, Ambrogio?'

'Ik had mijn instructies, Cosimo.'

'Hoe bedoel je?'

'Je denkt toch zeker niet dat jij en de Liga van Humanisten de enigen zijn die belangstelling hebben voor de vondsten van mannen als Valiani?' Hij hoestte en begon te kokhalzen. Er spatte bloed op het dek. Toen hij zijn hoofd weer optilde, zag hij eruit als een demon die rechtstreeks afkomstig was uit de hel. 'En Valiani,' zei hij naar adem happend. 'Nou, die heeft van zijn omzwervingen toch ook bepaald geen geheim gemaakt? De heilige vader had al weet van Golem Korab voordat wij die naam ooit zelfs maar te horen hadden gekregen.'

'De heilige vader? Waar heb je het over?'

'Je bent kort van geheugen, Cosimo. Je vergeet dingen. Mijn

vader was hoofdtheoloog aan het hof van kardinaal Baldassare Cossa, zoals Zijne Heiligheid ooit bekendstond. Ik ben opgegroeid in het huishouden van de toekomstige paus.' Tommassini probeerde te glimlachen, maar het resultaat was de afschuwelijke grimas van een gargouille.

'Wil je beweren dat paus Johannes weet had van dit buisje?'

'Hij wist dat het oude klooster geheimen bevatte. Een gezant uit Macedonië had zich daar jaren geleden ooit eens iets over laten ontvallen, en toen...' Tommassini keek naar de hemel en zijn gezicht vertrok van pijn. 'De heilige vader kwam te weten dat Valiani en anderen Golem Korab ook op het spoor waren. Ik werd naar Rome geroepen voor een audiëntie met Zijne Heiligheid. Hij wist dat ik met jou omging. Ik was goed gesitueerd om alles wat ik toevallig te weten zou komen aan hem door te spelen.' Hij trok een gezicht en greep naar zijn zij. 'Maar toen Valiani plotseling uit het niets kwam opdagen, kreeg ik het gevoel dat het me allemaal op een presenteerblaadje werd aangereikt. Ik geef toe dat ik niet verlangend uitzag naar een reis naar de Macedonische bergen, maar, nou, het was voor het allernobelste doel.'

'O?'

'Ja, Cosimo, geloof het of niet, maar andere mensen hebben andere idealen dan jij. Mijn meester, paus Johannes, heeft vijanden die hem uit alle richtingen belagen. Hij is niet alleen een geestelijk leider, maar ook een militair... Hij...' Zijn benen trilden en hij zakte door zijn knieën. 'De paus... hoopte dat er iets... iets van grote waarde verscholen zou zijn in de bibliotheek van Golem Korab.'

In Tommassini's ogen brandde een diepe zelfhaat. 'O god, Cosimo, mijn vriend, mijn trouwe vriend... Het spijt me zo... ik, ik... heb het flesje geopend...'

Zijn lippen bleven bewegen, maar er kwam geen geluid meer uit zijn mond. Met een zacht gekreun zakte hij als een halflege zak meel voorover.

Ze hadden zich allemaal verzameld aan dek van de Zadar: de kapitein en de bemanningsleden, Cosimo, Contessina en Niccolò Niccoli. Het ontzielde lichaam van Ambrogio Tommassini lag in een geïmproviseerde lijkwade op de rand van de reling. Regendruppels lieten donkerbruine vlekken zo groot als dukaten achter op het hout van het dek.

Cosimo dacht aan degenen die gestorven waren. Gestorven waarvoor? Ideeën, een paar velletjes papier, woorden, woorden die hun waren nagelaten door mensen die allang dood waren. Zijn verdriet was bijna te groot om te verdragen. Hij keek op naar de hemel en liet de regendruppels op zijn gezicht vallen en over zijn wangen druipen, als bedriegers die zich uitgaven voor de tranen die hij nog steeds niet kon vergieten.

Had de paus al die tijd van het bestaan van dit buisje geweten? Cosimo kon alleen maar uitgaan van het ergste, en moest daarnaar handelen. Het buisje moest ergens verstopt worden en zou nooit in verkeerde handen mogen vallen. Hij tilde zijn hoofd op en zei: 'Heer, neem mijn vriend Ambrogio tot u, mijn vriend Ambrogio, die op zo jonge leeftijd al zo wreed uit dit leven is weggerukt. Ambrogio is bezweken voor een verleiding die hem te gronde heeft gericht, en hij heeft vreselijk moeten boeten voor zijn zonden. Ik bid dat zijn ziel moge rusten in eeuwige vrede, want hij was een goed mens, een oprechte en trouwe vriend, een man die zwak was zoals wij allen zwak zijn. Ik vergeef hem en ik bid dat U in uw onbegrensde wijsheid, Heer, hem ook moge vergeven.'

Hij knikte naar de kapitein en het in een lijkwade gehulde lichaam van Ambrogio Tommassini gleed van de reling af. Met een luide plons viel het in zee.

30

Macedonië, heden

Toen de heli-jet laag kwam aanvliegen over de luchthaven van Skopje kon Jeff de stad onder hen zien: een massa lage, witte bouwwerken, omgeven door groen gevlekte bergen. Een uur later waren ze door de douane. In een zwarte Toyota Landcruiser Sahara werden ze door de stad gereden. Hun chauffeur annex gids reed een snelweg naar het westen op, die langzaam omhoog voerde, de bergen in. Laat in de middag bereikten ze de uitlopers van de Golem Korab, de hoogste berg in Macedonië en de locatie van een oeroude kloosterruïne vlak naast het Angja-meer. Met behulp van Google Earth, een softwarepakket dat hen in staat stelde om tot op een paar meter in te zoomen op willekeurig welke plek op het aardoppervlak, hadden ze de ruïne alvast bekeken, en een grote stenen kubus gevonden, een onopvallend bouwsel op een eilandje midden in het meer. Er was geen informatie over beschikbaar, maar te oordelen naar de nogal wazige beelden op Google Earth, was het een zwart marmeren mausoleum. Wat echter vooral van belang was, was dat het dezelfde vorm had als het silhouet van het gebouw dat in de sleutel gegrift had gestaan. De hoofdweg hield op een gegeven moment gewoon op en de Toyota draaide een zandweggetje op dat steil de berg op liep. In een halfuurtje, zo had de gids hun verteld, zouden ze na een niet al te inspannende klimpartij bij de ruïnes komen.

Zonder de gids liepen Jeff en Edie verder de berg op. Ze hadden allebei een rugzak, zaklantaarns en eten bij zich, en omdat hier geen signaal was voor hun mobieltjes waren ze allebei uitgerust met een walkietalkie. Ze beschikten ook over een aansteker, wat noodvuurpijlen en schone kleren. Jeff zeulde bovendien een opvouwbare kajak van ultralichte koolstofvezel mee.

Het was hier ijskoud, maar oogverblindend mooi: een harde en breekbare schoonheid, zoals een Picasso uit zijn kubistische periode, of een al wat oudere dame, die met haar wel uit ijs gehakt lijkende jukbeenderen nog steeds een stralende schoonheid was. Het deed Edie denken aan de vakanties die ze als kind in Schotland had doorgebracht, en de lange wandeltochten door de Grampians die ze toen met haar ouders had gemaakt. De spectaculaire wolkenkrabbers van massieve steen en de langgerekte meren die bijna geplet werden tussen de oeroude rotswanden waardoor ze aan alle zijden omgeven werden, waren destijds niet aan haar besteed geweest, maar nu kon ze zien hoe wondermooi dit alles was.

Het klooster rees voor hen op als de overblijfselen van een gefossiliseerd bos, een massa grillig gevormde zuilen van steen die naar de hemel leken te reiken. Terwijl hij ernaar stond te kijken, kon Jeff zich goed voorstellen wat een ontzagwekkende aanblik het klooster lang geleden geboden moest hebben. Het was een monument, niet alleen voor de vindingrijkheid van de mens maar ook voor zijn vermogen tot eerbied. Dit was een religieus gebouw geweest, een toevluchtsoord waar volhardende zielen hun hele leven gewijd hadden aan hun God. En vlak daarachter, misschien een meter of dertig aan de andere kant van de heuvel, lag het Angjameer. Het werd avond. Grote lichtbanen braken door de wolken en wierpen hun zachte licht op de heuvels niet ver van het water. Maar het meer zelf leek wel van zwart glas. Het was volkomen bewegingloos en straalde een onheilspellende, bijna onaardse sfeer uit.

'Mag ik de uitdraai nog eens zien?' vroeg Jeff. Het was gaan waaien; ze hadden allebei een met bont gevoerde capuchon over hun hoofd getrokken. Jeff vergeleek het Google Earth-beeld met de kopie van het diagram op de sleutel. 'Het eiland moet dáár liggen, ergens vlak achter de piek.' Hij wees naar het noordoosten.

Ze liepen dicht langs overblijfselen van de torens en vonden een ruw pad tussen de grote rotsblokken door dat hen naar de rand van het meer bracht. Ongeveer honderd meter van de oever, gescheiden door het stille, zwarte water, lag een eilandje. Een groot deel van de kustlijn werd aan het zicht onttrokken door bomen, maar het silhouet van een vierkant gebouw met kale, rechte muren viel nog net te onderscheiden.

Nadat ze hun rugzakken op de grond hadden gezet, trok Jeff de hoes van de kajak en legde die op de kiezelstenen. Hij drukte op een klein knopje aan de zijkant zodat er een gasflesje openging; de kajak werd opgeblazen. Samen schoven ze de boot in het water en gingen erin zitten.

Er stond geen stroming, dus de oversteek was niet moeilijk. Toen ze op een rotsige uitloper van het eiland aan land gingen, viel het hun op hoe stil het hier was. Nergens zagen ze ook maar enige beweging. Het gebouw overheerste het hele eilandje en straalde een zekere dreiging uit. Het was niet meer dan een gigantisch stuk marmer, met onberispelijk gladde muren. Het enige wat de monotonie verbrak was de tekening van het marmer. Het deed hen denken aan iets wat Albert Speer had kunnen bedenken voor Adolf Hitlers fantasieën over het Derde Rijk. Ze waren al twee keer om het gebouw heen gelopen voordat ze de deur opmerkten. Het was een smalle marmeren rechthoek, gemaakt van dezelfde steen als de wanden. De tekening van het marmer op de deur vloeide keurig over in die van het marmer van de wanden. Als hij dicht was, zou de deur niet zichtbaar zijn, maar hij stond op een kier. Er was te zien dat er niet lang geleden met het slot geknoeid: een sliertje kruipolie verraadde dat. Jeff voelde een rilling van opwinding door zijn ruggengraat trekken.'Je hoeft niet mee te gaan, Edie.' Hij haalde een zaklantaarn uit zijn rugzak.

'Doe niet zo idioot.'

'Misschien kan een van ons beter hier blijven, gewoon voor het geval dát.'

'O, schiet op, Jeff. In geval van wát? Vind je het niet wat te laat voor dit gedoe?'

'Oké.' Hij bukte zich, stapte naar binnen en zette zijn zaklantaarn aan.

Hun voeten weergalmden over de marmeren vloer van een smalle gang. De lichtbundels van hun zaklantaarns wierpen spookachtige stralen door de duisternis. De muur tegenover hen, ook weer een volkomen glad stuk steen, viel nog net te onderscheiden. Maar toen hun ogen gewend raakten aan het donker, zagen ze in de verte een vaag lichtplekje. De ondoordringbare duisternis maakte plaats voor het silhouet van een rechthoekige opening en een gang daarachter.

Het licht in de verte was net voldoende om bij te zien; ze zetten hun zaklantaarns uit. De stenen wanden waren al net zo glad en kaal als de rest van het mausoleum: kil en zielloos marmer, met een heel zwakke glans. Zonder erbij na te denken gingen ze er dicht langslopen. Toen ze het eind van de gang naderden, zagen ze daar een andere rechthoekige opening die was uitgehakt in de steen. Een reusachtige metalen deur gaf toegang tot een volgende gang die naar een hoge ruimte leidde. De wanden werden beschenen met oranje licht dat grillig over de stenen muren flakkerde. Edie stak haar bovenlijf zover als ze maar durfde om de rand van de deur.

Het was een reusachtige ronde ruimte met een koepeldak dat bijna een halve bol vormde, maar in het midden taps toeliep, zoals de koepel van de St. Basilius-kathedraal op het Rode Plein. De vloer en de wanden waren gemaakt van de zuiverste witte steen en in het midden van de ruimte stond een reusachtig blok zwart marmer.

Aanvankelijk begreep hij niet waar het licht vandaan kwam. Er hingen geen toortsen aan de muren. Langs de wanden liep een goot van ongeveer een halve meter breed. De goot was gevuld met een stroperige zwarte vloeistof waar vlammen overheen dansten. Ze likten hongerig aan de lucht. Het was duidelijk dat hier nog maar heel kortgeleden iemand geweest was.

Dit is geen goed voorteken, dacht Jeff. Maar het was nu te laat om op hun schreden terug te keren.

Ze lieten hun rugzakken achter bij de ingang en liepen naar het zwarte altaar toe, dat recht onder de top van het gewelf lag. Aan één kant van het reusachtige blok zwarte steen bevonden zich drie hoge traptreden. Langzaam liepen ze omhoog. Toen ze boven waren, hapte Edie naar adem. Ze verloor bijna haar evenwicht. 'Mijn god!' riep ze uit.

Onder een glazen kap lagen twee lichamen naast elkaar. In de ene kist lag het lijk van een vrouw, die gekleed was in iets wat sterk op een bruidsjurk leek, al was de stof niet wit maar crèmekleurig en afgezet met lichtblauw. De man in de andere kist droeg een lange mantel van koningsblauw fluweel, afgezet met goudbrokaat. Hun gezichten waren verschrompeld en op hun kin en wangen was de huid tot stof vergaan. Hun handen rustten op crèmekleurige zijde. Doordat alle vlees ervan verdwenen was, leken de identieke platina ringen ingezet met amethist hun veel te groot. Naast de dichtstbijzijnde kist stonden twee marmeren zuiltjes. Op het zuiltje links stond een rechthoekige houten doos van ongeveer dertig centimeter lang. Op het zuiltje rechts lag een gouden plaquette met Latijnse inscriptie. Het enige daarvan wat ze onmiddellijk konden ontcijferen, waren de woorden COSIMO ET CONTESSINA DE MEDICI.

'Heel spectaculair, vindt u niet?' zei een stem vanuit de ingang.

Ze draaiden zich razendsnel om.

'U vraagt zich zeker af waar wij gezeten hebben? Nou, neemt u maar van mij aan dat het hier een wirwar van gangen en gangetjes is. Het lijkt wel een konijnenhol.'

Een lange, magere man in een zwart pak, met achterovergekamd, zwartgeverfd haar dat over zijn oren viel, stapte de lichtkring binnen. Naast hem liep Aldo Candotti, die een pistool in zijn nonchalant langs zijn zij bungelende hand hield. Achter hen kwam Jack Cartwright tevoorschijn. Hij had een jonge vrouw bij zich: Rose. Cartwright hield haar rechterarm op haar rug gedraaid, en er zat een prop zwarte stof in haar mond.

Jeff rende de traptreden af. Van diep uit zijn borstkas kwam een onmenselijke grauw opzetten. Candotti trok Rose naar zich toe en zette het pistool tegen haar voorhoofd.

'Laten we allemaal wel proberen rustig te blijven, hè?' zei de man in het zwart met een flauwe glimlach.

'Wie bent u, verdomme?' snauwde Jeff. 'En wat doet u met mijn dochter?' Hij deed een stap in de richting van Candotti, die de loop van het pistool nog harder tegen Rose' hoofd duwde, waarop het meisje kreunde.

'Mijn naam is Luc Fournier.' Hij gebaarde naar Candotti dat die het pistool niet zo hard tegen haar hoofd moest drukken.

'En jij,' zei Edie woedend. 'Wat doe jij hier?'

Cartwright gaf geen antwoord.

'Signor Cartwright is al geruime tijd bij mij in dienst,' zei Fournier. 'Dat lijkt u niet te verbazen, signorina.'

Met ogen waar vonken uit leken te schieten stond Edie naar Cartwright te kijken. 'Jij was het! Je hebt je eigen stiefvader vermoord.'

De ontkennende uitdrukking op Cartwrights gezicht was zo onwaarachtig dat het wel leek of die erop geschilderd stond.

'Arme Jack,' kwam Fournier tussenbeide. 'Jack heeft altijd tweede viool moeten spelen. Hij heeft altijd in de schaduw gestaan van de grote Carlin Mackenzie. Het kostte weinig moeite om hem tot bondgenoot te maken. Hij heeft gretig de gelegenheid te baat genomen om me alles te vertellen over de recente ontwikkelingen hier. Ik ben degene die in 1966 het dagboek van de Medici's heeft weten te bemachtigen. Het leek me heel goed mogelijk dat er nog andere schatten in de crypte begraven zouden liggen, en ik wilde natuurlijk niet dat iemand anders daar per ongeluk op zou stuiten.'

'Dus toen wij dat voorwerp hadden ontdekt, hebt u daar onmiddellijk weet van gehad, en vervolgens hebt u mijn oom vermoord om het te kunnen stelen?'

'Het kon helaas niet anders.'

Edie keek Cartwright woedend aan. 'Vuile klootzak,' beet ze hem toe.

'We zijn hier niet naartoe gekomen om familieconflicten uit te vechten.' Fournier genoot duidelijk van zijn rol als ceremoniemeester. 'Er zijn dringender zaken. Deze ruimte is ontworpen door Contessina de' Medici, en een paar jaar voor haar dood gebouwd. Het is een mausoleum waarin ze samen met haar geliefde echtgenoot tot in alle eeuwigheid zou kunnen rusten. Heel roerend allemaal. Maar het enige waar ik belang in stel, is de inhoud van dat nogal onaanzienlijke houten doosje daar.' Hij wees naar het zuiltje naast de twee graftomben.

'Zoals u inmiddels ongetwijfeld te weten bent gekomen, zijn Cosimo de' Medici en zijn toekomstige echtgenote Contessina hier bijna zeshonderd jaar geleden naartoe gereisd. Ze werden vergezeld door twee mannen, Niccolò Niccoli en Ambrogio Tomassini. Ze hadden Florence verlaten op aanraden van de rondtrekkende mysticus en filosoof Francesco Valiani, op wiens aanwijzingen ze naar een kloosterbibliotheek zijn gereisd. Daar bevonden zich vele belangwekkende documenten uit de oudheid. Maar zij, of liever gezegd Ambrogio, hebben veel meer gevonden dan alleen wat oude boeken. Hij ontdekte een merkwaardige substantie die mensen kon beschermen tegen ziekten, maar die ook dodelijk kon zijn. Een biochemisch middel.'

'Wat hebben wij daarmee te maken?' snauwde Jeff. 'Laat mijn dochter los!'

Candotti negeerde hem.

'De inhoud van dat doosje heeft heel veel met u te maken, signor Martin,' zei Fournier. 'En Rose hier is mijn verzekeringspolis. Signorina Granger en u vormen een opmerkelijk koppel. Ik wist dat u wel een manier zou vinden om dit mausoleum te bereiken. Ik rekende er zelfs op, want u beschikt over een vitaal stukje informatie dat ik dringend nodig heb.'

'Is dat zo?'

'Ik heb vier cijfers nodig,' zei Fournier. 'Vier Romeinse cijfers om exact te zijn. En ik heb er maar twee, de twee cijfers die waren aangebracht op de sleutel die u hebt gevonden in de Medici-kapel, de getallen D en M.'

Jeff haalde zijn schouders op.

'Maar dat wil zeggen dat u ook met een probleem zit, signor Martin.' Opnieuw verscheen er een sinister glimlachje op Fourniers gezicht. 'Tijdens de omzwervingen bent u op nog twee Romeinse cijfers gestuit, die door mijn mensen over het hoofd zijn gezien. Het zou ons vanmiddag allemaal een hoop moeite bespaard hebben als iemand wat meer initiatief had getoond. En wilt u me nu dan alstublieft die twee cijfers geven?'

'Waarom zou ik?'

'Nou, signor Martin, omdat uw lieve kleine meid hier anders binnen de kortste keren Cosimo en Contessina gezelschap mag gaan houden.'

'IV en V,' zei Jeff.

'Dank u zeer. Nou, dat was toch niet zo moeilijk?' Fournier liep de marmeren trap op, zodat hij recht voor het zuiltje en het houten doosje kwam te staan. Het slot bestond uit vier afzonderlijke metalen cilinders die naast elkaar in het hout waren aangebracht. Hij keek er even naar en draaide ze toen in de juiste stand. 'Anders dan de monniken van Golem Korab,' zei hij, 'heeft Ambrogio Tomassini wél gezien wat er in dat doosje zat. Hij heeft zich bemoeid met zaken die hij niet begreep, die hij ook niet kón begrijpen, en daar heeft hij zwaar voor moeten boeten. Na zijn dood hebben de Medici's het doosje verdonkeremaand, maar onze goede vriend, Niccolò Niccoli, heeft een dagboek bijgehouden over hun avonturen, en daarin een reeks cryptische aanwijzingen achtergelaten. Kennelijk kon het geheim onthuld worden met de hulp van vier cijfers en de woorden "om een god te zijn". Als je ze in de juiste volgorde plaatst, vormen de Romeinse cijfers IV, V, M en D het woord DIVVM oftewel DIVUM... God dus.'

Het slot sprong open en Fournier tilde het deksel op. Hij stak zijn hand erin, haalde het flesje eruit en bracht het voorzichtig omhoog, totdat hij het recht voor zijn ogen hield. 'Verbazingwekkend!' mompelde hij.

'Wilt u Rose nu alstublieft laten gaan?' zei Jeff. 'U hebt waarvoor u gekomen bent.'

Fournier knikte naar Candotti, die Rose met duidelijk zichtbare tegenzin de prop uit haar mond trok en haar van zich af duwde. Ze struikelde. Jeff stapte snel naar haar toe om haar op te vangen.

Vanuit de deuropening klonk een discreet kuchje. Candotti draaide zich snel om en bracht zijn pistool in de aanslag.

'Dat is werkelijk niet nodig, commissaris,' zei Roberto, terwijl hij een paar stappen naar voren deed, zodat hij in het mausoleum zelf kwam te staan. Hij hinkte licht, en zijn linkerarm, die vanaf zijn schouder tot aan zijn hand in het gips zat, hing in een draagverband. Zijn gezicht zat nog steeds onder de blauwe plekken.

'Visconte Armatovani.' Fournier maakte een heel lichte buiging. 'Waaraan hebben we dit genoegen te danken?'

'Hoe kon ik de verleiding weerstaan, monsieur Fournier? Ik maakte me ongerust over mijn vrienden. Bovendien heb ik in het ziekenhuis lang de tijd gehad om na te denken. En, al zeg ik het zelf, ik beschik over een tamelijk goede huisbibliotheek en tot mijn grote geluk zijn kopieën van sommige delen van Niccoli's dagboek in handen van mijn voorouders gekomen. Daardoor ben ik een paar opmerkelijke dingen te weten gekomen over dat dingetje daar...' Hij knikte naar het fluorescerende buisje dat Fournier nu in zijn hand hield.

Fournier trok zijn wenkbrauwen op. 'Is het werkelijk?'

'Dit is het grote geheim waarvan de Medici's beseften dat het voor de mensheid verborgen moest blijven. Voor hen was het een wonderbaarlijke substantie. Zeker, het had een van hun vrienden een afschuwelijke dood bezorgd, maar met de inhoud van dat glazen buisje konden de mensen zich beschermen tegen de pest. Cosimo en Contessina hadden echter ook met eigen ogen gezien hoe corrumperend het kon werken. Veel mensen zouden maar al te graag bereid zijn hun ziel ervoor op te offeren. Ik weet zeker dat u ons daar veel over zou kunnen vertellen, monsieur Fournier.'

Er lag een triomfantelijke glans in Fourniers ogen. 'Het flesje bevat het uiterst zeldzame biochemische materiaal Ropractin. U hebt allemaal wel eens van Ricine of Sarin gehoord. Dat zijn allebei uiterst gevaarlijke stoffen, die in zeer kleine hoeveelheden duizenden mensen het leven kunnen kosten. Ropractin wordt gewonnen uit een schimmel, *Tyrilinym Posterinicum*, die wordt aangetroffen in vochtige klimaten. Als deze schimmel gezuiverd en geraffineerd wordt, levert dat een fluorescerende groene vloeistof op. In uiterst kleine hoeveelheden fungeert Ropractin als een soort superpenicilline, maar als de concentratie te hoog wordt, veroorzaakt het binnen zeer korte tijd een aantal uiterst onplezierige ziekten, die voorzover bekend ongeneeslijk zijn.

Dat is de Medici's op hardhandige wijze duidelijk geworden. Ze hadden geen idee waar dit buisje oorspronkelijk vandaan kwam; waarschijnlijk zal geen van ons dat ooit weten. Misschien heeft een anonieme alchemist het ontdekt. Wie weet?'

'Maar het punt is,' viel Roberto hem in de rede, 'dat u al die moeite niet hebt gedaan om te helpen bij de bestrijding van ziekten of om de medische wetenschap vooruit te helpen.'

'Moeten we al dat geleuter aanhoren, Luc?' gooide Candotti eruit. 'Die vent valt niet te vertrouwen...'

Langzaam keek Fournier om naar de Venetiaanse politiecommissaris. 'Aldo, soms kun jij erg grappig zijn.'

Candotti keek verbaasd.

'Hoe kan iemand als jij het nu over vertrouwen hebben? Je hele carrière en het vertrouwen dat de Italiaanse bevolking in je stelt, heb je verkwanseld, en dat alles voor het handjevol zilverlingen dat ik je heb toegeschoven.' Hij schudde zijn hoofd en tuitte misprijzend zijn lippen. 'En u, signor Cartwright,' ging Fournier verder. 'Hebt u daar nog iets aan toe te voegen? Enkele paarlen van wijsheid misschien? Een waarschuwend woord over wie wij wel of niet kunnen vertrouwen?'

Cartwright zei niets.

Fournier trok een pistool met korte loop uit de binnenzak van zijn jasje, bracht het wapen in de aanslag en schoot Cartwright en Candotti allebei een kogel in hun hoofd.

Jeff wierp zich plat over Rose heen. Fournier hield zijn wapen nu op Edie gericht, maar de trekker haalde hij niet over, want Roberto had een Beretta M9 in zijn goede hand, en die was rechtstreeks op zijn hoofd gericht.

'Edie, Jeff, Rose, uit de weg jullie.'

Ze zochten dekking achter de graftombe.

'U en ik hebben geen conflict,' zei Fournier zachtjes.

Langzaam deed hij een paar stappen naar achteren, zodat hij steeds dichter bij de deur kwam. 'En u durft niet te schieten. Als ik het buisje laat vallen...'

Roberto bleef de Beretta nog een seconde in de aanslag houden. Fournier dook opzij. Terwijl hij in elkaar gedoken op de grond lag, loste hij in het wilde weg een enkel schot, sprintte naar de uitgang en verdween uit het zicht.

Edie, Jeff en Rose kwamen tevoorschijn van achter de sarcofagen van de Medici's. Ze wendden hun ogen af van het bloedbad dat op enkele meters afstand had plaatsgevonden.

'We kunnen die maniak niet zomaar laten gaan,' zei Edie.

'Wat zou je er precies aan willen doen?' antwoordde Roberto. 'We zijn de politie niet. En trouwens...' Zijn ogen gingen even naar het lijk van Candotti. 'Daar hebben we tot nu toe ook niet veel aan gehad.'

'Roberto heeft gelijk, Edie,' zei Jeff. 'Weet je nog hoe we in deze ellende verzeild zijn geraakt? We wilden erachter komen wie je oom had vermoord. Nou, dat weten we nu.'

'O, mooi,' zei ze kwaad. Ze liep de marmeren trap op, zette haar handen in haar heupen en tuurde in de lege doos. Toen gaf ze plotseling een schreeuw en schopte hard tegen het zuiltje.

Vanuit de vloer onder haar voeten klonk een luid gekraak, gevolgd door een hoog gierend geluid en het schuren van steen over steen. Het zuiltje kantelde, en het lege doosje rolde met een ratelend geluid de trap af. Van een punt boven de ingang van de grafkamer kwam een massief blok steen omlaag schuiven. Het sloeg met een harde klap tegen de vloer, zodat het hele gebouw trilde op zijn grondvesten.

Niemand bewoog zich. Het enige wat te horen viel, waren keien en puin die vanuit het plafond tegen de marmeren vloer sloegen.

Rose' ogen stonden plotseling vol tranen. 'We zitten in de val, hè?'

'Er is altijd een uitweg, liefje,' zei Jeff. Hij sloeg een arm om haar heen.

Op de plek waar daarnet nog een zuiltje had gestaan, bevond zich nu een vierkante holte in de vloer. Er lagen lange rijen houten buizen in. Jeff stak zijn hand in de holte, tilde er een op en legde die voorzichtig op de vloer, voordat hij een volgende, vrijwel identieke buis oppakte. 'Boekrollen, net zoals die boekrol die Sporani heeft gevonden in de Medici-kapel,' zei Roberto.

Jeff tilde nog een paar boekrollen uit de holte. Toen zag hij eronder nog iets. 'Er ligt hier een doos.'

'Kun je die eruit tillen?'

'Nee, hij zit vast. Zo te zien zit er precies hetzelfde soort cijferslot op als op die eerste doos.' Jeff draaide aan de cilinders totdat hij de juiste combinatie had. Er klonk een bevredigende klik en hij tilde het deksel op.

Op de fluwelen bekleding lag een identiek buisje. Aan de binnenkant van het deksel stond in gouden letters een regeltje Latijn. Roberto vertaalde: ALLE MENSEN ZIJN VERRADERLIJK.

Jeff pakte het buisje uit de doos en hield het omhoog. Het woog bijna niets en in het licht van de brandende olie straalde het een groenig licht uit.

'Ik weet dat het krankzinnig klinkt, maar het is net of het leeft.'

'In godsnaam, Jeff,' mompelde Edie. 'Voorzichtig daarmee.'

'Het ziet er behoorlijk stevig uit,' zei Jeff. 'Dik glas of kristal. Als Tomassini hierdoor om het leven is gekomen, moet hij het opengemaakt hebben. Kijk, dit is op uiterst deskundige wijze weer dichtgemaakt.' Hij wees naar het uiteinde van het glazen buisje, waar een stevige koperen kapje over het glas zat. De kier tussen het glas en het koper was dichtgesmeerd met een wasachtige substantie.

'Goed, maar zelfs dan...'

'Nou,' zei Jeff. Hij gaf buisje door aan Roberto. 'Twee buisjes: het ene is echt en het andere vals?'

Plotseling begon Edie te lachen. Het klonk hysterisch. 'Nou, dat is geweldig! Wij hebben het buisje, maar we zitten hier opgesloten en we kunnen er niet meer uit.'

'Verdomme!' Jeff liep naar de deuropening. Een smalle kier rondom de randen was het enige wat erop wees dat zich hier ooit een deuropening had bevonden. 'Dit is belachelijk. Hoe kan zoiets nou gebeuren? Hoe konden ingenieurs uit de vijftiende eeuw zoiets maken?'

'Ze waren de eersten niet,' antwoordde Roberto. 'Vierenhalfduizend jaar geleden werd de grote piramide verzegeld, onmiddellijk na de begrafenis van de farao. Dat ging allemaal automatisch, met hulp van een ingenieus systeem van touwen en takels. Vergeet niet met wie we hier te maken hebben. De Medici's waren geen doorsnee burgers. Ze beschikten over verbijsterende rijkdommen, en Cosimo en zijn kameraden hadden zich hun hele leven lang verdiept in oude kennis.'

'Het humanistisch ideaal,' zei Edie snerend. 'Maar daar schieten wij nu niet veel mee op.'

'Wat zei je daar?' zei Roberto scherp.

'Het humanistisch ideaal...'

'Maar natuurlijk!'

Roberto hield het buisje recht voor zijn ogen. 'Het humanistisch ideaal.'

'Wat heb jij ineens, Roberto?' Edie keek hem boos aan.

'Cosimo en zijn kameraden werden gedreven door hun verlangen naar de macht die kennis kan verschaffen, maar ze waren ook idealisten. Ze geloofden dat persoonlijke integriteit van het allergrootste belang was. Kijk maar eens naar die inscriptie.' Hij wees naar het deksel van de doos. 'Ze waren zich maar al te goed bewust van de macht die dit flesje de bezitter ervan zou geven. Ze beseften terdege dat ze hiermee hun hele wereld te gronde konden richten. En daarom hebben ze het hier verborgen.'

'Wat probeer je ons duidelijk te maken?' vroeg Rose met onvaste stem.

Roberto liet zich op zijn hurken zakken, legde het buisje weer terug in de doos en deed het deksel dicht.

Een paar seconden gebeurde er helemaal niets. Roberto kwam overeind, deed een paar stappen naar achteren en bleef zijn ogen strak op de holte in de vloer gericht houden. 'Het werkt niet...' begon Jeff, maar toen hield hij zijn mond. Er klonk een zacht en rollend geluid uit de richting van de vloer. Terwijl ze stonden te kijken, zonk de doos langzaam weg in de holte in de vloer. Na anderhalve meter bleef hij hangen, toen schoof er een stenen blok overheen, zodat de doos diep in de graftombe werd weggeborgen. Vanuit de andere kant van de ruimte werd een nieuw geluid hoorbaar. Het klonk als steen dat over steen schoof. Het geluid werd steeds luider. Ze renden de trap af toen het blok steen dat de uitgang had geblokkeerd omhoog begon te gaan. Ze renden ernaartoe en doken eronderdoor, en wel zo haastig dat ze bijna over elkaar heen struikelden in hun haast om de donkere gang aan de andere kant te bereiken.

Ze krabbelden overeind in het donker toen het blok steen zonder enige waarschuwing bleef hangen. Het bleef een ogenblik stil. Daarop klonk er een nieuw geluid, gestaag aanzwellend, als het grommen van een of ander monster. Vanuit de grafkamer klonk een luid gedreun. Door de deuropening zagen ze grote rotsblokken omlaag tuimelen en op de vloer terechtkomen.

'Weg hier! Het plafond komt naar beneden!' brulde Roberto.

Jeff greep Rose bij de arm en zo snel als ze maar konden renden ze naar de uitgang. Roberto hinkte achter de anderen aan. De muren begonnen te trillen. Nu verschenen er grote scheuren in de vloer. Aan het eind van de gang voelden ze een enorme schok. Het leek wel een aardbeving. Rose gilde het uit. In het grijze licht zagen ze een scheur van een meter breed die zich met schokkerige bewegingen voortplantte door de vloer en door de wand omhoog ging. Edie hielp Roberto over de gapende kloof in de vloer. Hij gleed uit, kwam zwaar neer en kromp in elkaar van de pijn. 'Schiet op! De uitgang is vlakbij,' schreeuwde Edie boven het lawaai uit.

Ze haalden Jeff en Rose in. Zonder om te kijken holden ze met z'n allen zo snel ze maar konden naar buiten.

Overdekt met zweet renden ze de buitenlucht in. De kou beukte als een voorhamer op hen in, maar toch kwam dat als een opluchting. Het was inmiddels donker geworden en het viel niet mee de weg naar het kiezelstrand terug te vinden. Maar toen was de duisternis plotseling verdwenen doordat er een felle lichtbundel op het mausoleum werd gericht. Een helikopter kwam met brullende motor aanvliegen en zwenkte met een scherpe bocht naar het noorden.

Ze hoorden stemmen vanuit de richting van het klooster. Een tweede felle lichtbundel doorsneed de duisternis. Een motorboot kwam met brullende motor naar het strand toe varen. Een Macedonische politieman sprong eruit, waadde naar de kust en rende het eiland op. Roberto liep voor hen uit. Jeff hield Rose stevig bij de arm terwijl ze over het ruwe terrein achter de politieman aan holden.

De helikopter was terug. Hij vloog laag over het water terwijl hij de korte afstand naar het vasteland overbrugde. Net toen het toestel dat had bereikt, werden ze opgemerkt door de andere politieman. Hij kwam naar hen toe gehold, roepend in zijn radio dat hij assistentie nodig had.

Aan de buitenkant zag het oude klooster eruit alsof er zojuist een militaire operatie had plaatsgevonden. Niet ver van de torens zagen ze gedaanten in volumineuze witte pakken een grote ontsmettingstent opzetten. De helikopter was weer terug en bleef boven de torens hangen. Een andere helikopter was geland op een smal plateau een meter of tien van de toegangspoort naar de ruïnes. Een politieman gaf hun opdracht achter hem aan te lopen. In de helikopter zaten drie mannen in beschermende witte pakken. Ze hadden alle drie een geweer dwars over hun schoot liggen. Op de vloer achter de piloot, met zijn handen geboeid op zijn rug, lag Luc Fournier. Zijn gezicht zat vol schrammen en blauwe plekken, en zijn kostuum was gescheurd.

'Is dit hem?' vroeg de politieman aan Jeff.

Fournier keek niet op.

De politieman stak zijn duim op naar de piloot.

Toen ze wegdoken voor de draaiende rotoren, zei Roberto: 'Tja, ik heb voor wat ondersteuning gezorgd.'

Ondanks zichzelf moest Jeff lachen. Roberto boog zich grinnikend over Rose heen en woelde met zijn hand door haar haar. 'Gaan jullie tweeën je maar even warmen,' zei hij. 'Ik denk dat we allemaal wel grondig ontsmet zullen moeten worden.'

Twee verplegers kwamen naar hen toe gehold en brachten Jeff en Rose naar de ambulancehelikopter.

'Jij weet echt wel hoe je een spektakel moet organiseren, hè Roberto?' zei Edie met een stralende blik in haar ogen.

'Heb je daar soms bezwaar tegen?'

'Nee!' Ze lachte en wendde haar ogen af.

'Voordat we door de medische molen worden gehaald, wil ik je graag iets laten zien.'

Ze schoof haar hand onder zijn goede arm door. 'Je bent de meest bijzondere man die ik ooit heb ontmoet. Hoe heb je het eiland in hemelsnaam weten te vinden?'

'Ik heb de Medici-kapel gebeld. Ik had gehoopt jou daar te bereiken, maar in plaats daarvan kreeg ik Sonia aan de lijn. Ze vertelde me over de sleutel en over Candotti. Google en mijn bibliotheek deden de rest.'

'Ach ja, die bibliotheek van je. Ik zie gewoon voor me hoe Vincent al die boeken naar het ziekenhuis heeft gesjouwd.'

'Dat is dan weer eens wat anders dan sjouwen met fruitmanden.'

Ze passeerden de ruïne van de westelijke toren en liepen langs de buitenmuur van het klooster. Het pad leidde rechtstreeks naar een cirkelvormige stenen verhoging, van waaraf ze een adembenemend uitzicht hadden. Het Angja-meer strekte zich voor hen uit. Het water glom in het maanlicht als een zwart-witfoto die met een lange sluitertijd was genomen. Ze zagen het mausoleum. Op het eiland, een eindje naar het westen, stond een kubus van donkere steen: het mausoleum. Die zwarte muren leken niet alleen ondoordringbaar maar ook volkomen ondoorgrondelijk. Inmiddels wisten ze dat daarachter inderdaad vele geheimen schuilgingen.

Roberto sloeg zijn arm om Edies schouders. Ze tuurden peinzend naar het donkere water. 'Ik kan me goed voorstellen hoe Cosimo en Contessina zeshonderd jaar geleden hier op deze plek hebben gestaan,' zei hij.

'Als je dat goed tot je laat doordringen, lijkt een heleboel ineens erg betrekkelijk.'

'Ze moeten heel veel van elkaar gehouden hebben.'

Ze keek hem verbaasd aan.

'Contessina heeft dat mausoleum niet alleen laten bouwen om het groene spul te verbergen,' zei Roberto, terwijl hij zijn ogen strak op het ongelooflijke uitzicht gericht hield. 'Deze plek heeft voor hen beiden heel veel betekend. Het was hún plek. Hier wilden ze samen tot in alle eeuwigheid blijven rusten.'

'Ik had me niet gerealiseerd dat de visconte zo'n romanticus was.'

'Misschien is hij dat wel,' zei Roberto met een ironische glimlach. 'Maar ik dacht ook aan het offer dat ze gebracht hebben.'

'Hoe bedoel je?'

'In de vijftiende eeuw geloofden de mensen dat het lichaam heilig was. Denk maar aan die obsessie voor relikwieën. En toch hebben ze toegelaten dat hun prachtige graftombe vernietigd werd om te voorkomen dat het buisje in handen zou vallen van iemand die het niet waard was.'

'Denk je dat ze dat echt zo geënsceneerd hebben?'

'Natuurlijk. En volgens mij is het Medici-geheim nu veilig, in elk geval voorlopig. Ik ben niet van plan om iemand erover te vertellen. En ik heb zo het gevoel dat onze vriend Luc Fournier een heel lange gevangenisstraf tegemoetgaat. Natuurlijk zullen er altijd mensen als Fournier blijven. Maar er zullen ook altijd mensen zijn als Cosimo en Contessina...'

'We hebben kunnen ontsnappen doordat we begrepen wat die twee gedreven heeft.'

'Daar hebben we mazzel mee gehad.'

Edie keek hem wat weifelend aan. In stilte genoten ze van de bijzondere sfeer van deze plek.

'Maar ze waren daar toch niet echt, Roberto?'

'Misschien niet, maar wij wel, en dus zal hun erfenis voortleven.

Misschien dat iemand over nog eens zeshonderd jaar opnieuw het Medici-geheim ontdekt. En wie weet? Misschien leeft de mensheid dan wel in betere tijden. Het is een prettige gedachte dat er op een dag misschien geen plaats meer zal zijn voor mensen als Fournier, en dat er dan ook niets meer te winnen valt met het verkopen van dood aan de hoogste bieder.'

'Wat? Het humanistisch ideaal, bedoel je?'

'Zoiets,' fluisterde hij. Hij trok haar wat dichter tegen zich aan en bracht zijn lippen naar de hare. 'Zoiets.'

De feiten achter het verhaal

Het Medici-geheim is natuurlijk fictie, maar net als in mijn eerste roman, *Equinox*, zijn vele elementen van dit verhaal wel gebaseerd op feiten. Hieronder volgt een korte samenvatting van die elementen en de onderliggende feiten.

Antieke handschriften

De Grieken en Romeinen hebben veel geboekstaafd. Helaas voor de menselijke beschaving ging echter een groot deel van hun geschriften verloren. De brand in de vermaarde bibliotheek van Alexandrië bracht de zwaarste verliezen, maar vele andere teksten verdwenen op minder spectaculaire wijzen.

Een deel van de uitgebreide literatuur van de Griekse en Romeinse beschaving bleef bewaard in de kloosters en de koninklijke bibliotheken van Europa en Klein-Azië; en vele documenten hebben daar de duistere Middeleeuwen overleefd. Het is grotendeels te danken aan de Florentijnen dat deze kennis door de Europeanen is teruggevonden en zo de aanzet heeft gegeven tot de ontzagwekkende opbloei van de beschaving die we aanduiden als de Renaissance.

De grote veertiende-eeuwse Italiaanse filosoof Petrarca verzamelde een groep gelijkgezinde geleerden om zich heen, die zijn fascinatie voor de klassieke traditie deelden. Ze geloofden dat er misschien wel duizenden Griekse en Latijnse handschriften voortbestonden in particuliere verzamelingen en afgelegen kloosters. Veel van deze mannen maakten het opsporen van dergelijke schatten tot hun levenswerk.

Een generatie na Petrarca werden enkele van de meest belangwekkende vondsten gedaan op het terrein van de antieke 'natuurwetenschappen'. Een van de belangrijkste personen die zich met deze zoektocht bezighielden was Niccolò Niccoli. In de loop van het tweede decennium van de vijftiende eeuw ontdekte Niccoli niet alleen de *Astronomica* van de Romeinse schrijver Manilius, maar ook Lucretius' *De Rerum Natura* en verscheidene boeken over mijn- en landbouw, waaronder Statius' *Silvae* en Columella's *De Re Rustica*. Enkele jaren later vond Bracciolini Cassio Frontius' *Over aquaducten*, dat de hoeksteen van de Romeinse bouwtechniek had gevormd, en Cicero's *Brutus*, een boek waarin zozeer de lof werd gezongen van de republikeinse regeringsvorm dat het al snel politiek omstreden raakte.

Vooral van belang aan deze vondsten was dat ze waren geschreven in het oorspronkelijke Latijn, dat niet door overschrijvingen gecorrumpeerd was geraakt. Dat betekende dat de Florentijnse elite van de late veertiende en vroege vijftiende eeuw voor het eerst de woorden van de grote denkers uit de klassieke oudheid onder ogen kreeg in de vorm waarin ze oorspronkelijk waren neergeschreven.

Het was een enorme stap vooruit. Maar misschien zelfs nog belangrijker is dat toen deze boeken opnieuw gelezen werden, het al snel tot de lezers doordrong hoezeer het wetenschappelijke denken van de Romeinse geleerden was gebaseerd op oudere bronnen, namelijk de ideeën van de Grieken, en dan met name van zulke figuren als Archimedes, Aristoteles, Pythagoras en Plato, uit het Gouden Tijdperk van het Griekse denken tussen 500 en 250 v. Chr.

Het onontkoombare gevolg, was een nieuwe, nog intensere zoektocht naar de oorspronkelijke Griekse wetenschappelijke kennis.

Geïnspireerd door wat al was teruggevonden, begonnen vele rijke burgers van Florence afgezanten uit te sturen om namens hen alle oorspronkelijke Griekse handschriften die ze maar konden vinden, op te sporen en aan te kopen.

Tot dan toe waren de enige oorspronkelijke Griekse handschriften die zich in West-Europese handen bevonden, een paar fragmenten van Aristoteles en Plato, plus enkele traktaten van Euclides, die allemaal nauwlettend bewaakt werden door monniken, of in handen waren van enkele geleerden. Van Petrarca zelf werd verteld dat hij ooit een oorspronkelijk handschrift van Homerus in bezit had gehad, maar daar geen woord van had kunnen lezen. Op gezag van de Romeinse schrijvers die hij wel kon lezen, nam hij aan dat Homerus een groot dichter was: elke avond voor het slapengaan gaf hij het boek een kus.

In de loop van de eerste dertig jaar van de vijftiende eeuw werden enkele honderden oorspronkelijke handschriften overgebracht naar Florence; het grootste deel daarvan was afkomstig uit het oosten. Waar ooit de kruisvaarders slag hadden geleverd voor de christenheid, kochten westerse afgezanten nu met veel loven en bieden intellectueel kapitaal van de Turken. Eén Florentijnse handelsagent, Giovanni Aurispa, keerde na een bijzonder vruchtbare reis in 1423 terug met maar liefst 238 complete handschriften.

Op deze wijze kregen de geleerden van Florence volledige versies in handen van Aristoteles' *Politeia*, Herodotos' *Historiën*, de dialogen van Plato, de *Ilias* en de *Odyssee* van Homerus, en de toneelstukken van Sofokles, plus de medische teksten van Hippokrates en Galenos.

Hand in hand met nauwkeurige vertalingen van een gestaag groter wordend corpus aan Griekse teksten ontwikkelde zich het verbazingwekkende besef dat alles wat de Florentijnen tot dusverre op cultureel gebied hadden bereikt, bijna tweeduizend jaar eerder door de Grieken al overtroffen was. Deze ontdekking had echter geen ontmoedigende uitwerking. Ze zette de Florentijnen aan om hun verre voorgangers te evenaren, en verschafte hun de moed om te proberen de verworvenheden van de Oudheid te overtreffen.

In 1428 werd een comité gevormd om een reeks hervormingen in het onderwijsstelsel van Florence door te voeren. Een van de regenten van het Studium, dat het culturele hart van de stad vormde, was Cosimo de' Medici, een jonge bankier die op dat moment in Rome woonde. Hij wist de Florentijnen over te halen om een jaargeld van 1500 florijnen ter beschikking te stellen om de universiteit van twee nieuwe leerstoelen te voorzien. Het vakkenpakket bestond tot dan toe uit: medicijnen, astrologie, logica, grammatica en rechten; nu werden daar moraalfilosofie, en een combinatie van poëzie en retorica aan toegevoegd. Dit vormde het nieuwe vakkenpakket voor alle studenten in Florence. Het was ook de grondslag voor het in geheel Europa gangbare universitaire stelsel, dat in Engeland, Frankrijk en Italië tot in de achttiende eeuw bleef voortbestaan.

Biochemische wapens

Het biochemische middel dat de kern van deze roman vormt, is Ropractin. Dit is een denkbeeldig chemisch middel, maar de structuur en de eigenschappen ervan komen nauw overeen met die van de werkelijk bestaande biochemische stof Sarin, die ook bekendstaat onder de Navo-code GB. Sarin is een buitengewoon giftige substantie en is uitsluitend bruikbaar als zenuwgas. Het is door de Verenigde Naties geclassificeerd als een massavernietigingswapen en tijdens de Conventie over Chemische Wapens van 1993 werden opslag en productie ervan verboden.

Sarin werd bekend in 1994 toen het werd ingezet door de Japanse religieuze sekte Aun Shinrikyo. Bij verschillende, onderling verwante gelegenheden hebben fanatieke leden van deze sekte een onzuivere vorm van dit zenuwgas verspreid. Daarbij kwamen meer dan twintig mensen om het leven en raakten honderden anderen gewond.

Biochemische en biologische wapens zijn al eeuwenlang bekend. Het vroegste voorbeeld van een biologisch wapen is afkomstig uit een tijd nog vóór die waarin de gebeurtenissen in *Het Medici-geheim* zich afspelen. In 1346 werden de lijken van Tartaarse soldaten die waren bezweken aan de pest, over de muren van de belegerde stad Kaffa (het huidige Fedossia in de Krim) geworpen, om zo de inwoners te besmetten. Vier eeuwen later, tijdens de Frans-Amerikaanse oorlog in de jaren zestig van de achttiende eeuw, kregen de indianen van de Engelsen met het pokkenvirus besmette dekens cadeau.

Chemische wapens werden in de Eerste Wereldoorlog verschillende malen ingezet. De voormalige Irakese leider Saddam Hoessein heeft duizenden Koerden met gifgas om het leven laten brengen. Hij gebruikte ook biochemische wapens tijdens de in 1980 begonnen, tien jaar durende oorlog tussen Irak en Iran.

Tegenwoordig vormt het gebruik van biochemische en biologische wapens door terroristische organisaties voor westerse regeringen een zeer reële angst. Enorme geldbedragen worden besteed aan voortdurende inspanningen om te voorkomen dat dergelijke wapens in verkeerde handen vallen, maar velen zijn van mening dat het alleen maar een kwestie van tijd is voordat een terreurgroep of een nihilistisch individu voldoende hoeveelheden van een dodelijk middel weet te bemachtigen om in een westerse stad een massamoord te plegen. Het is een ontnuchterende gedachte dat het heel goed mogelijk is dat iemand – op dit moment, ergens ter wereld – bezig is met het beramen van zo'n boosaardig plan.

Literatuur: Joshua Lederberg, *Biochemical Weapons: Limiting the Threat*, MIT Press, Boston 1999.

Giordano Bruno

Giordano Bruno was een mysticus en filosoof die afstand deed van zowel het priesterschap als de orthodoxe religie en zich ontwikkelde tot iemand die verafschuwd werd door de inquisitie. Hij werd in 1548 geboren in het niet ver van Napels gelegen Nola, en trad toe tot de orde van de dominicanen. Toen hij echter in het werk van Copernicus en andere onorthodoxe denkers geconfronteerd werd met een breder filosofisch perspectief, keerde hij de religieuze dogma's de rug toe en schreef vele radicaal-filosofische werken, waarvan *De maaltijd op Aswoensdag* het meest bekende is.

Bruno heeft korte tijd in Londen gewoond en mogelijk heeft hij gespioneerd voor koningin Elizabeth. Hij ging om met vele mystici van zijn tijd, onder wie John Dee. Over William Shakespeare is bekend dat hij geïnteresseerd was in veel van Bruno's ideeën.

Op uitnodiging van een edelman, een zekere Giovanni Mocenigo, keerde Bruno begin 1592 terug naar Italië. De nadrukkelijk uitgedragen reden daarvoor was dat hij huisleraar zou worden van deze rijke beschermheer. Tijdens zijn verblijf in Venetië gaf hij les in Padua en maakte hij kennis met Galilei en andere denkers van zijn tijd. Mocenigo's uitnodiging was echter een valstrik, en in mei 1592 werd Bruno in Venetië gearresteerd en moest hij verschijnen voor de Venetiaanse inquisitie. Vervolgens werd hij overgebracht naar Rome, waar hij zeven jaar opgesloten zat in een smerige cel en verschrikkelijk werd gemarteld door de rechterhand van de paus, Roberto Bellarmine, totdat hij uiteindelijk op 17 februari 1600 op het Campo de' Fiori in Rome levend werd verbrand.

Giordano Bruno wordt tegenwoordig beschouwd als de eerste martelaar voor de wetenschap en filosofie, een man die weigerde afstand te nemen van zijn meningen over aard en wezen van het universum. Galilei was zich maar al te goed bewust van de wijze waarop Bruno door de Romeinse curie was behandeld en wilde zijn lot niet delen. Bruno's erfgoed werd invloedrijker naarmate de invloed van de katholieke kerk afnam, maar zelfs heden ten dage is zijn denken onverenigbaar met de orthodoxie, en nu, meer dan vierhonderd jaar na zijn dood, is zijn veroordeling wegens ketterij nog steeds niet ongedaan gemaakt.

Literatuur: Michael White, *The Pope and the Heretic*, Abacus, Londen, 2002.

Cosimo en de familie De' Medici

De beschrijving die in dit boek wordt gegeven van het karakter en de vroege lotgevallen van Cosimo de' Medici is zo nauwkeurig mogelijk gehouden. Cosimo werd in 1389 geboren te Florence. Zijn familie woonde inderdaad in een huis aan het Piazza del Duomo. Zijn vader heette Giovanni di Bicci de' Medici, en was de grondlegger van wat in het jaar 1410 al een grote bank was.

In werkelijkheid had Cosimo twee jongere broers, Lorenzo en Pierfrancesco. In 1410 was Lorenzo zestien jaar oud. Cosimo's halfbroer Pierfrancesco zou pas geboren worden in 1431, eenentwintig jaar na de gebeurtenissen die worden beschreven in de roman. Het essentiële punt waarop de fictionele Cosimo verschilt van de echte Cosimo is dat hij in werkelijkheid nooit een ontdekkingsreis heeft gemaakt, niet naar Macedonië en al evenmin naar andere oorden. Het is echter intrigerend dat het daar wel bijna van gekomen was. Zijn intieme vriend Niccolò Niccoli probeerde hem over te halen om met hem mee te gaan op een reis naar het oosten, maar Cosimo's vader wilde dat niet toestaan en Cosimo zwichtte voor de wensen van zijn vader.

Cosimo was een humanist. Hij was zeer geïnteresseerd in kennis en cultuur en droeg veel bij aan het begin van de Renaissance. Hoewel hij zelf nooit ver gereisd heeft, heeft hij anderen betaald om alles wat ze maar konden vinden weg te halen uit verre oorden, waaronder Macedonië.

Cosimo was, net als zijn vader, een groot zakenman. Hij heeft hard gewerkt om de horizon van de familiebank te verbreden. Maar wat nog belangrijker was: hij beheerde de pauselijke financiën. Dit was van doorslaggevend belang voor het ontstaan van de dynastie van de Medici's en Cosimo was de rijkste man van zijn tijd.

Maar natuurlijk hadden de Medici's ook vijanden – waartoe de familie Tommasini niet behoorde. Er was voortdurend wrijving tussen hen en de andere grote Italiaanse geslachten. Een van die geslachten, de Albizzi's, probeerden hem te laten vermoorden, en toen dat niet wilde lukken, wisten ze hem in 1433 gevangen te laten zetten. Binnen een jaar was Cosimo echter weer terug in Florence en had hij zich nog meer macht en invloed verworven. De daaropvolgende dertig jaar was hij de officieuze leider van Florence.

In 1416 trouwde hij met Contessina de' Bardi, met wie hij twee kinderen kreeg, Piero en Giovanni. Na zijn dood in 1464 werd hij inderdaad uitgeroepen tot *pater patriae*, oftewel 'vader des vaderlands'. Zijn oudste zoon Piero werd daarop leider van Florence. Omdat hij werd geteisterd door een slechte gezondheid, kwam hij bekend te staan als Piero de Jichtige. Hij overleed in 1469, niet meer dan vijf jaar na zijn illustere vader. Zijn zoon Lorenzo werd, na Cosimo, de meest hooggeachte en succesvolle Medici van allemaal. Hij stond bekend als Lorenzo de Geweldige, en was net als zijn grootvader en vader eerste burger van Florence. Drieëntwintig jaar lang was hij de officieuze politieke leider van deze stadstaat, en onder zijn bewind beleefde Florence een periode van ongekende voorspoed en stabiliteit.

Het personage Contessina, zoals dat voorkomt in de roman, vertoont vrijwel geen enkele verwantschap met de werkelijke echtgenote van Cosimo de' Medici. Volgens de officiële geschiedschrijving beschikte ze niet over uitzonderlijke lichaamskracht en is ze niet onderwezen door zo'n groot wijsgeer als Valiani, maar ze was ongetwijfeld een zeer intelligente en loyale vrouw, die voor Cosimo een toegewijde echtgenote was en die hem bij al zijn ondernemingen heeft gesteund.

Literatuur: Christopher Hibbert, *The Rise and Fall of the House of the Medici*, Allen Lane, Londen 1974.

Antonio da Ponte

Antonio da Ponte was de architect van de Rialto-brug in Venetië, die werd voltooid in 1591. Het verhaal over de duivel en Da Pontes vrouw en kind is afkomstig uit een oud Venetiaans volksverhaal, waarin de bouwopzichter van de brug, Sebastiano Bortolini, degene was die bezoek kreeg van Lucifer.

De overstroming van Florence

In de nacht van 3 op 4 november 1966 werd Florence getroffen door de ergste natuurramp in haar lange geschiedenis. Om een uur of vier 's nachts stuwde een enorme hoeveelheid water die afkomstig was van de stuwdam bij Valdarno de rivier de Arno op tot buiten haar oevers. Het water sleurde auto's en bomen met zich mee; het spoelde kerken, oude paleizen en zelfs met staal beklede kluizen binnen. Gas, elektriciteit en water werden afgesloten en alle elektrische klokken in de stad bleven stilstaan op 7:26 uur 's ochtends. Op het hoogtepunt van de overstroming stond er in de omgeving van Santa Croce meer dan zesenhalve meter water.

Minstens dertig mensen kwamen om het leven; vijftigduizend gezinnen werden dakloos door de overstroming. Bovendien waren de straten bezaaid met meer dan vijftienduizend vernielde auto's, en zagen zesduizend winkels zich genoodzaakt om hun deuren te sluiten. Volgens de beste schattingen werden in enkele minuten ongeveer veertienduizend kunstwerken beschadigd, samen met drie tot vier miljoen boeken en handschriften.

Golem Korab

Dit is geen Indiaas toetje, maar de hoogste berg van Macedonië, waarvan de top tot meer dan drieduizend meter boven de zeespiegel reikt. De omgeving is bezaaid met meertjes, maar er is geen Angja-meer, en er staat al evenmin een klooster op de berghellingen. Als er ooit zelfs maar een kasteel in de buurt heeft gestaan, dan is dat spoorloos verdwenen.

Het humanisme

Toen Europa werd weggerukt uit de troosteloze duisternis van de vroege Middeleeuwen, vormde een besef van wat er te bereiken viel, gekoppeld aan de overtuiging dat de mensheid tot meer in staat was dan ze tot nu toe had bereikt, een enorme aansporing tot avonturisme, zowel in woorden als in daden. Dit leidde tot het tijdperk van de grote ontdekkingen en tot het ontstaan van het moderne wetenschappelijke denken en heeft bovendien vruchtbare grond gevormd voor de artistieke projecten die nu als kenmerkend voor de Renaissance worden beschouwd.

Het belang van deze verschuivende zienswijzen kan niet hoog genoeg geschat worden. Op een paar opvallende uitzonderingen na, zoals Roger Bacon, waren de mensen sinds de val van Rome verlamd geweest door een diepgeworteld gevoel van onwaardigheid. De kern van hun denken werd gevormd door het door de christelijke leer nog eens bekrachtigde denkbeeld dat de mens niet meer was dan een schepsel Gods, een pion in een wereld waarin de natuurkrachten en de wil des Heren allesbepalend waren, en waarin het individu van geen enkele betekenis was. Een dergelijke manier van denken kon alleen maar tot maatschappelijke stagnatie leiden. Hoewel het geloof dat God het gehele universum beheerste en zich rechtstreeks bemoeide met alle aspecten van het menselijk bestaan tot aan de Darwiniaanse revolutie de hoofdstroom van het denken domineerde, dachten sommige figuren uit de Renaissance daar heel anders over.

Sommige van de grootste intellecten van de Renaissance waren met hart en ziel de idee toegedaan dat het menselijk verstand hooggeschat en voortdurend gevoed dient te worden. In deze paradigmaverschuiving zien we de doorwerking van de platonische filosofie, die zich aan het ontwikkelen was tot iets wat wel de 'menselijke deugd' werd genoemd en dat een wezenlijk onderdeel vormt van het actieve humanisme. Aan de kern van de platonische filosofie ligt het denkbeeld dat de mensheid God kan vinden door het ontraadselen van de geheimen van natuur. Voor Plato vormde dit de grondslag van de 'inspiratie'; in het denken van veel van de beste geesten van de Renaissance zou het een element van doorslaggevend belang gaan vormen. Een aantal grote en invloedrijke gedaanten, zoals Leonardo da Vinci, Giordano Bruno, Macchiavelli en Cosimo de' Medici begrepen dit platonische ideaal.

Vele humanisten waren de zienswijze toegedaan dat de deugd losstond van de conventionele religie. Zij zagen de deugd als een volledig menselijke eigenschap, die het individu dichter bij het wezen der natuur kon brengen. De vroeg-humanistische geleerde Leon Batista Alberti schreef zelfs dat degenen die over deugd beschikten, 'in staat zijn om elke sublieme en voortreffelijke bergtop te beklimmen en te bezitten'.

Deze manier van denken vormde een omwenteling in het wereldbeeld, een omwenteling die voortkwam uit een herontdekking van de menselijke waarde en een opwaardering van de rol van de mensheid in Gods universum. Deze vertelling was een wezenlijk onderdeel van het Renaissancistische denken.

I Seguicamme (De Volgelingen)

Dit is een denkbeeldig geheim genootschap, maar de Venetiaanse geschiedenis is bezaaid met merkwaardige sekten en geheime genootschappen. Tijdens zijn verblijf in de Venetiaanse republiek was Giordano Bruno betrokken bij verschillende splintergroepjes die deel uitmaakten van de pan-Europese Rozenkruisers. Venetië was eeuwenlang een ontmoetingsplaats voor rondtrekkende magiërs, mystici en occultisten. De Venetiaanse autoriteiten stonden erom bekend dat ze zich zeer ruimhartig opstelden tegenover denkers die door de katholieke kerk als ketters werden beschouwd. Daardoor vormde Venetië een toevluchtsoord voor mensen met radicale denkbeelden. Vele alternatieve filosofieën konden in Venetië gedijen. Venetiaanse uitgevers verruimden met hun publicaties de grenzen van wat in het door de katholieke geloofsleer overheerste Europa als toelaatbaar werd beschouwd.

Fra Mauro's Mappa mundi

Fra Mauro was een cartograaf die leefde en werkte in een klooster op San Michele in Isola, de begraafplaats van Venetië. In *Het Medici-geheim* zijn de details verder uitgewerkt dan historisch verantwoord is, maar toch is dit deel van de roman wel gebaseerd op historische feiten. Tussen 1457 en 1459 heeft Fra Mauro met behulp van zijn assistent Andrea Bianco, een zeeman annex cartograaf, in opdracht van koning Alfonso V van Portugal een zeer fraaie wereldkaart, ofwel Mappa mundi, gemaakt. De kaart werd voltooid in april 1459, enkele maanden voor Mauro's dood. Hij werd naar Portugal gestuurd, maar bestaat tegenwoordig niet meer. Een kopie valt te bezichtigen in de Biblioteca Nazionale Marciana te Venetië.

Niccolò Niccoli

De beschrijving van Niccolò Niccoli in *Het Medici-geheim* komt zeer nauw overeen met wat er over de man bekend is. In 1410, het jaar waarin het verhaal zich afspeelt, was hij een 44 jaar oude Florentijnse edelman die in zijn jonge jaren een veel bewonderd condottierre was geweest. Hij was gehard, kon zich goed weren in het gevecht en beschikte op militair gebied over kennis van zaken. Een eigenaardig trekje van hem was dat hij rondliep in een Oud-Romeinse rode toga. Maar Niccoli was veel meer dan dat. In Italië werd hij beroemd als een man van hoge cultuur die zich zeer inspande voor de ontwikkeling van de wetenschappelijke kennis. Hij was een groot reiziger en bezat de grootste en beste bibliotheek van Florence. Zijn grootste bijdrage heeft hij echter geleverd aan de klassieke literatuur, als kopiist en als verzamelaar van oude manuscripten en handschriften van bekende antieke schrijvers als Lucretius en Plautus. Hij is ook beroemd als de ontwerper van het Italiaanse schuinschrift. Ik heb echter wel een paar details gewijzigd. Niccolò is overleden in 1437, dus in werkelijkheid zou hij niet in de jaren zestig van de vijftiende eeuw met Contessina gecorrespondeerd kunnen hebben.

Paleopathologie

De paleopathologie is de studie van ziekten uit het verre verleden. Het onderdeel van het vakgebied dat bekendstaat als de humane paleopathologie vindt steeds meer erkenning als een belangrijk hulpmiddel bij rechercheonderzoek.

Het meest voor de hand liggende bewijsmateriaal dat een lijk kan opleveren, is een of ander trauma veroorzaakt door uitwendig mechanisch geweld, zoals een ingeslagen schedel of een afgehakte arm of been, maar er zijn ook veel subtielere misvormingen, die er bijvoorbeeld op kunnen wijzen dat de dode toen hij nog in leven was, aan jicht heeft geleden. Met behulp van een betrekkelijk eenvoudige chemische analyse kunnen bepaalde ziekten (waaronder tuberculose en syfilis) aan de hand van teruggevonden botten worden aangetoond.

Om meer te weten komen over hoe een persoon heeft geleefd en is gestorven, maakt een paleopatholoog gebruik van de genetica. Zelfs uit bijna geheel vergane lijken valt nog DNA te winnen, en met moderne analytische technieken kunnen zelfs met heel kleine DNA-monsters al spectaculaire resultaten worden bereikt. Naarmate de genetische wetenschap vordert, krijgt de paleopatholoog ook steeds geavanceerdere technieken tot zijn beschikking, waarmee hij de lijken kan bestuderen van mensen die honderden of zelfs duizenden jaren geleden zijn overleden.

Er bestaat werkelijk een Medici-project, in het kader waarvan een team paleopathologen op dit moment onderzoek doet naar de stoffelijke overschotten die begraven liggen in de Medici-kapel in het centrum van Florence. De oorspronkelijke inspiratie voor *Het Medici-geheim* was afkomstig uit een artikel op de website van BBC News, waarin het werk van dit onderzoeksteam werd beschreven.

Venetiaanse gebouwen

Een deel van de plekken die in *Het Medici-geheim* worden genoemd, zoals Harry's Bar, het Palazzo Gritti Badoer en het Ospedale Civile bestaan natuurlijk echt. De historische details daarover zijn zo nauwkeurig als ik ze maar krijgen kon. Ik heb zo nu en dan echter de vrijheid genomen om de plattegrond van de gebouwen wat aan te passen, en in het geval van La Pietà heb ik ook de kunstwerken niet helemaal ongemoeid gelaten. Voorzover ik weet heeft Gabriele Fabacci nooit bestaan, maar er hangt wel een fresco van Giovanni Battista Tiepolo.

De oorspronkelijke La Pietà is gebouwd in de vijftiende eeuw. Het huidige kerkgebouw is in 1755 ontworpen door Giorgio Massari, maar de voorgevel is pas in de vorige eeuw voltooid. Vivaldi heeft werkelijk een groot deel van zijn beroemde muziekstuk opgevoerd in La Pietà, en is daar veel jaren koorleider geweest.

Literatuur: het mooiste boek over Venetië dat ooit geschreven is, en hoe dan ook een van de beste en boeiendste boeken die ik ooit heb gelezen, is John Julius Norwich, *A History of Venice*, Penguin, Londen, 1982

Venetië en de pest

Net als de meeste oude steden van Europa is Venetië herhaaldelijk geteisterd door de pest. Doordat ze zich op de grens tussen het oosten en het westen bevond, fungeerde de stad al heel vroeg als een knooppunt van de internationale handel en daarmee ook als een trefpunt van vele ziekten.

De ergste pestepidemie deed zich voor in 1347/48 en staat bekend als de Zwarte Dood. Naar schatting eenderde van de totale Europese bevolking is daarbij om het leven gekomen. Naar deze epidemie wordt in het voorbijgaan verwezen door Doge Steno, als hij Cosimo en zijn reisgenoten begroet in Venetië.

Pestdokters hebben werkelijk bestaan. De meesten van hen werden onder bedreiging met executie gedwongen om tijdens pestuitbraken in de stad te blijven, en ze gingen ook werkelijk zo gekleed als ik hier heb beschreven. Het kenmerkende snavelmasker werd door de artsen gedragen omdat ze geloofden dat het hen beschermde tegen infectie. Tegenwoordig is het een inspiratiebron voor vele moderne maskers.

In de veertiende en vijftiende eeuw probeerden de mensen zich ook te beschermen tegen de pest op wijzen die we nu als irrationeel zouden beschouwen, waaronder het afschieten van kanonnen, het luiden van kerkklokken, het zichzelf besproeien met parfums en kruidendrankjes en het branden van geurige planten.

Vivaldi

Antonio Lucio Vivaldi werd in 1678 geboren te Venetië. Hij is een van de meest geliefde componisten uit de barok. Hij was ook een van de productiefste klassieke componisten ooit. Meer dan vierhonderdvijftig werken worden aan hem toegeschreven, en de bekendste daarvan is natuurlijk *I Quattro Stagioni*, waarin in muzikale vorm wordt beschreven hoe de sfeer in de stad verandert met de vier jaargetijden.

Hoewel er geen bewijs is dat hij of iemand uit zijn omgeving aanwijzingen heeft achtergelaten in het Gritti Badoer, is Vivaldi niet ver daarvandaan geboren. Zijn familie was niet rijk, hij heeft werkelijk het seminarie bezocht en vanwege zijn felrode haar werd hij 'de rode priester' genoemd. Hij heeft werkelijk muziekles gegeven aan de weeskinderen in het Ospedale della Pietà, en veel van zijn composities waren geschreven om te worden opgevoerd door de jonge amateurmusici aan wie hij les gaf. De componist werd door de bestuurders van het weeshuis ontslagen vanwege de een of andere vorm van onfatsoenlijk gedrag, maar binnen een jaar opnieuw benoemd.

Vivaldi heeft het grootste deel van zijn leven in Venetië doorgebracht, maar op latere leeftijd heel Europa bereisd. Niet lang na zijn aankomst in Wenen, waar hij naartoe was gekomen om een betrekking aan het hof op zich te nemen, is hij overleden. Hij heeft echter nooit bij de familie Niccoli gelogeerd, en geen lange en godvrezende laatste wilsbeschikking achtergelaten, zoals die in het boek door Jeff en Edie wordt ontdekt.